KB152528

나는 사람을 발견한다

국립중앙도서관 출판예정도서목록(CIP)

나는 사람을 발견한다 : 40년 현장교육가의 사람과 행복의
발견 / 글쓴이: 채찬석. -- 서울 : 토담미디어, 2018
    p. ;   cm

ISBN 979-11-6249-032-7 03810 : ₩15000

한국 현대 수필[韓國現代隨筆]

814.7-KDC6
895.745-DDC23   CIP2018005017

채찬석 수필집

나는 사람을 발견한다

토담미디어

아름다운 자연과 고마운 사람들, 그 발견의 즐거움

사람들은 무슨 재미로 살까? 얼마나 즐거운 삶을 살고 있을까?

세상엔 즐거운 일들이 참으로 많다. 아름답고 기쁨이 되는 것들이 도처에 널려 있다. 이 아름다운 세상에 살게 되어 정말 고맙다. 그런 기쁨을 혼자만 누리기가 아깝다. 다른 사람들과 함께 나누고 싶다. 햇살에 반짝이는 물결만큼이나 많은 기쁨을 말하고 싶어 이 글을 쓰게 되었다.

'나는 정말 불행하다', '나는 너무나 비극적으로 살고 있다', '세상 사는 재미를 잘 모르겠다'는 사람들에게 들려주고 싶은 말이 무수히 많다.

감동, 감사, 개운함, 경이로움, 경쾌함, 고마움, 고상함, 고요함, 공감, 그리움, 기쁨, 기이함, 달콤함, 따뜻함, 만족감, 미소, 반가움, 뿌듯함, 사랑, 상쾌함, 시원함, 신기함, 산뜻함, 성공, 성취감, 신비감, 싱그러움, 아늑함, 아름다움, 은총, 은혜, 재미. 추억, 편안함, 평화, 포근함, 포만감, 행복감, 향기, 환희, 황홀, 희열, 회상⋯.

우리 말 중에 즐거움이나 기쁨에 관련된 말들을 적어 보았다. 무려 40개 이상이다. 이렇게 많다.

그런데 우리나라 사람들의 삶에 대한 만족도는 매우 낮다. 우리의 국민총생산은 2015년에 세계에서 11위였고, 개인당 평균 소득은 27,633불로서 29위였다. 2017년에는 약 29,700불이라니 이제 소득은 선진국에 가깝다. 그런데 2015년의 어느 통계 자료에 한국인의 행복지수가 158개국 중 47위였다. 우리나라에서 2014년에 자살자 수가 밝혀진 것만 13,836명이었다. 하루 평균 37.9명으로서 하루에 약 40명 정도가 스스로 세상을 떠났다. 사는 게 얼마나 힘들었으면, 얼마나 고통스러웠으면 스스로 떠난단 말인가?

　약 60년 동안 즐겁고 기쁜 일, 행복했던 일들을 참 많이 누렸다. 지금이 인생 최고의 황금기일 거라는 생각을 20년 이상이나 지속했다. 능력과 노력에 비해 누린 것이 많았으니 행운도 보통 행운이 아니다. 돌이켜보면 세상엔 온통 행복이 널려 있는 것 같다.

　나를 낳아 기르고 가르쳐주신 부모님, 함께 살면서 살펴준 아내, 잘해준 것도 없는데 잘 자라준 딸과 아들, 초등학교에서 대학원을 마칠 때까지 가르쳐 주신 여러 은사님, 친구와 친지, 직장의 동료와 선후배 등, 인연을 나눈 모든 분들이 도와주고 베풀어 준 덕택이다. 고맙고 감사하다. 그렇게 고마운 분들이 많았으니 그 또한 행복이다.

　자연의 아름다움, 사람과의 정다움, 감동적인 영화와 소설, 경이롭고 아름다운 관광명소, 모두 가슴 벅차게 즐거움을 주는 것들이다. 비록 슬픈 영화를 보다가 눈물을 흘릴지라도 마음이 정화되는 맑은 기운을 얻고, 힘든 일을 하더라도 보람으로 생각하면 많은 것들이 즐거움으로 다가왔다.

　농부의 아들로 태어나 대학도 다닐 수 있었고, 산업 발전기에 사회로 진출하게 되어 선생님이 되는 꿈도 쉽게 이루었다. 교직에서 즐겁고 보람 있는 일을 무수히 만났다. 그런데 자랑스러운 일을 별로 하지 못했고, 죄도 짓고 빚도 졌다. 다른 이에게 상처 준 일도 있었으니 많이 부끄럽다. 말하기 창피한 일, 죄스런 일도 많은데 운 좋게 잘 넘어가기도 했다. 능력도 미천한데 교사가 되었고 교장도 중임까지 마쳤다.

폭죽이 터져 쏟아지는 불꽃만큼이나 많은 즐거움을 다른 사람들에게도 알려주고 싶고, 확실하게 잡을 수 있도록 손에 쥐어주고 싶다. 내가 누리는 행복을 다른 사람들에게도 전해 줄 수 있을 것이라는 기대감으로 이 글을 쓰게 되었다. 기쁨을 발견할 수 있는 눈만 가지고 있다면 누구든지 행복을 느낄 수 있을 것 같다.

사고나 실수로 장애를 입었거나, 건강이 좋지 못해 고통스러운 사람, 불운과 불가피한 사정으로 어려운 처지에 놓인 사람들에게 나의 이야기가 조금이라도 위로가 될 수 있으면 좋겠다.

전신 장애로 움직이지 못하면서도 세상사는 행복을 노래하며 신에게 감사하는 글을 남긴 이도 있다. 그러니 행복이란 스스로 발견하거나 스스로 깨닫는 게 아닐까?

나는 왜 많은 행복감을 느낄 수 있었을까? 우선, 어려운 난관을 만나지 않은 것, 다음으로는 가족이 무고한 것, 그리고 안정된 직장에서 생활의 어려움이 없었던 것이 바탕이 되었을 것이다. 그러나 잘 나고, 잘살고, 잘되고, 더 뛰어난 사람도 행복을 느끼지 못하는 경우를 많이 보았다. 그래서 나는 '행복을 발견하는 눈'을 가지고 있었거나 만족스럽게 여길 수 있는 낙천적인 성격을 가지고 있었기 때문에 가능했던 것 같다.

  나를 낳고 길러주신 부모님께 성장기에는 실망과 아픔을 무더기로 안겨주었다. 그런데도 지금까지 지켜주신 어머니. 35년이나 내조해 준 아내, 자라면서 잘 자라준 딸과 아들, 오늘이 있기까지 지도해주신 은사님, 염려와 격려로 힘을 준 친구와 친지, 동료와 선후배님, 모두 고맙기 그지없다. 지금까지 그런 행복을 누리며 살게 된 것은 그분들의 도움과 온정이 있었기에 가능했다. 고맙고 감사하다.

  그렇게 행복했던 날들, 행복할 수 있었던 이유, 행복에 대한 발견과 느낌을 독자들과 함께 나누어 보기 위해 이 책을 내 놓는다. 이 책이 독자들의 인생길에 아름답고 힘찬 행진곡이 되기를 기도한다.

2018년 3월
글쓴이 채찬석

Contents

chapter 01

널려있는
행복

눈을 뜨라

"Wake up.(눈을 뜨라.)"

이 말은 베스트 셀러 작가 미국 존 오리어리가 강조하는 말이다. 그는 9살 때, 전신의 87%에 3도 화상을 입어 생존 가능성이 1%도 안 되는 절망적 상황이었다. 그러나 그 위기를 극복하고 세상 누구보다도 행복한 삶을 살고 있다. 그는 30여 년 뒤, 『On Fire』라는 책을 썼다. 그는 지금 세계 여러 나라를 다니며 강의하는 명 강사가 되었다. 그가 어느 기자와의 인터뷰에서 강조한 말이 바로 '눈을 뜨라.'이다.

화상으로 양 손에 온전한 손가락이 하나도 없는 장애인이 어떻게 '난 참 행운을 만났구나.' 라는 생각을 하고, '눈을 뜨라.'고 말할 수 있었을까?

사고로 화상을 입었을 때, 그가 살아날 가능성은 1%. 그 희박한 확률에 희망을 걸고, 유일하게 온전한 두피에서 살을 떼어 몸 이곳저곳에 옮겨 붙이는 수술을 했다. 수술과 치료를 받느라 5개월이나 입원했다. 오그라들고 굳어진 몸을 펴 두 발로 일어서기까지 5년이 걸렸고, 심리적인 회복의 재활까지는 더 오랜 시간이 필요했다. 그런데 그런 환자가 30년 뒤에는 "사지가 멀쩡한데 뭐가 걱정이죠?"라고 말하며, 세상 사람들에게 희망을 선물하고 있다.

"눈을 뜨라."

그는 이 말의 뜻을 '그리워질 어떤 것, 지금은 완벽하지 않지만 그것을 알아보는 기술'이라고 풀이하고 있다. 그렇다 알아보는 기술이 필요하다. 알아보는 기술이란 볼 줄 아는 안목을 뜻한다.

눈이 좋은 사람은 썩은 고목에서 자라는 버섯이나 유충을 발견할 수 있고, 혜안을 가진 사람은 사과가 떨어지는 것을 보고 만유인력의 법칙을 찾아냈다.

어느 여성은 낮은 코에 대한 열등감으로 용모에 자신감이 없었는데 중년의 나이가 되어 성형수술을 하고서 열등감을 극복했다. 그런데 손가락 마디에 펜을 끼워 글씨를 쓰고 타이핑하는 오리어리는 자신의 화상을 '일종의 선물'이라고 했다. 남에게 당당하게 보여줄 수 있다면 그것은 더 이상의 흉터가 아니라 했다. 그는 무엇이 다른가? 생각이 달랐다. 긍정적 마인드를 가지고 있는 오리어리는 "24시간마다 새로운 날이 찾아오니 좋은 소식이지요. 날마다 하나만 더 새로운 경험을 하려고 합니다."고 했다.

새로움, 아름다움, 즐거움, 감사함 등으로 삶의 행복을 느끼는 사람은 그런 것들을 발견할 눈을 가지고 있다. 그리고 긍정적으로 생각할 수 있기에 행복의 노래를 부를 수 있다. 자연의 신비감, 과학의 원리, 세상에 널려 있는 아름다움과 즐거움을 얻으려면 발견의 눈을 떠야 한다. 아무렇게나 눈을 떠도 보이는 게 아니다. 자세히, 유심히 볼 때에 보인다.

나태주는 「풀꽃」이란 시에서 '자세히 보아야 예쁘고 사랑스럽다'고 했다. 정말 그렇다. 그저 스쳐 지나가는 눈으로는 잘 보이지 않는다. 집중과 몰입으로 보아야 보인다. 그때 발견이 된다. 그러니 발견할 수 있는 눈을 가져야 하는데, 그때 필요한 것이 유심히 보는 것이다. 유심히 보다가 지혜, 감성, 경륜이 만났을 때 의미와 가치가 창조된다. 그래서 예술이 창작된다.

35년 전, 강원도 낙산 해수욕장의 백사장에 앉아 시원한 바닷바람에 더위를 식히며 바다를 보고 있었다. 물놀이를 하는 사람들을 보고 있는데 여섯 살 쯤 돼 보이는 아이가 자동차 튜브를 타고 누워 있다가 벌렁 물속에 빠지는 것을 보았다. 그러더니 물속에서 머리가 올라왔다 가라앉길 반복했다. 주변에 많은 사람이 있었지만 그 아이가 위급한 걸 아무도 보지 못했나 보다. 아이가 허우적대는 걸 본 나는 재빨리 뛰어가서 그 아이를 건져냈다. 안전한 백사장으로 끌고 나오니 아이가 너무나 놀랬는지 아무 말도 못했다. 잠시 앉아 숨을 돌리더니 모래바닥에 누워 잠이 들었다. 아이의 손을 끌고 나오는데 아무도 눈여겨보는 이가 없었다. 아이가 하마터면 목숨을 잃을 상황이었는데 아무도 몰랐던 것 같다. 아이가 물에 빠져 가라앉았다가 솟구치는 걸 반복했는데 다른 사람은 못 보았던 것이다. 우연히 나만 목격할 수도 있었겠지만 수많은 사람이 있었는데 나만 발견했다는 것은 내가 유심히 보았기 때문에 발견했을 것이다.

시인 안도현은 어느 강연에서 "시 한 편을 쓰기 위해 다섯 시간이나 지켜본 적도 있다."고 말했다. 집중과 몰입에서 기발한 아이디어가 떠오르거나 놀라운 발견을 하기도 한다. 한때 대학생들이 가장 좋아했다는 시, 「너에게 묻는다」는 아주 간단한 시이다. 누구나 쓸 것 같은 시이다. 그런데 누구나 쓰지 못한다. 왜 그럴까? 연탄재를 보고 그렇게 생각하기가 쉽지 않다. 생각했어도 그렇게 간명하게 표현하기 어렵다.

시인은 유창한 어휘력으로 적절하게 표현을 잘하는 전문가로만 생각하기 쉽다. 물론 시인은 표현력이나 묘사력이 평범한 사람보다 탁월할 수 있다. 그러나 무엇보다 중요한 것은 발견의 눈이 있어야 한다는 점이다. 훌륭한 시인은 좋은 주제를 발견할 수 있는 안목이나 감각, 주제를 감동적으로 표현할 수 있는 능력이 뛰어나다. 명작을 낳는 일도, 과학의 원리도 발견에서 비롯된다.

그런데 아무나 발견하고 아무나 명작을 만들 수 있는 게 아니다. 존 오리어리의 말처럼 눈을 떠야 한다. 새로운 것이나 중요한 것을 알아볼 수 있는 눈을 지녀야 한다. 세상을 행복하게 사는 것도 발견의 눈이 필요하다.

이 세상에는 행복하게 여겨지는 것들이 참으로 많다. 그 행복한 것들을 발견하는 사람이 행복을 누리며 산다. 그리고 그런 사람만이 행복을 표현할 수 있고 전도할 수 있다.

물론 오리어리에게는 특별한 행운이 있었다. 단호하지만 지혜로운 어머니를 만났다. 사고 후, 화상을 입고 간신히 의식을 찾은 그는 어머니에게, "엄마, 나 이제 죽는 거야?" 하고 물었다. 그 상황에서는 위로와 격려가 필요한데, 어머니는 "차라리 죽는 게 낫겠니? 그래도 돼. 그건 네가 선택하는 거야."라며 매몰차게 말했다.

그 사고로 입원했다가 5개월이 지나 퇴원하여 집에 온 날, 푸짐한 음식이 식탁 위에 있었다. 그는 잘린 손가락에 붕대를 감고 있어 포크를 쥘 수가 없었다. 그런데 어머니는 네가 포크로 찍어서 먹으라고 했다. 붕대를 감은 손은 글러브 낀 손과 같아서 포크를 잡으려 해도 계속 바닥에 떨어졌다. 보다 못한 누이가 감자 그라탱을 집어주려 했지만 어머니는 냉엄하게 막았다. 삶의 주인이 되라는 충고였다.

그런 어머니가 10여 년 전에 자신의 사고를 소재로『엄청난 역경』이라는 소책자를 100부 만들어 고마운 분들께 나누어 주었다. 그 소문이 나서 주문이 들어와 6만 부가 팔렸다. 그게 계기가 되어 오리어리는 자신의 이야기를『On Fire』로 쓰게 되었고, 그 책이 크게 히트했다. 그리하여 유명 강사가 되었고 세계로 강의를 다니게 된 것이다.

또 하나의 중요한 요인이 있다. 그는 자신의 장애에도 불구하고 내가 겪은 화재는 슬프거나 나쁜 일이 아니라 '일종의 선물'이라는 긍정적 마인드를 가지고 있다는 점이다. 그는 비행기 사고로 지연 되어 귀가가 하루 늦어지더라도 하루 더 여행할 수 있는 기회로 여긴다는 긍정적 사고를 가지고 있다. 그야말로 '넘어진 김에 쉬어간다.'는 우리 속담과 같은 맥락이다.

네 손발의 장애자인 일본의 오토다케도 자신의 자서전『오체불만족』에서 자신의 장애를 '하나의 개성'이라고 했다. 그가 받은 책의 인세는 보통 사람이 죽을 때까지 다쓰지 못할 만큼의 많은 수입이었다.

오리어리는 '살아있다는 것, 정신적으로 부유해졌다는 점이 성공'이라고 했다. 삶에서 성공이나 행복은 자신이 세상을 어떻게 보느냐에 달려 있다. '어떻게 보느냐', 그것은 바로 발견의 눈, 긍정적 해석에 달려있는 것이다. 그가 발견한 'Wake up', 그것은 'get up'이다. 그는 절망에서도 희망을 발견했고, 그 희망으로 일어났으며 삶의 의지를 깨우친 것이다.

멀쩡한 나는 핑계도 많다. 늘 바쁘다는 이유로, 또, 재능이 탁월하지 않다는 생각으로 꿈의 실현을 위한 실천에 치열하지 못하다. 내가 꿈을 이루지 못하는 건, 능력의 문제가 아니다. 몰입하지 못하고 실천하지 못한 내 의지의 문제다.

가왕, 조용필의 마이웨이

가장 많은 노래를 히트시키고 가장 히트한 노래를 만들기도 했던 한국 가요계 최고의 가수는 조용필이다. 그는 한국인 남녀노소가 가장 좋아하는 가수였다. 1980년대 '돌아와요 부산항에'는 그 당시에 한국인이 가장 좋아하는 가요 1순위였다. 그는 1980년 이후 최고 인기가요상, 최고 인기가수상을 무려 35회 이상이나 수상하며 한국 가요계의 정상을 누볐다. 작은 거인, 국민가수, 가왕이라는 호칭이 그에게는 결코 과장이 아니다.

그는 노래만 잘하는 게 아니었다. 기타 연주, 작사, 작곡, 공연의 기획과 연출까지 정상급이었다. 보통 사람은 도저히 상상조차 할 수 없을 만큼의 일들을 해냈다. 어느 TV 방송에서 인기 가요를 매주 선정하는데 그의 노래 '고추잠자리'가 1위를 24번이나 하여 최장 기록을 세웠다. 연말에 뽑는 최고 가수상과 최고 인기 가요상을 10년 이상이나 수상하여, 스스로 수상을 사양하기까지 했다. 또한 그의 음반은 1980년 '창밖의 여자'로 백만 장, 1994년에는 개인 음반 천만 장의 누적 판매 기록을 세웠다.

그러면 무엇이 그를 가요계 최고의 스타로 만들었을까? 어떤 점이 뛰어나 국민들에게 최고의 인기인이 되었을까?

먼저 그의 음악에 대한 열정을 꼽을 수 있다. 중3때 처음 기타를 잡고 노래와 연주에 열중하자 그의 아버지는 기타를 부수고 노래를 못하게 했다. 그러나 고교를 졸업하던 해 마을 친구들과 클럽을 만들어 노래에 몰입했고, 집을 나와 '화이브 핑거스' 멤버가 되어 미8군에서 노래를 불렀다. 그 뒤에 '김트리오', '그룹 25시', '조용필과 그림자' 등의 그룹 활동을 하다가 1975년 '돌아와요 부산항에'를 불렀다. 그 노래는 좀 지난 뒤에 최고의 히트를 했는데, 일본에서도 대히트를 했다.

그는 1978년 '조용필과 위대한 탄생'을 결성하고, 1979년 음반 1집 '창밖의 여자'를 내면서 가요계에 정식으로 데뷔했다. 그 음반은 100만장 판매의 신기록을 세웠다. 거듭 히트곡을 내 누적 판매량이 1,000만장을 넘었다. 그 후 10년 만인 2013년에 낸 음반 19집 'Hello'도 발매 2주 만에 11만 장이 팔리는 히트를 했다.

그러나 걸출한 인물들이 공통적으로 겪는 시련기가 그에게도 있었다. 1975년 연예인 대마초 파동으로 1977년에 은퇴를 선언하고 잠적했다. 그런데 그 휴식기에 발성을 바꾸는 역전의 계기를 만들었다. 정말 위기를 기회로, 시련을 재도약의 전환기로 만드는 위대성을 발휘한 것이다.

그는 민요 '한 오백년'을 듣고 우리 민족의 한 맺힌 목소리, 즉 창에서 들을 수 있는 탁음으로 자신의 목소리를 업그레이드(upgrade)하게 되었다. 창과 민요를 부르며 목소리를 연마한 뒤 자신이 원하던 탁음을 얻게 된 것이다. 그야 말로 득음을 한 격이다. 그렇게 개

선된 목소리로 우리나라 민요인 '한 오백년'과 '간양록'을 불렀다. 그 노래를 들으면 한(恨)이 없는 사람도 한이 있는 듯, 눈이 찡하여 눈물이 맺히고 애간장이 녹는 듯하다. 그래서 어떤 이는 그의 노래가 영혼을 울리는 감동을 준다고 했다.

그의 음색은 미성(美聲)도 아니다. 탁음에 가깝다. 그런데 음의 폭이 넓고 팽팽한 활시위처럼 힘이 있어 긴장감이 넘치고 호소력이 짙다. 목소리가 정련(精鍊)된 것 같다. 그렇게 감정이 가득 담긴 목소리라서 여러 장르의 가요를 소화해냈을 것이다.

그의 노래 중 애절한 목소리 때문에 가슴이 터질 것 같은 노래가 있다. '비련'이다. 이 노래는 1983년에 나왔는데 자신이 직접 작사, 작곡하여 부른 노래다.

"기도하는, 사랑의 손길로 떨리는 그대를 안고⋯."

노래를 듣던 소녀들이, "기도하는"의 첫 구절이 나오면, "와~", 또는 "오빠~"하고 함성을 질렀다. 그 소리는 막혔던 목에서 숨이 터져 나오는 감탄사였다. 그 자지러지는 외침은 무엇을 뜻하는가? 감동의 폭발이었을 것이다. 그렇게 소리 지르지 않으면 가슴이나 머리가 터질 것 같아 자신도 모르게 외친 감탄이었을 것이다. 이때 '오빠 부대'란 말이 나왔다.

이 노래를 듣던 14살의 환자, 움직일 수 없는 병으로 8년이나 입원했지만 감정 표현을 못하는 소녀가 있었는데 이 '비련'을 듣고 뜨거운 눈물을 흘렸다. 그걸 보고 그녀의 어머니는 경비는 얼마든지 내겠다고 요양원장에게 섭외를 부탁했다. 그래서 요양원장은 조용필의 매니저에게 전화를 했다.

"돈은 얼마든지 줄 터이니 우리 딸에게 그 노래를 한 번만 불러주세요. 얼굴이라도 보여주세요."

이 말을 전해들은 조용필은 단숨에 "갑시다." 하고 말했다. 매니저는 너무나 뜻밖이라, "예약이 4군데나 있습니다."라고 말했다,

"위약금 물어줘요."

그 당시 그의 출연료는 대체로 3천~4천만 원이었다 한다. 조용필은 바로 요양원에 달려가서 그 소녀의 손을 잡고 '비련'을 불렀다. 소녀는 물론 그의 부모도 울었다. 주변 사람들은 물론 조용필 자신도 뜨거운 눈물이 흘렀을 것이다. 노래를 마친 그는 자신의 CD를 주고 소녀와 작별 인사를 했다. 소녀의 어머니가 다가와

"돈은 얼마를, 어떻게 드려야 하나요?"

"따님의 눈물로 충분합니다. 평생 번 돈보다, 앞으로 더 벌 돈보다 그 눈물이 더 비쌉니다."

하고 조용필은 총총히 요양원을 떠났다. 이 이야기가 어떻게 각색되었는지 모르지만 이 '비련'을 인터넷으로 검색하면 그 감동적인 이야기를 볼 수 있다. 그는 감동을 중시하는 예술인이었다. 자신의 노래에 눈물을 흘리는 것으로 손해도 감수할 만큼의 진정한 예인(藝人)이었던 것이다.

사실 이 노래의 가사는 시적 표현이긴 하지만 애매모호하여 이해하기 어렵다. 누구에게 무슨 뜻을 전하려는지도 확실치 않다. 그런데 어떻게 이런 가사로 그렇게 곡진한 노래를 만들 수 있었을까? 작곡가의 상상력인가 타고난 천부적 재능인가. 정말 이 노래를 듣고도 감응이 없다면 정말 인간일까 싶을 만큼 이 노래는 애절하다. 그 곡

도, 연주도, 절창도 좋지만 조용필이란 인간에 대해 경외감이 든다.

그의 부인 안진현은 24억의 재산가였다. 그러자 돈보고 결혼했을 거라고 비방하는 소문이 있었다. 그러나 그에게 24억은 그리 많은 돈이 아니다. 그가 받는 저작권료는 연간 억대가 넘고 사후에도 70년이나 받을 수 있다. 그가 무대에 서면 수천만 원 버는 건 어려운 일도 아니다. 그는 부인의 사후, 부인 재산을 모두 사회에 환원했다.

그 외에도 또 오해를 받은 게 있다. 고향 사람 중의 일부가, '그렇게 잘 되었으면서도 고향 사람들에게 인색하다.'고 비난했다. 그는 언젠가부터 고향에 가더라도 부모님 산소만 들렀다가 고향 사람들을 만나지 않고 얼른 돌아가곤 했단다. 실제로 그랬을 것이다.

평범한 사람도 하루 세 끼 밥 먹기가 바쁜 게 일반적이다. 한국 사람들은 유치원생도 바쁘다 하지 않는가. 그러니 그는 국민가수로서 얼마나 분망했을 것인가. 충분히 짐작이 간다. 그는 노래만 한 게 아니고 노래를 만드는 창작도 했고 기타도 연주했고 콘서트나 순회공연도 여러 번 했다. 그런 준비를 하려면 그가 하나의 몸으로 감당하기 얼마나 버거웠을 것인가. 일부 사람들의 오해이거나 질시였을 것 같다.

그는 많은 전설을 만들어냈다. 공연할 때 최고의 사운드를 내기 위하여 트럭에 4대 분의 기자재를 싣고 갔고, 수십 명의 스태프도 동원했다. 리허설도 공연과 똑같이 해야 한다고 다그치는 바람에 스태프들에게 원망을 듣기도 했다. 그 만큼 냉엄했다. 그리하여 그는 우리나라 대중음악 무대를 한 차원 끌어올렸다는 평가를 받는다.

몇 년 전 아내와 그의 공연을 보러갔다. 정말 명가수였다. 그는 앵

콜이 없다. 작위적이지 않다. 미리 앵콜을 준비하여 인기를 끌려하
거나 박수를 끌어내려 유도하지 않는다. 준비한 노래에 최선을 다해
부르고 깊은 여운을 안겨준 채 의연하게 퇴장했다. 내가 본 공연 중
가장 많이 지불한 입장료였지만 전혀 아깝지가 않았다. 그는 미국
카네기홀, 우리나라 예술의 전당, 일본 NHK홀에서 한국인 최초로
공연하여 절찬을 받았던 우리나라의 대표적인 명 가수였다.

그는 작사, 작곡, 편곡을 하여 싱어송라이터 개념을 확립했고, 콘서
트 문화를 정착시켰다. 트로트를 변형하여 경쾌하게 만들었으며 민
요, 퓨전 블루스, 동요, 락에 이르기까지 다양한 장르의 노래를 작곡
했다. '못 찾겠다 꾀꼬리', '킬리만자로의 표범' 등의 가사는 도저히
노래가 될 것 같지 않다.

그런데 그 노래의 가사와 곡이 너무도 절묘하게 어울린다. 어떻게
만들었기에 그렇게 사람들이 빠져들게 할까. 부르기가 매우 어려운
노래인데 어떻게 그리도 소화를 잘해내는지 나로서는 경이롭기만
하다.

TV 프로 '불후의 명곡'에서 어느 가수가 '비련'을 불러 호평받았
다. 그러나 나는 조용필의 노래와 비교가 되어 찬사를 해줄 수가 없
다. 노래의 첫 발성, '기도하는~' 그 대목을 흉내 내보고 싶었다. 그
러나 나는 어림도 없었다. 다른 유명 가수들이 부르더라도 그렇게
긴장감이 넘치는 호소력이 나오지 않아 만족할 수가 없었다.

그는 자신의 삶이 행복했을까? 그는 누구보다도 비극적인 삶을 살
았다. 첫 번째 부인과 5년 만에 헤어졌다. 두 번째 부인인 안진현과
10년을 부부로 살았는데 부인이 심근경색증으로 갑자기 세상을 떠

났다. 더구나 그에게는 슬하에 자녀도 없다. 쓸쓸한 영혼이다. 왜 아이를 두지 않았느냐고 어느 기자가 물었나 보다.

"나는 음악과 살면 돼요."라고 했던 것 같다. 그랬을 것이다. 행복은 비범한 사람보다 평범한 사람이 누릴 수 있는 기회가 많다. 단, 행복의 크기는 다를 것이다. 조용필이 누린 행복이 얼마나 될지 모르지만 충분히 행복했으리라 믿는다.

그렇다. 그게 마이 웨이(my way)다. 'My Way'는 미국의 가수 겸 배우였던 Frank Sinatra가 부른 노래의 제목이기도 하다. 이 노래를 많은 이들이 팝송이나 대중가요로 알고 있지만 뜻이 '언제나처럼'의 샹송이었다. 노랫말을 우리말로 바꾸어 요약하면 이렇다.

내 인생의 끝이 가까워 나의 생애를 분명히 말하네. 나는 나의 길을 충실히 걸었지. 사랑도 했고, 웃고 울기도 했고, 만족도 했네. 어려움도 겪었고, 잃기도 했네, 모든 것을 정면으로 맞서서 당당하게 살았지. 그것이 나의 길이었네

이 가사에는 대단한 어휘가 등장하는 것도 아니다. 암기하고 싶은 명언이나 명구도 없다. 그런데 당당하게 살았다는 가사에 공감하게 되고 중후한 느낌을 주는 곡이라 많은 가수와 성악가들이 애창하고 있다.

조용필도 노래 하나에 인생을 걸고 그렇게 'my way'로 살았을 것 같다. 비범한 사람은 그렇게 자기 길을 고독하게 가나 보다. 위대한 삶을 살았던 사람들은 행복을 좇아가는 게 아니라 자신의 역량을 인

류와 사회에 남기느라 불편이나 불행을 마다하지 않았기에 그만한 업적을 남겼으리라.

민족의 별, 충무공

충무공을 생각하면 기쁨으로 가슴이 충만해진다. 뿌듯하다. 즐겁다. 놀랍다. 한편으로는 반성도 한다. 충무공은 인간인가 신(神)인가? 후세인들이 너무나 신격화했기 때문인가?

400여 년 전인 1592년. 임진왜란으로 나라가 위기를 맞았을 때, 하늘이 내린 인물처럼 나라와 민족을 구해낸 충무공. 조총을 들고 몰려온 왜적이 우리 민족을 살해하고 강토를 분탕질했다. 나라가 풍전등화 같을 때, 바다에서 왜적을 물리쳐 나라를 지킨 충무공. 그보다 더 위대한 장군이 또 있을까?

어려운 여건을 극복하고 조국을 지킨 공로 만이라면 충무공 외에도 여러 장군들이 있다. 승전 때문만이 아니다. 전라좌수사가 된지 1년 2개월 만에 어떻게 준비하고, 훈련을 했기에 23전 23승, 전승의 기록을 세울 수 있었을까? 이건 『삼국지』의 제갈공명도 해내기 어려운 승전 기록이었다.

전라좌수사로 부임하여 판옥선과 거북선, 총통과 편전을 만들고 전선(戰船)의 정비와 수군(水軍)의 훈련까지 해 놓았다. 연전연승하며 바다를 지킨 충무공을 일부의 대신은 모함하기도 했다. 선조는 자신의 뜻에 따르지 않는다고 파직, 구속, 사형까지 거론했다. 다행이 구속에서 풀려났지만 백의종군하여 전쟁터로 달려갔으니 얼마나 훌륭한 장군인가.

일본이 한반도에 쳐들어오려고 철저히 준비하고 있을 때, 조선의 조정에서는 전쟁에 대한 대비도 하지 않고 당파싸움만 했다. 왜적이 쳐들어오자 제대로 항전하지 못하고 길을 내주고 말았다. 동래부사 송상현, 부산진 첨사 정발, 삼도 순변사 신립 등이 죽음을 무릅쓰고 저항해 보았지만 활로 왜군의 조총과 맞서는 건 불가항력일 수밖에 없었는지도 모른다. 대부분의 군사들이 제대로 싸워보지도 않고 달아나버렸다. 왕까지 한양 도성을 버리고 의주까지 내뺐으니 어떻게 나라를 지킬 수 있었겠는가.

전쟁 발발 20여 일 만에 왜군이 한양에 들이닥치고 말았다. 하루 평균 30리 정도를 북상했으니 이건 전쟁도 아니다. 행군에 가깝다. 이런 상황에서도 이순신 장군은 바다에서 왜선의 길목을 막고 왜적을 물리치며 유일하게 연전연승했다. 옥포에서 왜선 30여 척을 물리치며 수많은 왜군을 몰살시켰는데 이 전투에서 조선 수군은 한 명도 목숨을 잃지 않았다. 그야말로 통쾌한 대승이었다. 그 이후 한산대첩, 안골포, 웅천, 칠천량, 벽파진에서도 연전연승했다. 그런데 모함과 모략으로 투옥되었고 갖은 고초를 겪었다.

충무공이 그런 수모를 겪을 때, 삼도수군통제사가 된 원균은 단 한 번의 칠천량 싸움에서 왜군에게 완패하여 100여 척의 판옥선을 잃었고 자신도 아들과 함께 목숨을 잃었다. 그뿐만 아니라 1만여 명의 수군도 궤멸되고 말았다.

원균의 대패 보고를 받은 선조는 염치도 없이 전선도 수군도 없는데 충무공을 부랴부랴 삼도수군통제사로 다시 임명했다. 남은 배는 12척. 도저히 왜군을 상대로 싸울 수 없는 상황이었다. 선조는 해전을 포기하고 권율 장군 휘하에서 육군을 도와 싸우도록 했으나 충무공은 보통사람과는 너무나 달랐다.

"신에게는 아직도 12척의 배가 있습니다. 길목을 잘 지키면 한 사람이 천 사람도 막을 수 있습니다." 아뢰고, 명량에서 1척을 보태 13척의 배로 왜선 130여 척과 싸워 신화 같은 승리를 거두었다.

정유재란을 일으켜 서해를 통해 한양으로 진출하려던 왜적을 이 명량대전에서 승리하여 길목을 막아 낸 것이다. 이건 도저히 상상할 수 없는 승리였다. 충무공 자신도 이 승리는 천행이라며 신이 도운 것이라고 할 정도였다.

충무공이 백의종군하여 전쟁터로 향하는데 어머니까지 돌아가셨다. 그 비통함이 얼마나 컸으랴만 국민과 나라 지키는 일을 포기하지 않았다. 그 서글픈 상(喪)중에도 서둘러 싸움터로 나아갔다. 사사로운 감정으로 머물러 있을 수 없었다. 나라와 민족을 지키는 일을 결코 포기할 수 없었던 것이다. 나라를 짓밟은 왜적을 그대로 돌려보내지 않겠다며 노량으로 가서 왜군을 대파하고 장렬하게 세상을 떠났다.

한산도 제승당으로 올라가는 길목에 대첩문이 있다. 대첩문 앞의 입간판에는 충무공의 3대 정신이 씌어 있었다.

"멸사봉공(滅私奉公)의 정신, 창의와 개척정신, 유비무환(有備無患)의 정신"

사적 욕심을 버리고 나라와 민족을 위하여 목숨을 바치는 멸사봉공의 정신. 거북선을 새롭게 만들어내고, 불가능할 것 같은 울돌목 싸움을 승리로 개척한 정신, 환란에 미리 대비하는 정신, 이 세 가지 정신을 충무공은 실천했다.

이순신이 그렇게 위대한 정신을 가질 수 있었던 배경은 무엇일까?

그는 전란 중에도 일기를 썼다.「한산섬 달 밝은 밤에」라는 시조도 썼다. 붓글씨도, 글도 좋아 장계를 잘 썼다. 그는 무인이기 전에 문인이었다. 어려서 유학에도 재능을 보였고 정의감이 강하여 유성룡에게 발탁될 수 있었다. 난중일기에 숱하게 나오는 활쏘기 등으로 틈만 나면 익힌 무예, 문인다운 정서에 무인다운 용기, 지혜와 정의감까지 갖추어 민족의 별이 되었다.

충무공은 관직이나 생애에 굴곡이 심했다. 종9품 무관으로 시작하여 3년 임기 후 종 8품으로 승진했는데 서 익이 친인척을 승진시키려 하자 강직하게 반대하여 8개월 만에 좌천 되었다. 다시 종4품으로 파격적인 승진을 했는데 서 익은 종8품으로 끌어 내렸다. 그 다음 다시 9품으로 또 강등되었다. 여진족의 추장을 생포한 공로로 정7품으로 승진했다. 선친의 삼년상을 마치고 종6품으로 복직하여 만호, 둔전관이 되었는데 여진족들이 쳐들어와 병사를 죽이고 병사와 백성 160여 명을 납치해 갔다. 그리하여 경흥부사와 여진족을 급습하여 60여 명을 구출해 왔다. 그런데도 꼬투리를 잡아 백의종군을 하게 했다.

다시 여진족 토벌에 공을 세우자 관직을 주어 선전관, 정읍현감을 거쳐 종3품으로 승진되었다가 취소되는 해프닝도 있었다. 공의 인품과 능력을 믿는 유성룡의 거듭된 천거로 종4품의 진도군수, 종3품의 가리포 수군첨절제사를 거쳐 정3품의 전라좌도 수군절도사로 고속 승진하여 조선 수군의 지휘관이 된 것이다. 왜적의 침입을 예감한 유성룡이 강력하게 추천했기에 가능한 일이었다. 임진왜란이 일어나기 1년 2개월 전, 이순신을 기용한 것은 참으로 탁월한 발탁이었다.

이순신이 옥포, 합포, 적진포, 사천, 당포, 율포, 한산도, 부산포 등지에서 연전연승하게 되자 삼도수군통제사로 제수하여 수군 전체를 통솔하게 하였다. 그러나 원균이 칠천량 싸움에서 완패하여 전선(戰船)과 수군을 거의 잃고 말았다. 그 결과 서둘러 이순신을 통제사로 다시 임명한 것이다. 이순신은 수군을 재건하여 13척의 배를 가지고 왜군을 막아냈다. 그리고 노량 앞바다 최후의 전투에서 영웅답게 숨을 거두었다.

그의 『난중일기』는 국보로 지정되었고 2013년에는 유네스코 세계기록유산으로 등재되었다. 그리하여 우리나라의 명 장군이요 세계적인 장군으로 민족의 별이 되었다.

시대의 놀라운 변화

1970년대에 예비군 훈련을 받으러 가면 정관수술 희망자에게 예비군 훈련을 면제 해주는 일이 있었다. 산아제한을 위해 '둘만 낳아 잘 기르자'는 정부의 시책 때문이었다. 세 자녀 이상을 두면 '미개인', 한 자녀를 두면 '세련됐다.'며 문화인 취급을 하던 때다. 그러나 40여 년이 지난 지금, 우리나라는 세계에서 가장 저 출산 국가가 되었다. 그래서 세 자녀 이상을 둔 가정에 특혜를 주고 있지만 출산율은 늘지 않고 있다. 30여 년 전, 아이들을 낳지 않아 걱정이라는 프랑스를 부러워 할 정도였는데 지금의 우리는 프랑스보다 더 걱정스런 상황이 되었다.

도시의 은행나무 가로수 밑에는 은행이 부지기수로 떨어지고 으깨어져 매우 지저분하다. 옛날 같으면 사람들이 모두 주워 갔을 텐데, 지금은 밟을까 봐 조심하며 걸어간다. 은행나무를 가로수나 정원수로 심을 때에는 수나무로 심어야 하고, 암나무는 베어내야 할 정도다.

먹고 살기 힘든 50여 년 전, 우리들은 논길을 걸어가며 볏낟을 뜯어 입 속에서 이로 까먹었다. 그 시절의 초등학교 때인 어느 날, 논

길 끝에서 논 임자에게 볏날을 까먹었다고 뺨까지 얻어맞았다. 그가 내 뺨을 얼마나 세게 때렸던지 눈에서 번갯불이 번쩍 튀었다 지금 아이들은 옛 사람들이 볏날을 이로 까 먹었는다는 걸 상상하지 못할 것이다.

20여 년 전에 광릉내 수목원에 갔을 때다. 화단에 딸기가 빨갛게 익어 매달려 있었다. "아이들이 따먹고 싶었을 텐데 왜 놔두었을까?" 했더니, 일행 중 한 사람이, "그걸 누가 먹어요." 했다. 흙이 묻어 더러운데 누가 먹느냐는 것이다. 옛날에 우리들 세대는 흙이 좀 묻었다고 해서 더럽다는 생각은 하지 않았다.

1997년 미국 여행 중 LA 시내에서 런닝셔츠 차림으로 조깅하는 사람들을 많이 보았다. '선진국민은 운동을 열심히 하는구나.' 하고 생각했다. 그런데 10년 뒤쯤엔 우리나라 거리나 공원에서도 조깅과 워킹 대열을 흔히 볼 수 있었다.

수원 서호공원에도 많은 주민들이 운동하러 나온다. 17년 전 내가 이곳에 이사 왔을 때에는 이 서호의 축만제(祝萬堤) 둑 위에 풀이 무성하였다. 둑 위에는 한 사람이 걸어갈 정도만 풀 사이로 한 줄만 길이 나 있었다. 그런데 지금에는 운동하는 사람들 때문에 풀들이 완전히 사라져 넓은 길이 되었다.

10년 전 이 서호천에서 볼 수 없었던 물고기들이 지금은 무척 많다. 물고기들이 많기 때문인지, 온난화 때문인지 백로, 왜가리, 오리, 가마우지, 기러기, 물닭 등 많은 새들이 날아온다. 참으로 놀라운 변화다.

30년 전 포천 한탄강 상류에서 어의, 모래무지 등의 물고기를 잡았다. 몇 년 후에는 이 강의 물고기도 씨가 말라 천렵했다는 이야기는 전설이 될 거라고 걱정했다. 그런데 지금은 오히려 하천의 물고기들이 늘어났다. 20여 년 전에 유럽 선진국의 하천이 맑아지고 있다는 뉴스를 들었는데, 지금은 우리나라의 하천이 되살아나고 있다.

어느 일요일, 아내와 서호공원에서 용주사까지 자전거로 다녀왔다. 서호천의 산책로 끝자락인 벌말교 아래에서 삼남길로 달려가는 20여 명의 자전거 대열을 만났다. 길을 비켜주며 보니 그들은 환갑 정도로 보였는데 젊은이 못지않을 만큼 힘차게 달렸다.

초등학교 시절에 비가 오는 날, 우산이 없어 책을 싼 보자기를 어깨에 메고 겉옷을 걸치고 달리던 생각이 난다. 그런데, 지금은 각 가정에 가족의 수보다 우산 수가 많다. 바지를 바꾸어 입을 때마다 혁대를 빼서 다시 끼던가 끈으로 졸라 매야 했는데 지금은 혁대가 10개쯤, 넥타이도 20여 개나 된다. 볼펜은 사지 않는데도 필통에 50여 개나 있다. 분명히 물질 풍요의 시대다. 산에 낙엽이 수북한 걸 보면, 우리 세대는 '땔감이 참 많구나.' 하고 생각한다.

교사들의 수업평가를 위해 교실에 들어갔다가 학생들의 교과서를 보았다. 10여 년 전 쓰던 교과서와 매우 달랐다. 크기도 커졌고, 표지의 아트지가 화려하다. 그림이나 사진도 모두 컬러로 인쇄되었다. 고급 참고서 같다.

중고등학교 때, 영어 교과서에서 공원(park)에 관한 지문을 많이 보았다. 그 시절에 파크란 잘사는 선진국에나 있는 것으로 생각했다. 그런데 이제는 우리나라 마을마다 공원을 잘 가꾸어 놓았다. '우리나라도 이제 선진국이 되었구나.' 하는 생각을 한다.

30년 전에 유럽 여행을 다녀온 분이, 공원에 있는 노인들에게 말을 건네면 매우 반갑게, 고맙게 여기더라고 했다. 그런데, 우리 어머니께서 2~3년 전부터 심심해서 못 살겠다고 하신다. 30~50년 전에는 심심한 날이 있을 수 없었다. 새벽에 일어나 밤늦도록 일을 해야 했다. 지금, 우리 어머니께서는 할 일이 없다. 취미도 없다. 그러니 삶이 지루하여 사는 게 고통이라 하신다.

선친께서 40대 때, 이웃집의 머리가 하얀 할아버지를 보고 환갑 노인이 지게를 지고 일한다며 흥보듯 말씀하셨다. 그러나 선친께서는 75세까지 일을 하셨다. 한동안 고속도로 휴게소의 음반 판매 가게를 지나가다 들을 수 있던 노래는 '내 나이가 어때서'다. 2014년에 가장 히트한 노래이고 60세 이상의 노년층이 가장 좋아하는 가요다. 지금 60세는 시골에서 청년이다. 그 나이로는 노인정에 기웃거릴 수도 없고, 지하철의 경로석에 마음 놓고 앉지 못한다. 세대가 그렇게 젊어졌다.

중학교 때 담임선생님께서, 내장산과 백양산에 도토리가 엄청나게 많은데 그걸 가공해서 먹을 수 있다면 좋을 거라 하셨다. 그때는 기름기 음식을 먹지 못하던 시절이라 도토리 음식을 잘 먹지 않았다. 그런데, 1980년대 이후 기름기 있는 음식을 많이 먹게 되자 도토리가 다이어트 음식이라고 각광을 받기 시작했다. 그런데 1990년대에는 도토리가 너무 비싸 대부분이 가짜 도토리묵을 먹었다. 그런데 지금은 거의가 진짜 도토리묵이다. 가짜를 만들 필요가 없다. 진짜 도토리 가루가 중국에서 싼 값에 수입되기 때문이다.

10여 년 전에 보리밥 식당이 많아졌다. 등산로 입구에는 보리밥을 파는 식당이 많았다. 어머니께서는 옛날에 많이 먹어 쳐다보기도 싫다고 하지만 지금 사람들은 다이어트에 좋고 별미라며 보리밥을 찾는다. 놀라운 변화다. 시대가 상상할 수 없도록 엄청나게 변했다. 변화에 가속도가 붙었다고 한다. 사람도 그 변화에 민감하게 변할 줄 알아야 적응할 수 있을 텐데 중년 이상은 그 변화의 속도를 따라가기가 어렵다. 그러니 고루한 세대가 될 수밖에 없다.

세상에 널려있는 행복

세상에는 기쁘고 즐거운 일들이 무수히 널려 있다. 아침 출근길에 보는 밝은 태양, 퇴근길에 보는 노을, 학교에 가면 학생과 교직원을 만나는 반가움, 나의 삶을 위해 인내해준 가족, 화사한 꽃과 싱그러운 나뭇잎, 새 소리와 떠가는 구름 등 아름답고 고마운 일들을 하루에도 수없이 발견한다.

어느 가을 아침. 수원 화성을 지나는데 장안공원의 노란 은행잎이 곱다. 빨간 단풍잎이 화려하다. 억새꽃조차도 눈부시다. 계절마다 갈아입는 옷, 아름다운 자연, 세상이 온통 축제다.

이제 어디서나 쉽게 볼 수 있는 억새꽃. 억새꽃도 꽃인가 했는데 은색 꽃수술이 햇빛에 반짝이며 하얀 머리를 흔든다. 꽃이 피기 전에 소꼴로 베고, 잘라서 퇴비로도 쓰고, 뜯어 말렸다가 땔감으로도 쓰던 억새. 30년 이전만 해도 풀에 불과했던 억새가 꽃으로 사랑받는 날이 있을 줄이야!

김일성의 별장이 있었다는 소문이 있을 만큼 아름다운 산정호수. 호수를 한번 돌아보는 게 다인 줄 알았다. 그런데 호수 옆 명성산에 우거진 억새가 꽃으로 피어나 사람들을 놀라게 했고, 민둥산 억새는 전국의 명소가 되었다. 억새가 그렇게 감동을 줄 줄이야. 하긴 30년 전에는 순천만의 갈대도 갯벌에 쓸모없이 자란 풀에 불과했다. 그런데 오늘날에 무수히 많은 인파가 갈대밭을 휘젓고 다닐 줄 누가 알았으랴.

논밭 여기저기서 잘도 자라 귀찮았던 개망초. 20년 전, 암사동 선사유적지 뜰에 구름처럼 피어나 놀라게 했다. 뽑아 버려야 할 잡초로만 여겼던 개망초가 구름 같은 꽃으로 보일 줄을 누가 알았나.

특식으로 나온 바나나 두 쪽을 혼자 먹기 아까워서 외출하던 날 품고 나온 카투사. 그걸 함께 먹자고 내놓은 남자를 보고 감동을 받아 결혼하게 되었다는 어느 여교사가 있었다. 불과 30년 전 일이다.

안양 병목안의 채석장은 바위를 깨, 떼어내고, 깎아내어 뼈마디가 흉측하게 드러났던 험상궂은 산이었다. 그런 바위벽에 폭포가 설치되었다. 자갈들만 나뒹굴던 산자락엔 야생화 꽃밭을 가꾸어 시민들의 휴식처가 되었다. 물도 사원 냇가, 신도림천엔 자갈만 나뒹굴었는데 지금은 현대식 빌딩이 들어섰고, 주변은 자연 친화적 공원으로 명소가 되었다. 이렇게 변하게 될 줄을 누가 알았겠는가. 오래 살고 볼 일이다.

비닐이 풀잎에 걸쳐 있고 쓰레기가 흩어져 있던 둔치들이 꽃밭이 되고 자전거길과 산책로로 정비되어 공원처럼 되어있었다. 남한강과 낙동강 고수부지에 자전거길이 나면서 서울에서 부산까지 자전거로 달려가는 라이더도 많아졌다.

금강, 영산강에도 공원이 곳곳에 생겼다. 아니 공원이 강변으로 물길 따라 이어졌다. 금강 공주보에서 백제보를 지나 낙화암까지 가는 길도 아름답다.

초등학교 다니던 50년 전. 점심 거르는 것은 보통의 일이었고, 도시락을 싸오지 못하는 친구들이 한 반에 50명 중 10명은 되었다. 옷은 한 계절에 하나면 되었고 빨래할 때 바꿔 입을 옷이 없어 물 젖은 옷을 그대로 입고 등교하기도 했다. 비 오는 날 우산이 없어 비를 맞으며 달려서 등교했다. 양말이나 신발은 아주 기분 좋은 명절 선물이었다.

중학교 때는 펜촉에 잉크를 묻혀 쓰느라 손과 공책에 검은 얼룩이 예사였다. 볼펜이 나왔을 때는 얼마나 편했나. 그런데 그걸 사지 못해 잉크를 찍어 쓰는 불편도 감내했다. 전자시계가 나왔지만 건전지 값이 아까워서 태엽 시계를 선호했다.

반세기가 흐르는 동안 소득이 100배는 늘어났고 삶의 질도 10배는 나아졌다. 자전거도 타지 못했는데 승용차가 없는 집이 드물고 두 대씩 가지고 있는 집도 흔하다.

사람들은 즐거운 여행에서 행복감을 많이 얻는다. 이국적 풍광의 한라산 백록담과 올레길, 울릉도 저동 해안길, 통영 소매물도와 장사도, 설악산 권금성의 케이블카. 내장산의 단풍, 지리산 둘레길과 천왕봉, 백령도의 두무진, 서울 주변의 여러 명산과 한강 등 그야말로 아름다운 금수강산이 되었다.

해외로 눈을 돌리면 감격스런 장면이 헤아릴 수 없을 정도로 많다. 하늘에 닿을 듯한 백두산, 천지와 장백폭포, 환상적인 장가계, 수증기처럼 하얗게 피어오르는 활화산의 아소산, 신비로운 앙코르와트, 싱가포르의 쥬롱새공원과 센토사섬, 끝이 없을 것 같은 하롱베이 바위 섬, 웅장한 계곡 그랜드캐니언, 화려한 문명의 꽃 라스베이거스의 야경, 알프스 융프라우에서 본 설경, 그림으로나 존재할 것 같은 오스트리아 할슈타트의 호수마을.

바위가 떨어지다 걸쳐 곰의 혓바닥 같은 노르웨이의 트롤 퉁가, 수상 도시 이탈리아의 베네치아. 요정들이나 살 것 같은 크로아티아의 플리트비체 호수 등, 세상은 넓고 볼거리가 많아 놀랄 일도 많다. 그렇게 경탄하게 만드는 세계의 명소들. 가보고 싶은 곳이 너무나 많아서 인생 70은 너무나 짧다.

스포츠도 감격스럽다. 4강 신화를 낳은 2002년 월드컵, 전국의 광장에서 빨간 티셔츠를 입고 응원하여 세계를 놀라게 한 한국인의 응원, 런던올림픽에서의 축구 동메달 획득, 2010년 피겨 여왕으로 등극하여 정상에서 흘린 김연아의 눈물, 어느 나라도 넘보지 못했던 브라질 리우올림픽에서 일군 양궁의 전 종목 석권, 올림픽 사상 최초 사격 단일 종목 3연패한 진종오 등의 메달 소식은 감동의 파노라마였다.

중국 장가계 여행 중에 천문산 입구의 '천문호선대별장(天門狐仙大別場)'에서 본 뮤지컬, 환상적인 유니버셜발레단의 '백조의 호수', 1993년 100만 관객을 끌어들인 '서편제', 그리고 딱 10년 뒤인 2003년에 '실미도'는 1,000만 관객을 돌파했다.

그 뒤로 지금까지 15편을 천만 관객이 관람했다. 충무공의 휴먼 드라마 '명량', 조국 부흥의 발판이 되었던 인력 수출의 '국제시장', 일본에서 대 히트한 TV 드라마 '가을동화'와 '겨울연가', '태양의 후예'도 밀도 있고 운치 있는 대화로 선풍적 인기를 끌었다.

K-pop의 인기도 세계로 진출, 보아와 비, 동방신기와 소녀시대, 특히 싸이는 '강남스타일' 뮤직 비디오로 미국, 유럽에서 인기를 끌어 세계인들이 말춤을 추게 만들었다. 최근 선풍적인 인기를 끌고 있는 방탄소년단은 한류 문화의 위세를 세계에 떨치고 있다.

살아오면서 행복했던 순간들이 내게 참으로 많다. 퍼뜩 떠오르는 감격스런 추억의 장면도 많다. 대학 합격의 소식을 들었을 때, 독서실 청소하며 번 돈으로 TV 사서 부모님 드릴 때, 교사로 발령이 났을 때, 딸이 태어나서 웃을 때, 수필집 『꿈을 위한 서곡』을 발간하고 출판기념회를 할 때, 교장으로 승진하여 취임식장에 어머니와 아내가 참석했을 때, 청소년 교육 공로로 훈장을 받을 때, 전에 근무하던 학교에서 열린음악회를 열어 키보드 연주하며 노래 부를 때 등은 환희와 감격의 순간들이었다.

그뿐만 아니라 고통스런 순간에도 마음 뿌듯했던 때가 있다. 대학 다니며 아르바이트하느라 하루에 세 곳이나 들러서 학생들의 개인 지도를 하고 늦은 시각에 집으로 돌아올 때, 밝은 달이 나를 칭찬하는 듯 밝게 비쳐 주었다.

서울에 맨손으로 유학을 와서 학비를 벌려고 질통을 짊어지고 모래를 퍼 나르다 등허리가 벗겨져 진물이 났다. 자면서 나도 모르게 신음소리를 냈다. 음식점에서 종업원으로 냄비를 닦다가 손이 베여 쓰릴 때도, 명동 소주집의 웨이터로 일할 때 화장실이 막혀 맨손으로 후벼 뚫었을 때도 나는 스스로 희열을 느꼈다. 훗날 성공하면 그런 과거사가 자랑스러운 이야기가 될 수 있으리라는 기대 때문이었다. 내 자신이 무척 대견하게 여겨졌다.

방학하여 모처럼 고향집으로 부모님을 뵈러 가, 어머니를 부르면 어머니는 부엌에서 불을 때다가 부지깽이를 들고 달려 나왔다. 그렇게 살아가는 나를 기특하게 여겨 눈물을 글썽이셨다.

어느 날에는 도청의 고위직이던 친척이 나를 보러 오셔서, 아버지에게 "저런 애는 천에 하나입니다."라고 하셨고, 어떤 분은 '우리 아들 다섯을 때려 부수어 하나를 만들어도 저 애만 못할 거'라고 하셨다.

나에겐 정말 행복했던 장면들이다. 그러나 그 시대 내 또래 중에는 나보다 더 고생을 했거나 훨씬 훌륭하게 산 친구들이 많다. 그들도 나와 같이 그 시절을 행복하게 여기는지 모르지만 나는 행복한 기억으로 간직하고 있으니 참으로 다행이다.

사람이 살 수 있도록 산소, 물, 흙, 유기물과 생명체를 주었다. 즐겁게 살 수 있도록 아름다운 경치를 주었다. 하늘에는 해와 달, 구름과 별, 바다와 호수에는 물고기, 숲에는 나무와 꽃, 공중에는 새를 주었다. 땅에는 수 백 가지 광물도 넣어 두었다. 참 잘 만들어진 지구다.

사람이 외롭거나 쓸쓸하지 않도록 음악도 주었다. 몇 광년의 별도 찾아내는 첨단 과학시대이지만 아직 지구와 같은 행성은 찾지 못했다. 어쩌면 이 지구는 우주에서 영원히 하나 뿐인 천국일지도 모른다.

TV 프로그램 중 '성공시대'와 '강연 100℃'에서 성공인들이 과거를 회상할 때, 피눈물 나게 고생하던 시절이 행복했다는 말을 했다. 고생 끝에 얻어진 성공이었기 때문일 것이다.

세상에 기쁨이 저절로 굴러오는 일은 별로 없다. 기쁨도 만들며 사는 것이다. 기쁨, 아름다움, 고마움을 발견할 줄 아는 안목이나 긍정적 마인드가 있으면 누구나 행복할 수 있다. 귀여움 받는 일, 세상의 즐거움도 자신이 만든다. 그리고 행복이란 발견할 수 있는 자만이 가질 수 있는 보석이다.

창밖 서호천 풍경

우리 아파트 뒷 베란다에서 창밖을 보면 펼쳐지는 풍경화. 한 폭의 살아있는 그림이다. 14층의 가장자리이기 때문에 바깥 풍경이 잘 보인다. 집 앞으로는 여기산이 잘 보이고 뒷편으로는 율현초등학교 운동장과 꽃뫼양지교, 서호천의 일부가 보인다. 맞은편 아파트의 벌집 같은 방마다 불꽃이 하나둘 피어나면 거대한 피라미드가 아카시아 꽃으로 피어난 것 같다.

시커먼 시멘트 숲에서도 벚꽃보다 밝은 꽃이 피어난다. 그 불빛 안의 공간에는 낮일을 끝낸 꿀벌들이 편안한 휴식을 취하고 있는 것 같고, 가족들의 행복이 꿀처럼 들어차 있는 벌집 같기도 하다.

인적 끊긴 밤에 빨간 불과 파란 불이 돌아가며 깜박이는 사거리. 고개 숙인 가로등이 길을 따라 이어지고 정적이 흐른다. 아파트 정문 위의 남색 글씨와 가게의 간판불은 밤이 돼야 살아난다.

꽃뫼양지교를 건너면 초등학교의 정돈된 교사(校舍)와 아담한 운동장. 그 오른쪽 둑길은 조그만 공원. 500m쯤 돌아가면 천천교(泉川橋). 1호선 전철 담장이 길을 막아도 다리 밑으로는 물이 흐르고 고수부지 길은 긴 리본처럼 이어져 있다. 양지바른 곳에는 조릿대가 우거지고 키 작은 회양목도 낮은 울타리가 되어 무단으로 출입하는 걸 차단한다.

광교산에서 흘러내린 물이 서호천으로 흘러 서호지에 모였다가 황구지천으로 흘러간다. 이 서호천변으로 수원 둘레길의 하나인 모수길이 이어진다. 서호천에는 언제 부턴가 잉어와 물고기들이 많아져, 백로와 왜가리가 날아든다. 개천 바닥의 돌을 딛고 선 왜가리는 달마스님이 삼태기를 둘러 쓴 듯 서 있다. 텃새가 되어버린 오리들도 이 개천 위를 떠다닌다. 물오리가 언제부터 텃새가 되었는지 이 개천에서 여유롭게 살아간다. 사람들이 괴롭히지 않으니 사람을 보고도 놀라지 않는다. 개천이 죽어버릴 줄 알았는데 생활하수를 달리 빼내니 오히려 살아났다.

햇빛이 가득한 한낮. 휘돌아간 서호천변에는 큰 키의 메타쉐콰이어가 원뿔형으로 서있고 여러 종류의 나무들이 혼재해 있다. 여러 종류의 나무들이 제 각각의 모습으로 개천가에서 제 삶을 산다.

봄이 오면 천변 개나리 울타리엔 노란 꽃들이 흐드러지게 피어나고, 싱그럽게 자라는 버드나무 잎이 하늘거린다. 5월이면 철쭉이 치마폭에 불이 붙은 듯이 피고 느티나무와 아카시아도 파란 잎을 틔운다. 자동차 도로 옆에는 실유카가 줄지어 심어져 있고 그 뒤로는 사철나무가 울타리처럼 둘러쳐 있다.

화살나무 생울타리도 있고, 느티나무도 있다. 도시 외곽이라선지 여유로운 공간에 많은 종류의 나무들이 제각기 다른 모습으로 자리를 빛내고 있다. 자유로운 어울림이다.

여름 초입에는 넝쿨장미가 아파트 담장을 빨갛게 수를 놓고 넘나

든다. 작은 부채만큼이나 큰 플라타너스 잎이 무성해지면 자작나무 잎들은 손을 흔든다.

가을이 되면 은행나무는 노랗게 물이 들고, 벚나무는 발갛게 변신을 하여 주황 색종이를 무수히 매단 것 같다. 어우러진 단풍이 꽃 못지않게 화려하다.

푸르렀던 활엽수의 잎들이 쏟아져 내린 겨울이 되면 나무 가지들이 앙상하여 비어버린 공간이 쓸쓸하다. 그러나 한결같은 잣나무는 의연하게 서서 완전한 허공으로 만들지 않는다.

시멘트 포장도로의 고수부지 길에는 걷기 운동을 하는 사람들과 자전거 라이더들이 보인다. 모래톱 옆에는 근력 운동기구가 손길을 기다리고 공중전화 부스는 책장으로 변하여 수십 권의 책들이 눈길을 끈다. 누가 가져다 놓았을까?

이 서호천변의 아파트에 이사 온 지가 17년이 되었다. 전에는 2~3년이면 이사를 다녔는데 여기서는 오래 살았다. 1호선 화서역이 5분 거리에 있고, 서호천을 따라 1km를 가면 서호와 서호공원이 나온다. 서호의 산책로를 한 바퀴 도는 데에 약 20 걸린다. 봄·여름·가을에는 많은 사람들이 나와서 걷는다. 호수를 보며 산책할 수 있다. 절반 정도는 공원길이라서 걷는 맛이 난다.

이곳 서호공원에 기타나 몇몇 악기를 가져와 자선 공연하는 사람들을 가끔 볼 수 있다. 서호 곳곳에 있는 벤치에 앉아 휴식하기도 좋다. 호수의 두 곳에 역기, 철봉, 발 흔들기와 허리돌리기 등 여러 운동 기구가 설치되어 있어 운동하기도 좋다.

눈이 내린 어느 겨울 밤. 수원역에서 이 서호까지 눈길을 밟으며

30분을 걸어온 적이 있다. 숙지고등학교 담장 옆에서 서호로 건너는 육교에 오르니 눈 덮인 서호가 커다란 정원처럼 아늑하게 보였다.

서호의 밤섬 나무 위에는 민물가마우지 수백 마리가 나무 가지에 앉아있다. 서호에 물닭도 보이고 오리도 있는데 가을에는 수백 마리의 기러기 떼가 몰려와 호수를 가득 채우기도 한다.

서호 옆에는 여기산이 있는데 사람들이 출입을 못하게 막아놓아 각종 새들이 많이 서식한다. 봄이 되면 수많은 백로가 와서 둥지를 튼다. 겨울의 끝자락, 새해가 되면 우리 집 앞 아파트 지붕에 왜가리 예닐곱 마리가 새벽부터 웅크리고 앉아있다. 뭘 보는지 오랫동안 한쪽 방향으로 모두 고개를 돌리고 무엇인가 응시하고 있다.

가까이에 서호공원이 있어 휴일에는 여유롭게 산책할 수 있다. 1호선 전철역이 가까워 서울 나들이도 쉽다. 그래서 이 마을에 대한 만족도가 높다. 아름다운 경관과 편리한 교통이 있어 앞으로도 상당기간 이 마을에서 살 것 같다.

태어나서 교육대학교 다닐 때까지 고향 마을에서 20여 년을 살았다. 서울에서 대학을 다니다가, 경기도로 발령을 받아 서울 주변에서 40여 년을 살았다. 지금의 집에서 산 기간을 빼면 평균 2~3년마다 이사를 다녔다. 그래서 우리 아이들은 불행하게도 고향이라고 할만한 곳이 없다. 당연히 향수의 정서도 없고 고향에 대한 그리움도 없을 것이다. 잦은 이사로 말미암아 유년의 아름다운 기억을 만들어주지 못한 것 같다.

내 방 뒤 베란다에 서서 창밖을 보면 구도가 잘 잡힌 한 폭의 풍경화다. 이 풍경을 보며 잠시 편안한 기분에 젖기도 했다. 아내와 아들도 나 같은 생각을 할까? 여기서 좀 더 살다보면 정도 들고 이 꽃뫼 양지마을을 떠나면 추억으로 회상할 수도 있을 것이다. 문득 '삶'이 란 시의 한 구절이 생각난다,

　'… 현재는 언제나 슬픈 것, 마음은 미래에 사는 것, 그리고 지난 것은 그리워지느니라.'

유구계봉길 금계산 산자락에서

늦은 조반을 먹던 2017년 1월 17일 아침. 창밖을 보니 창밖 정면으로 펼쳐지는 정경. 산모롱이를 돌아가는 오솔길 가장자리에 부채살처럼 두 팔을 벌리고 우람한 정자나무가 단정하게 서 있다. 유서 깊은 마을임을 증명이라도 하려는 듯이 운치 있는 자태로 오롯하다. 나무 앞에는 아담한 정자를 만들어 놓아 마을의 센터 같다.

이 느티나무는 공주시의 보호수(1-11)로 지정받아 1982년에 보호수 기념비를 세워 놓았는데, 무려 350세의 나이다. 이 마을 역사의 증인이요 터줏대감이다. 겨울바람이 쓸어갔는지 얼어붙은 듯 사방이 고요하여 평화로움이 그윽했다.

마을 앞으로는 유구천이 잔잔하게 흐른다. 이 개울물은 공주의 금강을 만난 후 서해로 들어가는 지류다. 수백 년 수천 년 이 산골짝을 흘러갔으리라.

천지가 고요하여 깊은 밤에 뜰로 나가니 하늘을 막은 듯한 금계산, 그 산등성 위로 별이 총총 떠있다. 먼 하늘 어딘가에서 어둠을 뚫고 솟아났는지, 어느 먼 나라에서 이곳으로 모두 몰려왔는지, 별 무리들이 하늘에 흩뿌려져 있다. 내가 주시하니 나와 눈을 맞추려는지 별들이 눈을 반짝였다. 금계산 줄기가 천혜의 요새 같이 하늘을 막고 서니 산등성이 너머 검푸른 하늘이 밤바다 같았다. 산기슭에서 산을 등진 집들의 창에도 별이 떴고, 가로등은 찬바람에 몸이 시린지 등을 웅크리고 눈만 크게 뜬 것 같다.

이곳에 온 며칠 뒤에 직장 동료들과 금계산 정상으로 등산을 다녀왔다. 한적한 시골임에도 산으로 오르는 경사진 길이 깔끔한 포장도로다. 층을 이룬 밭, 돌로 축대를 쌓아 만든 논을 지나 산으로 올라갔다. 축대를 쌓아 만든 손바닥만한 천수답, 그 반만한 뙈기밭이 계단식으로 산기슭을 파고들었다. 옛 사람들이 맨손으로 손톱이 닳도록 돌을 쌓아 일군 전답일 것이다. 그런데 지금은 잡초와 관목이 엉키어 밭인지 산인지 알 수 없을 지경이다.

임자 없는 땅은 아니련만 경작을 하지 않는 전답에 풀과 나무들이 제멋대로 자라, 버려진 옛 절터처럼 스산하다. 이 동네에서 자란 젊은 사람들은 모두 도회지로 떠났고, 도시 사람들이 빈 집을 사서 전원주택으로 개조해 놓았다. 평소에는 빈 집으로 있다가 휴일이나 휴가 때 잠깐 들리는 세컨 하우스다. 생활의 터전이 아니고 휴일에 놀러오는 휴양지다.

산마을에 인적이 끊기니 산새들만 자유롭다. 뒤란 대나무밭에서 삐요 삐리삐리 새들만 이리저리 날아다니며 한가로움을 즐기고 있다. 직박구리가 많았다. 물까치도 몇 마리 날아왔다가 정탐병처럼 고개 몇 번 갸웃하더니 날아 가버렸다. 참새나 딱새처럼 작은 새들이 날아왔다가 방정맞게 떠나버려 사진 촬영도 못 해 이름도 알아보지 못했다.

산에 사는 야생 고양이, 삵과 고라니, 멧돼지들이 농작물을 훼손하여 철망으로 막고, 망을 울타리처럼 쳐 놓았지만 번번이 털린단다. 인가 가까운 곳엔 비탈 밭도 잘 가꾸어져 있는데 산으로 오를수록 전답에 풀과 나무가 쩔어버렸다. 폐허 같다.

5부 능선쯤에 들어서니, 전원주택을 지을 요량이었는지 크고 작은 바위로 축대를 쌓고 집터를 닦아 놓았다. 택지 주변에는 관상수도 심었고 창고도 지어져 있다. 창고 밖에 에어컨 실외기도 몇 대 보이는데 문이 떨어져 나갔다. 창고로 쓰려 했지만 쓰는 사람이 없어 폐가처럼 썰렁하다. 전망이야 시원하지만 이 높은 곳에 살려면 차량의 기름 값도 부담 좀 되겠다.

6부 능선에 오르니 관목이나 가시나무들이 길을 막아 낫으로 자르면서 나아갔다. 응달에는 며칠 전에 내린 눈이 아직도 녹지 않아 눈에 빠진 운동화가 촉촉이 젖었다. 올해에는 눈길 밟은 적이 없었는데 여기 와서야 눈을 제대로 밟았다. 올 겨울엔 최순실 사태로 썰렁했는데 눈조차 피폐해졌는지 풍성한 눈이 그립다.

7부 능선 계곡에는 30미터 이상 자란 활엽수들이 키 재기라도 하듯 곧게 뻗어 자랐다. 햇빛 다툼 때문에 웃자란 거라는데, 북유럽 사람들과 러시아 사람들이 키가 큰 것도 햇빛 다툼 때문이었을까? 동남아시아나 중국 남방 지역 사람들이 키가 작은 것은 날씨가 따뜻해서인가? 그렇다면 열대 지방의 아프리카 흑인들은 키가 큰데 그건 어떻게 이해해야 하나?

8부 능선에 오르니 송림이 울창하다. 소나무 위에서 까마귀들이 까악 깍 소리친다. 반갑다고 인사를 하는 건가, 뭐 하러 왔느냐고 나가라는 것일까? 5부 능선부터 8부까지 가는 동안 1~2미터 크기의 가시나무가 자꾸만 모자나 옷에 걸렸다. 줄기는 찔레 같기도 한데 찔레는 아니다. 산초나무 같다는데 줄기가 휘어진 걸 보면 그것도 아니다. 복분자 같기도 한데 키가 큰 걸 보면 그것도 아니다. 이 산에서 보는 낯선 나무들이다.

황 선생님은 낫을 들고 가며 가시나무와 길을 막는 잡목을 잘랐다. 낫이 길을 여는데 매우 유용했다. 임 선생님은 톱을 가져와 약초로 쓴다는 송담 줄기를 두어 개 잘랐다. 내려오다 담쟁이가 감고 올라가 기형으로 자란 나무가 보였다. 유 선생님이 그걸 잘라 가져가라 하셨다. 어딘가에 유용하게 쓰일 수 있을 것 같아 자른 나무, 어깨에 메고 가져왔다. 산행에서 얻은 전리품이다.

8부 능선을 넘어가니 트랙터가 다닐만한 2미터 내외의 길이 나 있다. 이제 그냥 내려가자는 이가 있었지만 정상에 가까이 온듯하니 정상을 밟아보자고 권유하여 오르막으로 길을 잡았다. 10분쯤 오르니 산등성이에 올라서게 되었고, 산등성이 길은 3미터 내외의 폭으로 걷기에 쾌적했다. 참나무들이 떨군 나뭇잎이 수북이 쌓여 있는데 경사로라 미끄러웠다.

5분 남짓 오르니 금계산 정상. 해발 574.8m라고 정상비에 씌어 있다. 정상비 옆에 나무 벤치 두 개를 이어 놓았다. 정상의 표지목에는 산줄기를 따라 남서쪽으로는 보광사, 동북쪽으로는 문금1리, 남동쪽으로는 문금2리(용목골)로 표기되어 있다. 남쪽으로는 공주 방향이고 유구읍은 공주의 북쪽이다. 정상에서 둘러보면 출렁이며 뻗어나간 산줄기만 소 등뼈처럼 보였다. 정상에도 나무가 많아 전망이 시원하지 않았다.

추계교회 뒤에서 2시에 출발, 3시 45분 정상 도착, 약 1시간 45분이 걸렸다. 해가 기울어가는 오후 4시. 서남쪽 보광사 방향으로 하산을 시작했다. 가파른 내리막길을 내려오려니 오를 때의 고통과는 사뭇 달랐다. 경사가 약간 심해 몸의 균형을 잡는 게 신경 쓰였다. 낙상 사고는 내리막에서 일어난다. 그래도 내려가는 건 훨씬 힘이 덜든다. 쉬지 않아도 되고, 속도도 빠르다. 삶도 그렇다. 중년을 넘어서면 빨리 늙어 가는 것도 그런 이치이리라.

내려오며 송담(소나무에 자란 담쟁이 넝쿨)을 두어 개 잘라왔다. 혈압과 당뇨에 효험이 있다는 말을 몇 년 전부터 들은 바라서 귀한 약재를 구했다 싶었다. 산행 부수입이다. 담쟁이가 소나무를 타고 올라가며 10년은 굵어진 덩굴, 흔한 게 아니다.

점심을 먹고 난 어느 오후, 잠시 산책을 나왔다. 집 앞 밭에서 두 사람이 과일 나무의 가지를 자르고 있었다. 나무 자르는 사람들에게 다가갔다. 개들은 여기저기서 짖어대고 고양이들은 나를 보더니 응시하고 움직이지 않았다. 이방인에 대한 경계의 눈초리인가? 아니면 마을에 다니는 사람이 별로 없어 내가 특별하게 여겨지는 것인가?

어둠이 내려온 저녁, 앞 집 연통에서 뽀얀 연기가 솜사탕처럼 피어올랐다. 한낮도 고요한데 깊은 밤이 되니 정적이 마을을 덮었다. 사람의 통행은 없어도 가로등은 항구의 불빛처럼 밤을 지샌다.

꼬끼요호! 닭 울음소리에 잠이 깼다. 마을 어디선가 홰치는 소리가 간헐적으로 들렸다. 시계를 보니 4시 20분. 옛날 고향에 살 때 듣던 소리다. 일어나긴 이르지만 정적 속에서 깨어나는 맑은 정신 때문에 산뜻한 생각들이 떠올라 자리에서 일어났다. 고요한 새벽은 이렇게 머리를 맑게 하는 것인가. 좋은 생각들이 떠올라 얼른 일어나서 메모를 했다.

분망한 생활과 복잡한 도시에서 건조해진 내 정서가 이 시골마을에서 며칠을 지내다 보니 잠들었던 감성이 조금씩 깨어나는 것 같다. 오래 전, 전원생활을 꿈꾸어 본 적이 있었는데 바로 이런 효과를 예상했던 것이었을까?

그런데 사람들은 도회지로 몰린다. 시골에 아기들의 울음소리도 없어진지 오래고 젊은이들조차 구경할 수가 없다. 남아 있는 사람들은 떠나지 못한 노인들만 정자나무처럼 옛집을 지키고 산다. 이렇게 사람들이 시골에서 점점 사라지면 마을은 어떻게 될까? 빈집이 늘어나 마을도 화석처럼 흔적만 남을까?

마을 어귀의 느티나무가 뿌리를 박고 의연히 서서 평화의 수호자가 된 듯하다. 저 정자나무가 수백 년 후까지 남아서 전설처럼 존재할 지도 모른다. 사라져 버린 고대 도시처럼….

이곳에서 생활하며 다음 생각을 하나 얻었다.

창(窓)

창문 밖에 펼쳐진
오솔길 가에
우뚝 선 정자나무와 금계정(金鷄亭)
거실 작은 창으로 다 보이는

내 기마을

정자나무에 와서 본
거실의 창은
바둑판 한 칸보다 작은
거울

앵두 크기 해 하나가
온 누리 비추듯
눈동자는 작아도 세상을 담고
주먹만한 머리에
하늘만큼 담기는
생각들.

chapter 02

발견의
기쁨

고운 얼굴

장동건은 참 잘 생겼다. 배용준은 귀티가 나 세련돼 보인다. 이순재는 지적이고, 백일섭은 구수하며 최불암은 동네 반장 같다. 안성기는 다양한 역할을 잘 소화하고 송강호는 연기력이 뛰어나 이미지가 예술이다. 조재현은 진지해 보여서, 황정민은 편안한 친구 같아서, 최민식은 투박한 게 매력이고 권해효는 개성이 특별해 인상적이다.

김태희는 산뜻하고, 전지현은 부티 나고, 김희선은 청순하다, 최지우는 영민해 보이지 않아서 편안하고, 김희애는 순수해 보여서, 송혜교는 깜찍해서 귀엽다. 김혜자는 어머니 같고, 선우용녀는 이모 같다. 모두 예쁜 사람들이고 아름다운 탤런트다.

우리나라 연예인 중 누가 가장 미인인가에 대한 설문 조사를 보았다. 나는 누가 가장 미인인지 모르겠다. 모두 다 예뻐서 가장 예쁜 사람을 고르기가 쉽지 않다. 그런 질문을 받으면 고민하지 않고, "우리 아내가 제일 예뻐." 하고 대답을 회피하고 만다.

장미, 모란, 백합만 이쁜가? 안개꽃은 아주 작아도 은근하며 화려하다. 백두산 천지를 오르다 본 여러 종류의 들꽃도 화려한 꽃 잔치였다. 여름철의 알프스에 기차로 오를 때 앙증맞게 흔들리던 야생화도 놀랍다.

또, "어떤 야생화가 가장 마음에 드느냐, 어떤 계절을 좋아하느냐, 어떤 음식이 맛있는가?" 하는 질문에도 나는 대답이 궁하다. 제비꽃은 작은 게 새침해서 사랑스럽고, 호박꽃은 꽃 속 꿀샘의 향기가 달큼하고, 야생화는 저 홀로 피어서 대견스럽다. 그렇게 세상에는 예쁜 꽃들이 아주 많아서 기쁘고, 시기와 장소를 달리해서 피기 때문에 늘 새롭다. 그렇게 세상에는 다양한 꽃들이 피어서 볼 것이 많고 새로움이 있다.

나는 사계절이 다 좋고, 맛없는 음식이 없다. 그래서 특별히 먹고 싶은 게 없고 가보고 싶은 맛집도 없다. 음식이 모두 맛있는 사람은 식도락의 취미가 없다. 무엇이 맛있는지도 잘 생각나지 않는다. 외식할 때 가고 싶은 곳이 없어 손님 접대할 때 많이 망설이곤 한다.

인물이란 함께 살다 보면 잘생긴 사람이나 못생긴 사람의 구별이 어렵다. 살다보면 예뻤던 사람도 왜 예쁜지 모르게 되고, 못생긴 사람도 어디가 못생겼는지 모르게 된다. 그래서 예쁜 부인을 두고도 다른 여자를 탐하는 이가 있고, 저렇게 못생긴 추녀와 어떻게 살까 걱정하지만 의외로 그런 아내를 끔찍이 여기는 사람이 있다. 잘 생기진 않았지만 남편의 사랑을 듬뿍 받고 산다는 말을 듣는 여자가 있고, 인물은 좋은데 인물값도 못한다며 구박받는 여자가 있다.

그런데 많은 사람들에게 미녀 소리를 들을 만큼 예쁜 미인이 남편에게 헌신적으로 잘했다는 사례는 드물다. 그러나 용모는 떨어지지만 심성이 고와 남편에게 참 잘한다는 여자 이야기는 들었다.

배우자 선택에 관한 설문조사 결과를 보면 1위가 성격(인성)을 가장 중시한다고 응답한 걸 볼 수 있다. 그런데 실제로 소개를 해보면 남자는 벌이가 중요하고 여자는 용모가 우선이라는 걸 깨닫게 된다.

용모는 젊었을 때 더 중요하게 여기는 것 같다. 나이가 들면 소유욕이 강해져서 그런지 경제력을 우선시 한다. 나이 들어서는 꽃보다도 결실을 더 갖고 싶기 때문인가 보다. 아니. 나이가 많으면 매력이 있는 용모도, 미모도 사라지기 때문일 것이다.

나이가 들면 예쁜 사람이나 미운 사람이나 생김새가 비슷해져 간다. 머리가 파뿌리 같거나 벌거숭이산이 되고, 얼굴에 주름이 깊어진다. 배가 나오거나 스타일이 구겨져 아름다움과는 멀어지게 된다. 또 자주 보다 보면 처음에는 마음에 들지 않았던 사람도 점점 나아지기도 한다.

전 근무지에서 체험한 사례다. 그 학교에 부임하니 초라하게 보이는 어느 부장교사가 눈에 띄었다. '참 안 이쁜 여자도 있다.'고 생각했다. 마른 체형에 피부는 햇볕에 탄 듯 약간 검었다. 눈은 뜨다 만 듯하였고, 머리숱도 적어 미모와는 거리가 멀었다.

그런데 그 부장교사는 업무추진에 대해 의논할 때, 예의를 갖추었고 부드러운 표정으로 의연하게 대해주었다. 내가 잘 이해하지 못할 때는 자상하게 설명했다. 그 부장교사에 대한 느낌이 점점 좋아졌다.

그 교사와 함께 근무한지 1년쯤 지날 즈음, 그 교사의 얼굴이 문득 예뻐 보였다. 왜 그런지 생각해 보니 내게 보여준 그 선생님의 아름다운 마음씨 때문일 거라는 생각이 들었다. 그 후부터는 그 교사의 마른 몸은 날씬한 스타일로, 작은 눈은 이지적으로, 적은 머리숱은 단정하게 보였다. 평소 조용하고 품위 있는 언행은 존경스럽기까지

했다. 그래서 1년이 지난 후 교직원들에게 그 교사가 참 예쁘게 보인다고 공공연히 말했다.

그 여선생님이 실제로는 미모가 아니었기 때문인지, 또는 그 교사의 마음씨를 잘 알기 때문인지 다른 교사들이 내 말에 이의를 달지 않았고, 샘도 부리지 않았다. 나는 몇 년이 지난 지금도 그 교사가 참 예쁘다고 생각한다.

서로 교제하다 정도 들고 사랑하기 때문에 결혼했다는 게 옳은 결정일 것이다. 그런데 숨겨진 의도가 있는 정략결혼도 적지 않다. 결혼할 때 어떤 배우자를 선택하는가를 보면 그 사람의 인생관이나 가치관을 엿볼 수 있다. 어떤 사람은 음식값이 아깝지 않다고 하고, 어떤 사람은 옷 사는 게 아깝지 않다고 한다. 어느 동료 교사의 부인은 평소 옷도 안 사 입고 내핍생활을 했는데 술값은 아깝지 않다고 했다.

배우자를 선택할 때에 예쁜 얼굴을 가장 중요시하는 사람이 있는가 하면, 배우자의 경제력을 최우선으로 선택하는, 계산적인 사람도 있다. 그건 각자의 선택이다. 훗날 선택한 결과에 대해 '현명한 선택이었구나.' 하고 후회하지 않으면 된다. 그런데 비교적 후회를 덜 하는 경우가 인성을 중시하고 선택한 사람들이었다.

총각 때 다른 학교로 발령이 나 부임하였는데, 어느 친구가 그 학교에 대단히 예쁜 미녀 선생이 있다고 했다. 그러나 아무리 눈 여겨 봐도 미녀는 찾을 수가 없었다. 처녀 선생이 열 명은 되었지만 미모에 두각을 나타내는 여 선생이 없었다.

다만 아담한 체구에 말씨가 곱고 마음이 착해 보이는 한 여 선생이 있었다. 그렇지만 미인이라기에는 키도 좀 작았고 쌍꺼풀 수술한 눈의 교사였다. 그런데 반년쯤 지나고 보니 친구의 말은 그 여 선생을 두고 한 말이었음을 깨달았다. 그녀는 학생, 교직원, 학부모 등 모든 사람에게 인기가 있었다. 말을 곱게 했고 마음씨가 고왔다. 아! 그래서 미인이라는 말을 들었구나 싶었다.

예쁘고 미운 것은 처음 본 얼굴에서 느끼는 것이고 오래 살면서 보이는 것은 그 사람의 마음이라 한다. 마음이 착하면 미울 수가 없고 마음이 표독스러우면 예쁠 리가 없다. 고운 것도 추한 것도 그 사람 마음 씀에 따라 달리 보인다는 말이 맞는 것 같다. 그래서 '마음으로 얼굴이 보인다.'는 말을 한다.

아무리 예쁜 여자도 쪼그랑 할머니가 되는 날이 있다. 로마의 휴일에서 앤 공주로 나온 오드리 헵번. 당시에 최고의 미녀로 세계인의 선망을 한 몸에 받았다. 그러나 60대의 나이로 아프리카에서 봉사하며 살 때의 얼굴은 주름이 가득하여 여느 할머니와 똑같은 노인이었다.

내가 아내와 결혼한 초기, "당신. 장모님처럼 뚱뚱하면 같이 안 다녀." 했더니, 아내는, "자기, 머리 벗어지면 옆에 안 따라가." 했다. 그리고 30년이 흘렀다. 아내는 요가를 배우고 매일 산책을 다녀 비만을 피했다. 그런데 나는 머리가 홀러덩이가 돼버렸다. 할 수 없다 싶었는데 머리 공사를 하니 고민이 해결되었다. 10년이나 젊어 보인다고 한다. 문화가 발달되면 청춘도 확대된다더니 정년퇴직할 나이가 되었는데 벌써 교장이 되었느냐고 말하는 사람이 있다. 그러나 사실은 나 자신도 내 모습에 나이를 속고 산다. 내 나이를 인정하고 싶지 않다. 많은 사람들이 자신의 나이를 7~8년은 낮게 봐 주길 기대한다는 말이 맞는 것 같다.

　부부로 연을 맺어 처음 결혼할 때에는 '예쁘다, 밉다'고 얼굴을 보고 말하겠지만 살다 보면 나중에는 예쁜지 미운지 모른다고 한다. 그것을 순화작용이라 한다. 그래서 우리 어머니는 정말 밉게 생겼다고 생각하는 자식이 없다. 역시 우리 자식은 정말 못 생겼다고 걱정하는 어머니도 없다.

　35년을 함께 산 아내가 나와 함께 외출하는 것에 열등감을 갖지 않으니 다행이다. 키가 작은 나를 부끄러워하지 않는 것 같아 고맙다. 옷 하나 변변한 게 없어 아무렇게나 걸치고 나서더라도 신경 쓰지 않아 편하다. 내가 옷 두세 벌 사야 자신은 하나 살까말까 해서 미안하기도 하다. 그런데 가끔 아내의 옷이 새 옷 같고 맵시가 있어, "그 옷 어울리는데 언제 샀어?" 물으면, 대답 대신 고개를 돌리고 만다. 어떤 때는, "2년도 더 돼." 하고 퉁명스럽게 대답하기 때문에 머쓱하다. 또, 나중에는 "내게 그리도 관심이 없어! 참 무심해!"라고 핀잔을 준다. 그래서 요즘은 새 옷처럼 보여도 한소리 들을 까봐 묻지 않으려 한다.

　가끔 아내에게 이렇게 말하는 사람이 있다.

"결혼할 때보다 더 예뻐졌어. 신랑이 잘 해주나 봐."

　아내도 분명 여자인가 보다. 그 말에 표정이 밝아진다. 그런데, 그리 쉬운 말을 나는 아내에게 잘 못한다. 그래서 나도 아내에게 칭찬을 못 듣는가 보다.

아름다운 눈

　가수 김완선의 눈빛은 매우 강렬하다. 노래를 부르며 춤을 추다가 잠시 동작을 멈추고 관능적인 포즈를 취할 때는 눈빛이 너무나 강렬하여 긴장하게 만든다. 그런데 고개를 약간 숙이고 눈을 치켜 떠, 검은 동자 아래 흰 창이 보일 때는 정말 매섭게 보인다. 눈의 검은 눈동자가 크면 정감이 있어 보이는데 작으면 이성적으로 보이거나 날카롭게 보인다.

　우리 친척 중에 어려운 환경에서 기업체의 간부로 꽤 성공했던 분이 있었다. 그분의 눈동자가 검은 부분이 작아보였는데 성격이 매우 이지적이고 사무적이었다. 가족들에게도 매우 근엄하여 동생들은 그 형이 어려워 가까이 하지 못했다 .

　눈은 마음의 창이라고 한다. 사람들은 눈을 보며 대화와 정을 나눈다. 그래서 연애하는 사람들을 눈이 맞았다고 한다. 서로 눈을 마주 보며 마음을 교류하기도 하지만 눈으로 상대를 제압하기도 한다. 폭력배들이 상대를 제압하기 위해 "야! 눈 깔아." 하고 위협한다. 코브라를 잡아서 훈련시키는 조련사들이 코브라를 잡을 때, 먼저 눈을 쏘아보고 눈빛을 제압한 후 목을 움켜잡는다고 한다. 호랑이나 사자 등의 맹수는 눈의 검은 동자가 원래 작지만 공격하려고 목표물을 노려볼 때는 날카롭게 빛을 뿜는데, 그때 눈을 크게 뜨기 때문에 검은 동공이 훨씬 작게 보인다. 대체로 검은 동자가 작은 눈은 무섭다. 그래서 맹수들은 눈이 크더라도 눈동자는 작다. 눈이 크거나 검은 동자가 크면 소나 말처럼 유순해 보인다. 사슴과 노루의 눈도 그렇다. 그래서 그런지 사람들은 흔히 "눈이 크면 겁이 많다."고 한다.

또 눈을 떴을 때, 눈동자 아래로 흰 창이 보여도 무서운 눈이 된다. 고개를 약간 숙이고 눈을 치켜뜨는 모습도 날카로워 보인다. 화난 사람이 눈을 부라리는 걸 보면 검은 눈동자가 축소되고 흰 동공이 크게 보인다. 강렬한 눈빛으로 노려보는 눈을 보면 검은 눈동자가 작아지는 걸 볼 수 있다. 양궁이나 사격선수들이 과녁을 집중해서 볼 때는 초점을 잡기 위해 동공을 축소하며 노려보게 된다 .

눈꺼풀의 꼬리가 치켜 올라간 눈도 무섭다. 그리고 눈꺼풀이 눈을 덮어 검은 눈동자를 조금이라도 가리면 눈이 무섭게 변한다. 과거에 군대에서 작업모를 쓸 때, 모자의 차양으로 윗눈썹이 보이지 않도록 했다. 눈이 훤히 보이는 것보다 눈동자만 보일 때가 더 다부져 보이기 때문이다.

눈이 큰 사람이 실제로 겁이 많은지는 모르지만 눈이 크면 순하게 보이는 건 사실이다. 대체로 쌍꺼풀진 눈이 커 보이고, 부드럽게 느껴진다. 그래서 여성들이 쌍꺼풀을 선호하고, 쌍꺼풀 수술을 많이 한다.

내 눈에는 타고난 쌍꺼풀이 있다. 중학교 때부터 쌍꺼풀이 선명하게 보여 여자 같다는 말을 많이 들었다. 그때의 별명이 춘향이었다.

쌍꺼풀 때문에 순하게 보였는지는 모르지만 그런 눈과 갸름한 얼굴이 나는 싫었다. 키도 작은데 얼굴마저 순하게 보여 몇몇 또래들로부터 괴롭힘을 당하기도 했다.

그러나 여성들은 대체로 순하고 부드럽게 보이고 싶은지 쌍꺼풀 수술을 많이 한다. 쌍꺼풀이 얼마나 얼굴을 예쁘게 만들어 줄지는 모르지만 쌍꺼풀을 가진 사람은 부드러워 보인다. 쌍꺼풀진 장동건과 쌍꺼풀이 보이지 않는 송강호의 눈을 비교해 보면 이미지가 확실히 다르다는 것을 알 수 있다.

여성들이 선글라스를 멋지게 쓰고 싶어 하는 욕구도 비슷하다. 실제로 하얀 피부와 갸름한 얼굴에 선글라스를 맵시 있게 착용한 여성은 세련돼 보인다. 쌩얼로는 눈길을 끌지 못해도 선글라스 덕택으로 미모처럼 보이게 하는 효과는 가능하다. 그래서 햇빛이 없는 날에도, 그늘진 곳에서도 선글라스를 낀 여자를 볼 수 있다.

가수 심신은 선글라스를 썼을 때가 훨씬 멋있다. 본인도 그렇게 생각하는지 쌩얼로 노래하다가 어느 순간에 선글라스를 쓰고 '오직 하나 뿐인 그대'를 박력 있게 부르는 걸 보면 참 잘 어울린다 싶다. 박상민은 언제나 선글라스를 쓰고 노래 부른다. 선글라스 없는 박상민은 상상할 수 없다.

사진을 찍을 때면 얼굴이 잘 보이도록 선글라스를 벗어야 하는 게 맞지만 오히려 선글라스를 쓰고 사진을 촬영하려고 한다. 선글라스를 쓰면 더 아름답게 보일 거라는 상상 때문일 것이다. 실제로 하얀 피부에 검은 선글라스를 쓰면 대체로 멋있어 보인다. 왜 그럴까? 선글라스가 큰 눈과 같은 기능을 하는 것으로 여겨진다. 잠자리 눈처럼 눈이 크게 보이는 효과도 있고, 상대방이 얼굴을 유심히 보아야만 눈을 볼 수 있기 때문에 눈길을 끄는 효과도 있다.

쌍꺼풀 수술을 왜 하는가. 아름답게 보이거나 멋있게 보일 거라고 생각하기 때문일 것이다. 쌍꺼풀을 만들면 눈이 커 보이고 눈꺼풀이 타원형에 가깝게 된다. 눈이 커 보이면 유순하게 보인다. 또 눈꺼풀이 반원형으로 둥글게 되기 때문에 부드러워 보이거나 정감이 있어 보인다. 눈이 작고, 눈꺼풀이 한 일(一) 자이고, 눈꼬리가 치켜 올라가면 부드러워 보이지 않는다. 그래서 부드러운 이미지를 만들기 위해 눈꺼풀을 둥글게 만든다.

실제로 우리나라의 탤런트나 배우, 가수와 모델 등 유명 여자 연예인 중에 쌍꺼풀이 아닌 이가 없다고 할 정도로 여자에게 쌍꺼풀은 일반화 되었다. 김태희, 전지현, 김희선, 이영애, 최지우, 이효리 등 우리나라의 대표적인 여성 연예인들 중 쌍꺼풀이 없는 경우가 거의 없을 정도다.

미모란 몸매와 얼굴이 예쁜 걸 말하지만 화룡점정(畫龍點睛)이 최고의 종결이듯이 눈이 추한 미인은 상상할 수 없다. 용모를 말할 때 눈을 빼놓고는 말할 수 없다. 용모의 핵심은 눈에 있다 해도 과언이 아니다.

아름다운 눈은 둥글고 검은 눈동자가 큰 눈이다. 그리고 눈빛이 총총하고 서글서글한 느낌을 주어 금방이라도 생긋 웃을 듯한 눈이다. 태어날 때부터 예쁜 눈이 있지만 수술로 만들 수도 있다. 특히 눈은 마음의 창(窓)이라서 눈이 선(善)하게 보이면 미음도 착하게 보이는 걸 대체로 공감할 것이다.

내 눈을 본다. 다른 사람들은 내 눈을 어떻게 볼까? 부끄럽다. 착하게 살지 못했고, 아름답게도 살지 못해 눈으로 나타날 것 같다. 내 인생 역정이나 삶의 모습이 내 눈동자에 담겨 있을 거라고 생각하니 사람들의 눈을 마주보기가 두렵다. 사진으로 본 윤동주처럼 그 선한 얼굴을 닮았으면 참 좋겠다. 그런데 동주의 눈은 쌍꺼풀이 아니다. 그런데도 눈과 얼굴이 곱다. 그의 맑은 영혼이 담겨서 그런가 보다. 그가 지닌 맑은 시심이 한국인들이 가장 좋아하는 「서시」를 쓸 수 있게 한 요인이었을 것이다.

거칠게 살았어도 좋은 소설을 쓴 소설가는 생각이 난다. 그런데 함부로 산 사람 중에 좋은 시를 쓴 시인은 생각나지 않는다.

어여쁜 그녀

　그녀는 밝게 웃으며 인사한다. 고개를 숙여 정중하게 인사하는 게 아니라 웃는 얼굴로 눈부터 맞춘다. 밝게 웃는 그 얼굴이 상대방에 게도 밝은 마음을 전이시킨다. 목소리를 곱게 다듬어 인사말을 한다. 조심스런 그 모습에 예우를 받는 것 같아 마음이 열린다.

　그녀는 좌중에 앉아 다른 사람에게 물을 따라주며 안부를 묻고 관심을 나타낸다. 음식이 나오면 상대방 앞에 먼저 놓는다. 세심하게 배려하는 모습을 보며 '어떻게 다른 사람에게 저렇게 봉사할 수 있을까?' 하는 생각을 했다. 대화하는 중에도 자신의 사적 이야기는 거의 꺼내지 않는다. 상대방의 말을 듣고 더 자세한 내용을 묻는다. 경청하는 진정성이 느껴진다.

　출근해서 업무를 시작하는데, 인터폰으로 업무관련 문의를 해왔다. 먼저 안부부터 묻는다. "어제 잘 가셨습니까? 오늘 일정 여쭙겠습니다."로 업무보다 먼저 인사를 한다. 업무 문의하기 전에 먼저 우호적인 분위기를 만들어 놓고 안건을 꺼낸다. 그러니 의논이 부드러워질 수밖에 없다. 그런 모습을 보며, '말에는 순서가 있고 절차가 있구나.' 하고 깨달았다.

나는 용무를 얼른 전하기 위해 인사말이나 의례적인 말을 생략할 때가 많다. 그래서 내 말은 사무적이고 건조하다는 지적을 받기도 한다.

귀여움은 자신이 만든다고 한다. 그녀는 자신을 아름답게 만들기 위해 부단히 노력한다. 옷을 입는 일, 머리를 다듬는 일, 심지어 네일아트도 항상 새로 한 것 같고 옷도 매일 바꾸어 입는 것 같다. 그리고 말의 음색이 선명하여 알아듣기 좋다. 말의 속도와 강약, 어조와 억양이 적절하다.

그녀를 처음 보았을 때, 곱게 꾸민 것 같아 가식적으로 보인 적도 있다. 약간은 어색하기도 했다. 그런데 수업 중 학생들에게도 똑같은 말씨였고 억양이었다. 심지어는 학생들이 운동장의 맨흙 땅에서 실내화를 신고 뛰놀자, 운동화로 갈아 신으라는 주의를 방송으로 했다. 학생들이 무안하지 않도록, 또 그 말에 따르도록 말하는 솜씨를 보며, '어쩌면 지시하는 말도 저렇게 듣기 싫지 않게 할까.' 하는 생각을 했다. 처음에는 조금 어색했지만 1년쯤 지내다보니 익숙해져서 지금은 말씨가 매우 곱다는 생각을 한다.

아름다워지기 위해서는 참 많은 걸 갖추어야 하나 보다. 그래서 멋을 내는 것도, 아름답게 자신을 가꾸는 것도 게으르면 할 수 없는 일이다. 걸음걸이조차도 멋지게 걷기 위해서는 많은 연습과 교정이 필요하다.

20년 전에 많은 작가들에게 사랑받는 여류 시인이 있었다. 그 시인은 그때의 나이가 40대 후반으로서 그녀보다 더 젊은 여류가 많았지만 그 시인에게만 많은 사람들이 호감을 가지고 대하는 것 같았다.

살짝 웃는 모습이 소녀 같기도 했고, 고아한 표정은 왕비처럼 귀족스럽기도 했다.

그녀에 대해 많은 사람들이 호감을 갖는 이유에 대해 곰곰 생각해 보았다. 우선 그녀는 다른 사람의 말을 잘 경청했다. 다른 사람의 말을 듣고 호응이나 반응을 잘했다. 자신의 말, 자신의 생각을 앞세우지 않고 상대방의 말을 잘 들어주었다. 표정이 온화했고 말씨가 부드러웠다.

가장 돋보였던 것은 자신을 드러내려 하지 않는 점이었다. 흔히 "나는…" 하면서 자신의 개성이나 특징을 말하고 자신에 대해 이해해주기를 바라는 게 보통 사람들의 심리다. 그런데 그 시인은 남의 말을 듣고 공감하려 할 뿐, '나는'이란 말을 꺼내는 걸 별로 보지 못했다.

하나의 특이점은 있었다. 그녀는 체구가 작은 것도 아닌데 연약하게 보였다. 무거운 가방은 도저히 들지 못할 것 같아 대신 들어주기도 했다. '아, 약하게 보이는 것도 여자에게는 매력 포인트가 될 수 있구나' 하는 생각이 들었다.

말을 하지 않는 대신 사물이나 상황을 보고 글감을 잘 찾았다. 단체로 함께 여행을 하는 기회가 여러 번 있었다. 나중에 발표한 글을 보면 함께 본 건데 그녀는 작품으로 빚어놓았다. '아! 정말 시인이구나.' 하고 놀랐다.

결혼 상대자로 배우자를 고를 때, 남자에게는 능력이 중요하다. 그러나 여자에게는 능력보다 아름다운 게 더 마음을 끈다. 왜 신(神)은 그렇게 만들었을까?

생태계의 원리가 그렇다. 여자는 키 작은 남자보다는 건장한 남자를 더 선호한다. 그건 동물의 세계에서도 비슷하다. 연어는 산란기에 바다에서 강으로, 강에서 개울로, 개울에서 계곡으로 험난한 이동을 한다. 바위와 거친 돌에 가로막힐 때도 있는데 온 힘을 다해 뛰어오르다 부딪혀 몸에 여기저기 상처가 나는데도 굳이 상류로 오른다. 산 계곡 높은 곳, 물살이 잔잔하고 물풀과 모래가 있는 곳에 암컷이 알을 낳으면 뒤 따라온 수컷들이 머리 터지게 다툰다. 그 중 다른 수컷을 물리친 힘센 수컷이 수정을 한다. 본능의 세계요 생태계의 종족보존 원리다.

매미도 종달새도 수컷이 노래를 한다. 암 매미는 소리가 큰 수컷을 선택해서 짝짓기를 하고, 종달새는 하늘 위로 오르다 가장 높게 오른 수컷과 짝짓기를 한다. 신은 그렇게 가혹하다. 힘세고 강한 놈의 씨앗을 얻기 위한 장치였을 것이다. 약한 종자를 거세하고 강한 종자를 얻기 위한 섭리이거나 생태계 유지의 장치였을 것이다. 우량종으로 종족을 진화시키기 위한 고도의 섭리였으리라. 새들도 암컷이 수컷을 고를 때에는 집을 잘 짓거나 먹이를 잘 물어다 주는 놈과 짝짓기를 한다.

대부분의 남자들은 지위를 높게 하려하거나 돈을 벌려고 안간힘을 쓴다. 그래서 남자들은 기를 쓰고 돈을 많이 벌려고 노력하고 지위를 높이려고 최선을 다한다. 여자들은 남자의 용모보다 능력을 더 중시하기 때문이다. 어느 기업 카드 광고에 '당신의 능력을 보여 주세요.'가 있었는데 매우 인상적이었다.

또 남자는 스포츠에 관심이 많다. 근육을 키우려고 헬스클럽에 다니거나 각종 운동에 참여한다. 건장한 남자를 여자들이 좋아하기 때문이다. 그래서 건강미를 자랑한다. 심한 경우에는 자신이 변강쇠라고 스스로 자랑하는 일도 있다.

그러면서도 남자의 대부분은 여자의 미모에 관심이 많다. 그것조차도 신의 섭리이거나 생태계의 본능일 거라 생각한다. 미모의 여자를 얻기 위해 능력을 기르고자 노력하고 치열하게 경쟁한다. 만일 여자가 체구가 작고 몸이 약한 남자를 더 선호하게 된다면 인류도 점점 쇠약해져서 멸종을 피하지 못할 것이다.

누가 가르쳐 주지 않아도 종족을 보존하기 위한 짝짓기는 생물 모두가 잘한다. 본능이기 때문이다. 생존과 번식을 위한 본능이 가장 강하다. 남자가 여자의 미모를, 여자가 남자의 능력을 우선하는 것은 경쟁을 통한 우량종으로 종족을 보존시키기 위한 조물주의 장치였는지도 모른다.

교장으로 승진한 직후, 교직원들과 회식 이후에 노래방을 간 적이 있다. 왠지 노래가 부르고 싶지 않았다. 교감 때까지만 해도 먼저 나서 노래를 부르기도 했는데 왜 그랬을까? 아마도 교직원들의 환심을 사기 위한 의욕이 감퇴해, 열창하고자 하는 욕망이 없어졌기 때문이었던 것 같다. 잘 먹고 잘 살기 위해 돈을 벌려 기를 쓰고, 지위가 높아지기 위해 투쟁하는 것도 이성에게 잘 보이기 위한 몸부림이었는지 모른다. 새나 매미처럼 마음에 드는 암컷에게 선택 받고자 하는 수컷의 은밀한 동기가 있어서 그럴 수도 있겠다.

'남자와 여자에게 각기 다른 호기심과 성적(性的) 본능을 주어 건강, 능력, 용모에 대해 과당 경쟁을 시켜 놓은 게 조물주가 아닐까'

하여 조물주의 심사가 얄궂게 여겨지기도 했다. 아니, 그건 조물주의 지혜로운 배려였는지도 모른다. 생명이나 건강에 유리한 조건을 갖춘 생물만이 멸종되지 않고 존재할 수 있기 때문이다.

예쁘게 걷기

우리나라에 걷기운동이 한창이다. 많은 사람들이 운동에 열중하고 있다. 1997년에 미국 서부 여행을 갔다가 LA 시내에서 조깅을 하는 사람들을 많이 보았다. 그때 '선진국 사람들은 운동을 많이 하는구나.' 생각했다.

2003년, 어느 여름밤에 군포 중앙공원의 운동장에 나갔더니, 많은 사람들이 운동장을 물결 흐르듯 걷고 있었다. '아! 우리나라도 이제 선진국 사람들처럼 운동을 많이 하는구나.' 하고 생각했다.

2001년 화서역 옆 아파트에 입주했을 때, 서호공원의 둑길 위는 풀밭이었다. 그런데 몇 년 지나자 둑길 위에 풀이 모두 없어졌다. 운동하는 사람들이 많아졌기 때문이다.

어느 토요일, 서호로 아내와 산책을 나갔다. 30세쯤으로 보이는 어느 여성이 우리 앞에 걸어갔다. 허리를 반듯하게 세우고, 팔을 곧게 펴 흔들며, 두 발은 11자(字)의 형태로 똑바르게 걸었다. 걸음걸이가 보통 사람과는 확실히 달랐다. 아주 예쁜 걸음걸이였다. 체격도 보기 좋았지만 걸음걸이가 매우 돋보이는 여성이었다.

아내와 나는 그의 직업이 모델일 거라고 생각했다. 그렇게 보기 좋게 걷기 위해서는 걸음걸이에 대해 지도를 받았거나 교정을 받았기 때문에 그럴 거라고 생각했다. 예쁘게 걸어야만 되는 직업과 관련이 있을 거라고 여겼다. 저절로 그렇게 걸을 수는 없다.

그 후, 사람들의 걸음걸이를 살펴보았다. 걷는 모습이 사람마다 달랐다. 여러 모양이다. 양팔을 앞쪽에서 좌우로 흔드는 듯한 걸음. 반대로, 앞쪽에서는 어깨넓이보다 훨씬 넓게 벌려 흔들고 등 뒤에서는 두 손이 닿을 듯한 걸음. 팔을 90°로 구부리고 주먹이 앞을 향하는 걸음. 발을 앞쪽으로 벌리고 팔자(八字)로 걷는 걸음 등, 걷는 모습들이 여러 가지였다.

예쁘게 걷던 여성의 모습을 생각하며 다른 사람들의 걸음을 보니 대부분의 사람들은 걷는 모습이 좋지 않았다. 아마, 걸음걸이를 자신이 볼 수 없기 때문에 아무 생각 없이 편한 대로 걸었을 것이다.

'어쩌면 저렇게 볼품없이 걸을까?' 하고 생각되는 사람도 있다. 그런 사람에게는 걸음걸이를 고치는 게 좋겠다는 말을 해주고 싶다. 걸음을 예쁘게 걷기 위해서는 노력이 필요하다는 생각을 했다.

그래서 아내에게 나의 걸음걸이에 대해 물었다. 나의 걸음이 배를 앞으로 내밀고, 허리를 곧추 세우며 걷기 때문에 버티는 모습이라고 했다. 맞다. 언젠가 촬영한 동영상에서 내가 걷는 모습을 보니 그랬다. 배를 내밀고 어깨에 잔뜩 힘을 넣고 고개를 들어, 거드름을 피우는 것 같은 걸음걸이였다. '내가 저렇게 보기 흉하게 걸었었구나.' 하는 반성을 하게 되었다. 그렇게 거만스럽게 걷는 걸음을 왜 아무도 지적해주지 않았을까. 스스로 부끄러웠다.

그래서 모델 같은 그 여성을 본 후로는 걸음걸이를 고치기 위해 신경을 썼다. 팔을 앞뒤로 곧게 뻗고, 양팔(좌우)은 어깨 넓이 정도로 벌리고, 발은 11자 보행이 되도록 조심했다. 또 배가 얼굴보다 앞으로 나오지 않도록 신경 쓰며, 팔은 굽히지 않고 곧게 펴서 흔들고, 발은 똑바로 앞을 향하도록 유의했다. 그 효과가 있었는지 어느 날 친구가 내 걸음걸이가 매우 젊게 보인다고 했다. 어떤 동료는 걸음걸이가 힘이 있어 다른 사람인 줄 알았다고 했다.

문화적 수준이 높아야 멋 있어 보인다. 노래방이 많아져 노래를 잘 부르는 사람이 많아졌다. 그러나 가수와는 격이 다르다. 마이크를 잡는 모양도, 무대에 서는 모습도 아마추어의 수준을 벗어나지 못한다.

그래서 고급스럽고 교양이 있어 보이는 사람이 되려면 노력이나 투자가 필요하다는 생각을 하게 되었다. 예쁘게 걷기 위해서는 워킹 훈련이 필요하고, 말을 품위 있게 하기 위해서는 독서와 사색 등의 노력이 필요하다. 수준을 높이기 위해서는 지도받는 일도 필요하다. 선수가 코치보다 분명히 경기를 더 잘하지만 코치 없는 선수는 없다.

미국의 조지 쿠커 감독이 제작하고 오드리 헵번이 주인공으로 나오는 영화 '마이 페어 레이디(My Fair Lady)'를 여러 번 보았다. 우리나라에서도 호평을 받아 TV에서 여러 번 방영했던 세계적인 뮤지컬 영화다.

런던의 어느 극장 앞에서 꽃을 파는 –껌을 팔듯이 구걸하는 것과 비슷함– 남루하고 품위 없어 보이는 여자(오드리 헵번)가 걸음걸이, 식사예절, 대화법 등의 교육을 받아 우아한 여인으로 변신하는 과정이 재미있게 만들어진 영화다. 화술을 배우면 아름다운 숙녀가 될 수 있고, 운명도 바꿀 수 있다는 주제를 다루었는데 매우 공감했고, 인상 깊었던 영화다.

대부분의 사람들은 행복, 즐거움, 부유함, 편안함, 멋(아름다움)을 추구하며 산다. 멋지게 사는 것도 노력이 필요하다. 멋있게 살기 위해서는 경제적, 시간적, 정신적 여유가 필요하고, 그런 여유가 있을 때 멋을 구사할 수 있다. 아름다운 옷, 교양이나 지적 수준, 품위 있는 말이나 표현, 예술적 재능이나 탁월한 운동 기능도 멋이 있다.

소득 수준만 높다고 선진국이 되는 게 아니다. 사회적 지위나 경제력만으로 지역사회의 유지로 인정받는 것도 아니다. 사회의 기반과 시스템을 잘 갖추고 문화적 수준이 높아야 선진국으로 인정받는다. 또한 언행이 도덕적 수준을 갖추어 품위가 있을 때, 또는 지식과 교양, 매너를 갖추었을 때 그 사회가 유지되거나 리더가 될 수 있다. 사회의 유지가 되거나 리더가 되기 위해서는 전문성도 필요하지만 품위 있는 멋을 갖추어야 한다. 그러자면 자신의 아름다움을 가꾸기 위해서 수준을 높이는 노력이 필요하다.

멋있는 사람이란 대체로 다른 사람들도 그렇다고 동의할 수 있는 사람이다. 대화의 수준이나 위트, 미소짓는 일이나 얼굴 표정, 분위기에 어울리게 옷을 입는 일, 수준 있게 노래 부르기, 걸어가는 모양에서도 품위가 드러난다.

대부분의 사람들이 유명 브랜드의 옷이나 고가의 차, 좋은 집, 아름답게 살고자 하는 걸 보면 누구나 멋을 추구하며 살고 있다. 또 멋있다고 인정받으며 살고 싶은 욕구도 있다. 그런데 물질적인 멋은 어느 정도의 경제력이 있어야 가능한 일이다. 그러나 정신적인 멋은

경제력이 별로 없더라도 가질 수 있는 멋이다. 다만, 저절로 이루어
지는 게 아니라 스스로 노력을 기울여야 가질 수 있다.

누군가 잘 사는 사람이란 멋있게 사는 사람이라고 했다. 멋은 품격
이 높거나 문화적 수준이 높은 사람에게서 찾기 쉽다. 막춤이란 아
무리 잘 추어도 다른 사람에게 감동을 주기 어렵다. 정통으로 배운
발레리나의 무용을 보면 춤 역시 수준이 높아야 멋이 있다는 걸 깨
닫게 된다.

먹구름 위에는 찬란한 햇살이

비가 오락가락 하던 날, 비행기를 타고 하늘을 날아가다 창밖을 내려다보고 깜짝 놀랐다. 목화송이가 쌓인 듯 하얀 구름이 하늘 아래 솜 무더기처럼 포근하게 펼쳐져 있는데 찬란한 햇빛이 쨍쨍 내리 비치고 있었다.

'아! 구름을 뚫고 나오니 저렇게 뽀얀 구름이 펼쳐지고 태양이 엄청나게 비치는구나.' 하는 걸 깨달았다.

1986년 서울 서진 룸살롱에서 두 폭력배들의 싸움으로 4명이 잔인하게 살해되어 사회에 큰 충격을 주었다. 그 사건의 범인 중 한 명이었던 고금석. 그는 감옥에서 삼중 스님의 법문으로 회개하고 전 재산을 강원도 오지 학교 학생들이 바다 구경을 할 수 있도록 기탁하고 세상을 떠났다. 삼중 스님은 사형수와 무기수 500여 명의 교화와 구명을 위해 51년을 보냈다. 사형 집행 전 눈물을 흘리는 삼중 스님에게 고금석은 웃어달라며 오히려 스님을 위로하고 세상을 떠났다.

1994년에는 더 끔찍한 사건이 있었다. 돈을 뺏기 위해 아무 연고도 없는 시민을 잡아다 5명이나 무참히 살해한 지존파 사건이 있었다. 두목은 26세 김기환이었지만 사람들을 질리게 만든 건 공범 22세의 김현양이었다. 취재 중에 고개를 뻔뻔스럽게 들고 힐끗 웃는 그의 모습은 정말 사람인가 싶을 정도였다. 그런데 회개하고 사형집행 전 다른 사람에게 장기를 기증하여 여러 생명을 구하고 떠났다. 끝까지 악마가 되지 못했다. 사람이었다.

사람의 본성은 선(善)하다고 믿는다. 다만 한순간 잘못된 판단으로 죄를 짓기도 하고 사회에 해악을 끼치기도 한다. 그러나 진정으로 반성하는 모습에서 이해와 용서를 생각하게 되고 법에도 눈물이 있다는 말을 한다.

나는 20년 전, 안양교도소의 교화위원으로서 재소자들에게 월 1회 10년 정도 정신교육 강의를 했다. 그때 자청하여 교도관이 추천해준 윤 씨라는 사람과 인연을 맺었다. 그는 20년 형을 받고 3년째 복역 중이었다. 그에게 매월 영치금을 보내주며 편지를 교환하고 면회도 했다. 그가 17년을 더 복역하고 출소할 때까지 그에게 얼마 안 되지만 영치금을 매월 전해주며 500여 통의 편지를 교환했다.

그에게 접견실로 처음 면회 갔을 때, 그는 고개를 들지 못했다. 죄송하다고, 진즉 죽었어야 할 사람인데 부끄럽게 살아있다고 말했다. 그렇게 인연이 시작되어 그가 출소할 때까지 17년 동안 인연을 나누었다.

그에게는 노령의 어머니가 있었다. 그의 편지에는 어머니 걱정의 내용이 많았다. 그래서 내가 어머니를 찾아가 뵙고 안부를 전해주기도 했다. 딸이 장성하여 결혼식을 하는데 가보지 못하는 안타까움의 편지를 받고 내가 가서 아버지 이름으로 축의금을 냈다. 결혼식 사진을 촬영해서 보내주기도 했다.

그의 아들이 대학 1학년때 오토바이 타고 가다가 사고로 세상을 떠났다. 아내마저 혼자서는 먹고 살기 힘들다고 이혼을 요구하여 서류에 도장을 찍어주었다고도 했다.

그와 편지를 나눈 지 10년쯤 되었을 때, 개안 수술비의 보조금을 내면 한 생명의 눈을 뜨게 할 수 있다며 어느 단체에 전달해 달라고 나에게 그 돈을 보내왔다. 그 돈은 재소자에게 적지 않은 금액이었다. 교도소에서 생활하더라도, 의약품, 내의 등을 구입해야 하고, 사식이나 간식도 먹을 수 있기 때문에 돈 쓸 곳이 많을 텐데 오히려 다른 사람을 위해 거금을 기부한 것이다. 그는 모범적으로 수형생활을 하여 교도소의 작업실에서 일하는 재소자들의 반장이었다. 모범적으로 수형생활을 하며 다른 사람을 위해 기부도 하는 그의 마음 씀이 고마웠다.

그의 어머니가 연로하여 아들의 석방을 보지 못하고 세상을 뜰까봐 그의 감형을 위해 나는 탄원서를 작성하여 법무부에 냈다. 그 후, 법무부에서 회신이 왔는데 법 집행은 사사로이 하는 게 아니라는 회신을 받았다. 결국 그의 어머니는 그가 석방되기 전에 세상을 뜨고 말았다. 그는 몇 가지 상도 받았고 작업반장으로 기여를 했는데도 전혀 감형을 받지 못하고 20년 후에 만기 출소했다.

63세로 출소한 후, 인천의 어느 세차장에서 세차 일을 하여 찾아갔다. 세차장을 이용하고 세차비라도 내고자 했으나 끝내 받지 않아 다시는 찾아가지 않았다. 출소 후 성실히, 당당히 살고 싶어 하는 그를 보면서 보람을 느꼈고, 인간의 아름다운 변화에 대한 믿음을 선물로 받았다.

교도소에서 강의할 때 시를 몇 편 가지고 설명했더니 어느 재소자가 시 한 편을 보내달라고 부탁해왔다. 류마티스 관절염으로 생명까지 위독한 환자가 쓴 '되고 싶었는데'라는 시였다. 그 재소자가 작곡을 해주어 시를 쓴 이에게 악보와 피아노 연주 녹음테이프까지 보내주었다. 그 시인은 얼마 후 세상을 떠났고, 그의 추도식에 피아노 연주 음악으로 명복을 빌어 주었다.

또 한 재소자는 소설을 쓰고 싶다며 자문을 구하는 편지를 보내왔다. 그에게 문학에 관한 답장을 보내주었고 여러 번 편지를 나누었다. 그는 자신의 잘못을 속죄하고자 출소 후 중증장애자 요양원에서 장애자들의 대소변을 받아내고 밥을 떠 주는 봉사활동을 6개월이나 했다. 그때는 교통비라도 보태 쓰라고 얼마 안 되는 금액을 봉사활동 기간에 매월 보내주었다.

그는 요양원에서 나온 후 글쓰기 공부를 하여 시인으로 등단했다. 그리고 어느 단체의 사무국장 일을 10년 이상이나 했다. 그는 나를 평생의 은인이라며 양복을 한 벌 선물해주기도 했다. 그리고 자신이 지냈던 교도소에 가서 재소자들에게 희망이 될 만한 강의도 했다.

사람의 본성은 선(善)하다는 걸 믿는다. 아무리 흉악한 사람이라도 자신을 악인이라고 하는 것보다 좋은 사람이라고 말해주는 걸 좋아한다. 그런 걸 보면 분명히 사람은 선하다.

어느 선생님께서 이런 말씀을 해주셨다. 어느 지인에게 상당한 금액을 빌려 주었는데 미국으로 가버려 포기하고 지냈다. 그런데 십여 년 지났는데 약간의 돈과 편지를 인편에 보내왔다는 것이다. '빚을 잊지 않고 있는데 사는 게 어려워서 다 갚지 못해 죄송합니다. 작지만 죄송한 마음을 표하고자 보내드립니다.'는 내용이었다. 믿고 기다리면 언젠가는 사람이 돌아온다는 것을 믿는다는 말씀이었다.

구름이 잔뜩 끼어 몹시 흐리지만 구름이 걷히는 날은 오기 마련이다. 비행기를 타고 구름을 벗어나 하늘에 오르니 태양이 쨍쨍 비쳐 새하얀 구름이 정말 아름다웠다. 도저히 극복할 수 없을 것 같은 절망이 내리 덮여도 시간이 지나면 구름이 물러가듯 지나간다.

고통도, 환희도 모두 한 순간이다. 아무리 황홀해도 지속될 수 없듯이 아무리 고통스러워도 고통이 평생을 지배하지는 않는다. 아무리 걱정이 많고 고통이 심해도 그 아픔으로는 죽지 않는다. 생명이 있는 한 희망은 있다. 먹구름이 하늘을 가리어 금방 폭우가 쏟아질 것 같지만 분명히 구름 위에는 찬란한 태양이 빛나고 있다.

발견, 발전과 즐거움의 도화선

초등학교 교감으로 근무하던 이○○ 선생은 2010년 7월에 내시경으로 위(胃)를 검진하다 종양을 발견하였다. 어린아이 주먹 만한 종양이 빨간 토마토처럼 자라 있었다. 의사가 정밀 검사를 해보더니 간으로 전이되어 수술을 못한다고 했다. 위암 4기. 정말 절망적인 상황이었다. 그는 암 치료도 해야 하지만 살아있는 동안에 자신의 삶을 정리하고자 명예퇴임을 했다. 그리고 의사의 권유에 따라 경구투약용 표적치료제를 복용하였다. 음식물을 철저히 가려 먹으며 축령산 숲에서 산책을 하며 요양을 했다.

그가 산에서 숲 치유를 하던 중 암 환자인 어느 할머니로부터, "나의 병은 하느님 은총입니다."라는 놀라운 말을 들었다. 그 이유를 물으니 다음과 같이 대답했다.

"첫째, 갑자기 죽지 않고 천천히 갈 수 있지요. 둘째, 전염병이 아니니 좋아하는 사람들과 어울릴 수 있지요. 셋째, 아프지 않으니 얼마나 큰 은총입니까."

그 말을 들으니 자신은 그 할머니보다 더 은총을 받은 것 같았다. 교직에서 33년을 근무하여 살아있는 날까지 연금을 받을 수 있으니 얼마나 다행인가. 교감에서 명퇴 신청하니 교장으로 승격 퇴직 시켜주었으니 그것도 혜택이고, 생애를 마무리할 기회를 주었으니 그것도 고마운 일이라며 어느 단체의 회보에 자신의 심경을 글로 썼다. 그리고 남은 생애를 충실히 살고자 노력했다.

명퇴 후에 봉사단체 회장 일을 하고, 여기저기 강의도 나가고, 박사학위도 취득했다. 물론 암에 나쁜 음식은 철저히 가렸고 숲 치유도 계속했다. 몇 달 뒤 검진을 해보니 종양이 현저히 줄었다.

2년 뒤 검진을 해보니 종양이 거의 보이지 않았다. 1년여 더 약을 복용하며 건강에 노력을 기울인 덕택인지 건강이 좋아졌고, 내시경으로도 종양이 보이지 않았다. 그러나 위와 간에 조금 남아있는 암세포를 제거하고자 위와 간의 일부를 제거하는 수술을 했다. 암 진단을 받은 지 3년 후에 수술을 했고, 지금은 수술한지 5년이 지났다. 아직도 음식을 가려먹으며 주의를 기울이고 있지만 암의 징후를 느끼지 못하여 어느 교육청에서 평생교육팀원으로 일을 하며 대학에 외래교수로 강의도 하고 있다.

약의 효과를 본 것인지, 산 속에서 치유한 덕을 본 건지, 운이 억세게 좋은 건지, 모르지만 이제는 정상적인 생활을 할 수 있을 정도로 건강이 회복되어 왕성한 활동을 하고 있다.

암 4기의 진단을 받으면 본인은 물론 가족들이 통곡하는 것이 일반적이다. 그러나 그는 하느님에게 감사하는 마음으로 살았다. 그는 암 4기의 절망 앞에서도 하느님의 은총을 발견했고, 암의 발견에 대해 감사하는 마음으로 인생의 정리에 충실했다. 그의 긍정적, 수용적 태도가 치료에 도움이 되었는지는 모르지만 그 상황에서도 하느님의 은총을 발견하고 감사하며 살았다.

내가 근무하는 중학교의 축제 때, 무대에서 음악과 노래가 나오자 어느 여학생은 즐거운 표정으로 팔을 흔들며 유쾌하게 박수를 쳤다. 경쾌한 노래가 나오자 어느 남학생은 무대 옆으로 나와서 온몸을 흔들며 열정적으로 춤을 추었다. 나는 그 두 학생을 불러, "너희는 인생을 매우 즐겁게 살겠다. 어쩌면 그렇게 즐길 줄 아니? 너희는 발달된 감성을 가지고 있어 세상을 즐겁게 살 거다." 하고 칭찬해주었다.

그렇다. 경쾌한 음악을 들으면서 아무 반응 없이 멀건이 보는 사람이 있고, 그렇게 몸을 흔들며 즐기는 사람도 있다. 누가 더 인생에서 행복을 느끼며 살 수 있을까?

세상의 아름다움, 사는 즐거움을 더 누릴 수 있는 사람은 분명히 감성이 발달된 사람일 거다. 문인 단체에서 노래방을 갔을 때, 시조를 잘 쓰는 여류 시인이 윤시내의 '천년'을 불렀다. 평소 언행이 잔잔하던 그녀가 활화산처럼 폭발하듯 노래를 부르는 것을 보고 깜짝 놀랐다. 흔히 그런 사람들을 감정이 풍부해서 그렇다고 대수롭지 않게 넘기지만 나는 시를 잘 쓰거나 그림을 잘 그리는 사람들이 그렇게 감정이 풍부한 것을 여러 번 목격하였다.

소설가 박경리 기념관을 갔을 때, 딸이 자신의 어머니에 대해 이런 말을 했다. "어머니가 울 때는 방 안으로 들어가 혼자서 천둥치듯 울었습니다." 그래서 나는 뛰어난 작가는 놀라운 감성을 가지고 있어, 슬픔에 폭풍우처럼 흐느끼기도 하지만 발견의 눈도 비상하게 작용하는 거라고 믿게 되었다.

그렇다 유심히 보아야 의미가 발견된다. 고은의 대표적인 시 「그

꽃」의 내용은 아주 간단하다. 올라갈 때 못 본 꽃을 내려갈 때 보았다는 것이다. 발견의 압권이다.

주마간산 격으로 무심히 보면 그냥 스쳐 지나고 만다. 유심히, 오랫동안 관찰할 때 의미가 발견되고 가치가 창조된다. 시인이나 작가들은 사물이나 현상을 보고 자세히 관찰해 의미를 발견하거나 가치를 부여하여, 독자에게 효과적으로 전달하는 창조자다. 과학자도 어떤 원리나 새로운 발명품을 만들려면 발견을 잘 해야 한다. 새로운 것을 창조해 내려면 놀라운 집중력이 필요하다. 발명도 일종의 발견이라고 하는데 공감이 간다. 탐험자들의 호기심도 어쩌면 발견을 위한 강한 동기에서 비롯되었을 것이다. 그런 간절한 호기심이 목숨을 건 세계 일주를 꿈꾸게 만들었는지도 모른다.

나는 길을 가다가, 또는 전철 안에서 아는 사람을 잘 만난다. 사람만 잘 만나는 게 아니라 길을 가다가 돈도 여러 차례 주웠고, 지갑도 10년 사이에 다섯 번이나 주워 돌려주었다. 지하철을 타고 가다 20년만에 고교 동창을 만났고, 외국 여행 중에도 지인을 만났다. 그런 일은 내게 흔한 경험이다. 아내는 내가 발이 넓어서 그런 것 같다고 했지만 내 생각엔 유심히 보기 때문에 아는 사람들을 내가 먼저 발견하는 것 같다.

부친의 생애 중 아름다운 장면, 존경스런 점에 대해 글을 써 동생들에게 보여주었다. 그랬더니 아버지께서 형을 특히 예뻐해서 그럴 거라고 말하는 동생이 있었다. 그 말이 맞을지 모르지만 내 생각에는, 동생들보다 내가 발견을 잘하기 때문인 것 같다. 동생들은 우리 아버지의 장점에 대해 잘 모르는 것 같다. 그런데 나는 우리 부모님의 장점이 잘 보인다. 내가 발견을 잘했기 때문일 거라고 생각한다. 발견의 감각이 특별히 발달했는지도 모르지만 글을 쓰면서 길러진 유심히 보는 습관에서 비롯된 것 같다.

'나는 그동안 참 행복하게 살았다.'고 생각한다. 지금까지 크게 어려운 일이 없었다. 특히 훌륭한 부모님, 그리고 나를 위해 살아준 가족들이 있기 때문일 수 있다. 어린 시절로 돌아가 다시 산다하더라도 지금까지 살아온 것 이상으로 잘 살 수 있을지 자신이 없다. 살면서 즐거움과 기쁨을 많이 누렸기 때문이다. 그동안 행복하게 살았고, 지금도 행복하며 미래도 그러길 소망한다.

같은 영화를 보고도 어떤 이는 감동이나 즐거움에 충만한 사람이 있고, 별다른 감동을 느끼지 못하는 사람이 있다. 어떤 차이일까? '발견했느냐, 아니냐'의 차이 같다. 같은 음식을 먹어도, 함께 여행을 해도 느끼는 정도가 다르고 발견의 대상도 다르다.

나는 특별히 맛있는 음식도 없고, 입고 싶은 옷도 없으며, 우리 집엔 명품도 없다. 그래서 맛 집을 찾지 않고 메이커에 관심이 없어 살림살이도 변변한 게 거의 없다. 더위를 잘 견뎌 그동안 에어컨도 없이 살았다. 그런데 딸이 취업해서 돈을 번다고 작년에 선물로 사 주었다. 비로소 우리 아파트 라인의 베란다에 실외기가 빠짐없이 줄을 맞추게 되었다.

우리는 부자가 아니지만 가난하다고 생각한 적이 없다. 교원의 보수가 많은 건 아니겠지만 적다고 생각해 본 적이 없다. 나는 월급이 언제나 고마웠다. 내가 가진 것들이 너무나 소중하여 쉽게 버리지 못한다. 그래서 20년 넘은 옷도 입고 전자렌지도 거의 25년이 지났지만 지금도 쓰고 있다. 양복이나 구두는 10년 넘게 쓰고, 나사 하나도 주워 놓았다가 필요할 때 사용한다.

그렇지만 나는 참 행복했다. 즐거움과 기쁨, 고마움과 경이로움을 많이 만났기 때문이다. 살면서 그런 장면마다 깨닫는 것도 참 행복한 일이다. 그렇게 여길 수 있는 가장 근본적인 배경은 삶에 대한 긍정적 태도 덕택이었을 것이다. 그 다음, 발견을 잘하는 눈을 가지고 있었기 때문이라 생각한다.

그러한 발견은 발달된 감성이 발달되어 있어야 한다. 발견하지 못하면 깨닫지 못하고, 깨닫지 못하면 아무리 많은 것들을 보았다 해도 별 가치를 느끼지 못한다.

이 세상을 잘 살아가는 데에 재능이나 지능만 필요한 게 아니다. 지능이나 재능은 발전이나 성공하는데 유효한 도구가 될 수 있지만 즐겁고, 행복하게 살아가는 데에는 발달된 감성이 더 작용을 한다.

오래 전 리영희 교수가 쓴 '새는 양 날개로 난다.'는 글을 보았다. 왼쪽 날개와 오른쪽 날개가 균형을 이루어야 새가 정상적으로 날게 된다는 뜻일 거다. 나는 새의 좌우를 이성과 감성으로 본다. 사람은 이성과 감성의 양 날개로 정서적 균형을 잡고 살아가야 하기 때문이다. 사람이 살아가는 데에도 이성과 감성이란 양 날개가 균형을 이루어야 발전하고 안정을 유지하며 살 것 같다.

해바라기의 히트곡 중 '행복을 주는 사람'이라는 노래에 '… 이리 저리 둘러봐도 제일 좋은 건 그대와 함께 있는 것'이라는 구절이 있다.

'그대와 함께 있는 것이 행복'이라는 그 사실을 발견할 수 있어야 행복하다. 그런데 대부분은 당시에 느끼지 못하고 지나간 뒤에야 깨닫거나 지나간 뒤에야 '그때가 좋았는데….' 하고 회고하기 쉽다. 병에 걸리고 난 후에야 미리 예방하지 못한 것을 후회하는 것과 비슷하다.

일본의 미즈노 겐죠(水野源三)가 쓴 『감사는 나의 밥』이라는 시집이 있다. 그는 초등학교 때 뇌성마비로 전신을 움직이지 못하는 뇌성마비장애자가 되었다. 손가락 하나 움직이지 못하여 눈짓만으로 신호를 보내 어머니가 받아 써, 시집을 네 권이나 발간했다. 첫 시집의 제목이 『내 은혜가 네게 족하다』였다. 그는 그토록 불우한 신체적 고통 속에서도 하느님의 은혜에 감사하는 노래를 시로 썼다. '감사는 나의 밥'이라며, 하느님의 은혜와 살아있는 기쁨을 뜨겁게 노래했다. 전신불구의 환자임에도 그는 감사하는 마음으로 행복한 생애를 살다 갔다.

자전거로 서울서 부산을 갈 때, 이화령의 오르막 5km를 숨 가쁘게 오르고 나니 문경새재 7km의 내리막이 얼마나 상쾌했는지 모른다. 내리막이 즐거운 것은 힘겨운 오르막이 있었기 때문이다. 오아시스가 정말 아름답게 여겨지는 것은 뜨거운 사막을 걸어왔기 때문이다.

행복은 발견하는 자의 것이다. 행복을 누리려면 발견할 줄 아는 감성이 있어야 한다. 발달된 감성이 있어야 극적인 감동을 즐길 수 있다. 발달된 감성이 세상의 아름다움과 고마움, 경이로움을 느끼게 한다.

그러면 어떻게 해야 감성을 발달시킬까? 감동을 발견할 줄 아는 안목을 길러야 한다. 그런 안목을 기르기 위해 교육을 받거나 체험을 해봐야 한다. 또 숙련과 개발이 필요하다. 학교에서 음악, 미술, 체육 등을 가르치는 이유가 작곡가, 미술가, 또는 체육 선수로 만드는 데에 있는 게 아니라 문화와 예술을 이해하고 감상하며 즐길 수 있는 기량을 갖추도록 하는 데에 있다.

발견은 발전과 즐거움을 깨달을 수 있는 씨앗이며, 발명의 원천이고 행복을 누리는 도화선이다. 발견의 눈, 발견할 줄 아는 안목이 발전과 성공, 즐거움과 행복으로 가는 길로 안내해준다.

사진 촬영, 오류와 오해

친척 중 한 분이 빚을 내 가게를 얻어 식당을 차렸다. 자신이 식당에 가면 이상하게 사람들이 몰려와 성시를 이룬다는 것이다. 그래서 자신은 사람을 끌어들이는 운명을 타고 태어났기 때문이니 식당을 차리면 잘 될 거라고 믿었다. 판단의 오류다. 자신이 밥을 먹으려고 식당에 갈 때는 다른 사람도 밥 먹을 때라서 몰려 온 것이지 자신이 신기한 마력을 지녀서 온 것이 아니다. 그런데 자신이 신통력이 있는 것으로 믿었던 것이다. 그는 개업 1년 만에 식당 일을 접었다.

아름드리 정자나무가 웅장하게 서 있다. 그게 놀라워 그곳에서 사진을 촬영하고자 나무 둥치에 기대어 촬영하는 사람들을 흔히 볼 수 있다. 안타깝다. 그 나무가 사진에 모두 나올 걸로 착각했을 것이다. 그렇지만 그 사진은 나무의 둥치만 나오고 나무 전체는 나오지 않는다. 그걸 예상하지 못했기 때문이다. 커다란 건물에서도 비슷한 상황을 볼 수 있다. 그 건물 가까이서 촬영하면 십중팔구 건물의 일부분만 나온다.

나무나 큰 건물을 제대로 촬영하기 위해서는 상당히 앞으로 나와서 서야 전체를 촬영할 수 있다. 예상이나 판단을 잘못한 것이다. 판단의 오류다. 인생에서 예상을 잘해야 성공한다는 말이 있다. 가설을 잘 세워야 성공 가능성이 높다 한다. 높은 산 정상에서 사람들이 포토 존에서 촬영하려고 많은 사람이 길을 막고 줄지어 있는 것을 볼 수 있다. 정상 표지석 앞에서 촬영하는 것은 기념이 되긴 할 것이다. 그러나 정상 부근의 바위와 능선, 하늘만 배경으로 나오기 십상이다. 그런데도 그 자리에서 촬영하고자 오랫동안 대기하는 걸 볼 수 있다.

백록담에도 포토 존이 있어서 촬영자리가 표시되어 있다. 그러나 그 자리에서는 백록담의 화구가 제대로 보이지 않는다. 백록담 정상의 표지가 있지만 건너편 화구 벽과 능선만 보일 뿐이다. 1,950m의 높은 봉우리라는 걸 사진은 제대로 나타내 주지 못한다. 산 위에서 아래쪽으로 촬영을 해도 사진으로는 높이가 잘 느껴지지 않는다. 그냥 산 위에서 산 아래를 촬영한 것처럼 여겨질 뿐이다.

사진을 촬영하려는 의도가 높은 산의 정상에 서 있다는 걸 나타내고 싶었을 것이다. 그러나 산꼭대기에 서 있는 느낌을 나타내기는 어렵다. 높은 산의 위용을 화면에 잡으려면 산 정상보다는 정상의 아래에서 촬영해야 산의 위용이 잘 나타난다.

또 사진 촬영에 착각하는 게 또 있다. 주로 여자들에게 적용되는 것이지만 선글라스를 끼고 촬영하는 경우다. 선글라스를 끼면 멋있어 보일 것으로 상상한다. 그러나 선글라스를 끼고 촬영한 사진은 눈이 보이지 않아 생명력이 없고 표정이 나타나지 않는다. 다만 눈이나 얼굴 표정이 안 보여 호기심을 가질 수 있고, 자세히 보기 위해 유심히 볼 수는 있다. 그래서 사람들의 시선을 끄는 효과는 있다.

또, 선글라스를 끼면 눈이나 얼굴이 드러나지 않아 주름도 가릴 수 있다. 얼굴에 자신이 없어서 제대로 드러나는 걸 피하고 싶다면 썬그라스를 끼는 게 맞다. 그걸 의도한다면 선글라스를 써야 하고, 마스크를 해도 상관없다. 그러나 자신의 얼굴이나 표정을 사진에 잡으려면 선글라스는 벗는 게 좋다.

선글라스를 끼면 꽃과 나무, 자연의 빛깔을 제대로 보지 못해 아름다운 경치를 충분히 보지 못한다. 단, 선글라스가 없으면 밖을 도저히 볼 수 없는 상황도 있다. 스위스 융프라우에 갔을 때, 터널에서 밖으로 나오니 눈이 시려서 도저히 눈을 뜰 수가 없었다. 선글라스를 끼지 않으면 눈이 멀 것 같았다. 어두운 터널에서 나왔기 때문에 극장에서 갑자기 나온 것처럼 눈부시기도 하지만 햇빛이 눈에 반사된 강력한 자외선 때문일 것이다.

LA에 갔을 때도 비슷한 경험을 했다. 햇빛이 얼마나 투명하고 강한지 선글라스가 정말 필요했다. LA는 연중 비 오는 날이 얼마 되지 않는다. 공기가 아주 맑고 투명하여 가시거리가 매우 길다. 맑은 날에는 40km 떨어진 곳도 잘 보일 정도다. 그런 곳에서 선글라스를 끼지 않으면 눈부셔 눈물이 날 정도다.

얼굴에서의 핵심은 눈이다. 눈이 나오지 않는 사진은 표정을 보기 어렵고 더 더욱 분위기를 느끼기가 어렵다. 어린이가 잠든 모습은 참 평화롭고 아늑하다. 그러나 사진으로 눈감은 모습을 촬영하면 표정이 없어 산 사람 같지 않고 죽은 사람처럼 보이기도 한다.

또 모자를 쓴 경우다. 모자를 써 차양이 눈썹을 가리면 사진으로 촬영했을 때, 대부분 눈조차 잘 보이지 않는다. 모자를 쓰고 사진을 촬영할 때는 눈썹 위로 차양이 올라가야 눈이 나온다. 그리고 차양으로 얼굴이 그늘져 어둡게 보인다. 모자를 벗거나 차양을 높여야 얼굴이 보인다. 그런데 사진 촬영 시 모자의 차양을 높여 눈이 나오도록 모자를 고쳐 쓰는 사람은 매우 드물다.

또 사진 촬영 시 안타까운 상황이 있다. 사진 촬영을 의뢰하면 대부분의 사람들이 전신(全身)을 촬영해 얼굴이 작게 나온다. 얼굴이 작아 표정이나 분위기를 볼 수 없다. 멀뚱멀뚱한 정자세로 서 있는 사진이라 확대할 만한 작품이 거의 나오지 않는다. 모델들의 사진은 그런 게 거의 없다. 모델들은 포즈를 자연스럽게 취하거나 몸으로 분위기를 연출하여 전신이 나와도 자연스럽다. 그런데 일반인들은 정자세로 서서 카메라를 응시하게 때문에 대부분 부자연스럽다. 그래서 전신을 촬영하기보다는 상체만 촬영하는 게 낫다.

명승지에서 보면 많은 사람들이, 명장면 앞에서 감상에는 별로 관심이 없고 사진 촬영에 바쁘다. 명승지를 감상하러 온 게 아니라 사진 촬영하러 온 것처럼 보인다. 그 명소에 자신이 다녀왔다는 증거를 준비하는 것 같다. 흔히 인증샷이라고 한다. 또는 자랑하고 싶은 일종의 과시욕일지도 모른다.

그렇게 사진을 촬영하면 산에 온 목적을 이룬 것처럼 서둘러 내려간다. 아름다운 장면을 유심히 보고 느낌을 가지려 하기 보다는 사진 찍는 데에만 열중한다. 산에 오르는 목적이 운동 효과를 기대하는 것도 있지만 아름다운 자연을 체험해 보는 것이 더 중요한 목적일 것이다. 아름다운 장면, 새로움을 발견하는 기쁨, 그런 게 주 목적

이런만 아쉽게도 우리는 사진 촬영이 목적인 것처럼 사진 촬영을 마치면 미련 없이 내려간다.

기억은 연기와 같아서 시간이 지나면 대부분 흩어져 없어진다. 그래서 '추억은 희미한 것, 사진은 남아있다.'며 남는 건 사진뿐이라는 생각을 하기도 한다. 그러나 요즘에는 사진을 인화하는 사람도 별로 없다. 파일로 보관하기도 하지만 다시 보는 일이 드물다. 새로운 사진이 수없이 생성되기 때문이다. 촬영만 하고, 아니 한번쯤 보고나면 버리는 것이 대부분일 것 같다.

산에 오르는 목적은 체력 단련이나 자연의 감상, 산의 정상에 도달하여 성취감을 맛보는 보람에 있을 것이다. 정상에 갔다 오는 데에만 목적을 둔다면 산행의 즐거움이나 발견의 기쁨을 누리기는 어렵다. 산행의 궁극적인 목적은 자연의 아름다움이나 경이로움을 즐기기 위한 것이 아닐까?

여행지를 다녀와서 '별로 재미없었다.'고 말하기 쉽다. '기대가 깨어졌다.'는 말을 듣기도 한다. 좋은 점, 아름다운 점을 제대로 발견하지 못하면 그렇게 반응할 것이다.

그러나 산에 오르는 목적이 정상까지 갔다 오는 데에만 있다면 그 힘든 과정을 굳이 감내할 필요가 있을까? 목표에 도달하는 것이 우선이지만 목표를 향해 가는 과정에도 묘미가 있다. 산을 수놓은 들꽃과 모양이 기이한 나무들, 새소리와 바람소리, 산 능성이 위에 떠 있는 하얀 구름을 보며 즐거움을 누릴 수 있어야 산행의 재미가 있다.

인생이 죽을 때까지 사는 것만 목적이라면 삶의 과정에서 얻을 수 있는 의미는 별로 없다. 삶의 목적은 한 생애 사는 동안 즐거움을 누리는 데에 있을 것이다. 인생은 한 번만 살 수 있다. 살아가는 동안 즐거움을 누리거나 아름다움을 발견하며 사는 것이 행복한 인생을 만드는 것이 아닐까?

인생도 그렇다. 바둑도 옆에서 보는 사람이 잘 보이고 정치도 정치계를 떠난 사람이 객관적으로 파악한다. 인생을 다 살아봐야 어떻게 사는 것이 옳겠다는 통찰력 있는 인생관이 선다. 교사 시절에는 어떻게 수업을 해야 잘하는 건지 잘 몰랐다. 관리자가 된 후 여러 사람의 수업을 보고나서야 어떻게 수업을 해야 좋은 수업인지 감이 잡혔다. 외국에 나가봐야 우리나라가 잘 보인다. 우주로 나가봐야 지구가 아름다운 별로 보인다. 집을 떠나보아야 내 집이 편하다는 것과 소중하다는 걸 알게 된다.

"아는 만큼 느끼고 느낀 만큼 보인다. 그때 보이는 것은 예전 같지 않느니라." 이 말은 오래 전에 크게 유행했지만 늘 음미해 볼만 하다. 지나간 뒤에 깨닫게 되면 모르고 지나간 것에 대해 후회하거나 아쉽기 때문이다.

산더덕, 그 놀라운 향기에

산더덕 향기가 비닐 포대를 열 때마다 코를 진동했다. 웬 향기가 그렇게 진할까? 산행 중 꼭 한 뿌리만이라도 캐보고 싶은 열망으로 눈에 독기를 품고 풀밭을 뒤진 지 두어 시간 만에 드디어 한 뿌리를 캤다. 2년생이나 되는지, 나무젓가락보다도 얇은 뿌리였다. 그러나 흙을 파내는 동안 엄청난 향기가 코를 자극했다.

오늘의 산행은 고교 동문인 한의원장의 주선으로 이루어졌다. 설악산 쪽으로 약초 탐사를 가는데 같이 가겠느냐 하여, 다른 일을 포기하고 따라 나서게 되었다. 또 관심이 있는 사람들에게 전화하여 동반자를 구했다.

가끔 한의원장과 산행을 하면 야생화에 대해 많이 배우기 때문에 함께 산행하고 싶었다. 이번에 동행하게 된 윤 선배님은 일상사에서 좀 벗어나고 싶었던 것 같고, 문우(文友)인 현 선생님과 사모님은 야생화 동호회 활동을 하며 야생화에 대한 애정과 지식을 가지고 있었기에 흔쾌히 동참하게 되었다.

원장은 동료 한의사들과 약초 탐사 동호회를 만들어 오래 전부터 국내의 깊은 산에 약초 탐사를 해 왔다. 그러나 나는 한 달 전 발목을 삐어 오래 걷기 어려웠다. 선배님과 문우도 긴 산행보다는 야생화를 살펴보는 정도로 무리하지 않기로 했다. 그러나 길 안내를 해준 현지 주민은 나물이라도 많이 뜯어가라며 참취, 곰취, 떡취나물과 참나물을 알려 주고는 산 속 비탈로 앞장섰다. 길도 아닌 곳으로 두시간 가량이나 가더니 취나물 군락지로 안내했다.

나는 많이 뜯고 싶었다. 돌아가면 주위 사람들과 나누어 먹어야겠다는 생각을 했다. 줄기까지 꺾어야 한다는데 줄기는 억세기 때문에 잎만 땄다. 나물을 완전히 따지 말고 한두 잎 남겨야 다음에도 딸 수 있다 하여 그 점을 유의했다.

한 시간쯤 산길을 올랐을 때, 김 원장이 길가 숲에서 냄새를 맡고 더덕을 찾아 캐는 걸 옆에서 보았다. 뿌리 주변을 파내자 더덕 향기가 물씬 풍겼다. 정말 향기가 대단했다. 산더덕 향기가 진하다는 말은 들었지만 그렇게 강력할 줄은 몰랐다.

그리하여 '나도 하나 캐 봤으면….' 하는 열망을 가지게 되었다. 그러나 더덕 순을 모르는 나에게 그런 소망이 이루어질지 막연하여 동경으로 끝날 것만 같았다. 꼭 한 뿌리만이라도 캐보는 경험을 하고 싶었다.

김 원장이 더덕 순을 잘라 주어, 왼손에 들고 줄기와 잎을 보고 또 보며 눈에 익혔다. 아직은 연약하여 능청거리는 덩굴 줄기, 마디에서 마주 자라는 네 잎, 그리고 덩굴의 줄기지만 기댈 곳도 없고, 키가 덜 자라서 비틀어지며 하늘로 고개를 든 줄기. 그런 더덕을 찾으며 취나물을 뜯다가 점심을 먹게 되었다. 곰취에 밥을 놓고 고기 한점과 쌈장을 얹어 씹으니, 향긋한 취나물 향기가 그윽했다.

점심 후, 나물과 더덕을 찾아 숲을 헤매는데 옆에서 어느 아낙이 더덕을 캤다. 부러웠다. 그렇지만 '더덕이 하나만 있으랴. 이 근방에 또 있겠지.' 하는 믿음으로 유심히 풀들을 살펴보았다. 완만한 비탈에 잎이 넓은 풀들이 자라는 곳. 눈을 크게 뜨고 주변을 둘러보았다. 주의력을 집중하여 풀밭을 살핀 지 채 5분이 안 됐는데 더덕 순으로 보이는 줄기를 발견했다. 약 60cm의 덩굴 줄기가 미풍에 하늘하늘 흔들거리는 모습. 가지에 마주 붙은 잎이 네 잎이었다.

"이게 더덕 아녜요?"

나는 발견한 기쁨에, 방금 전 더덕을 캔 분에게 큰 소리로 물었다.

"맞아요. 잘 찾으셨네요. 이걸로 캐 보세요."

작은 곡괭이를 빌려 주었다. 더덕 줄기 아래, 뿌리 주변의 흙을 파내니 더덕 특유의 향기가 물씬 풍겼다.

"와! 이 향기 …. 나도 더덕을 캤네요."

드디어 열망을 이루게 된 것이다. 어딘가에 또 있을 것 같았다. 또 풀들을 뒤지기 시작했다. 또 있었다. 처음 것보다 뿌리가 더 굵었다. 한 뿌리로 충분하다 여겼는데 두 뿌리를 캤으니 정말 행운이라고 생각했다.

"현 선생님, 저도 더덕을 캤어요."

이 사람 저 사람에게 자랑을 했다. 또 풀들을 살펴보았다. 역시 살펴본지 5분쯤 지나 또 더덕을 발견했다. 한 뿌리만이라도 꼭 캐고 싶었는데 세 뿌리를 캔 것이다.

일행 중에 더덕을 캐본 경험이 있는 사람이 몇 있었지만 경험이 없는 사람들이 대부분이었다. 캐 보지 못한 사람은 한번 캐는 체험을 해 보고 싶어 했다. 그래서 더덕을 잘 아는 분이 더덕을 찾아내, 캐보지 못한 사람들을 불러 캐 보도록 기회를 주었다.

내려오다가 길 안내를 해준 심마니를 뒤따르게 되었다. 그분은 더덕을 어떻게 찾는지, 요령을 알려 주었다.

"이렇게 하얀 줄기가 관목 위로 뻗은 채, 말라버린 더덕 줄기를 발견하면 그 아래 부분을 잘 살펴보세요. 틀림없이 더덕 새 순이 자라고 있을 겁니다. 만약 없다면 누군가 캐간 흔적이라도 있습니다. 그러니 더덕 마른 줄기를 먼저 찾아야 오래 묵은 더덕을 쉽게 찾게 됩니다."

그분이 찾아주어 가장 큰 더덕을 캤다. 약 15cm의 길이, 굵기는 2.5cm정도였다. 풋고추 크기다. 모두 합쳐 7뿌리를 캤다. 취나물과 함께 담은 주머니에서는 더덕 향기가 계속 코에 스미어 상큼했다. 산을 내려오는 동안 기쁨이 가슴 가득했다.

더덕 찾는 방법을 알려 준 그분은 6년 전에 안양에서 가족을 데리고 이 산마을로 이사온 심마니였다. 처음에는 그분이 심마니인 줄 몰랐다. 우리 일행과는 10~20m 떨어져 혼자 다니며 무엇인가 유심히 찾고 있어서 뭘 그렇게 찾느냐고 물으니 산삼을 찾는다고 했다. 그래서 산삼을 캐본 일이 있느냐고 물으니 매년 30~40뿌리를 캔다는 것이다. 캔 산삼 중에 가장 비싸게 팔아본 금액을 물어보니 1,500만원까지 받았다는 것이다. "그럼 돈 많이 벌었겠네요?" 하니, "연간 3,000만 원 이상은 벌어야 하는데 쉽지 않습니다." 하고, 대답했다. 산삼이 어떤 효능이, 얼마나 있길래 그렇게 많은 돈을 주고 먹는지 모르겠다고 말하자, "산삼은 보약과 같은 기능을 하는데 확실히 효험을 봅니다. 그러니까 비싸도 사 먹지요." 하고 대답했다.

산길을 가는 동안, 풀숲 길을 걷는 동안, 수없이 만난 노루오줌풀과 벌깨덩굴, 지천으로 피어 푸른 풀밭에 별처럼 핀 피나물꽃, 하나 둘 흩어져 피면 별것 아닌 것들이 집합을 이루면 장관이 되기도 한다. 뭐든지 많으면 자원이다. 그리고 꽃은 피어서만 '내가 여기 있지롱!' 하고 자신을 드러내는 것 같다. 열흘이면 시들 화기(花期), 그 짧은 시기에 꽃을 피우려고 삼백 예순 날을 기다리는 가엾은 존재들. 바람꽃, 현호색, 괴불주머니, 모데미풀, 둥굴레 등을 여러 번 보았다. 큰괭이풀이라는 잎 모양이 특이한 사랑초도 알게 되었다.

사랑초라는 닉네임을 쓰는 동창이 있는데, 도대체 사랑초란 풀은 있는지, 어떻게 생긴 건지 궁금했는데, 원장이 이게 '사랑초'라고 알려 주었다. 생각지도 않은 사랑초를 설악산 자락에서 만난 것이다. 사랑초의 잎 모양은 괭이풀과 비슷하다. 하트 모양의 세 잎이 붙어 있는데 500원 짜리 동전보다 약간 크다. 나중에 야생화 책을 찾아보았지만 그런 이름은 없었다.

이미 사랑초의 꽃은 지고, 가는 붓을 거꾸로 든 것처럼 파란색으로 꽃씨방이 맺혀 솟아 있다. 원장은 그런 모습도 쉽게 볼 수 없는 거라며 허리를 구부리고 정성스럽게 사진 촬영을 했다.

즐거운 산행이었다. 지금도 더덕 향기가 머리 속에서 그윽하게 번지고 있다. 아! 좋다. 살아있음은 언제나 축복이다. 새로움이나 경이로움을 만날 수 있는 기회를 가질 수 있기 때문이다.

이제 산삼도 한 뿌리 캐고 싶다. 새로운 목표가 삶의 의욕을 주며 도전을 꿈꾸게 한다. 나는 한 뿌리만 캐면 된다. 연로하여 자주 편찮

으신 홀어머니가 계시기 때문이다. 그러나 욕심일 거다. 산삼은 심마니의 몫으로 남겨두자. 그게 마음 편하다. 나는 교육자로서 좋은 학생 찾아내 산삼 같은 존재로 기르는 것이 꿈이어야 한다. 그게 나의 길이며 운명이어야 한다. 물론 산삼을 캔다면 그 기쁨이 오늘 더덕 캔 것과 비길 수 있으랴! 하지만 실현하기 어려운 욕심. 부질없는 일이다.

산삼 캐는 일 못지않게 중요한 게 또 있다. 글 쓰는 사람으로서 좋은 글 한 편 쓰는 게 산삼을 캐는 것보다 더 나을 것이다. 그런데도 미련한 나는 많은 걸 갖고 싶다. 내 욕심이 꼭, 오늘 캔 더덕 향기만 하구나.

아마추어와 프로

　동창회 날 공식 모임을 마치고 동창 내외와 어느 카페에 갔다. 20대의 무명 가수가 가요를 몇 곡, 젊은 목소리로 열창을 했다. 그러나 그 노래는 스피커에서 나와 카페의 실내를 떠돌아다닐 뿐, 머리 속에 잘 들어오지 않았다. 강약도 고저도, 완급도 없이 음정과 박자에만 충실한 노래였다.

　얼마 후, 잘 알려진 가수 유익종 씨가 나와 노래를 불렀다. 실내는 고요 속으로 침잠하는 듯했고, 100여 명의 손님들은 대화를 멈췄다. 조금 전 소란했던 실내가 시간이 지날수록 조용해졌다.

　지그시 눈을 감은 그는, 고요히 흘러가는 강물처럼, 산들바람에 나부끼는 깃발처럼 노래를 불렀다. 좌중은 그의 노래에 취해 있는 듯, 시선이 그에게 집중되었다.

　"잊을 수 없는 우리의 사랑, 내 가슴에 그리움 남아 …."

　완만한 강물처럼 부드럽게 이어지는 그의 노래는 감미로웠다.

　앞서 부른 무명 가수의 노래는 실내를 떠다닐 뿐, 머리에 들어오지 않았는데, 그의 노래는 머리와 가슴에 젖어드는 듯했다. 왜 그럴까? 어찌 그럴까? 유익종의 노래는 많이 들어 익숙해 있고, 무명 가수의 노래는 익숙하지 않기 때문일까? 아니다. 무명 가수도 귀에 익은 히트 가요를 불렀기 때문이다.

유익종 씨를 유심히 지켜보니, 그의 얼굴은 노래의 높낮이에 따라 마이크에서 멀어지기도 하고, 가까이 가기도 했다. 높은 소리는 마이크에서 조금 멀리, 낮은 소리는 조금 가까이 불렀다. 그는 청중들이 듣기에 거부감이 없도록 소리의 강약을 마이크 거리로 조절하였다. 그래서 듣는 이가 부담이 없었다.

1절이 끝나고 간주곡이 나올 때는 장비 조절 기사에게 눈짓과 고개, 얼굴 흔들음으로 음향 조절을 지시했다. 청중들은 거의 느낄 수 없는 소리의 차이를 그는 노래를 부르면서도 민감하게 알았나보다. 그래서 조절 지시를 하는 거였다.

바로 그거다. 자신의 노래가 스피커에서 어떻게 나오는가를 알고 있었던 것이다. 일반인들은 잘 깨닫지 못하는 차이를 그는 노래를 부르면서도 알았다. 자신의 노래에 대해 무엇이 조절되어야 하는가를 알기 때문에 간주곡이 나오는 순간에, 즉 노래를 부르지 않을 때에 조절을 지시했던 것이다. 그게 프로다. 아마추어는 자신의 노래를 제대로 듣지 못한다.

앞서 부른 무명 가수와 유익종이 다른 점은 노래 부르는 능력 차이가 있었겠지만 무엇이 잘못되었는지 파악할 수 있는 수준 높은 감식력도 차이가 있었기 때문이다.

먼저 부른 무명 가수는 자기 노래에 도취되어 자기 노래에만 열중할 뿐 듣는 이를 제대로 살필 수 있는 여유가 없었다. 그러나 유익종은 노래를 부르면서도 스피커에서 나오는 자신의 노래를 듣고 조절이 필요한 점을 알고 있었던 것이다.

그의 감정이 담긴 목소리, 그러나 감정의 절제와 기기의 조절을 통한 소리의 강약과 고저 완급, 어조를 가다듬는 진지한 모습은 아름다움을 눈으로까지 느끼게 했다. 청중을 위한 엄숙한 자세, 최고를 지향하는 그 세심함이 전문가로 여겨졌다. 역시 프로는 다르다는 생각을 하게 만들었다.

자기 노래 자랑에 급급한 아마추어의 고성은 참으로 듣기 불편하다. 듣기에 부담이 된다. 아마추어는 자기 기분 발산에 주력하고, 프로는 듣는 이에게 어떻게 전달되는가에 관심을 기울인다. 아마추어와 프로의 차이다.

시간은 돈이라는 강박관념에서 노래방 기기의 시간 흐름을 지켜보며 노래 부르기를 서두르는 마음으로는 듣는 이에 대한 고려를 할수가 없다. 그러니 노래의 수준을 높일 수가 없다. 그래서 듣는 이가가만히 앉아 감상할 수 없고, 감상에 빠져들지 못하니 따라 부르는 것이다.

시골의 어느 아주머니가 새 옷을 사 입고 화려한 장식을 걸쳐도 어쩐지 부자연스럽고 어딘지 모르게 어울리지 않는 것은, 겉치장만으로 멋을 발현할 수 있는 게 아니라서 그렇다. 똑같은 재료로 만든 김치라도 만드는 이에 따라 맛이 다른 것처럼 기술에는 수준 차이가있다. 멋은 수준이 높은 사람에게서 발견된다. 그래서 자신의 품격을 높이기 위해서는 문화의 수준을 높여야 한다.

대중가수가 아무리 현란하게 몸을 흔들어도 발레리나의 동작만큼고상하기는 어렵다. 대중가수가 열창을 하더라도 성악가의 목소리만큼 높은 품격을 보여주기는 어렵다.

　고급 옷과 저급 옷의 차이는 별 차이가 없는 것 같지만 몇 배의 가격 차이가 난다. 수준을 조금만 높이고자 해도 몇 배의 금액을 지불하는 일이 허다하다. 약간의 세련미를 높이기 위해 소비자는 상당히 큰 지출을 감내해야 하는 점을 생각해 보면 최선을 위한 노력이 얼마나 치열해야 하는가를 깨닫게 된다. 자기의 일에서 최선을 다하는 모습은 아름답다. 그리고 그 결과는 문화의 발전이라는 결실로 우리의 삶을 윤택하게 한다.

야생화의 아름다움은

　20년 전 5월 어느 날, 강화도 마니산에 직원들과 등산을 간 적이 있다. 마니산 정상 주변에는 노란 꽃들이 여기저기에 피어있었다. 푸르게 물든 이 산에 웬 꽃들이 이렇게 많이 피었을까? 도대체 이게 무슨 꽃이지? 몇 사람에게 물었지만 아는 사람이 없었다. 아니, 관심조차 없었다.

　꽃의 생김새를 유심히 살폈다. 키는 10cm 정도, 꽃잎은 노란색, 드문드문 흩어져 핀 꽃. '마니산에 꽃이 피었는데 참 예쁘더라.' 하고 누군가에게 말하고 싶은데 이름을 몰라 안타까웠다.

　집에 돌아와 야생화 책을 보고 그 이름을 알았다. 이전엔 상상도 못했던 노랑제비꽃이었다. '제비꽃' 하면 가장 일반적인 보라색을 생각하게 되는데, 제비꽃의 색은 하얀색, 노란색, 연분홍, 얼룩 점박이 등 종류가 아주 많다는 것도 그때 알았다.

　30~40년 전만해도 시골 아낙들은 야생의 풀이름을 많이 알았다. 풀이름뿐만 아니라 어느 것을 먹을 수 있는지, 어떻게 먹는지 알아 들에서 나물을 캐거나 뜯어다 먹었다. 그러나 지금 사람들은 나무나 풀의 이름을 잘 모른다. 그래서 '이름 모를 꽃'이라고 쓴다. 그걸 낭

만적으로 생각하는 경향조차 있는 것 같다고 지적한 글을 본 적이 있다.

글을 쓸 때 우리 주변의 나무와 꽃, 풀들의 이름을 되도록 밝혀 써야겠다고 생각했다. 그래서 나무꽃, 들꽃의 이름을 알기 위해 노력을 기울였다. 이름을 알게 되니 그 꽃에 애정이 생기고 느낌도 더 생생해졌다.

김춘수의 시 「꽃」에서 이름의 중요성을 볼 수 있다. 시인들이 가장 좋아하는 시라는데 그럴 만하다.

꽃은 피어서 자신의 존재를 알린다. 사람들의 관심에서 멀리 잊혀 있다가 꽃이 피었을 때, 비로소 사람들은 관심을 갖는다. 그리고 세월 따라 뿌리가 내리듯, 애정도 깊어지는 걸 깨닫게 되었다. 사랑의 시작은 관심에서 비롯된다는 말이 맞다.

또, 야생화로 매우 놀란 일이 있다. 가족 여행으로 벼르고 벼러, 2004년 여름방학 때 난생 처음 홍도를 갔다. 국어 교과서에서 홍도의 기행문을 본 일이 있어 늘 동경했던 섬이다. 목포에서 쾌속선을 타고 홍도에 내린 후, 유람선을 타고 홍도를 한 바퀴 돌아보았다.

유람선을 타자 남자 안내원이 홍도에 대해 설명을 해주었다. 여러 가지를 설명해주었는데 지금은 기억나는 게 별로 없다. 그때 홍도의 푸른 풀밭 위로 한 송이씩 드문드문, 쫑긋쫑긋 피어난 노란 꽃이 눈에 들어왔다. 녹색의 풀밭에서 어둠 속의 샛별처럼 노랗게 빛나고 있었다.

'안내원이 알려 주겠지.' 하고 기다렸지만 안내원은 다른 설명만 했다. 나는 잠시 기다리다 참을 수 없어서 "저 꽃은 무슨 꽃이지요?"

하고 큰소리로 질문했다. 그러나 안내원은 못 들었는지, 꽃이름을 모르는지 대답이 없었다. 못들은 체 다른 이야기를 하다가, 겨우 한다는 말이 "꽃이 예쁘지요?" 하고, 반문으로 대답을 대신했다.

배가 홍도 둘레를 1시간쯤 도는 동안 이곳저곳을 열심히 설명했다. 그리고 나서야 생각이 난 듯이 꽃 이름을 알려 준다 했다. 미리 알려주면 실망할까봐 알려주지 않았다는 것이다. 그 꽃은 흔히 볼 수 있는, 흔하디흔한 '원추리'라는 꽃이다.

맞다. 안내원의 예감이 옳다. 미리 말해주었으면 원추리의 아름다움에 대한 감동이 약했으리라. 궁금해 하는 마음으로 '저 꽃이 무얼까, 도대체 뭘까?' 하는 의구심을 한동안 품고 궁금하게 여겨야만 저 꽃에 대한 아름다움이나 신비감이 유지될 거니까! 나중에 알았는데 홍도에서만 자라는 '홍도원추리'로서 육지에서 자라는 원추리와는 좀 달랐다. 노랑 빛깔이 선명한 꽃이었다.

20년 전 여름, 암사동 선사유적지에 가족과 갔다가 개망초꽃이 흐드러지게 피어 하얀 구름밭을 이룬 걸 보았다. 같이 간 우리 가족들이 그 꽃들을 보고, "와!" 하고 함께 탄성을 질렀다. 길가에서 몇 그루씩 보는 개망초는 그저 그렇다.

그러나 군락을 이루어 언덕의 높낮이를 따라 구름처럼 피어난 개망초꽃은 눈이 소담히 내린 것처럼 아름다웠다. 시골 길가에서 흔히 볼 수 있는 개망초가 그렇게 아름다운 장면을 연출하리라는 것은 정말 몰랐다.

'버리면 쓰레기, 모으면 자원'이라는 표어가 있다. 이 꽃에 적용해도 적절한 표현이다. 힘이 약하고, 여리고, 수수한 것들은 모여야 가치가 있다. 누군가 이런 말을 했다. "독초가 군락을 이루지 않는 것처럼, 사나운 야수도 군집을 이루지 않는다." 그렇다. 악기 중에서도 유별나게 소리가 큰 트럼펫이나 음색이 강렬한 플루트는 곡의 전체를 계속 연주하는 일이 드물다. 독주도 쉽지 않다. 그런 악기들은 오케스트라에서 어느 일정 부분을 연주하며 음색을 순간적으로 드러낼 때에 효과를 낸다.

소리가 독특하고 개성이 강렬하면 오래 듣기 부담이 된다. 그러나 너무나 평이한 소리도 관현악단에서는 잘 쓰지 않는다. 다른 악기와 조화가 중요하기 때문이다.

30년 전 가을. 고향 마을에 갔다가 산기슭에서 허연 머리를 나부끼는 억새꽃을 보았다. 줄기 끝에서 햇살에 반사되어 은빛으로 빛나는 억새꽃. 아니! 억새꽃이 저렇게 예쁘다니…. 바람에 나부끼는 억새꽃은 고향을 다녀가는 자식들에게 마을 어귀에서 손을 흔드는 할머니의 머리카락 같다. 그렇게 쓸쓸하고 처연한 모습이다.

그러나 누군가는 이렇게 말했다. "꽃이 없는 나무나 풀은 거의 없습니다. 다만 꽃이 작아 눈에 잘 안 띄거나 1년 중 며칠만 살짝 피고 시들기에 꽃이 핀 줄을 모르고 지나칠 뿐이지요." 그렇다. 하얀 은방울꽃은 어른 손바닥 크기의 넓은 잎 아래의 줄기에 와이셔츠 단추만한 크기로 매달려 잘 보이지 않는다.

족두리꽃은 줄기 아래의 땅바닥에 달라붙어 피어 잎을 젖혀보지 않고서는 볼 수 없다. 지금은 매력이 없는 노인일지라도 젊었을 때는 꽃 같은 청춘이 있었다. 비록 지금은 머리가 파뿌리 같고, 굴 껍질 같은 주름이 얼굴에 가득한 할머니일지라도 어느 남정네의 프러

포즈를 받으며 간절한 구애를 받던 꽃다운 시절이 분명 있었을 것이다.

알고 보면 야생화가 참 아름답다는 예찬론자들을 가끔 만난다. 야생화는 대체로 꽃의 크기가 작고 수수하다. 빛깔이 화려하거나 모양새가 특별하지 않아 귀해 보이지 않는다. 물론 모란처럼 꽃이 커야만 예쁜 건 아니다. 안개꽃을 보면 작아도 그윽한 아름다움이 있다. 꽃의 아름다움을 크기나 화려한 빛깔로만 비교할 수 없다.

화원의 꽃들도 원래는 들꽃이었거나 야생화였다. 사람들이 개량하고 개발해서 화려하게, 더 예쁘게 만들었던 것이다. 그래서 가꾸는 이 없이 자라난 야생화를 잘 가꾸고 개량한 화원의 꽃과 비교하면 초라하게 여겨질 수도 있다. 그건 너무나 당연한 일이다.

언젠가 한택식물원에 다녀왔다. 예전에도 가보았다. 몇 년 사이에 나무와 꽃들이 많이 변했다. 작은 나무들이 크게 자랐고, 꽃들도 촘촘해져 꽃밭이 풍성해졌다. 숲도 우거지고 식물 개체수도 많아졌다. 새삼스럽게 '그렇구나. 나무와 꽃, 식물은 저렇게 금방 자라는구나.' 하는 생각을 했다.

한택식물원을 만든 이는 야생화를 기르고, 가꾸고, 보존하기 위해서 만들었다고 했다. 그리고 아름다운 야생화를 길러 알리고, 보급하고, 희귀종의 개체수를 늘리기 위해서 만들었을 것이다. 그러나 일부 사람들은 야생화가 화원의 꽃보다 더 아름다운 점을 찾고 싶어 하는 것 같다.

그런 목적이라면 만족하기는 쉽지 않을 것이다. 꽃의 아름다움을 보려면 이 야생화 식물원보다 도시의 일반적인 화원을 찾는 게 더 좋다.

또, 야생화의 아름다움을 보려면 백두산이나 금강산, 설악산이나 지리산의 골짜기를 찾아가는 것이 더 나을 지도 모른다. 그래야 더 화려한 야생화를 보거나 군락을 이룬 야생화의 진면목을 볼 수 있을 것이다. 야생화가 아름다운 것은 쉽게 자라지 못할 척박한 곳에서 강인하게 자란 생명력, 그런 점들이 가상해서 생기는 애정일지도 모른다.

20여 년 전부터 대중들에게 야생화의 관심이 높아졌다. 공원이나 정원에도 야생화를 심어 가꾼다. 그렇게 야생화가 많이 보급되고 사람들에게 사랑받는 일은 바람직하다고 여긴다.

그러나 화원에서 고가로 팔리는 화훼보다 야생화가 더 예쁘다고 말하는 건 과찬이 아닐까? 야생화가 일반 화훼보다 더 화려하거나 아름답다고 말하는 이유는, 마치 자기 자녀가 가장 예뻐 보이는 것과 같은 이치일 것이다. 고슴도치도 제 새끼는 예쁘다. 자신에게 소중한 것, 자기와 인연 깊은 것들은 더 아름다워 보인다. 자신이 사랑하는 것 중에 소중하지 않은 것들이 없듯이, 귀한 것은 예쁘지 않은 게 없다.

야생화가 진정으로 아름답게 보이는 것은, 야생으로 있을 때다. 들판이나 산야에 의연하게 피었을 때, 더 아름답다. 노랑제비꽃이 마니산 정상에 있을 때, 홍도원추리가 홍도의 풀밭에 있을 때, 개망초가 군락을 이루었을 때, 야생화들이 대부분 시들고 풀들이 갈색으로 퇴색했을 때, 억새꽃이 아름답다.

그처럼 야생화가 아름다움을 안겨주는 것은 갈증 속에서 물의 맛을 알게 되는 것과 비슷하다. 기대할 수 없었던 곳에서 만나게 된 신선한 경이로움이 사랑스러움을 느끼게 하지 않았을까? 물론 매발톱꽃이나 금낭화 같은 야생화는 모양이나 빛깔이 아름답다. 또 화려하고 키가 큰 달맞이꽃과 나리꽃이 있지만 대체로 들꽃은 작고, 수수하며 소박하다.

들꽃은 생명력이 강하여 돌보지 않아도 매년 제 철이 돌아오면 피어나서 자신의 존재를 드러낸다. 아무도 눈여겨보지 않는 산계곡, 산비탈에서 홀로 피었다가 홀로 지기도 한다. 그러나 피어야 할 때 피고, 피어야 할 자리에 소박하게 피어난다.

2011년 여름, 스위스 융프라우에 기차를 타고 오를 때, 철로 주변에 많은 들꽃이 다양하게 피어있는 것을 보고 매우 반가웠다. 겨울이 긴 고산지대에서는 대부분의 꽃들이 여름을 놓칠세라 한꺼번에 와짝 핀다. 그래서 여러 종류의 꽃들이 한데 어울려 아름다운 화음을 만든다.

중국 쪽에서 지프를 타고 백두산에 오르며 교목지대를 벗어나면 초원 같은 언덕과 넓은 풀밭이 나온다. 그 풀밭에서 바람에 흔들리는 두메 양귀비꽃 등 수많은 들꽃의 향연을 볼 수가 있다. 거기에 장미나 백합이 피어 있다고 해서 그만큼 아름다울까? 사실 장미와 백합은 그 고산지대에서는 살 수도 없다. 그곳에서는 그토록 생명력이 질긴 들꽃들이 훨씬 잘 살고 잘 어울린다.

야생화는 산이나 들, 야생에서 보아야 한다. 야생에서 그 가치가 보인다. 풀과 나무들이 우거진 숲의 아래에, 작고 앙증맞게 피어난 들꽃을 볼 때, 우리는 경이로운 감동을 만나게 된다. 마치 밤하늘에

별처럼, 숲 속에서 들려오는 새 소리처럼, 산야(山野)에는 야생화가
피어 아름다운 세상을 만든다.

처음 가는 길에 대한 기대

　오래 전부터 나는 수원과 용인에 살고 있는　세 명의 친구들과 가끔 산행을 하고 있다. 이따금 경기도 북쪽의 산에 멀리 가기도 하지만 대체로 수원 인근의 광교산, 칠보산, 수리산에 가는 일이 많았다. 광교산에 50번도 넘게 올랐을 건데, 그 친구들과 함께 오른 것만도 10번 이상이다. 그러나 광교산에 오르는 것도 되도록이면 새로운 길로 가고 싶다.

　이번에도 우리는 문암골을 지나 영동고속도로 밑을 통과하여 좌측 절개지로 형제봉에 올랐다. 형제봉에서 종루봉(비로봉)을 거쳐 하광교 소류지를 지나 하광교로 내려왔다. 약 3시간이 걸렸다. 이 소류지는 매우 조용하고 평화로워 텃새가 된 오리 몇 마리가 물에 떠 있다.

　대부분의 사람들은 경기대 또는 반딧불이화장실에서 출발하여 형제봉에 오른다. 또는 상광교 버스 종점에서 내려 작은 저수지를 지나 왼쪽으로 들어가면 절터로 갔다가 억새밭으로 오르게 된다. 오른쪽으로 들어가 데크 계단을 오르면 비로봉이나 슬기봉으로 올라간다. 반딧불이화장실에서 광교 저수지의 둑을 지나 저수지 옆, 물가로 난 길을 따라가다가 영동고속도로 밑을 통과하여 옆으로 오르기도 한다. 그 길로 지지대고개 쪽으로 가면 대체로 평이한 높낮이 길로 이어지고 사람이 많지 않아 대화를 나누며 걷기 좋다.

일부의 등산객은 문암골에서 영동고속도로 밑을 통과하여 형제봉을 가거나 환경보건연구원에서 골짜기로 통신대 헬기장으로 오른다. 또는 지지대 고개의 프랑스 참전기념비 옆, 영동고속도로 밑을 통과하여 오른다.

나는 경기대에서 형제봉으로 오르는 길은 되도록 피하고 있다. 휴일에는 너무 많은 사람들이 몰려 복잡하기 때문이다. 수원에서 안양 방향의 지지대고개 오르기 전 버스 차고지 옆길로 들어가 영동고속도로 밑을 통과하며 오른쪽으로 오르면 철제로 만든 간이 계단이 있다. 요즘에는 그 쪽으로 자주 간다. 그 길은 등산객이 적어 조용하고 호젓하다. 또 소요 시간이 왕복 2시간 정도의 코스라서 무리가 가지 않아 일행과 동행하며 이야기 나누기가 좋기 때문이다.

그 길로 오르면 통신대 헬기장 방향에서 내려오는 길과 만나는데 더 오르면 산봉우리에 광교헬기장이 있다. 이 헬기장에는 여러 개의 벤치가 있어 등산객들이 음식을 먹거나 휴식을 취하기 좋다.

광교산은 수원, 용인, 의왕 등 3개 시에 걸쳐 있는 꽤 넓은 산이다. 광교산의 가장 높은 봉우리인 시루봉은 해발 582m이고 광교산의 대표적인 봉우리인 형제봉은 448m이다. 광교산은 넓게 자리 잡아 오르는 길도 많다. 그 많은 길 중에 되도록 새로운 길로 가고 싶다. 호기심이 강한 건지 기대감 때문인지 모르지만 다른 사람들도 새로운 길에 매력을 가지는 건 비슷할 것 같다.

처음 가는 길은 신선하다. 처음이란 미숙하여 실수하기 쉽지만 새로움이 있다. 처음은 잘 모르기 때문에 시행착오도 한다. 그러나 처음 가는 길에는 기대가 있고 설렘의 묘미가 있다. 그래서 세계의 유명 등산가들이 에베레스트의 여러 봉우리들을 밟기 위해 목숨을 걸고 새로운 봉우리에 도전을 하는 게 아닐까. 많은 사람들이 그런 도전으로 부상을 당하거나 심지어는 목숨을 잃기도 한다. 그런데도 왜 그렇게 위험한 등정에 도전하는 것일까?

여러 이유가 있겠지만 자연을 정복해보려는 인간의 의지 때문일 것이다. 그래서 등산을 좋아하는 사람들은 되도록이면 가보지 못한 산을 가고자 한다. 가보지 못한 미지의 세계. 그 미지의 세계는 호기심이 발동되는 동경의 세계다. 새로운 세계를 가보고 싶은 인간의 본능이나 의지 때문에 동토의 땅 알래스카나 영하 50도에 이르는 남극에도 사람이 가고 있다.

그런 호기심이나 새로운 세계에 대한 도전 정신이 인류의 발전에 큰 도움이 되었을 거라 여긴다. 또한 도전 정신 때문에 우주 탐사에 어마어마한 경비를 쓰고 있을 것이다. 아마도 우주 탐사에 쓰는 돈으로 굶어 죽는 사람들을 위해 쓴다면 굶어죽는 사람의 대부분을 구제할 것이다.

광교산에 여러 번 올라갔어도 아직도 가보지 못한 길이 있다. 군포에 살 때는 주로 수리산에 올랐는데 100번도 더 올라갔을 테지만 지금도 가보지 못한 길이 있다. 매번 가보지 못한 길로 가려는 것은 아니다. 실제로는 다니는 길로 갈 때가 더 많다. 자주 가게 되는 길이 익숙한 길이어서 쉽게 갈 수 있고 안전하기 때문이다.

그러나, 처음 가는 길이 매력 있다. 가장 예쁜 여자는 처음 본 여자라는 농담도 있지만 처음이란 호기심이 발동되고 기대감도 있다. 다시 가는 길도 엄밀히 보면, 아니 상황이 매번 다른 것으로 생각하면 언제나 처음 가는 길이라고 할 수 있다.

친구는 오래 된 친구가 좋다지만 연인은 새로 만났을 때 호기심이나 관심이 기울게 된다. 사람은 모를 때가 좋다. 잘 알게 되면 허물이 보이기 때문이다. 가장 가까운 친구가 나의 허물을 가장 잘 알고 있다. 그래서 가까운 친구라도 여러 날을 함께 지내다 보면 의견 충돌이 있고 생각이 달라 갈등이 생긴다.

나는 산에 가는 마음도 새로운 연인에게 가고 싶은 것처럼 처음 가는 길에 동경과 기대감을 가지게 된다. 새 길로 가게 되면 새 옷을 처음으로 입은 것처럼, 또는 새 차를 몰고 직장에 처음 출근하는 날처럼 기분이 좋다.

산을 가더라도 새 길을 가고 싶다. 어떤 때는 처음 만나는 사람에게 신선감이나 기대감을 갖기도 한다. 가능하면 새로운 인생길을 걷고 싶다. 벚꽃이 흐드러져 피었다가 벚 꽃잎이 눈처럼 흩날리는 봄이면 늘 새로 온 봄 같다. 계절은 반복되어도 지겹지가 않고 새롭다. 부질없는 생각이지만 우리 인생도 늘 청춘이면 얼마나 좋을까. 어머니께서 융단 같은 검은 머리의 40대 모습이 선연한데 90을 앞둔 꼬부랑 모습, 옛날 동네 할머니처럼 늙으셨다. 언젠가 어머니께서 이렇게 혼잣말을 하셨다.

"이 좋은 세상 한 번 다시 살아봤으면…."

chapter 03

인생의
묘미

3대의 어느 인연

"선생님! 제가 전국 백일장대회에서 장원을 했습니다. 이걸 보세요."

서 군이 백일장 당선작 발표 인쇄물을 가지고 내게 달려온 것은 그가 고교 3학년 말이었을 것이다. ○○대학교에서 주최한 전국 백일장대회에서 영예스럽게 시 부문 장원을 한 것이다.

"선생님. 제가 시를 쓰게 된 건 선생님께서 수업 중 시를 감동적으로 가르쳐주셨기 때문입니다. 그래서 제가 시를 쓰게 되었고, 이렇게 장원도 하게 되었습니다."

서 군은 자신이 시를 써서 장원한 사실, 그리고 시를 계속 쓰고 있고, 시로써 인정받게 된 것을 누군가에게 자랑하고 싶었을 것이다. 더구나 백일장 당선이 계기가 되어서 ○○대학교 문예창작과에 진학하게 되었으니 자부심도 컸으리라.

감동적인 글을 써 세계적으로 명망 높은 시인과 소설가, 아름다운 음악을 만든 세계적인 작곡가, 명화를 남겨 유명한 화가, 청중을 감동시키는 연설가, 라디오 방송에 나와서 박식하고 운치 있게 말씀하시던 박사님들은 어린 시절에 동경의 대상이었다.

중학교 2학년 때 국어 선생님께서는 시를 몇 편 칠판에 적어 놓고 외우라고 하셨다. 시를 외워 쓰라는 문제를 출제한다고 예고하셨다. 그때 적어준 시가 김소월의 「초혼」, 롱펠로우의 「인생찬가」, 워즈 워스의 「무지개」, 푸쉬킨의 「삶」이었던 것 같다. 앞의 세 시는 분명히 기억하는데 「삶」이란 시는 기억이 확실치 않다. 그래서 그때의 동창들에게 질문해 보았지만 친구들은 그런 시험이 있었는지조차 기억하지 못했다.

선생님은 예고한 대로 시험에 출제하셨다. 시 4편 중 2편을 시험지 뒷면에 쓰라고 했다. 시험지 뒷면에 나는 「무지개」와 「초혼」을 더듬거리지 않고 자신 있게 써 내려갔다. 그때 감독으로 오신 선생님도 다른 학년의 국어 선생님이셨는데 내가 쓰는 걸 옆에서 잠시 지켜보셨다. 종료 종이 울리고 시험지를 걷던 그 선생님이 내 얼굴을 주시하며 「초혼」을 암송하셨다.

그 뒤로 지금까지 「초혼」을 거의 외우고 있다. 그 시 외에도 조지훈의 「승무」, 윤동주의 「서시」, 김춘수의 「꽃」, 박목월의 「나그네」 등 교과서에서 대입 공부하느라 외운 몇 편의 시가 있지만 시를 외워서 써 먹을 일은 별로 없었다. 어쩌다 시 낭송회나 특별한 자리에서 암송을 한 적은 있다.

이원수 동화에 대한 석사 논문을 쓰고, 그 걸 바탕으로 동화평론을 써, 신인상으로 문단에 발을 내밀었다. 그리고 동화 평론을 쓰며 출신 잡지의 편집위원을 10여 년 했다. 그 후 청소년용 수필을 쓰며 수필집을 냈다. 가끔 원고 청탁이 들어와 글을 써서 보냈는데, 원고료 수입이 월급의 절반 정도 될 때가 있었다. 교육 수필집을 낸 후, 교육수필가라는 이름을 명함에 쓰고 그 이름으로 불리기를 희망했다.

그리고 문인 모임 몇 군데와 인연을 맺어 얼굴을 내밀며 살고 있다. 그렇게 문학과 생애를 함께 하면서 중 2때의 국어 선생님을 가끔 회상했다. 그 선생님이 시인이 되었다는 걸 그 당시에 알고 대단하게 여겼다. 그 선생님은 말씀을 뜨문뜨문하셨지만 알쏭달쏭한 시적 표정을 짓곤 했다. 선생님은 굵고 강한 머리카락이 곧추 서 있어 머리를 긁으면 풍성한 머리가 흔들리는 게 인상적이었다. 웃으실 때는 약간 장난기처럼 개구진 미소를 지었다. 그래서 특별하게 기억했다. 약 40여 년이 지난 어느 날, 선생님에 대하여 어느 자리에서 말했더니 어느 동창이 그 선생님의 근황을 알려 주었다.

선생님은 우리 모교에서 3년쯤 근무하다가 전주의 어느 고교로 전근하셨다. 그 후 ○○대학교의 교수로 시문학을 강의하다가 정년퇴직하신 정양 시인이다. 2년 전, 인터넷으로 검색하여 선생님의 홈페이지를 알게 되었다. 선생님을 뵙고 싶다는 글을 올려 선생님과 연락이 되었고 그 뒤 몇 차례 찾아뵈었다. 선생님은 2016년에 '구상문학상'을 수상하셨다. 내가 문학적 성향이 있었기 때문이었는지, 그분의 시 지도에 어떤 영향을 받았는지 나도 글을 쓰는 사람이 되었고, 국어 교사가 되어 문학을 가르쳤다.

시인은 한 시대의 예언자 같기도 하여 어린 시절에는 특별한 존재로 여겼다. 작가가 된다는 건 상상하지 못했다. 그런데, 살다보니, 아니 글을 쓰다 보니 수필집을 냈고, 문인협회에 가입하여 문단 선후배, 문우들과 교류한 지가 30년이 넘었다.

중고등학교 국어 교사 시절, 국어 수업 중에 시에 대한 설명이나 소설과 영화 이야기를 조금은 재미나게 했나보다. 그래서 어떤 학생은 실제의 영화보다 내 영화 이야기가 더 재미있다고 한 적이 있다. 그러나 시를 가르치는 일이나 쓰는 일은 지금도 자신이 없다. 시에 대한 지식이나 전문성이 부족하기 때문이다.

그런데 나의 영향을 받아 시를 쓰게 되었고, 문예창작학을 공부하여 박사학위를 받고 대학에서 문예창작 강의를 하는 제자가 있다. 시 지도를 가장 어려워하는데 나의 강의에 영향을 받은 거라니 믿기지 않는다. 하지만 나의 시 지도에 그렇게 영향을 받았다니 다행이고 반가운 일이다.

서 군을 만난 것은 그가 중학교 2학년 때였을 것이다. 담임을 한 것도 아니었다. 아마 1주에 한두 시간 하는 클럽활동에 내가 심성수련반을 지도했는데 그 반에 들어온 학생이었다. 그가 어느 날 나에게 보내준 편지글을 보고 좀 더 자세히 알게 되었다.

부족한 저를 이렇게 오래 기억해주셔서 감사합니다. 감사한 마음과 송구한 마음을 담아, 선생님과 술 한 잔을 나누고 있다는 기분으로 두서없는 글을 올립니다.

정확하지는 않지만 선생님과 직접적으로 인연을 맺은 것은 중학교 2학년 특별활동 시간이었던 것으로 기억합니다. 토요일 오전 몇몇의 학생들과 상담실에서 진행한 활동이었습니다. 사진 찍기, 글 읽기 등을 가르치셨습니다. 당시에도 선생님께서는 교육수필가이자 청소년 상담가로서 널리 알려져 있었습니다. 그 당시 제가 아는 유일한 문학인이 선생님이셨습니다.

만해나 소월, 목월의 절창을 줄줄 외워 나가시는 선생님의 모습을 보며 저는 문학인의 전형을 보았습니다. 선생님께서는 특히 목월의 「승무」를 자주 인용하셨습니다. "시인들은 모두 저렇게 하는구나. 읊조리듯 노래하듯 아무 때고 도취되어 아름다운 말을 뱉어내는 것이 시인이구나." 생각했습니다.

○○대학교 사범대에서 〈현대시 교육론〉이라는 과목을 가르치며 학생들에게 저의 첫 문학 선생님 얘기를 들려줬습니다. 학생들에게 이렇게 말했습니다. "문학수업에서만큼은 교사의 도취와 감동이 용서된다. 논리와 이성을 뒤로하고 문학이 보여주는 감동, 그 자체를 즐기는 순간을 보여주는 것만큼 좋은 문학 수업은 없다." 선생님의 문학 수업은 글 쓰는 사람으로서 서○○, 서 군, 글쓰기를 가르치는 사람으로서 제가 알고 있는 가장 아름다운 문학적 규범입니다.

서 군이 중학교 2, 3학년일 때 가끔 만났고, 수리산에도 함께 올라간 기억이 있다. 그런 기억보다는 내가 그에게 도움을 청했던 일이 잘 생각난다. 당시 근무하던 군포중학교 교정의 나무에 서 군과 이름표를 달아주었다.

초등학교에 입학했던 때가 55년이나 지났는데 이름표를 달고 가슴 뿌듯했던 생각이 난다. 나무에 이름표를 달아놓고 볼 때 그 생각이 나서 기분이 참 좋다. 하얀 아크릴 판을 사다가 명함 크기로 잘라서 나무 이름을 페인트나 매직으로 쓰고, 양쪽에 구멍을 뚫고 가는 전화선으로 묶어 나무에 걸어주었다. 지금의 산본역 부근의 공원, 산본

중앙도서관에서 용진사 가는 길 옆, 수리산 산림욕장 입구의 나무에 명찰을 매달아 주었다. 그 일을 바로 서 군과 다른 학생 두어 명을 데리고 몇 번 했다.

이름을 알면 관심과 애정이 생긴다. 이름을 부를 때 친밀해진다. 이름에는 이름을 붙인 의도나 이름을 지은 목적이 담겨 있기 때문이다.

그리고 서 군은 나에게 더 중요한 일을 해주었다. 1994년에 우리 집에 청소년야간전화상담실을 개설했다. 당시에 24시간 무료로 전화상담을 할 수 있는 '생명의 전화'와 '사랑의 전화'가 서울에 있었다. 그런데 지방에서는 시외 통화료를 부담해야 했고, 전화를 하더라도 야간에는 통화중이 많아 그 전화로 상담하기가 어려웠다.

경기도의 청소년전화상담실은 수원에 있었는데 주간(오전 9시~오후 5시)에만 전화 상담을 받았다. 청소년의 대부분은 학생이다. 그 낮에는 학생들의 대부분이 학교에서 생활하는 시간이다. 그래서 청소년들은 전화상담실을 이용하기가 어렵다. 그런 식으로 상담실을 운영하는 공무원들의 발상이 너무 안일하다 싶어 못마땅했다. 청소년을 위한 전화라면 밤에 상담을 할 수 있어야 실효성이 있을 거라 생각했다. 학생이 하교하여 집에 돌아왔을 때는 전화상담실을 이용할 수 없는 시간이기 때문이다. 학부모도 주로 낮에는 직장생활을 하거나 활동하는 시간이기 때문에 야간이 되어야 차분하게 전화상담을 할 수 있을 거라 생각하여 야간전화상담실을 개설한 것이다.

군포시의 한국통신에 청소년 야간전화상담실로 전화번호를 등록해 놓았다. 상담을 원하는 청소년들에게 114 안내원들이 나의 상담실을 알려주었다.

고민이 있는 청소년들에게 상담의 기회를 주기 위해 전화상담실을 홍보해야 했다. 홍보를 하기 위해 스티커를 명함 크기로 제작했다. 그걸 청소년들이 쉽게 볼 수 있는 곳에 부착했다. 그 일을 서 군과 함께 하거나 서 군에게 부탁했다. 서 군은 혼자서도 대중 화장실이나 청소년들이 쉽게 볼 수 있는 곳에 부착해주었다.

그는 대학에 다닐 때에도, 군대에서 휴가 나왔을 때, 제대 후에도 우리 집에 들르거나 전화를 걸어 주었다. 지금 생각해보면 서 군은 성격이 조용하고 진지하여 시인이 될 성향이 있었던 것 같다.

60세를 넘기고 보니 어떤 사람이 미래에 성공하여 뜻을 이룰 가능성이 높은지 짐작이 된다. 손익을 따지지 않고 우직하게 뚜벅뚜벅 한 길로 나아가는 사람이 전문가나 권위자가 되는 것 같다. 약삭빠른 사람이 빨리 성공하고, 더 잘될 것 같지만 60여 년 살면서 관찰해보니 꼭 그런 건 아니었다. 오히려 바보스럽게 자기 일에 몰두하는 사람들이 더 높은 위치에 이른 것 같다.

그런데 나는 어느 한 곳에 집중하지 못했고, 너무 여러 가지 일에 신경을 쓰며 살아왔다. 돋보기로 종이를 태울 수 있는 것은 햇빛을 한 곳으로 모으기 때문에 가능하다. 타고난 재능도 중요하지만 한 분야에 집중하거나 몰입, 지속해야 전문가나 권위자가 되는 것 같다.

33년 만의 만남

얼굴이 기억나지 않는 30년 전 제자, 김기철 군의 메일을 받았다. 메일을 보고 이름의 기억은 찾았는데 얼굴이 바로 생각나지 않았다. 강산이 세 번은 바뀔 세월이 지났으니 잊을 만도 한데 기철 군은 어떻게 나를 잊지 않고 연락을 했을까? 내가 뭐 그리 대단하다고 30년이나 기억하면서 나를 찾았단 말인가?

나는 기철 군의 3학년 때 담임이었지만 2학기인 10월에 전근을 가는 바람에 1년도 가르치지 못하고 헤어졌다. 4학년 초에는 기철 군이 서울로 전학을 가, 다시 만나지 못하고 30년이 지난 것이다. 그는 대학을 졸업하고 금융결제원에 들어가 13년을 근무했다. 그가 나를 찾은 것은 2009년이었다.

7년 전에 내 이름을 검색하여 보니 곡란중학교의 교감으로 나와 곡란중의 홈페이지에 나를 확인하는 글을 올렸다. 그러나 아무도 연락해주지 않아 시간이 흐르고 말았다. 그러다가 2013년에 인터넷에서 나를 다시 찾게 되었고 이메일 주소를 알게 되어 메일로 소식을 나누게 된 것이다. 그 뒤로 몇 차례 전화와 메일을 주고받았고, 내가 운영하는 장학회에 후원회비를 몇 차례 보내주었다.

2016년 어느 봄. 키가 크고 체격이 우람한 40대 중반의 남자가 내 사무실로 찾아왔다.

"채찬석 선생님이시죠?"

"예." 하고 대답하니, 얼굴이 상기된 채 말을 잇지 못했다. 그리고는 눈시울이 젖었는지 눈을 문질렀다. 선생님을 인터넷에서 찾아 반가운 마음에 얼른 왔다는 것이다. 명함을 주고받았다. 승준 군은 건축자재 임대업 회사의 과장이었다. 서류 하나 필요하면 얼른 가보게 되지만 보고 싶은 마음만으로 찾아가기는 쉽지 않다.

혹시 회사 업무라든지 개인적인 용무라도 있지 않을까 싶어 경계를 늦추지 않으니 승준 군은 스마트 폰에서 초등학교 때의 사진을 나에게 보여 주었다. 초등학교 때 우리 아파트 놀이터에서 촬영한 사진이었다.

아! 맞다. 얼굴이 통통하고 키가 약간 큰 아이였었다. 장난기가 많았고 사교적이어서 친구들과 놀이를 즐기던 학생이었다. 잠시 말을 나누어보니 초등학교 때 우리 집에 세 번이나 놀러왔다는 것이다. 선생님이 가끔 생각나서 언젠가 한번 찾아보려고 벼르다 인터넷에서 알아내 찾아왔다는 것이다.

30여 년 전의 초등학교 시절에 대한 이야기를 나누다 기철 군의 소식을 알려주니 매우 반가워하여 연락처를 알려주었다. 그 뒤, 서로 연락을 하여 셋이 만나게 되었다. 저녁을 먹으면서 옛이야기와 살아온 이야기들을 나누었다.

기철 군은 30여 년 전에 내가 보내준 엽서 세 장을 가져왔다. 휴대폰에는 자신의 일기장에 나에 대한 글과 내가 써준 한 줄 평을 사진으로 담아왔다. 아직까지 내 편지를 보관했고, 자신의 일기장을 뒤져 나에 대한 글을 가져 왔다니 대단히 고마웠다, 무엇이 우리를 잊지 않게 만들고, 30년의 세월이 지났는데도 만날 수 있도록 만들었을까?

첫 번째가 '편지'다. 편지를 주고받으면서 나무가 뿌리를 내리듯 애정도 깊어졌으리라. 말은 편리하지만 바람처럼 쉬이 지나가는 것이다. 그러나 글은 쓰기 힘들지만 보관만 잘하면 천년도 남아있게 된다. 편지를 주고받으면 기억을 오래 가질 수 있다. 1년 담임으로 생활하다가 헤어지면 서서히 잊게 된다. 그러나 편지를 한두 번 만이라도 주고받으면 기억을 보존할 수 있다. 기철 군은 나에게 여러 번 편지를 써 보냈다. 비록 내가 엽서에 간단히 쓴 회답이지만 빠짐없이 보내주었다. 특별한 경우가 아니면 나는 반드시 학생들의 편지에 답장을 했다.

내가 엽서에 회답을 쓴 건 고교 2학년 때 담임이셨던 이동구(원광대 교수로 정년 퇴임) 선생님의 영향이었다. 선생님께서는 우리들의 편지에 꼭 답장을 해주셨는데 언제나 관제엽서에 빼곡히 정성스럽게 쓰셨다. 대부분의 선생님들은 답장을 하지 않으셨는데 그 선생님만 유일하게 답장을 해주셨다. 학생들의 편지에 대해 언제나 답장을 해주셨기 때문에 담임이 바뀌거나 학교를 졸업해도 소식을 전할 수 있었고 인연을 오래 나눌 수 있었다.

나는 선생님께서 보내주신 답장은 학생에 대한 애정, 교육애라고 여겼다. 그래서 나도 교사가 된 뒤에 선생님을 본받아 엽서로 답장을 썼다. 엽서로 쓰면 편지보다 상당히 편리하다. 겉봉을 풀로 붙이지 않아도 되고 우표를 사서 붙여야 하는 번거로움도 없다. 더 편한 점은 내용을 길게 쓰지 않아도 된다.

다음으로는 학생에 대한 칭찬이다. 중 2때 담임이었던 최봉근 선생님께서 나에게 이런 칭찬을 하셨다. "너는 나중에 훌륭한 사람이 될 것이다." 이 칭찬은 내가 어려움에 있을 때, 포기하고 싶을 때, 엉뚱한 유혹에 빠지려 할 때에도 최 선생님의 말씀을 기억해 내고 절제하거나 인내심을 발휘하게 했다. 선생님의 그 칭찬이 나를 지키게 만들었다.

왜 그렇게 말씀하셨는지 늘 궁금했다. 40년쯤 지난 어느 날, 선생님의 주소를 알게 되어 찾아뵈었다. "그때 선생님께서 제게 그런 말씀을 왜 하셨습니까?" 하고 여쭈어 보았다. 안타깝게도 선생님은 그렇게 말씀하신 걸 기억하지 못하셨다. 아니 내 얼굴조차도 제대로 기억하지 못하셨다.

신문에서 읽은 글에 이런 내용이 있었다. 어느 스님이 마을을 지나가는데 집안에서 어머니가 아이를 때리는 소리가 들렸다. 스님은 그 어머니를 불러 조용히 말하고 표표히 사라졌다.

"저 아이는 정승이 될 관상을 가지고 있습니다. 잘 길러 보세요."

훗날 그 아이가 스님의 예언대로 정승이 되었다. 그 어머니는 영험한 스님을 수소문하여 찾아갔다.

"스님. 우리 아이가 정승이 되리라는 걸 어떻게 알고 예언하셨습니까?"

스님이 잠시 생각하더니 대답했다.

"아들을 부처님으로 대했으면 부처가 되었을 지도 모릅니다. 어머니께서 자제를 정승으로 대우했기 때문에 아이가 정승이 된 것입니다."

승준 군은 초등 시절 상당히 사회성이 발달해 있었고 정감이 있어 친구들과 잘 어울렸다. 또한 선생님을 잘 따르는 귀염성 있는 학생이었다. 그때도 다른 학생들보다는 체격이 다소 큰 편이긴 했는데 어른이 되니 체격이 아주 우람해졌다.

기철 군은 당시에 반장이었는데 성적도 우수했지만 성격이 조용하고 의지력이 있었다. 진지하게 생각하는 어른스러움도 있었다. 그런 점들을 나는 진지하게 칭찬해주었을 뿐이다. 자신의 가치를 진정성 있게 인정해준 교사였기에 나를 지금까지 기억했을 것이다.

여하튼 30년이 지난 지금까지 존경하는 선생님으로 여겨 준다니 황송하다. 그렇게 찾아준 제자 때문에 40년의 내 교직 생활에 대한 보람과 자부심도 조금은 가질 수 있어 다행이다. 자신의 가치를 인정해주는 사람을 잊지 못하는 것은 나도 마찬가지다. 일반적으로 자기를 좋아하는 사람을 좋아하는 게 인지상정이다.

기구한 운명

"평생 먹을 걸 벌어놓았습니다."

떵떵거리며, 10여 년 전부터 에쿠스를 타고 다녀, 동네 사람들에게 부러움 받고 살던 여인이 70대 중반인데 홀몸이 되어 떠돌이가 되었다. 2년 전쯤, 남편은 자다가 침대에서 떨어져 운명했다고 한다. 그 여인은 지금에는 집도 없어 다른 사람의 보살핌으로 애처롭게 살고 있다.

그 여인은 3년 전 어느 날, 홀연히 자취를 감추었고, 집이 경매로 넘어가 남편은 사글세방을 얻어 혼자서 초라하게 살았다. 그래서 남편은 그 여인을 찾으려고 애를 썼고, 찾으면 가만두지 않겠다고 별렀으나, 갑자기 세상을 떠났다. 남편이 세상을 떠난 지 몇 달 후에야 소식을 들었다. 별세 당시에 친지나 주변 사람에게 소식을 알리지 않은 것으로 보면 사고사가 아니고 스스로 세상을 떠났는가 하는 생각이 든다.

그 여자는 우리와 사돈 간이었다. 그 사돈이 한창 잘 살던 20여 년 전. 우리 어머니를 초대하여 극진히 대접해주었다. 그런데 어찌 그렇게 안타까운 노후가 되었을까? 안타까운 일이다.

132

그 사돈은 인물이 참 고왔다. 미혼 때는 인근에서 가장 예쁜 처녀라는 찬사를 들었고, 총각들에게 인기가 매우 좋았다. 우리 동네의 놀이 잘하고 말주변이 좋은 청년이 요령 좋게 구애하여 그 사돈과 결혼했다. 그 청년은 노래를 잘 불렀고, 멋을 부리며 노는 일에는 선수였다. 그러나 돈벌이는 잘 못했다. 그래서 뒷집에 살던 사돈은 우리 집에 놀러왔다가 고구마로 끼니를 때우기도 했다. 우리는 고구마를 많이 재배하여 겨우내 먹을 수 있었다.

그 신혼부부는 얼마 후 전남 광주로 이사를 했다. 거기서 남편이 공장에 다니며 기술을 익혀 돈을 모았다. 그 후 부산으로 가서 장사를 하였고, 다시 조선소가 많던 거제도로 가, 종업원을 여럿 고용하여 주점을 운영했다. 사돈은 인물이 좋고 당돌하여 돈을 상당히 벌었다. 그리하여 집도 사고 고급차인 에쿠스를 타며 여유롭게 살았다.

사돈은 미모인데다 돈을 잘 벌어 치장을 하니 귀티가 났다. 사돈은 배고픈 시절에 우리 어머니가 고구마를 주시어 고마웠다고 어머니에게 극진히 대해주셨다. 20여 년 전, 어머니와 동네 아주머니 한 분을 거제도에 초대하여 구경도 시켜주고 재미있게 놀다 오시게 한 적이 있었다.

어머니께서 팔순 되던 해, 팔순기념으로 여행을 시켜드린다고 어디에 가고 싶으시냐고 여쭈었다. 혼자는 아무데도 가고 싶지 않다하여 어머니가 가장 좋아하는 이모님도 동행을 부탁드렸다.

어머니와 이모님을 승용차에 모시고 1주일간의 여행길에 올랐다. 파주의 외할머니 산소에 가서 성묘를 하고, 안산에 사는 외삼촌과 외숙모, 거기서 가까이 사시는 친지를 만나고 그 사돈이 사는 거제도로 갔다. 그분은 여전히 반갑게 맞아 주셨고 어머니께서는 몇 년 만의 만남에 흐뭇해 하셨다. 사돈은 치장을 잘했기 때문인지, 성형수술 덕택인지 나이가 70세 전후였지만 얼굴과 몸매가 40대 후반쯤으로 보일 정도로 미모를 유지하고 있었다.

그 사돈댁에 도착하여 전망이 좋은 횟집에서 근사한 식사를 했다. 계산은 내가 했다. 식사 후 친척집에 돌아왔는데. 사돈은 밤에 장사하러 가게에 나갔다. 어머니와 이모는 다른 방에서 주무시고, 나는 거실에서 아저씨와 자정이 넘도록 이야기를 나누었다.

아저씨는 세계 여러 나라에 여행을 다녀온 일, 여유롭게 살아온 일들을 밤이 깊도록 자랑하셨다. 자신이 그렇게 살 수 있었던 것은 자신이 공장 일을 해서 기반을 잡았고, 그 이후에는 아내가 장사를 잘해서 재산을 모았다고 했다. 그래서 이제는 아내가 하고 싶은 대로 내버려 둔다고 했다.

아내가 주점을 운영하기 때문에 새벽까지 장사하고, 일을 마치면 씻고 가게에서 자다가 다음날 정오 무렵에 귀가한다는 것이다. 장사가 끝나면 집으로 돌아와 씻고 자는 게 맞지, 밖에서 잔다는 게 이상하게 여겨졌다. 더구나 어머니와 우리가 모처럼 찾아와 집에 있는데 밤에 오지 않고 정오에 온다는 게 이해가 안 되었다.

다음날, 거제도 해금강이 보이는 바닷가, 바람의 언덕을 거쳐 통영으로 와 그 사돈의 동생 가게에 들렀다. 사돈은 그 가게에서 팔찌를 사서 어머니께 선물로 주고 거제도로 돌아갔다. 그런데, 이상하게도 사돈의 표정이 어두웠다. 밝게 웃지 않았다. 지금 생각하면, 그때 이미 가정이 무너지고 있었던 것 같다.

만나고 돌아온 지 2년도 채 되지 않았는데, 뜻밖의 소식을 듣게 되었다. 그 아저씨가 살던 집이 경매로 넘어가 몸만 나와 사글세방에 산다는 것이었다. 더구나 부인은 어디로 종적을 감추었고, 분가해 사는 아들이 아버지에게 월세방을 얻어주었다는 것이다.

그 후 1년 쯤 지났을 무렵, 아저씨가 잠을 자다 침대에서 떨어져 세상을 떠났다는 소문을 들었다. 사돈은 떳떳하지 못해서 그랬는지 고향 사람들에게 장례식조차 알리지 않았다.

사돈이 남편을 곤궁에 처하게 하고 가출한 데에는 말 못할 사연이 있었을 것이다. 어쩌면 사기를 당했는지도 모른다. 장사가 안 돼 망했다면 불가피한 일이었기 때문에 아저씨 모르게 가출할 필요는 없었을 것이다. 떳떳하지 못했기 때문에 아저씨 몰래 집을 나와 떠돌았을 것이다.

어머니는 그 사돈에 대해 칭찬을 많이 했었다. 여자가 당돌하고 수완이 좋아서 남편을 편하게 했고, 재산을 모은 거라고 여러 차례 칭찬했었다. 그러나 아저씨는 가련하게 세상을 떠났다. 사돈은 자신의 몸 하나 마땅히 의탁할 곳이 없어 떠돌이가 되었다. 자신이 사는 곳도 밝히지 못하고, 쓸쓸한 노후를 보내고 있다. 이제 나이가 많고 몸이 아파서 일도 못한단다.

사돈이 장사를 할 때는 얼굴과 몸을 잘 관리하여 70세의 나이에도 40대 후반 정도로 보였다. 칠순 노인으로는 상상조차 할 수 없었다. 50대 후반의 남자도 자신보다 더 어린 여자로 볼 정도였다. 미모도 여전했으니 50~60대 남자 손님 중에서 사돈에게 연정을 품은 얼간이도 있었을 것이다. 용모가 준수한 여자가 주점을 운영하니 치근덕

거리는 주정뱅이도 있었을 것이고, 애정을 고백하는 얼빠진 남자도 있었을 것이다. 아니, 어쩌면 사기꾼이 의도적으로 접근했을 지도 모를 일이다. 사돈은 중년시절 화려하게 잘 살며 주위 사람들의 부러움을 많이 받았다. 그런데 인생 말년에 그렇게 비참하게 된 것이다. 그 원인은 무엇일까? 자신의 용모와 수완을 과신하다 누군가에게 뒤통수를 얻어맞은 건 아닐까?

연탄 배달이나 쌀장사를 해서 망한 사람은 없지만 술장사하다가 망한 사람은 많다는 말이 있다. 그건 무슨 이유일까? 연탄 한 장 팔아서는 100원 남기기가 어렵다. 그러나 맥주 한 병에 3,000원 이상 남는 술장사가 돈을 많이 벌어 노후까지 잘 살았다는 말은 듣지 못한 것 같다. 땀 흘려 번 돈이어야 가치가 있다. 그래야 오래 간직하거나 모을 수 있기 때문이다.

학교에서 40여 년 근무하며 학생들을 관찰해 보면, 부모가 봉사활동을 오랫동안 실천한 가정의 자녀는 대부분 착실하게 성장했다. 그러나 부정직한 방법으로 돈을 벌었거나, 불성실한 부모의 자녀 중에 탈선하는 비율이 높았던 것 같다. 건전하게 살아야 할 이유다. 더구나 자녀나 이웃에게 존경을 받으려면 성실하게 살아야 한다. 절제와 인내를 잘 해야 자녀나 주변 사람들에게 존경을 받는다.

성실의 정도에 따라 가정생활의 평온이 결정되는 것 같다. 자녀로부터 존경을 받는 부모가 잘 산 사람일 거다. 바꾸어 부모를 존경하는 자녀를 두어야 자녀를 잘 길렀다고 말할 수 있다. 존경을 받는 비결은 단순하다. 근면과 절제 아닐까. 다산 정약용은 아들에게 '근(勤), 검(儉)의 교훈'을 물려준다는 편지를 써 보냈다.

세상은 살아봐야 안다

대학의 국문학과에 다닐 때, 자경 씨는 시를 잘 썼다. 수업 중 이태극 시조 시인도 자경 씨가 시를 잘 쓴다고 칭찬을 했다. 자경 씨는 시만 잘 쓰는 게 아니었다. 입담도 좋고 재미있게 말을 잘해 여성들에게도 인기가 있었다. 우리들은 동창 중에서 그가 시인으로 대성할 거라고 기대했다.

그 자경 씨와 가까이 지내던 문형 씨는 시를 좋아하지만 시작(詩作) 수준이 그에 훨씬 못 미쳤다. 100미터 달리기에서 자경 씨가 50미터를 달렸다면 문형 씨는 10미터나 달렸을까 하는 수준이었다. 제대하고 국문학과에 편입해 들어온 문형 씨는 여러 식솔들을 거느린 가장이기 때문에 시 공부를 제대로 할 겨를이 없었다.

동창들은 대학을 졸업하고 대부분 중고등학교의 교사가 되어 자리 잡았다. 문형씨도 교사가 되어 시를 쓸 여유가 생겼고, 시 창작에 매달렸다. 1983년에 주요 일간지의 신춘문예에 당선되어 화려하게 등단하였다. 그 이후 시단에서 주목받는 시인이 되었다. 문학 단체에서 야유회를 갔는데 어느 시인이 여러 사람 앞에서 시를 암송했다. 뜻밖에도 그 시는 문형 씨가 쓴 「단풍을 보다가」였다.

문형 씨는 시단에서 주목 받는 시인이 되었다. 그러나 자경 씨는 시작(詩作)을 하는지 안 하는지 문단에서 알 수가 없었다. 다만 자경 씨는 시작보다 다른 일에서 능력을 발휘하긴 했다. 35년 지난 지금은 대학 다닐 때의 예상과 달랐다. 시 창작에 침묵한 자경 씨와는 달리 문형 씨는 교직에서 퇴임한 이후에 더 왕성하게 시를 쓰고 있다. 문형 씨는 성실성도 있었지만 심성이 맑고 고왔다. 그 맑은 심성이 그를 주목받는 시인으로 만든 것 같다.

교감일 때 모시던 어느 교장선생님은 덕망이 있으셨고 나를 존중해주셨다. 교장선생님을 잘 보필하고 싶은데 어떻게 모셔야 교감 역할을 잘 하는 건지 막연했다. 그래서 교장선생님께 이렇게 말했다.

"제가 교장선생님을 잘 보필하고 교직원들에게 잘 하고 싶은데 어떻게 해야 잘 하는 건지 잘 모르겠습니다. 제가 교장을 해보면 교감이 어떻게 해야 잘 하는 건지 알 것 같습니다."

어머니께서 여러 차례 칭찬한 몇 사람이 있었다. 그런데 그런 사람들 중에 오래 살다보니 의외의 결과를 보여준 두 사람이 있었다.

먼저, 동네에서 조금 어리숙하게 보였던 어느 아주머니는 수도권의 위성 도시에서 20여 년을 살았다. 그 아주머니는 고등학교도 나오지 못하여 기술도 없었고 변변한 직장생활도 하지 못했다. 주로 아르바이트 수준의 허드렛일을 하면서 살았다.

그러나 한 마을에서 오래 살다보니 주변에 친숙한 사람이 많았다. 그래서 돈놀이를 하면서 계를 몇 개 만들어 계주를 했다. 돈을 빌려주기도 했고, 맡긴 돈을 빌려주어 이자 소득을 올리게 알선하기도 했다. 어머니도 그 아주머니에게 계 탄 돈을 맡겨 이자를 받기도 하고 그 여자에게 계도 들었다.

월세에서 전세로 살며 형편이 조금씩 나아진 그 아주머니는 20여 년 전에 조그만 다가구주택을 구입했다. 방이 많아 사글세 받기 좋은 집이었다. 중형 승용차도 사서 남편에게 주었다. 그 당시에 공장에서 말단인 직원이 승용차를 몰고 다니는 건 드문 일이어서 사람들은 그 남편을 부러워했다.

그런데 언젠가부터 그 아주머니에게 좋지 않은 소문이 돌았다. 계가 깨어지게 생겼다는 소리가 들려 어머니는 맡긴 돈을 회수하려 애를 썼다. 그런데 그 아주머니는 이 핑계 저 핑계 대가며 돈을 돌려주지 않았다. 결국 어머니는 맡긴 돈의 절반을 받고 절반은 끝내 받지 못했다.

그 후 그 아주머니는 가족을 두고 어디론가 잠적해 버렸다. 집도 남의 손에 넘어가 가족들은 옥탑방 월세로 들어가 살았다. 남편의 차도 없어졌고, 남편은 암에 걸려 아내가 집을 나간 지 2~3년 만에 세상을 떠났다.

또, 어머니는 친척 중의 어느 며느리를 매우 칭찬했다. 인사성 바르고 야무지며 남편을 잘 받든다고 며느리 하나 잘 얻었다고 지인들에게 칭찬했다. 이 며느리의 신랑은 결혼 즈음에 집짓는 건축 노동자였다. 남편이 하는 일이 사람들에게 홀대받는 직업으로 생각한 며느리는 남편에게 건축 일에서 손 떼고 다른 직업을 하도록 강권했다. 그래서 대출도 받고 빚도 조금 얻어 시장 어귀에 가게를 얻어 장사를 했다. 장사가 신통치 않자 식당을 차려보기도 했다.

그런데 하는 일마다 금방 때려 치웠다. 며느리는 남편이 태만해서 그런 거라고 남편을 원망하였다. 서로 의견 충돌이 많아졌고 다투는 일도 다반사였다. 다투면 집을 나가 며칠씩 지난 후에 들어오곤 하더니 결국 이혼하고 말았다.

사람이 살다 보면 뜻대로 되지 않는 일이 잘 되는 일보다 훨씬 더 많다. 그래서 한번 선택을 잘못하여 인생을 망쳤다는 말을 듣기도 한다. 현명하게 잘 사는 일은 그렇게 어렵다. 그래서 다시 그 시절로 돌아간다면 지금보다야 훨씬 잘 살 거라고도 말한다. 그러나 역사를 바꿀 수 없듯이 사람도 과거로 돌아갈 수 없다. 그러니 살아가면서 슬기로운 판단이나 선택을 잘 하려고 노력할 수밖에 없다.

그런데 왜 어머니가 칭찬했던 사람들이 그렇게 나중에 잘못되었을까? 어머니의 사람 보는 눈이 부정확했거나 단편적인 장점에 대해 성급한 결론을 내린 결과일 것이다. 물론 사람에겐 흥망성쇠가 있을 수 있다. 살다보면 뜻대로 되는 일보다 뜻대로 되지 않는 일이 훨씬 많다.

그러나 어머니께서 칭찬하던 그 당시에도 나는 어머니의 판단에 그다지 동의하지 않았다. 어머니께서 통찰력 있게 보지 못하는 것 같았기 때문이다. 계주하던 아주머니가 파산한 원인은 그 사람에게 있었다. 감당할 수 없게 일을 벌였고, 계한다고 남의 돈으로 집도 사고 차도 샀다. 남의 돈 무서운 줄 모르고 썼기 때문이다.

친척 며느리는 남편이 하던 건축 일에 열등감을 가져 배운 기술을 써먹지 못하게 했다. 그리고 자신의 기대에 못 미치는 무능한 남편이라며 자신이 나서 이일 저일 벌이다 수렁에 빠진 듯 헤어나지 못한 것 같다.

그러니 세상은 살아봐야 안다. 오래 살아봐야 선택의 잘잘못을 알게 되고, 함께 생활해 봐야 그 사람을 정확히 알 수 있다. 그리고 말과 생각도 상황에 따라 바뀐다. 미래에 대해 단정적으로 말을 하는 것도 말의 실수다. 인생은 정말 살아봐야 안다.

나는 친목단체에서 여행 중 버스에서 사회 보는 일이 종종 있다. 그때 진지한 말도 하고 우스운 이야기도 한다. 그러면 어떤 이는 채 선생이 참 재미있다며 아내가 행복하겠다고 말하는 일이 있다. 그 말을 들은 아내는 이렇게 말했다.

"제가 한번 살아봐야 알지"

그러더니, 언젠가 부터는 다행이도 말이 바뀌었다.

"살아보니 다른 남편들도 그저 그렇더구만."

젊게 사는 비결은

친구야! 오랫동안 젊고 아름답게 사는 비결을 아는가?

젊고 멋있게 살고 싶은 건 누구나의 소망이겠지. 추하게 늙지 않고, 아니 젊음과 건강미를 유지하며 오랫동안 많은 이들의 사랑을 받고 싶은 건 누구나 마찬가지겠지.

초등학교를 졸업한 지가 50여 년이 넘었구만. 얼마 전 초등학교 동창들을 만나러 나갔다가 40여 년 만에 만난 친구가 있어 반가움과 놀라움에 살아있음이 황홀하기까지 했네. 변해버린 친구들의 모습. 충격 같은 놀라움과 격세지감에 가슴이 얼마나 설레었는지…. 그대도 그랬는가?

그러나 친구라고 하기에는 너무나 나이가 많아 보이는 친구가 있었고, 그에게만 세월이 정지했던지 아직도 50대 초반으로 보이는 친구도 있었지. 초등시절 나보다 훨씬 체격이 좋고 어른스러웠던 친구가 이젠 나보다 더 어려 보여 섭섭하기도 했다네.

세월은 누구에게나 공평한 것 같지 않았어. 누군가가 청춘은 고무줄 같은 거라더니 정말 젊음도 늘이고 줄이는 게 가능한 것일까? 우리들의 나이차는 대부분이 1~2년이고, 심해 봐야 3년을 넘지 않을 텐데 말이야. 그런데 눈으로 보이는 나이차는 10년, 아니 15년을 넘나들더군. 좋아진 세상이라, 평균 수명이 옛날보다 20여 년 길어졌으니 청춘도 확대된 것은 사실이겠지?

40여 년 전 나훈아와 남진이 쌍벽을 이루면서 가요계를 주름잡던 시절, 기억나나? 그때, 인기 가수는 대체로 30세를 넘기기 어려웠거든. 그러나 지금 60대인 태진아, 송대관, 현철, 설운도의 인기를 보면 50대는 청춘이야. 시골에서는 더 그렇지. 농촌에서는 60대도 청년이라고 하잖아.

6·25전쟁 사진이나 영상을 보면, 그 당시 40대는 지금의 60대 할머니의 모습이었어. 결혼 평균 연령이 29세가 넘는 지금의 시대에, 스스럼없이 아기에게 젖을 물리는 1950년대의 20대 어머니 모습에서 엄청난 변화를 실감하게 되지. 오늘날 수영장에서, 가슴을 소중하게 가리는 유치원의 여자 아이를 생각해 보면 얼마나 달라진 풍속도인가.

70년대, 우리 뒷집 할머니는 낭자를 하셨었지, 40대 중반이었음에도 노인의 모습이었고, 따라서 마을 사람들 대부분이 그분을 할머니라고 불렀어. 그런데, 우리가 30년 동안 성장하며 나이를 먹었는데, 할머니의 모습은 30년 전이나 변함이 없는 것 같았지. 그분에게는 세월이 정지해 있었던 거야. 그분은 20여 년 전 돌아가셨지만 지금도 마을 사람들이 나이에 관한 이야기를 나눌 때, 그분 이야길 하지. 문화의 발전으로 젊음도, 청춘도 확대된 것은 정말 사실이야.

내가 고1 담임을 하던 10여 년 전. 청소 상태를 확인하러 교실에 갔다가 깜짝 놀란 일이 있지. 교실 문을 여니, 어느 아가씨가 셔츠

바람으로 있다가 겉옷을 서둘러 입고 있더군. 못 볼 것을 본 것처럼 놀랍고 겸연쩍었지만, 상황은 되돌릴 수 없기에, 정색을 하고 어떻게 교실에 있느냐고 물었더니, 우리 반의 반장 어머니라고 하더군. 알고 보니 아들 때문에 학교에 왔다가 학생들이 청소를 하니까 함께 청소를 거들었던 모양이야. 나이가 40이 넘었는데도 아가씨처럼 보였던 거지.

우리가 어언 60대 초반인데. 동창 문주 양을 봐. 지난 번 동창회에 조금 늦게 도착해 우리의 시선을 한 몸에 받던 그녀는 우리들의 눈을 화들짝 놀라게 만들었잖아. 생머리에 미니스커트, 가냘픈 어깨와 허리, 날씬한 다리는 50도 보이지 않는, 40대 초반의 여인처럼 등장했던 거지. 거기다 짧은 스커트 때문에 모두 "와!"하며 경악을 했지. 기가 막힐 일이었어.

그녀의 남편은 나와 고등학교 동창이었고, 한의사였어. 그래서 "○○씨가 좋은 약을 많이 지어줘서 그래?"하고 내가 농담을 던지니, 거의 매일 운동을 하느라 땀 꽤나 흘렸다는군.

친구야, 앨범을 펴고 어려서부터 지금까지 자네의 모습을 잘 살펴보게. 뭐가 느껴지던가? 자네는 어떤지 모르겠네만 나는 세월만 느껴지더군. 시간의 흐름 말일세. 사진의 모습은 작년이 다르고 재작년도 달랐네. 매년 나이가 더 들어 보인다는 걸, 사진을 보니 알 수 있더란 말이지.

어느 날엔 길을 가다가 짧은 미니스커트를 입은 여자를 보았네. 예쁜 다리와 날씬한 몸매, 긴 생머리에 까만 옷을 입어 삼십대로 보이는 여자였지. 지나가는 얼굴을 유심히 보았어. 주름진 얼굴은 60은 족히 되어 보였네. 주름살 펴는 수술만 했더라면 완벽했을 것을…. 왠지 속았다는 생각이 들어 기분이 썩 좋지 않았네. 그녀가 나를 속인 건 아니지. 꼬집어서 말해, 젊어지고 싶어 젊은 이처럼 옷을 입은 죄밖엔 없지. 그게 가상한 일이지, 누구에게 지탄 받을 일인가? 그러나 결코 자연스런 모습은 아니었네. 몸과 옷, 얼굴이 서로 다른 나이였던 거지. 그런 때에는, 나이는 속일 수 없는 것이고 나이가 드는 건 어쩔 수 없다는 생각을 하게 되지.

그렇더라도 40을 넘긴 연예인들의 꾸밈새를 잘 보게. 젊어지고자 기울이는 노력이 엄청날 거란 걸 짐작할 수 있지. 그러나 젊게 보일 수는 있어도 결코 젊어지지는 않을 것이네. 세월 따라 나이도 같이 가는 거지 따로 가겠나?

로마의 휴일에서 아리따운 공주로 나온 오드리 헵번이 오래 전 신문에 전면 광고로 얼굴이 나왔더군. 암 투병 중인 그녀가 아프리카에서 빈민구호 자선활동을 했다는 내용의 기사와 사진이었지. 사진의 윤곽은 그녀임을 확인시켜 주었지만 젊은 날의 헵번은 결코 아니었어. 얼굴에 주름이 물결치고 있는 보통의 할머니였네. 나이도 세월을 따라 무정하게 흘러간 것이지. 늙는 건 피할 수 없는 숙명이요, 거부할 수 없는 섭리지.

그런데 여자 동창이 나이 많은 할머니를 보더니, "나는 저 나이 되도록은 살고 싶지 않아. 저렇게 추하게 늙는 건 싫어. 70까지만 살고 싶어." 하더군. 글쎄 늙기 싫은 건 동감인데, 어디 그게 마음대로 될 일인가? 사는 동안이나 젊게, 멋있게 살 수 있도록 궁리할 수밖에….

정말 늙어가는 건 정말 나도 싫어. 얼굴의 주름 때문이 아니야. 목소리도 그렇고, 말이 많아지는 것도 그래. 이해심, 포용력, 인간애도 얇아지는 것 같거든. 나이 들어 보이는 친구나 선배를 보면 '늙는다는 것이 이런 거구나' 하고 서글퍼질 때가 있어. 자기 자랑, 자식 자랑이 많아지고, 칭찬 받는 걸 좋아하고, 누군 정말 싫다는 말도, 반대로 아부성 발언도 곧잘 하거든.

어디 그것뿐인가? 좋고 싫음이 강해져 유연성이 줄어들고, 감정이 메말라 감동하는 일이 줄어들더군. 그런데 어떡하나 숙명인 걸. 대신 젊고 아름답게 살려는 노력은 할 필요가 있다고 생각해. 가족들이 나의 건강을 덜 걱정하게 해야 하고, 아들 녀석이, 아버지의 노후 걱정 대신 꿈의 실현에 열중할 수 있도록 말이야. 내가 가르치는 아이들마저도 내가 젊어 보일 때 더 잘 따르는 것 같더란 말이지. 그렇지 않은가?

나이를 먹는다는 건 씁쓸한 일이야. 우리 어머니의 얼굴은 40대에 이미 주름으로 가득 찼고, 팔십대 후반인 지금은 등도 굽었고 지팡이에 의지하여 간신히 걸어가는 뒷모습을 보면 눈시울이 뜨겁단 말이야. 얼마 전 선친의 산소에 가서 성묘를 하며, 언젠가 나도 이승과 작별한다면 아버지의 곁으로 오고 싶다는 생각을 했지.

사는 동안 되도록 젊게 살자고, 젊고 아름답게 살아야지. 그러자면 뭘 어떻게 해야 할까? 가장 먼저 생각나는 게 운동이야. TV에 나온 김형석 교수를 봐. 나이가 얼마인지 아나? 어디 80이나 돼 보이던가? 놀라지 말게. 99세라네. 그분이 인터뷰하는 걸 봐. 얼마나 정신이 맑고 고상하던가. 그러니 젊음이나 청춘도 어느 정도는 연장이 가능하지 않을까? 운동 경기를 보다 보면 선수 출신의 50대 감독들을 볼 수 있지. 잘 봐. 그들의 얼굴에는 거의 주름이 없고 피부가 탱탱해.

또 몸뿐 아니라 마음도 젊어야지. 그러자면 문화적인 만남도 잦아야지. 영화도 보고, 여행도 많이 다녀야지. 여러 감동을 맛보면 감정도 풍부해지고 정열도 쉬 식지 않을 거야. 그러면 마음의 여유와 부드러움이 유지되지 않겠나.

영 안 되면 주름 펴는 수술을 하든지, 보톡스라도 맞아야지. 머리 염색도 자주 해. 아, 머리가 없으면 가발도 고려해. 확실히 효과 있지. 젊어 보이는 만큼 즐거운 일도 생기더구만. 그리고 악기나 그림으로 취미생활이나 문화생활도 해 봐. 아니면 특기를 기르든지, 사회봉사도 보람이 있어. 활동하는 만큼 마음이 젊어질 거야.

아! 더 좋은 게 있지. '인생은 짧고 예술은 길다.'니 생애의 작품을 만들어 보는 거야. 인생의 명작을 만들면 영원한 젊음을 누릴 수도 있지. 사실 그걸 가장 권하고 싶네. 명작은 만들지 못한다 해도, 예술에 빠지면 고상한 기품이라도 지니게 될 거라 믿네. 그런 말 있잖아. 곱게 늙었다는….

친구! 사실 나도 그렇게 살 수 있을지 자신은 없어. 그러나 10년 넘게 운동한 덕택인지 나이에 비해 젊어 보인다고 해. 동안(童顔)이라는 말도 자주 듣지. 앞으로도 근력운동은 꾸준히 할 작정이고, 생애의 명작 하나 낳으려 꿈꾸고 있네. 그렇게 마음이라도 젊게 희망을 가지고 살려 하네. 최고령 사회자, '전국노래자랑'의 송해 씨를 봐. 누가 그러더군.

"80이 넘은 저이는 늙지도 않아. 글쎄, 올해 90이 넘었다나 봐."

누군가 그러대. 청춘도 고무줄 같은 거라고. 친구야, 그렇게 살자. 세월 앞에 장사 없다지만 나이는 단지 숫자에 불과하다는 말도 있잖아. 가는 세월 막지 못 한다면 젊음이라도 연장시킬 수 있는 비결을 찾아보자고. 그렇게 해보기 위해 나하고 내기 하나 하세.

음-. 뭘로 할까? 이게 좋겠다. 10년 후, 나이가 더 들어 보이는 사람이 친구들을 모아 밥 한번 사는 거다. 괜찮겠나? 나이가 더 들어 보이니 어른 노릇을 해야 할 거 아닌가! 한턱내기 싫으면 젊어지든가….

송해의 건강 비결

TV 프로 중 진행자가 꼭 그 사람이어야만 할 것 같은 사람이 있다. '전국노래자랑'의 송해, '가요무대'의 김동건', '한국인의 밥상'의 최불암이 그렇다. 이 세 프로는 고정 시청자가 있는 장수 프로다.

그 중에 '전국노래자랑'의 송해가 가장 오래 사회를 보았다. 그는 2018년 91세로 35년이나 사회를 보았다. 사회자를 바꾸어 보려 한 적도 있는데 그만한 사회자가 아직까지 나오지 않았나 보다. 그래서 송해 이후에 사회를 보려고 기다렸으나 송해가 오래 살아 먼저 세상을 떠났다는 사람이 있을 정도였다.

언젠가 어느 조사에서 그가 신랑감의 1순위로 꼽힌 적이 있다. 사실인지 모르겠으나 그 이유가 우습다.

"첫째는 나이가 많아도 돈 벌어오니 좋고, 둘째로는 일주일에 최소 2~3일은 밖에 나가서 생활하니 편해서 좋고, 셋째로는 출장 갔다 오면 전국의 특산물을 선물로 받아 오니 누가 싫어하겠느냐."는 것이다.

그는 노령인데도 언어 순발력이나 재치가 젊은이 못지않다. 사회를 보며 출연자의 긴장을 풀어주고자 입담을 늘어놓는다. 출연자에게 안정감을 주기 위해 의도적으로 너스레를 떨기도 한다.

출연자들은 그가 키가 작고 소탈하게 말하기 때문에 위압감을 느끼지 않는다. 부담스럽지 않아 편안한 동네 아저씨 같다. 이따금 재치 있는 말로 웃기거나 우스운 행동으로 출연자와 시청자들의 눈과 귀를 끌면서 재미있게 해준다. 그의 용모가 잘나 보이지 않아서 명사회자가 될 수 있었는지도 모른다. 출연하는 남녀노소에 대해 적절히 말을 건네는 걸 보면 놀라운 재치가 있다. 출연자가 가지고 나온 음식을 맛보며 넉살좋게 표정을 짓는 그를 보면 타고난 재주꾼이란 생각이 든다.

또한 그의 체력은 환상적이다. 90세까지 사는 사람도 드문데 허리도 휘지 않고 다리가 짱짱하다. 40년 전, 방송국에 갔을 때 그를 처음 보았는데, 사무실의 한쪽에서 신문이나 뒤적거리며 초라하게 앉아 있었다. 지금은 배가 많이 나와 통통하기라도 하지만 40년 전에는 꽤 마른 체형이어서 결코 건강하게 보이지 않았다. 그때 그는 코미디 프로에서 매우 고지식하게 보이는 역할을 주로 했던 것 같다. 웃기는 주역도 아니고 주역을 위한 조연일 뿐이었다. 그런데 40년이 지난 지금까지도 '전국노래자랑'에서 가장 중요한 주역이다.

방송에서나 기자들이 그에게 건강비결을 질문하면 가장 먼저 튀어나오는 대답이 'BMW로 다니기 때문'이란다. 그 대답을 언뜻 들으면 BMW 자동차를 타고 다닌다는 말처럼 들리지만 그는 지하철이나 버스 등 대중교통을 이용한다는 말이다.

그가 말한 BMW는 버스(Bus), 지하철(Metro), 걷기(Walking)의 영어 첫 자를 따서 쓰는 거라 했다. 그는 지하철로 이동하며 웬만한 거리는 걸어서 다닌다. 에스컬레이터도 타지 않는다. 그의 아들이 교통사고로 세상을 떠난 것도 운전대를 잡지 않는 이유다

오래 전 송해는 TV 예능 프로그램 '밥상의 신'에 출연해 자신의 건강 비결에 대해 공개했다. '대중교통을 자주 이용하는 것이 장수의 비결'이라 했다. 그 다음 말은 이렇다.

"밤 10시 넘어가기 전에 잠들려고 애를 씁니다. 아침 5~6시 사이 꼭 일어납니다."라며 "아침은 빼지 않고 먹습니다. 7시에서 7시 30분 사이에는 꼭 아침 식사를 합니다. 주기적으로 아침에 시동을 걸어주면 처질 게 없습니다." 하고 밝혔다.

그리고 지력이 좋다. 머리가 좋다는 건 보통 지능지수가 높은 것으로 받아들이지만 사실은 하나 더 있다. 지력(知力)이다. 머리를 쓰는 힘. 그것은 머리의 체력과 같은 뜻이다. 늙어서도 기억력이 온전한 것, 나이가 들었어도 정신이 멀쩡해야 머리가 좋은 거다. 나이도 얼마 안 되는데 치매에 걸리거나 정신이 혼미한 건 머리의 지력이 약하기 때문이다.

지력이 특별히 좋은 사람이 있다. 올해 99세인 김형석 연세대 명예교수다. 그는 얼마 전에도 방송에 출연하여 인터뷰를 하고 강의를 했다. 김 교수는 지능도 좋겠지만 지력도 좋다. 그는 지금도 일기를 쓰고, 시간이 나면 과거의 일기를 읽는다 했다. 일기를 쓰려면 머리를 써야 하고, 과거의 일기를 보면 기억이 살아난다. 일기를 쓰고 책을 읽는 것은 일종의 머리 운동으로 볼 수 있다.

"매일 밤 기나긴 일기를 써요. 문장이 잘 연결되게 하기 위해서요. 재작년, 작년의 일기장을 꺼내 2년간 무슨 일이 있었나 읽어보고, 그

시간을 연결 지어서 오늘의 일기를 쓰는 식이에요. 문장력이 약해지면 안 되니까 계속 훈련을 해요."

100세를 앞둔 노인이 매일 50분 산책, 1주일에 2~3회 수영, 2층을 오르내리며 운동하거나 대중교통을 이용한다니 놀라운 체력과 지력의 소유자다. 가정의학과의 이덕철 교수는 김형석 교수의 건강 습관 다섯 가지를 이렇게 정리했다.

"틈나는 대로 움직인다, 균형 잡힌 식사를 규칙적으로 한다. 다른 사람과 유대감을 갖고 정신적 교류를 나눈다. 남에게 베풀며 살아 면역력이 올라가더라는 것이다."

"60~70대가 인생의 황금기요, 사명감을 가지면 고독하지 않다."고 말했다.

91세인 송해도 그렇다. 그는 그 노령에도 방송에서 사회를 보고, '가요무대'에 출연하여 흘러간 노래를 구성지게 불렀다. '전국노래자랑' 방송을 녹화할 때는 하루 전에 미리 가서 그 마을의 음식을 먹고 마을 사람들과 이야기를 나눈다고 한다. 그 지방의 특색을 미리 알고자 탐색을 하고, 멘트를 준비한다.

또 하나의 건강 비결을 이렇게 말했다.

"전국으로 일을 다니는데 여행 다니는 기분으로 일하니까 두 번을 가더라도 항상 새롭게 찾아가는 기분입니다."

라고 했다. 일이 고통스럽고 부담스러웠다면 그렇게 말하지 않았을 것이다. 그런데, "어서 빨리 정년해서 물러나야지. 더러워서 못해 먹겠어."라고 말하는 이도 있다. 정말 물러나고 싶어 한 말인지 화가 나서 한 넋두리인지 모르겠다. 그렇게 힘들게 일한다면 상당히 괴로웠을 것이다.

송해는 그렇게 말하지 않았다. 인기인이기 때문에 방송할 때는 기분이 좋을 것이다. 사는 보람도 있겠지만 그가 긍정적이기 때문에 그렇게 말했을 것이다. 그는 방송에서의 롱런 비결에 대해 이렇게 말했다.

"가르치려 들지 마라, 기본기가 탄탄하면 기회가 온다, 상대의 리듬에 맞춰라, 공감이 위로다, 가슴에 '기억' 말고 '추억'을 심어라, 혼자서는 롱런 못한다, 말술(斗酒)의 힘이다."

그의 장수 비결은 과시하지 않는 겸손에 있는 것 같다. 잘난 체 하는 사람에 대해 대중은 그리 너그럽지 못하다. 자신을 낮추고 다른 사람을 존중하면 남들이 담을 쌓지 않는다. 동질감이 친근감으로 전이 된다. 비슷한 사람으로 여길 수 있어야 어울리기 편하다.

시대별 선호하는 배우자상

이 시대에는 어떤 배우자를 만나는 게 좋을까? 사람마다 선택의 기준이나 선호하는 이상형이 있겠지만 많은 사람들이 선호하는 유형은 있다. 동서고금을 막론하고 배우자에 대해, 남편감으로는 능력(재력, 좋은 직장, 전문성) 있는 남자, 아내감으로는 용모(인물)가 출중한 여자를 가장 선호하는 것은 비슷한 것 같다. 그 두 가지는 어느 시대나 어느 민족이나 비슷하기 때문에 예외로 하고 그 다음으로 환영받는 배우자상을 우리나라 그 당시의 현실을 고려하여 시대별로 정리해 보았다.

한국 사회는 1960년대부터 경제개발계획으로 산업이 매우 빠르게 발전하였다. 과거 약 50년 동안에 세계에서 가장 빠른 발전을 이룬 나라가 한국이다. 소득도 급격히 늘어 선진국의 문턱을 넘어섰다. 연간 개인 소득 평균이 3만 불에 육박했고 인구도 5,000만이 넘었다.

어느 사회의 가치관이나 의식 변화를 이해하려면 그 시대에 선호하는 배우자의 조건을 보면 그 시대의 가치관을 이해하기 쉽다. 그동안 바뀌어 온 배우자상을 보면 약 10년 주기로 선호도를 정리할 수 있었다.

1950년 6.25 전쟁 이후의 한국 사회는 굶지 않는 것만으로도 행복했던 시절이다. 그 시절의 결혼은 부모님이 짝을 맺어주었기 때문에 결혼 당사자는 선호도라는 게 의미가 없었다. 부모님의 뜻을 따르는 게 당연한 일이었다.

1960년대까지는 밥 먹기도 힘든 시대였다. 그래서 가족들이 밥이라도 굶지 않으려면 가장인 남편의 생활력이 강해야 했다. 여자는 벌이를 할 수 있는 일이 별로 없었다. 가정에서 곡식, 옷, 생활용품 등을 절약해서 낭비를 줄여야 했기 때문에 알뜰한 아내를 선호했다. 그 당시 히트했던 가요에 '알뜰한 당신'이 있다.

1970년대는 우리나라의 산업이 급성장할 때다. 따라서 도시로 나가 장사를 하거나 용감하게 도전한 사람들이 출세를 했다. 그래서 박력 있는 남자를 선호했다. 그리고 아내가 시부모를 모시고 살았기 때문에 시부모를 잘 섬기는 조용한 여자를 선호했다. 우리나라에서 고부 갈등이 당시의 사회 문제였다. 그 당시 히트했던 노래 제목에 '조용한 여자'가 있다.

구분	남자	여자	비고(사회상)
1960년대	생활력 강한 남자	알뜰한 여자	먹고 살기 힘들었던 시대
1970년대	박력 있는 남자	조용한 여자	경제 성장기, 고부갈등 사회문제
1980년대	가정적인 남자	분위기 있는 여자	친목회 등 부부동반 모임 많아짐
1990년대	능력 있는 남자	활동적인 여자	문화적인 생활 추구, 컴퓨터·자가용 등장, 여성 일자리 증가
2000년대	전문성 있는 남자	자기세계가 있는 여자	직업의 전문성 중시 남녀의 평등 지향
2010년대	인프라를 갖춘 남자	동반자가 될 수 있는 여자	부부 동반, 끼리끼리 문화

1970년대까지는 남아를 우선하는 경향이 강하여 아들은 고등학교
나 대학을 가르쳤지만 딸은 초등학교나 중학교 정도만 가르치려 하
였다. 남자와 여자의 학력차가 존재했고, 남자의 경제력이나 사회적
지위가 향상되는 반면 여자는 주부로만 정체되어 있어 남자가 여자
를 하대하는 일이 비일비재했다.

　그런데 1980년대에는 여자들도 대부분이 고등학교를 졸업했고, 남
녀 평등의식을 가지게 되었다. 그래서 여자들은 주부를 존중해주고
집안일을 거들어주는 가정적인 남자를 선호했다. 산업화가 이루어
지고 경제가 발전하면서 먹고 사는 문제가 어느 정도 해결이 되었
다. 돼지고기를 국으로만 끓여 먹다가 불고기를 먹을 수 있는 시대
가 되었다. 그래서 직장에서 회식하는 일, 친목회나 동창회 등 부부
동반 모임이 많아졌다. 그래서 남자들은 아내가 다른 사람들에게 멋
져 보이는 분위기가 있는 여자를 선호했다.

　1990년대가 되자 컴퓨터와 승용차 등, 각종 기계가 급격히 늘어나
기 시작했다. 그래서 컴퓨터나 기계를 잘 다루는 다방면에 재능이
있는 남자가 환영받았다. 과거에는 부모의 재산이 중요했으나 산업
화가 이루어지면서 능력이 중시되기 시작했다. 경제발전과 산업화
로 일자리가 많이 생겼고 소비가 증가하면서 여자들의 일자리가 많
아졌다. 주부들이 취업하거나 장사 등으로 맞벌이 가정이 늘어났다.

　그래서 남자들은 아내도 돈을 벌거나 경제활동을 하는 활동적인
여자를 선호했다. 이때 여성의 지위와 역할 신장의 페미니즘과 관련
이 깊은 소설『무소의 뿔처럼 혼자서 가라』는 베스트셀러로 등장했
다.

2,000년대에 와서는 산업이 전문화하면서 전문가를 환영했다. 그래서 전문적인 자격증을 취득해야 안정된 직장이나 대우를 잘 받는 직업인이 될 수 있었다. 직업이나 직종에 관계없이 전문가가 되면 환영 받았고 소득도 높아졌다. 그래서 남자는 전문성이 있어야 환영을 받았다. 여자들의 일자리가 늘어나고 주부들도 사회활동을 하게 되었다. 여자도 경제활동을 하거나 자기 생활을 추구하기 때문에 남자에게 예속되지 않아도 되었다. 여자도 어느 한 분야의 전문가가 되거나 전문성을 갖추면 직장이나 사회에서 환영받았다. 그래서 표현을 다듬어 '자기세계가 있는 여자'라고 말했다.

지금은 2010년대다. 인기 있는 남편감이 되려면 안정성과 발전성이 있는 직장을 가져야 한다. 데이트할 때는 승용차가 필히 있어야 한다. 결혼하면서 입주할 아파트도 갖추어야 한다. 심지어는 남자의 부모가 경제력이 있느냐, 또는 연금 수혜자냐고 묻기도 한다. 참 영악해졌다. 그렇게 기반을 갖춘, 즉 인프라를 갖춘 남자가 환영받는다.

또 남자는 신부감으로 동반자를 선호한다. 남자들이 직장을 가진 여자, 같은 계통의 직업에 종사하는 여성을 동반자로 선호한다. 더구나 학력이나 직업에 남녀평등이 상당히 이루어져 여자들도 전문 직종에 진출하는 비율도 평등이 이루어졌기 때문이다.

그래서 법조인은 법조인끼리, 의사는 의사끼리, 공무원은 공무원끼리, 연예인은 연예인끼리, 재벌들은 재벌끼리 끼리끼리 결혼하는 비율이 높아졌다. 같은 직장에 근무하면 만나기가 쉽고 상대방에 대해서 잘 알 수 있다. 업무에 대해서도 함께 의논할 수 있으며 공동의 관심사로 대화하기 쉽다. 그리고 시간과 경제력에 여유가 생겨 취미 활동에 아내가 동반해주기를 기대한다. 야구나 축구 경기, 영화나 여행, 친목회도 부부가 함께 동행하는 일이 많아졌다. 그래서 2010년대에 환영받는 신부감은 남자의 동반자가 될 수 있는 여자다. 그래서 부부 동반자 시대가 되었다.

물론 동서고금을 막론하고 인기 있는 남편감은 대체로 소득이 높거나 지위가 높은 사람이다. 그리고 아내감은 어느 시대 어느 나라 사람이나 준수한 용모를 가진 여자를 선호한다. 새들도 암컷이 수컷을 고르는데 집을 잘 짓거나 먹이를 잘 물어다 주는 놈을 고른다. 또는 춤을 잘 추거나 화려한 깃, 노래를 잘 부르는 건강한 수컷을 선호한다. 매미도 큰 소리로 노래하는 수컷을 암컷이 선호한다는 것이다.

2010년대 후반기로 와서는 새롭게 등장한 이야기가 있다. 효성심이 강한 남자는 부적절한 남편감이란다. 아내보다 부모에게 우선하기 때문이란다. 놀라운 세상이다.

부부의 연을 맺을 때 어떤 배우자를 만나는 것이 이상적일까? 성격이 맞고. 이상이 같은 사람이라고 흔히 말한다. 성격이 맞아야 한다는 건, 성격이 비슷해야 한다는 걸까? 그럴 것 같지만 실제로는 상보적 관계가 좋다고 한다. 살아보니 그 말이 맞는 것 같다.

성격이 급한 사람은 느긋한 사람을, 예민한 사람은 무딘 사람을, 헤픈 사람은 알뜰한 사람을 만나야 서로 보완해서 산다. 살아보니 정말 그렇다. 똑같으면 문제가 심각해지는 경우가 많다. 비슷한 성향을 가지고 만난 사람들이라도 살다 보면 서로 다른 성격으로 변해가는 걸 볼 수 있다. 서로 음악을 좋아해서 결혼했는데 살다보니 강한 사람에게 밀려 한 사람은 주의를 하게 되고 점점 등한히 하게 된다.

자석은 N극과 S극이 있다. 말굽자석이나 막대자석도 양극이 있다. 같은 극끼리는 밀어내고 다른 극은 잡아당긴다. 막대자석의 N극과 S극의 중간을 정확히 자르면 자력이 없어져야 하지만 잘라진 쪽의 자력이 그대로 나타난다. 생태계도 인간 세계도 비슷하다. 생물에는 암수가 있고, 인간에게는 남녀가 있다. 똑같은 극끼리 밀어내고 다른 극끼리 잡아당기는 자력처럼 상보적인 관계가 배우자에게도 적용되는 것 같다. 아무리 가까운 친구라도 2년 이상 함께 살기는 어렵다. 부부가 남녀이기 때문에 평생을 동거동락(同居同樂)할 수 있다. 트랜스 젠더와 결혼하기를 원하는 사람은 극히 드물다. 생태계는 동성(同姓)끼리 짝을 이루도록 만들지 않은 것 같다.

성장기에 가깝게 지내는 친구를 보면 유유상종인 경우가 많다. 특히 취미가 같아야 어울리는 동호인을 보면 더욱 그렇다. 그러나 성인이 되어 직업을 갖게 되면 상보적으로 어울리는 일이 늘어남을 알 수 있다.

인물이 뛰어난 여자끼리 어울려 다니는 걸 보기 어렵고, 키가 똑같이 크거나 똑같이 작은 사람끼리는 잘 어울리지 않는다. 키 작은 사람은 키 큰 사람을 선호하고 인물이 좋은 여자는 인물 좋은 여자와 가까이 하려 하지 않는다. '인물이 좋네, 나쁘네' 하며 비교를 잘하는 사람은 대체로 자신의 인물이 좋지 않아 인물이 좋아야 한다는 의식이 강해진 거다. 인물이 좋은 사람은 인물이 좋아야 한다는 것을 그리 중시하지 않는다. 여자가 참 못 생겼다고 비난을 잘하는 남자 역시 대체로 인물이 좋지 못한 걸 볼 수 있다.

환상적인 화음은 비슷한 목소리로 이루어지지 않는다. 1970년대 우리나라 최고의 듀엣으로 꼽혔던 트윈 폴리오는 송창식과 윤형주다. 송창식의 목소리가 톤이 굵고 둥근 음에 가깝다면 윤형주는 소리의 선이 가느다랗고 선명하다. 그렇게 서로 상반된 목소리인데 화음을 이루면 환상적이다. 요즘 많은 동호인을 가지고 있는 색소폰은 연주하는 모양도 보기 좋지만 소리가 굵고 중후해서 우리나라 남성들이 가장 많이 배우는 악기다. 그렇지만 개성이 적은 악기다. 그래서 오케스트라에서는 색소폰은 거의 쓰지 않는다.

가장 환상적인 부부를 꼽는다면 작곡가 김희갑과 작사자 양인자씨를 꼽고 싶다. '그 겨울의 찻집', '알고 싶어요', '킬리만자로의 표범', '바람이 전하는 말', '서울 서울 서울', '열정' 등의 작사자는 양인자 씨이고, 작곡가는 김희갑 씨다. 참 가사를 잘 썼고 곡도 잘 만들었다. 그 부부를 생각하면 참으로 이상적인 커플이라는 생각이 든다. 자전거의 앞 뒤 바퀴처럼 없어서는 안 되는 존재다. 어느 하나가 없으면 이루어질 수 없는 한 쌍이다. 정말 놀라운 앙상블이요 인생의 하모니다.

어머니께 노래를

노래방 기기를 샀다. 어머니께서 알만한 노래를 20곡 골라놓고 틀어 드렸다. 그렇지만 단 하나도 제대로 부르시는 게 없었다. 모두 잊으셨다. 미수(米壽)의 연세가 되니 까막눈이 되셨다. 하는 수 없이 내가 한 시간이나 어머니께 노래를 불러드렸다. 어쩌다 아는 대목이 나오면 작은 목소리로 조금 더듬거리시다가 금세 입을 닫으셨다.

마이크가 무거운지 금방 무릎 위에 팔을 떨구었고 TV 모니터만 멀건이 바라보실 뿐 아무런 표정이 없으셨다. 다만, '빨간 구두 아가씨'와 '소양강 처녀'의 노래를 부르다 경쾌한 리듬이 나오는 부분에서는 의외로 두 팔을 흔드실 때도 있긴 있었다. 그러나 표정이 없는 것은 그대로였다.

'타향살이, 비 내리는 고모령, 고향무정, 동백아가씨, 여자의 일생, 울고 넘는 박달재' 등을 불러 드렸다. 어머니께서 좋아하셨던 태진아의 '사모곡'을 부르다가 목이 막히고 눈시울이 뜨거워서 노래를 부르지 못하였다.

"… 땀에 젖은 삼베 적삼 기워 입고 살으시다…, 한평생 모진 가난 참아내신 어머니, 자나 깨나 자식 위해 신령님 전 빌고 빌며…"이 대목에서 울컥 눈물이 솟았다. 어머니가 그렇게 사셨기 때문이다.

아이를 낳고 기르다 세 아이가 유아 때 세상을 떠났다. 유산도 서너 번이나 했다. 그러다가 겨우 나를 낳아 기르실 때 얼마나 소중한 자식이었을까. 백부모님께서는 자식을 기르지 못할 여자라고 아버지께 다른 여자를 데려와 선을 보게 하였다. 어머니는 부엌에서 불을 때고 아버지는 방 안에서 다른 여자와 선을 보았다. 어떤 결정을 내릴지 기다리는 어머니의 심정은 어떠셨을까.

다행이 아버지께서는 백부님의 종용에도 아무런 대답을 안 하셨고 맞선은 자동으로 깨졌다. 그 후에 어머니께서 나를 낳으셨다. 나는 유아기를 지나 4~5세가 되도록 잘 자랐고 동생들도 태어나 잘 자랐다. 그렇게 귀하게 태어났기 때문인지 다른 집 아이들은 무명옷도 입지 못할 시절에 나는 가죽잠바를 입었던 기억이 생생하다. 어머니는 헌 옷을 얻어 입거나 기워 입었다. 쌀이 없어 다른 집에 가서 밥을 얻어먹는 일도 있었다.

그런데 아들에겐 두 달은 먹고 살 쌀값을 주고 가죽 잠바를 사 입혔다. 다섯 살쯤의 추운 겨울 어느 날, 동네의 저수지 얼음판에서 그 잠바에 묻은 얼룩 때문에 보채던 어린 시절의 기억을 가지고 있다. 오래 입으라고 큰옷을 사 입혔는지 그 잠바가 너무 길어서 코트 같았다.

누군가 그 아들은 공을 들여 줘야 한다 해서 어머니는 20리 떨어진 이웃 마을 무당 할머니를 나의 수양어머니로 삼아주셨다. 초등학교 고학년 때까지 4월 초파일이나 그 할머니가 제를 지낼 때 불공드리도록 쌀과 돈을 가지고 갔던 일도 몇 번 있다.

또, 우리 동네에도 점을 보는 할머니가 있었는데 그 할머니가 제를 지내거나 특별한 날, 또는 정월 초에는 쌀을 가지고 가서 역시 제를 지냈다. 어머니는 불상 앞에서 머리를 조아리고 손을 비비며 빌고 빌었다.

자식이 도대체 무엇이길래, 어머니는 무엇을 위해 그렇게 간절히 빌고 또 비셨을까? 내가 대학을 가면 동생들은 중학교도 못 가르칠 것 같아 고등학교 안 다닌다고 고등학교 입학금을 가지고 가출했다. 가출한 나를 찾아와 가방만 들고 다니다 고등학교 졸업장만 따라고 통곡하면서 사정하셨다.

그래도 나는 등록금을 몇 번이나 까먹으며, 숱하게 속을 썩였다. 어머니는 공부 잘하라는 말씀도 못 하셨다. 다만 "네가 대학 가면 내가 동냥을 해서라도 가르칠 터이니 걱정마라. 대학 가르쳐서 선생 만드는 게 내 소원이다"라고 하셨다. 그런 간절한 어머니의 소망대로 나는 교사가 되었다. 동네 사람들은 "너는 어머니가 만든 거야. 어머니한테 잘 해야 돼!" 하는 말을 여러 차례 들었다.

어머니는 동생 넷이 속을 썩인 것보다 너 하나가 더 속을 썩였다고 하셨다. 다행이 언젠가 어머니께서, "지금은 동생 넷이 하는 것보다 너 하나가 낫다."고 말씀하실 때도 있었다. 잘 해드리는 것도 없고 제대로 모시지 못하는데 그리 말씀해주시니 고마운 일이다.

4년 전부터 어머니는 노인정에 가기를 꺼렸다. 다른 노인들이 쌀쌀맞고 불친절하다며 잘 어울리지 못하셨다. 화를 내거나 짜증을 부리시는 일도 종종 있었다. 온 종일 방에서 나오지 않으시고 우울증 환자처럼 지내셨다.

어느 날 노인정 총무가 어머니를 모시고 병원에 가서 진단을 받아 보라고 했다. 병원에서 5급 장기요양 진단을 내렸다. 그 뒤로 어머니는 노인정 대신 복지관으로 다녔다. 복지관에 오는 노인들은 거의가 장애가 있었다. 어머니는 지팡이를 바꾸어 오기도 하였고, 담배나 라이터를 잃어버리기도 하셨다. 경로잔치가 있다 해서 가보았더니 무용단이 와서 홀라춤과 하려한 춤을 선보였지만 어머니는 웃지도 않으셨고 박수조차 치지 못하셨다.

재작년부터는 방에서 앞산만 바라보는 일이 많았다. 작년부터는 TV 시청도 안 하셨고 밤이 돼도 불을 켜지 않으셨다. 오늘이 며칠인지, 무슨 요일인지, 몇 월인지도 모르신다. 엘리베이터를 타는 것도 못하시고 복지관 차에서 내리면 집을 못 찾아오시어 아내가 시간에 맞추어 배웅하고 마중 나간다.

연세를 알려드리면 그렇게나 많이 먹었느냐고 깜짝 놀라는데 연세를 알려드릴 때마다 똑같이 반응하셨다. 이제는 앉아 있는 시간도 없다. 식사 시간만 일어나 거실에 와서 잡수시고 들어가시면 바로 침대에 누워 주무신다.

어머니는 어린 시절, 학교에 가고 싶어 책을 싼 보자기를 허리에 매고 학교 다니는 흉내만 냈을 뿐 끝내 학교에는 다니지 못하셨다. 외조부님이 돈을 잘 버셨는데도 학교에 보내주지 않으셨다.

13살 때 지방 유지를 찾아가 공장에 취직 시켜달라고 사정을 했다. 당돌한 어린 소녀의 뜻이 가상했던지 공장에 알선해주었다. 그리하여 멀고 먼 전남 광주의 포목 공장에 취업하셨다. 2년도 못 다녔는데 해방이 되었고, 일본 사람들은 공장을 두고 가버렸다. 공원들은 대부분 각자의 고향으로 돌아갔고 며칠 남아 배당을 청원한 사람들만 베를 배당받았다. 외할머니와 머리에 이고 역으로 가서 열차를 타고 고향으로 나르느라 세 번이나 오갔다. 당시에 베 한 필이면 논 한 배미를 살 수 있는 많은 돈이었는데 8필을 받은 것이다.

그런데 외조부님은 그 돈을 투전으로 몽땅 날리셨고, 그 허탈감으로 화병을 얻어 세상을 떠나셨다.

어머니는 야무지고 용모가 수려한 색시였다. 동네 아주머니가 욕심이 나 자신의 시동생을 엮어주어 16세 때 아버지와 결혼하셨다. 손윗동서가 된 아주머니는 어머니를 데리고 살면서 농사일을 아버지와 어머니에게 맡기셨다. 어머니는 형님(손윗동서)네 살림살이는 물론 농사도 지으셨고, 심지어는 매일 아침 형님에게 세숫물까지 떠다 바쳤다. 그야말로 세경 없는 머슴살이라서 어머니는 아버지에게 사정하여 분가를 하셨다. 나락 한 가마니와 그릇 몇 개를 가지고 동네의 어느 집 모방살이로 시작하였다.

할아버지와 할머니가 일찍 세상을 떠나시어 조부모의 재산은 백부모님 차지가 되었고, 아버지는 아무런 농토도 없이 남의 집 일을 다니며 생계를 해결해야 했다. 백부모님은 부모님이 농사를 지어주지 않고 분가했다고 어머니를 미워했다. 아버지는 백부모님 댁을 다녀오면 어머니를 구타하셨다.

어머니는 아무도 모르게 동네의 방죽에 뛰어들려고 갔다가 동네 분을 만나게 되어 되돌아오고 말았다. 집을 나가려고 했지만 어린 새끼들 걱정으로 그마저도 포기하고 살기 위해 몸부림을 치셨다.

설상가상(雪上加霜)으로 외할머니는 어린 자식들을 놓아두고 꿈에 빠져 개가(改嫁)했다. 어머니는 장녀라서 동생들까지 건사를 해야 했다. 남동생은 이모네 집에 맡겼으나 두 여동생은 어머니가 데리고 있었다. 먹을 것도 없으면서 동생들까지 맡았다고 백부모님으로부터 심한 원망을 들어야 했다.

농한기인 겨울의 유일한 돈벌이는 가마니를 짜서 파는 일이었다. 아버지는 바디질을 하시고 어머니는 가위질을 하며 새벽이 올 때까지 가마니를 짰다. 아궁이에 불도 때지 못하고 가마니 짜고 남은 볏짚 덤불 위에서 새우잠을 잤다. 동네에서는 가장 많이, 가장 오래 가마니를 짰다. 동네 사람들이 아버지의 바디질과 어머니의 가위질은 환상의 콤비라고 하였다. 내가 초등학생 시절, 아랫목에서 잠이 들기 전에 방의 윗목에서 부모님이 가마니 짜는 모습을 보았다. 날렵한 동작과 박자는 기계 소리처럼 빠르고 정확했다.

어느 날, 다른 동네 사람이 와서 어머니에게 쌀계를 들라고 권했다. 계를 들 형편이 못되었다. 그래서 쌀계의 계책을 얻어 어머니도 사람들을 찾아다니며 계를 조직했다. 계주가 되어 쌀계를 타서 논을 샀고, 농사지어 나온 쌀로 계쌀을 내, 논을 한 배미 장만했다.

그런데 아버지는 백부님의 권유로 도박하는 사람에게 노름빚을 대주었다. 채무자는 노름빚은 안 갚아도 된다고 안 갚자 어머니가 피땀 흘려 장만한 논 한배미가 날아갔다.

그와 비슷한 일들은 그 후로도 있었다. 조금 안정을 찾을 즈음엔 숙부님까지 술 드시고 흉기를 들고 와, 돈 좀 달라고 어머니를 협박했다. 그때는 내가 중학생일 때인데 숙부님이 늦은 밤에 마루에서 부모님께 으름장을 놓았다. 아버지는 아무 말씀을 안 하셨고 어머니만 소리소리 지르면서 우리가 뭔 돈이 있다고 그러느냐며 울며불며 발악을 하신 일도 있었다.

자식 5남매를 가르치느라 옷 한 벌 사 입지 못하고 해가 바뀌기도 했고, 닷새 한 번 서는 장에도 팔러갈 물건이 없는 한 나가지 않으셨다. 명절 외에는 쉬는 날이 없었다.

1989년 1월. 아버지 66세, 어머니 58세 때에 우리가 살고 있는 수원으로 모셨다. 그 후 부모님은 닥치는 대로 일을 하셨고, 부모님과 내가 힘을 합쳐 군포에 3층 집을 구입하였다. 부모님은 1~2층에서 월세를 받고 취업도 하시어 인생의 황금기를 사셨다.

그렇게 12년을 살다가 아버지는 2001년 80세 때 세상을 떠나셨다. 어머니는 막내 동생과 한 일 년 살다가 집을 팔고 혼자서 10년쯤 사셨다. 혼자서는 사시기 어려워 8년 전부터 우리가 모시게 되었다.

세월은 또 흘렀고, 어머니는 이제 89세의 상노인이 되어 다른 사람들보다 유별나게 노쇠해지셨다. 젊은 시절 국회의원감이라는 칭찬을 들을 만큼 언변이 뛰어나고 영민하셨는데 머리를 많이 쓰신 탓인지 머리의 회전이 멈추었나 보다. 이제는 달이 가는지 계절이 가는지 모르시고, "이제 갈 곳은 딱 한 군디 바께 업승게 하루라도 빨리 가야 허는디…."라는 말씀을 하신다.

작년에 노래방기기를 사 놓은 이후, 일요일에는 점심을 먹고 어머니께 노래를 불러드렸다. 제발 어머니도 한번 불러 보라고 권해보지만 한 곡도 부르지 못하셨다. 한 달이 지나니 처음보다는 조금 나아지셨지만 향상되지 않았다. 어머니의 기억을 되살려보려고, 조금이라도 즐겁게 해드리고자 정성을 기울여 불렀지만 지금은 노래를 불러도 아무 반응이 없다.

나만 노래를 부르게 되었는데 자꾸만 눈시울이 뜨거워지고 목이 메어 노래를 끝까지 부르기가 어렵다. 특히 이미자가 불렀던 '아씨' 를 부를 때 가장 눈물이 난다.

"옛날에 이 길은 꽃가마 타고, 말 탄 임 따라서 시집가던 길… 저무 는 하늘가에 노을이 섧구나."

어머니에게도 꽃다운 소녀 시절이 있었을 것이고, 아씨처럼 눈부 시게 어여쁜 시절도 있었을 것이다. 그런데 어머니는 단 한 번도 즐 겁게 살아보지 못했다고 하셨다. 내가 노래 부르기에 열중해도 아무 표정이 없는 어머니를 보면 목이 막혀서 노래를 부를 수가 없다. 눈 물을 보이기 싫어 얼굴을 돌리고 마음을 가라앉히는데 어머니는 아 시는지 모르시는지 아무런 표정이 없다. 어머니의 머리가 너무 빨리 굳어 버렸다. 웃음도 잃었다. 어머니께 웃음 한번 못 만들어드리는 이 자식도 이제 퇴직을 한다. 퇴임하면 모시고 다닐 시간이 많은데 어머니는 100미터도 걷지 못하신다. 지팡이 없이는 서 있지도 못한 다. 어느 영화의 대사에 이런 말이 있었다.

"살아있는 게 아니라 존재할 뿐입니다."

인생은 선택

행복을 그때 그 순간에 바로 느끼기는 어려운 것 같다. 산의 정상에 오르고 나서야 산 아래 경관이 제대로 보이듯, 행복도 지나고 나서야, '아, 그때가 정말 행복했는데….' 하고 깨닫게 된다.

사람은 누구나 행복하게 살고 싶고 행복을 찾아 길을 떠난다. 그러나 행복은 무지개 같아서, 잡으러 가면 자꾸만 멀리 달아나서 잡을 수가 없다. 행복을 느끼지 못하고 지나왔는데, 지나고 나서야 '그때가 정말 행복한 때구나' 하고 뒤늦게 깨닫기도 한다. 톨스토이 민화 한 편이 생각난다.

어느 스승이 제자들을 데리고 사과 밭을 지나가게 되었다. 입구로 들어가 사과 밭을 그대로 통과하기로 했다. 입구에서, 그는 제자들에게 이렇게 말했다.

"이 사과밭을 지나 반대편에 있는 출구로 나갈 건데, 나가기 전까지 마음에 드는 사과를 하나만 따라. 단, 한 번 지나간 뒤에는 뒤돌아가지 못하니 마음에 드는 사과가 있으면 바로 따라."

제자들은 나름대로 마음에 드는 사과를 하나씩 들고 출구로 나왔다. 스승은 제자들에게 물었다.

"가장 마음에 드는 사과를 딴 사람은 손들어 봐!"

아무도 손을 들지 못했다. 그러자 스승은 이렇게 말했다.

"그것이 인생이다."

사과밭을 나오다 출구 직전에야 급히 딴 제자는 앞에서 본 사과가 더 좋아 보였을 것이다. 초반에 좋은 사과가 있었지만 더 좋은 사과를 고르기 위해 못 따고 출구가 나와 후에 하는 수 없이 마음에 들지 않아도 가까이 와서 보니 앞의 사과만 못했기 때문이다.

행복도 그렇다. 다른 이가 보면 분명히 행복해 보이는 사람이 행복해하지 않는 걸 볼 수도 있고, 결코 행복하지 않을 것 같은데 가슴 벅찬 행복을 느끼며 사는 이도 있다. 유명 개그맨과 살았던 톱 모델이 과거에, TV 프로에 나와서 행복한 것처럼 말하여 주변 연예인들과 시청자들에게 부러움을 산 적이 있다. 그런데 30년을 불행하게 살았다고 밝히며 그동안 고통의 세월을 살았노라며 이혼을 했다.

그런가 하면, 자녀가 많아 얼마나 힘들게 살았을까 걱정하는 이들에게 그 어머니는 아이들 기르는 재미로 살았다고 말했다.

행복이란 손에 잡을 수도, 가까이 할 수도 없다. 행복이란 신기루처럼 멀리서만 보이기 때문에 현재를 행복하다고 말하기가 어렵다. 그래서 지금이 가장 행복한 날이란 걸 깨닫기는 정말 쉽지 않다. 다만, '어떻게 살아야 행복하게 살 수 있을까?' 하는 의구심으로 거의 평생 동안 그런 질문을 반복하며 산다.

그래서 누군가에게 물어봐도 '그래 맞아. 그렇게 하면 행복할 거야' 하고 공감하기도 쉽지 않다. 사람마다 생각이 모두 다르기 때문이다. 불행하다고 여기지 않으면 행복한 거고 행복하다고 여기지 않으면 불행한 거라고 생각하면 쉽겠다.

나는 불행하다고 느낀 적이 아직까지는 없다. 참 다행스럽다. 지금이 내 인생에서 가장 행복한 시기일 거라고 생각하며 살아온 지가 20년이 넘었다. 지금 내가 살아가는 모습을 보고, 누군가는 가장 행복할 거라는 데에 동의하지 않을 수도 있을 것이다. 그러나 내 자신은, 내가 다시 세상을 살더라도 살아온 것보다 더 행복하게 살기는 어려울 거라는 생각을 하고 있다.

그러면 왜 나는 그렇게 생각할 수 있었을까? 우선 큰 풍파를 겪지 않았고 가족이 무고하다. 그 다음은 내 능력이나 내 노력에 비해 과분한 삶을 살고 있다고 생각하기 때문이다. 부모님이나 아내, 자녀, 직장 동료와 친구들, 주변 사람들이 도와주기 때문에 가능한 일이었다. 내 능력이나 노력으로 이룬 결과가 아니기 때문에 내 주변 사람들에게 고맙다. 고마움을 느끼고 사는 것도 행복을 깨닫는 비결의 하나다.

오래 전에 어느 유명한 어느 시인과 여행을 함께한 적이 있다. 그 시인은 며칠 후 그 여행지에서 발견한 내용을 좋은 작품으로 발표했다. 같은 곳에 갔고 같은 것을 보았는데도 나는 그런 작품을 만들지 못했다. 아니 그런 발견이나 깨달음이 없었다. 가치와 의미를 발견조차 못했다. 나는 그 시인이 지닌 안목이나 의식, 감성이나 감각을 가지지 못했기 때문이었다.

정호승 시인은 '햇빛도 그늘이 있기 때문에 좋은 것이며, 고통 없는 행복은 없다. 햇빛만 계속 비치는 땅은 사막이다.'라고 했다. 그렇다. 나무 그늘에 앉아서 나뭇잎 사이로 보이는 햇빛이 예뻐 보이고, 고통을 겪어 봐야 행복을 발견할 수 있다는 말이 맞다. 표현만 잘한다고 좋은 시가 되는 것은 아니다. 더 중요한 것은 가치 있는 의미의 발견에 있다. 그의 시 「내가 사랑하는 사람」에 잘 나타나 있다.

그는 "햇빛과 그늘은 한 몸이다. 고통이라는 비바람과 절망이라는 눈물을 거쳐야 행복을 느낄 수 있다. 고통은 생명과 같다. 고통 없는 사람은 세상을 떠난 사람이다. 입관할 때 죽은 사람의 얼굴을 보면 편안하게 자는 것 같다. 고통이 없기 때문이다. 인생에서 고통이 없기를 바란다는 것은 죽음을 바라는 것과 같다. 기쁨도 눈물이 없으면 기쁨이 아니다. 사랑도 눈물 없는 사랑이 어디 있는가. 그러므로 고통과 그늘의 소중한 가치를 알아야 한다."고 했다.

그의 글에 '진주조개도 진주를 품어야만 진주조개다.'라는 말이 있다. 진주조개에는 상처가 있다. 진주조개도 모래알을 품어야만 진주조개가 된다. 상처 많은 나무가 아름다운 무늬를 남긴다. 진주조개가 모래를 품어야만 보석을 만들 듯이 진주를 만드느냐 못 만드느냐는 것은 자신의 선택이라고 했다.

그렇다. 30년 전에 나의 은사님은 이렇게 말씀하셨다.

"인생은 선택이다."

블록을 쌓을 때 높이 세울 것인가 넓게 만들 것이냐를 선택하듯, '자신의 능력이나 지위를 높이는데 투자할 것인가. 이것저것 다 해 보며 즐기면서 평범하게 살 것이냐. 중간 형태로 만들 것이냐.' 하는 것은 자신의 선택이다. 어떻게 쌓는 것이 최선인가는 정답이 없고 선택이 있을 뿐이다.

식당 주인이 돈을 빨리 벌려고 식재료를 덜 쓰거나 저급한 것을 쓰면 금방 망한다고 한다. 손님에게 영양가와 맛이 있는 음식을 제공하는 것을 보람으로 여길 수 있어야 장사가 잘 된다. 행복을 좇아가야 행복을 잡는 것이 아니라 의미 있는 일을 하면서 부수적으로 보람을 얻는 것이 행복이다.

오래 전 어느 분이 이렇게 말했다.

"신(神)은 공평하다. 좋은 것을 다 주지 않는다."

행복해지기 위해서는 건강, 재산, 지위, 능력, 행운 등 많은 것들이 필요하다. 그 중에 가장 중요한 것이 건강이다. 그 외의 다른 것들은 아무리 많아도 건강이 좋지 못하면 의미가 없다.

어떻게 사는 것이 가장 잘 사는 것인가? 가장 쉬운 대답이 '행복하게 사는 것'이다. 어떻게 살아야 행복할 것인가에 대해서는 사람마다 의견이 다를 것이다. 돈을 많이 벌거나 지위가 높아지는 것, 명예를 얻거나 꿈을 이루는 것, 여유롭고 안락하게 사는 것, 그런 것들을 누리고 살면 행복할 것이다.

그러나, 모든 걸 다 가질 수 있는 사람은 없다. 또, 지위가 높아야만, 재산이 많아야만, 꿈을 성취해야만 행복하다고 말할 수 있는 것도 아니다. 자신이 좋아하는 일, 자신이 즐거운 생각, 자신이 행복하면 된다. 그래서 누구나 인생을 즐겁게 살 수 있고, 누구나 행복해질 수 있다. 결국 행복이란 자신에게 달려 있는 셈이다. 자신의 선택에 달려 있다.

특별하지만, 행복이나 평안을 찾지 않고 인류를 구원하고자 자신을 희생한 성인이나 위인도 많다. 인류의 고통과 병, 죄와 영혼의 고통에서 구원해주려 했던 예수는 면류관을 쓰고 십자가에 못 박혀 세상을 떠났다. 고난을 짊어지고 살았던 예수님이 행복을 추구하며 살았을까? 보통 사람들은 위인이 아니고 누구나 위인이 될 수도 없다.

세상을 긍정적으로 보고, 살면서 세상의 아름다움을 발견할 줄 알고, 인간에게 고마움을 느끼며 감사할 줄 알면 행복에 가까워질 수 있다. 아름다움의 발견, 고마움에 감사하느냐 마느냐 하는 것은 자신의 판단에 달려 있다. 같은 영화를 보아도, 같은 명승지를 가더라도 사람마다 느낌이나 발견이 다르다. 기쁨으로 여기는 크기나 정도도 다르다.

내가 행복한가, 불행한가는 다른 사람이 판단해주는 게 아니라 자신의 판단에 달려 있는 것 같다. 선택이란 좀 더 나은 것을 고르는 것일 뿐, 그 외의 것들은 가질 수 없다는 것을 뜻한다. 아깝더라도 버릴 줄 알아야 소중한 것을 얻게 되는 것이다.

Life is choice.

안타까운 어느 인생 사표

○○여중에서 국어교사로 근무하던 동기가 몇 년 전, 50대 후반에 스스로 먼 길을 떠났다.

그는 교육대학 졸업 후, 교사로 근무하며 야간 대학에 편입학했다. 교수가 되고자 대학원에서 석사와 박사학위를 취득한 학구파요, 학급 학생 전원에게 생일 축하 시를 써서 학생들에게 매년 시집을 만들어주던 시인이며 헌신적인 선생님이었다. 중학교에 근무하면서 시간강사로 10여 년간 대학에서 강의를 하며 대학 교수의 꿈을 이루고자 했다. 그 뜻은 이루지 못했지만 실험 국어 교과서를 편저하기도 했고, 한문 학습 책을 저술하기도 했다.

그는 대학 시절 가곡 '목련화'를 진지하게 잘 불렀고, 발그레한 볼을 지닌 홍안의 미남이었다. 대학 졸업 후에도 동기회의 총무와 회장을 오랫동안 역임할 정도로 봉사정신도 강했다. 성품도 좋아 친구들에게 신임도 깊었다. 10여 년 전 나의 장모님이 타계했을 때 서울에서 동창들의 부의금을 들고 혼자 문상을 오기도 했다. 공부 많이 하고 인물 좋으며 성품까지 온후한 그가 참 부러웠다.

그런 그가 왜 사람들이 가장 피하고 싶은 극단적인 길을 선택했을까? 그의 충격적인 소식이 믿어지지 않아 친구들에게 거듭 확인해 보았다. 그게 사실로 드러났을 때, 허탈하기 짝이 없었다. 그의 돌발적인 사태에 우리 동기들은 할 말을 잃었다. 동기들에게 얻어들은 그의 사정은 이랬다.

그의 동생이 사업을 하다가 경제적으로 어렵게 되어 도와주다가 빚을 많이 떠안게 되어 월급을 받아도 대부분 차압당했다. 생활이 무척 어려웠다. 그래서 그는 명예퇴직을 하고 여러 가지 일을 찾아 나섰다. 부동산 기획 개발사의 상무, 한자급수 검정회사의 임원, 기체조 수련원 운영, 전기 온열 찜질기와 유황오리 판매업 등으로 제2의 인생을 개척하려 무던히 노력했다.

그렇지만 끝내 빚 구덩이에서 빠져 나오지 못했다. 그리하여 목에 난 혹조차 수술할 형편이 안 돼 몇 년이나 혹을 떼어내지 못한 채 달고 다녔다. 동창회의 한 선배님이 그런 사정을 알고 동창들에게 알린 후 모금을 했다. 나도 조금 돈을 보냈고 다른 동창들도 십시일반의 마음으로 성금을 모아서 수술비에 보태도록 보내주었다.

그로부터 한 달도 안 돼 그런 사태가 벌어졌다. 내가 모르는 다른 고충이 그에게 있었는지는 모르지만 많은 부채 때문이었을 것이라고 동기들은 말했다. 그러나 나는 그 말을 그대로 믿을 수 없었다.

자신이 동창들에게 성금을 받았다는 사실로 자존감에 큰 상처를 입었을 것이다. 자신의 처지에 대해 얼마나 비관했을까. 자신의 인생이 얼마나 가엾게 여겨졌을까. 그 부끄러움을 견디지 못했던 것 같다. 물론 빚에서 벗어날 수 없다는 절망의 짐이 근본적인 원인이었으리라.

그가 스스로 먼 길을 떠나려 할 때, 아내와 자식들이 얼마나 슬퍼할 것인가를 생각하며 얼마나 망설였을까? 비록 혹이 조금 불편할지라도 그 혹 때문에 그런 결단을 내리지는 않았으리라. 많지도 않은 돈을 받은 게 생에 대한 애착이나 자존심을 여지없이 무너뜨린 건 아니었을까. 도움을 주자는 동기는 선한 것이었다. 혹을 떼어내는 수술에 조금은 도움이 될 수 있었을 것이다. 그러나 그가 사생결단을 내리게 만든 원인 중 가장 큰 원인일 것만 같다. 그의 안타까운 결단이 두고두고 마음에 걸린다.

살아있다는 것은 언젠가는 죽는다는 것을 전제한 생명체라서 죽음의 고통은 누구에게나 있다. 걱정 없이 사는 사람도 있을까? 산다는 것은 어려운 문제를 풀거나 견디기 힘든 고통을 극복하려는 활동이다. 소설가 박완서 씨는 남편과 외아들을 잃고서 '고통은 극복하는 것이 아니고 그냥 견디는 것이다.'라고 했다.

오스트리아 빈 의과대학에서 정신의학을 공부한 프랭클 박사는 나치의 강제수용소에 수감돼 있는 동안 모든 비극을 겪었다. 아내는 다른 수용소로 옮겨진 후 사망했고, 아버지와 어머니는 아우슈비츠의 가스실에서, 남동생은 강제 노역 중에 사망했다. 유일한 생존자인 여동생은 종전 후 한참 뒤에야 만날 수 있었다. 그는 가진 것을 모두 잃고 수용소에서 굶주림과 추위, 시시각각 다가오는 죽음의 공포를 용하게 극복하고 살아났다.

그러고는 곧 『죽음의 수용소에서(Man's Search for Meaning)』라는 책을 써냈다. 자신의 경험을 바탕으로 인생의 의미를 찾으려는 의지를 서술한 책인데, 한 때 미국에서 나온 영향력 있는 10권의 책

가운데 하나로 선정된 베스트셀러였다. 1997년 그가 사망할 때까지 24개 언어로 출판되어 1억 부가 팔렸다. 살아야 하는 건 인간으로서의 도리요, 세상을 살아가는 주인공으로서의 의무이며, 생명을 준 절대자에 대한 예의다.

우리나라에서 잘 알려진 어느 시인은 여러 곳에 특강을 많이 다니는데 나도 재작년 여름 그의 특강을 들었다. 그는 "시를 왜 쓰느냐? 인생이라는 빵은 사랑과 고통으로 만드는 것이다. 따라서 사랑과 고통은 동의어로 이해해야 한다. 나로 하여금 시를 쓰게 만든 건 고통이며, 나의 시는 고통의 꽃이요 인생의 꽃이다."라고 했다. 그는 한동안 부부 문제로 눈물겨운 시절을 보냈다. 그런 그가 지금은 행복을 노래하고 있다.

생명이 있는 한 희망은 있다. 그런데 내 동기는 빚 때문에, 빚으로 생긴 부끄러움 때문에 홀연히 세상을 등지고 먼 길로 떠나버렸다. 살아있을 때 내가 그의 아픔을 제대로 알았다면 이 말을 해주었을 것이다.

"친구야! 빚을 못 갚았다고 사람 죽이는 일은 없다. 갚지 못한 빚으로 정신적 고통은 크겠지만 고통이란 상처의 꽃이라잖아. 그 고통은 훗날, 부처님의 사리(舍利)처럼 그대에게 보석으로 남을 거야. 지금 친구가 힘들어 하지만 나는 친구를 매우 부러워 한 적이 있어. 힘내!"

빚과 부끄러움 때문에 떠나버린 친구의 맑은 영혼은 우리 동기들의 가슴에 안타까운 기억으로 남았다. 그래서 어느 동기회 날에는 그 친구가 잠시 화제의 주인공이었다. 굳이 그에게서 원인을 찾아본다면, 그는 마음이 여리었고 이상 추구에 대한 과욕으로 현실 감각이 조금 부족했을 거라는 생각이 든다.

노무현 대통령이 임기를 마치고 고향에서 손자를 보며 평화롭게 살다가 검찰 수사를 받게 되자 부엉이바위에서 몸을 던졌다. 그 일이 며칠 지나지 않은 어느 날, 어머니를 모시고 봉하마을에 다녀왔다. 그때 나는 어머니께 불쑥 이렇게 여쭈었다.

"어머니! 제가 대통령을 지내고 노 대통령처럼 세상을 떠나도 좋아요, 아니면 지금처럼 교사로 일생을 마치더라도 지금처럼 살아있는 게 좋아요?"

"그것을 말이라고 하냐?"

나는 늘 25세 신부와 산다

아내 나이 60세. 아내를 만나 함께 살아온 지 35년. 한 세대의 세월이 지났지만 아내가 그만큼 늙었다는 사실을 느끼지 못한다.

아내는 언제나 그 모습이다. 날마다 보는 사람이기 때문에, 변화를 분명하게 깨닫지 못하기 때문일 것이다. 지금 아내는 60세이지만 나는 35년 전의 결혼식장에서 본 신부 모습과 크게 달라졌다는 생각을 하지 못하고 산다. 매일 보는 얼굴이기 때문에 변하고 있다는 걸 느끼지 못하는 건 어쩌면 당연할 지도 모른다.

나팔꽃이 분명히 아침에 활짝 피어나지만 아무도 나팔꽃이 피는 모습을 보지 못하는 것처럼 매일 보는 아내의 얼굴에서 변화를 발견하지 못하는 것은 비슷한 이치일 것이다.

가평군 두밀리자연학교장인 채규철 선생님을 20여 년 전에 찾아가 취재한 적이 있다. 그분은 덴마크에 유학을 다녀온 후 장기려 박사와 부산에서 청십자의료보험조합을 만들었다. 그 일을 하다 자동차 사고를 당하여 전신에 화상을 입고 한 쪽 눈까지 잃었다.

당시 병원에서 가망이 없다고 포기할 만큼 절망적이었으나 그분은 불굴의 의지로 목숨을 건졌다. 30여 차례의 수술에도 불구하고 그분의 얼굴은 도저히 편안하게 볼 수 있는 정도가 아니었다. 눈 하나는 실명했고, 코, 입, 눈썹이 제대로 남아 있는 게 없었다. 화상으로 인한 흉터로, 우그러진 양은 냄비 같아 'ET 할아버지'라고 불렸다. 그러나 그는 '내 몸이야 말로 최고의 걸작품'이라고 했다.

채 선생님은 그 사고 후에도 의료보험조합 사업을 재개하고 간질환자들의 복지 향상을 위한 장미회를 결성했다. 그리고 두밀리자연학교를 설립하여 자연 교육활동을 했다. 그리하여 유명 인사가 되어 여러 곳에 강연을 다니며 뜻 깊은 삶을 살았다. 나는 채 선생님과 대화를 나누면서도 선생님의 얼굴을 제대로 볼 수가 없었다. 화상으로 일그러진 선생님의 눈과 마주치기가 두려웠기 때문이다.

선생님이 아내와의 사별로 혼자 살 때, 고등학교를 갓 졸업한 유정희 씨가 주변의 반대를 물리치고 은사님인 채 선생님과 결혼했다. 나이 차도 많은데, 얼굴이 그렇게 뭉그러졌는데, 어떻게 결혼할 결심을 할 수 있었을까? 채 선생님은 아내와의 사별로 재혼해야 할 처지였고, 정희 씨는 고교를 갓 졸업한 꽃다운 나이 23세였다.

나는 그게 궁금하여 사모님께 "어떻게 채 선생님과 결혼하게 되었나요?" 하고 조심스레 여쭈어 보았다. 사모님은 아무렇지도 않게, "저는 지금도 선생님의 얼굴은 교통사고 이전의 얼굴, 저를 가르쳐 주시던 젊었을 때의 그 얼굴로 보여요."라고 대답하셨다. 나는 깜짝 놀랐다. 그리고 '정말일까?' 하고 의구심을 가졌다.

그런데 이해가 되는 일이 생겼다.

내가 교단에 처음 섰을 때 가르쳤던 학생들이 지금은 나이가 50이 가깝다. 그런데 그 제자들이 40대 후반의 중년부인으로 보이는 게 아니라 초등학생처럼 보인다. 그 제자들의 얼굴조차 초등학생 때의 모습과 거의 비슷하다. 그때의 얼굴과 표정으로 연결되고, 목소리까지도 그때의 음성으로 들린다. 그때의 행동으로 보이고, 그때의 어투로 들리기 때문이다.

20년 전쯤, 초등학교 때 가르쳤던 제자들의 동창회에 초대 받아 갔을 때다. 제자들은 23~24세로서 대학교를 졸업할 나이쯤이었다. 초등학생 때 우리 반에서 가장 예뻤던 영희는 아름다운 아가씨로 성숙해 있었지만 내게는 12살의 초등학생으로 보였다.

왜 그런 생각이 드는지 나 자신도 이해하기 어려웠다. 그래서 "영희야! 어디 손 좀 내놓아 봐라." 하고 살그머니 손을 잡아보았다. 도저히 20세가 넘은 아가씨의 손이라고 느껴지지 않았다. 초등학생으로만 여겨졌다.

지금도 가끔 제자들을 만난다. 초등학교에서 가르쳤던 초등학생은 30년이 흐른 지금에도 초등학생으로, 중학교에서 가르쳤던 학생들은 지금도 중학생으로 보인다. 그건 나의 착각일까, 아니면 환시(幻視)일까?

지금도 초등학교 동창들을 가끔 만나고, 초등, 고등, 대학의 동창회에도 자주 나간다. 초등 동창들은 모두 60대다.

그런데도 초등 동창을 만나면 초등학생이 되어 남녀 구분 없이 "야!, 너!" 하고 부르며 초등학생이 되고, 고등학교 동창을 만나면 고등학생처럼 말을 주고받는다. 또, 대학동창을 만나면 대학생인 것 같다.

나이 60이 넘으니 아랫배가 나오고 머리도 많이 빠졌다. 머리는 물론 눈썹과 콧수염도 흰머리로 난다. 아내도 살집이 두터워졌고 흰머리도 눈에 보인다. 그러나 35년을 함께 살다보니 태어날 때부터 한 집에서 살았던 것처럼, 아니 영원히 함께 살 것처럼 여겨진다. 현관에 나란히 벗어놓은 신발처럼 늘 붙어살기 때문인지 이성이라는 차별성도, 사랑이라는 열정도 잘 느껴지지 않는다. 결혼할 때의 모습과 지금의 모습이 달라진 것 같지 않다.

휴일에 친목회나 예식장에 나 혼자 나가면 아내는 주로 집안일을 하고 외출하지 않는다.

"집에서 심심할 테니 혼자 등산이라도 다녀와."

어느날 아내에게 말했더니 퉁명스럽게 대답했다.

"싫어. 혼자 사는 여자 같아서 일요일엔 혼자 마트도 잘 안 가."

그래서 휴일에는 등산이나 여행을 가더라도 되도록 부부동반을 추진한다. 그렇게 살다 보니 부부라기보다는 친구 같다는 생각이 들기도 한다.

아내의 얼굴이 결혼하던 25세 때와 비슷한 것 같다. 나의 착각이 분명할 텐데, 그런 착각이야 기분 좋은 일이지 싶다. 그런데 아내는 나에게, 자기 옷도 못 찾아 입고 목욕할 때도 등이나 밀어달라고 한다며, 당신 많이 늙었다고 한다. 왜 나만 늙어버렸을까?

아내는 10년 이상을 꾸준히 요가를 하고 거의 매일 1시간씩 산책을 하고 있다. 그렇게 건강 관리했기 때문일까? 내가 무심히 지나치고 있기 때문일까. 아내가 긴 머리를 짧게 자르고 와도 달라진 걸 제때에 발견 못하는 걸 보면 관심 없이 지나치기 때문인 것 같기도 하다. 아니, 내가 회갑 진갑 다 넘겼으니 신경이 무뎌진 것일까.

착각은 자유라지만 40대 학부모가 아가씨처럼 보였으니, 내 눈이 삐었거나 그만큼 늙었을 것이다. 그러나 아내에게서 변화를 느끼지 못하는 건, 참으로 다행이다. 착각이라도 좋다.

chapter 04

사람의
발견

가장 잘 사는 사람

어떤 사람이 가장 잘 사는 사람인가?

사람들에게 어떤 사람이 가장 잘 사는 사람이냐고 물으면 많은 사람들이 멋있게 사는 사람이라고 대답했다. 그러면 멋있게 사는 사람은 어떤 사람인가? 흔히 즐겁게 사는 사람이라고 말하기도 한다. 나는 즐겁게 살면서 사회에 이바지하는 사람일 거라고 생각한다. 인생에서 성공적으로 살기 위해서는 자아실현(自我實現)과 사회기여(社會寄與) 두 가지를 이루어야 한다고 생각하기 때문이다.

멋있게 살기 위해서는 어느 정도 여유가 있어야 한다. 여유에는 크게 세 가지가 있다. 경제적 여유, 시간적 여유, 정신적 여유다. 재산이나 소득이 먹고 사는데 불편하지 않아야 여유롭게 살 수 있다. 멋을 내기 위해서는 경제적 여유가 있어야 하고, 다른 사람을 조금이라도 도울 수 있는 여력이 있어야 한다. 그리고 생존에 빠듯하게 살면 수준 높은 문화를 향유하기 어렵다.

다음으로는, 시간적 여유가 있어야 한다. 그래야 평범한 사람들의 행복인 여행도 제대로 다닐 수 있고, 멋을 부릴 수 있는 여유를 가질 수 있다. 머리 한 번 더 빗는 것도, 구두 한 번 더 닦는 것도, 깨끗한

옷을 입으려면 세탁이라도 자주해야 하기 때문에 시간적 여유가 없으면 불가능하다. 또 수준 높은 기량을 갖추려면 연습과 숙련을 많이 해야 되기 때문에 시간적 여유가 필요한 것이다.

그리고 정신적 여유가 있어야 주위 사람을 돕거나 봉사활동을 할수 있다. 재산이 아무리 많아도 부족하게 여기는 사람에게는 마음의 여유가 있을 리 없다. 그래서 남을 도울 마음이 없고, 따라서 그런 사람은 정신적 여유가 없다. 그렇게 정신적으로 여유가 없는 사람은 베풀며 살기가 쉽지 않다. 물질적으로나 정신적으로 가난하면 자신의 삶도 각박하지만 자신의 주변 사람조차 배려하기가 어렵다.

물론 물질적으로 여유롭지 않더라도 정신적 여유를 누리는 사람은 있다. 자신이 가진 것은 별로 없지만 다른 사람의 후원을 받아, 필요로 하는 사람들에게 매일 점심을 제공하는 최일도 목사 같은 분도 있다. 또 고(故) 테레사 수녀처럼 인류를 위해서 봉사할 수도 있다. 그들은 베풀 수 있는 정신적 여유가 있었기에 가능한 일이었다. 물질적인 여유가 없었지만 정신적 여유가 충만한 사람들이었다.

내가 알고 있는 사람 중에 그런 세 가지 여유를 가지고 잘 살아가는 사람을 생각해보면 가장 먼저 떠오르는 사람이 있다. 그 사람은 바로 한의원을 운영하는 김○○ 한의사이다.

그는 한의사로서 20년 전부터 물질적 여유를 누릴 수 있었다. 1~2년에 한 번씩 해외여행을 나가거나 해외 의료봉사를 간다. 그리고 약초 연구를 위한 한의사들 7~9명이 모임을 만들어 20년 이상 국내의 약초 탐방을 하고 있는데 그는 그런 탐방의 내용으로 책을 발간하기도 했다. 또, 월간 잡지에 한방 치료의 임상 사례를 쓰기도 하고,

TV 방송에도 일정 기간 출연하여 생활 속에 활용할 한의학에 대하여 설명했다. 그 외에도 해외 여행기를 2권 집필, 발행했다.

그리고 주변 사람들을 돕는 일이 자주 있다. 봉사단체인 로타리클럽 회원으로 30여 년 활동했으며, 지역 회장을 역임하기도 했다. 생활이 어려운 학생에게 장학금을 보내주기도 했고, 내가 운영하는 장학회에도 오랫동안 후원해주었다. 또 탈북 소녀인 여고생의 학비를 후원하기도 했다. 그는 자기 아내와 함께 그 소녀와 소녀의 친구를 동행하도록 하여 함께 여행을 시켜주었다. 그 소녀가 어려워하거나 불편하지 않도록 사려 깊게 배려한 것이다.

부부가 10년 이상 스포츠 댄스를 함께 배워 TV에 출연하기도 하였고, 부부가 아코디언을 익혀 함께 연주도 하며, 아르헨티나 탱고 동호회에서 탱고 춤을 즐긴다. 멋있는 사람이 되려면 여유가 있어야 하고 수준 높은 문화를 향유하여야 한다.

한의원을 운영하며 대학에 강의를 나가려면 시간 내기가 매우 어려울 수 있다. 그런데 시간강사, 전임교수, 외래교수, 겸임교수 등으로 나가며 자기 연찬에도 노력을 기울였다.

동문회나 친목회에 참석, 그들의 담화에 귀를 기울이며 성의껏 듣는다. 공감적 대화에 노력하여 회원들과 호의적인 인간관계를 유지한다. 물론 그런 점은 평범한 일상일 수 있다. 그렇지만 많은 사람들이 그를 좋아하는 건 그가 지닌 인품 때문일 거다. 자신보다 결코 나아보이지 않는 사람에게도 진정성 있는 칭찬을 주저하지 않는다. 다른 사람을 차별하지 않고 존중하기 때문에 칭찬에 너그럽다. 그가 베푸는 일이 많기 때문인지, 인품이 너그럽기 때문인지 많은 사람들에게 존중을 받는다. 그렇게 상대방을 존중하고, 자신을 과시하지 않는다. 그런 여유를 가지고 겸손해야 고품격의 멋을 지니는 것 같다.

그가 내게 들려준 인상적인 이야기가 있다. 나는 그 이야기를 두고두고 필요할 때마다 예화로 써 먹는다.

1986년에 타계한 조선일보에 칼럼을 쓰던 논설위원 선우휘의 글, 「아버지의 눈물」을 알려주었다. 선우휘는 소설가이며 언론인이었고, 방송심의위원장을 역임했던 명망 높은 시사평론가였다. 대통령으로부터 몇 차례 부름을 받았지만 끝내 사양하였고, 바른 말과 정권에 비판적인 글을 써 투옥까지 당한 강직한 문필가였다.

선우휘의 어린 시절에 그의 누이가 죽었다. 아버지가 시신을 묻으러 가며 소년인 선우휘를 데리고 산에 올라갔다. 죽은 시신을 묻고 돌아서 내려오려는데, 아버지는 선우휘에게, "소피를 보고 가려니 먼저 가라."고 했다. 내려오다가 앉아서 잠시 기다렸는데 아버지가 오지 않아, 다시 올라가보니 아버지는 땅을 치며 울고 있었다. 아들에게 우는 모습을 보이지 않으려고 아들 먼저 내려가라고 했던 것이다. 그 글의 제목이 「아버지의 눈물」이었다.

그가 한의대를 졸업하고 결혼한 후, 한의원을 개원했을 때의 일이다, 그가 퇴근하여 집에 돌아오면 아내가 거의 매일, "오늘 환자가 많았어요?"하고 물었다. 그렇다고 대답하고 자리에 누웠다. 사실은 개업 초라서 환자가 적어 병원 운영이 어려운데 사실대로 말할 수가 없었다. 세를 얻어 한의원을 차렸는데 임대료 내기가 걱정이었기 때문이다. 그는 아내 모르게 이불을 뒤집어쓰고 혼자서 소리 죽여 울었다. 아내에게 눈물을 보일 수가 없었던 것이다. 그게 아버지의 눈물이라는 것이다.

그가 초등학교 2학년 때, 소풍가는 날이었다. 그가 반장이어서 담임선생님 도시락을 준비해야 하는데 형편이 어려워, 어머니는 고심 끝에 차라리 결석을 하라고 하였다. 그래서 등교를 포기하고 어머니를 따라가 밭에서 풀을 매고 있는데, 배산(익산시에 있는 산)으로 올라가는 자기 학교의 학생들이 보였다. 자신도 모르게 눈물이 흘러내렸다. 그렇게 눈물을 삼켜야 했던 어린 시절의 기억을 내게 조용히 말해준 적이 있다.

그의 장남은 경기과학고와 포항공대를 졸업하고 금융회사에 다니며, 작은아들은 국내 유명 회사의 사원이다. 아내는 자신과 스포츠댄스와 탱고를 즐기고, 아코디언을 함께 연주하며 친근한 인생의 동반자로 살아가고 있다. 부인이 수채화 그리기 공부에 입문한지 5년쯤 되었을 때에는 아내의 그림을 모아 전시회도 열어 주었다.

부인은 소박하며 심성이 맑고 고아하지만 평범하고 수수한 여인으로서 그리 특별해 보이지 않는다. 그런데, 주변 사람들은 김 원장이 대단해 보이기 때문인지, 부인에게도 대단한 사람이기를 기대하기 때문인지 부인을 어떻게 만났느냐고 묻는 일이 더러 있다. 부인이 복이 많아서 그런 신랑을 만났다고 말하는 사람도 있었다.

그러나 내 아내는 그의 부인이 화장을 하지 않아서 그렇지 자세히 보면 고운 얼굴이라고 한다. 그렇지만 나도 김 원장에게 부인을 어떻게 만났느냐고 물은 적이 있다. 그는 간단히, "순수한 점이 좋아서"라고 했다. 그가 아내를 배려하고 서로 존중하며 사는 걸 보면 부럽다.

그는 흐르는 물처럼 늘 새롭다. 안주하지 않고 배움을 즐기며 삶의 기록에도 충실하다. 월간 잡지에 한방 치료 이야기를 연재하기도 했고 야생화 탐사에 관한 글을 책으로 발간하기도 했다. 해외 의료 봉사로 다닌 여행기를 책으로 만들었고, 틈틈이 시도 쓴다. 성향이나 취미가 고상하다.

그는 독실한 원불교 신자다. 그의 부친은 젊을 때부터 원불교에 종사하고 있다. 그가 그렇게 맑은 심성을 가지게 된 게 종교를 가지고 있기 때문일 수 있다. 종교란 신앙이라기보다 인간의 삶에 대한 훌륭한 가르침이다. 물론 종교를 가지고 독실한 믿음을 가진 사람 중에도 종교 없이 사는 사람보다 더 비도덕적인 사람도 있다.

그는 회식 자리에서 담배 한두 대, 맥주 한두 잔 한다. 그런 기호 습관이 20년 전이나 지금이나 변함없다. 그에게는 중독도 없었고, 습관도 생기지 않았다. 필자는 그의 그런 모습이 특별하다 싶어 그 이유를 물었다. 몸에서 받지 않기 때문이라고 했다. 그러나 자신의 언행에 대해서조차 근신과 절제의 노력을 기울이기 때문일 거라고 여긴다. 절제와 수행의 노력으로 살아야 존경 받는 것 같다. 절제하지 못하고 즐거움에 탐닉하는 사람은 존경받기 어렵다.

그가 정말 멋지다는 생각을 결정적으로 하게 된 계기가 있다.

전에 근무하던 학교에서 학생, 교직원, 학부모, 마을 사람들을 대상으로 '열린 음악회'를 개최했다. 출연자를 모두 재능기부자로 의뢰하여 12종의 공연을 했다. 개최 목적은 본교에 창단된 밴드부에게 발표 기회를 주어연습에 몰두하도록 유도하고 성취감을 맛보도록 하는데 있었다. 학교가 개교한지 3년이 되는 시기였기 때문에 학부모와 교직원, 가족들에게 학교를 방문할 기회를 주기 위한 효과도 기대했다.

그 음악회에 그가 부인과 함께 탱고 춤을 보여 주었다. 음악회였지만 음악만으로는 지루할 수 있고, 다음 공연을 준비하느라 무대의 악기와 마이크 등을 치워야 하는 준비 시간에 찬조 출연해 줄 것을 요청하였다. 그가 탱고 춤의 명수라서가 아니다. 그의 사회적 위치나 고상한 인품이 주위 사람들에게 존경을 받기 때문이었다. 또, 부부가 취미생활을 함께 하는게 보기 좋았다. 그는 공연을 위해, 안양에서 수원 호매실동까지 승용차로 약 1시간 거리인데도 두 번이나 와서 리허설을 했다. 시간 내기도 쉽지 않았을 것이며, 출연을 위해서 많은 연습을 했을 것이다.

그런데 단 한 마디도 군소리가 없었다. '바쁘지만 모처럼의 부탁이라서, 장소와 엠프가 신통치 않은데, 댄스할 곳이 무대가 아니고 체육관 바닥이어서' 등의 불편이나 불만을 말하지 않았다. 공연 이후에도 아무런 공치사가 없었다. 그야말로 '쿨'했다. 정말 진중하고 속 깊은 남자다.

가장 금슬 좋은 부부

　세상 대부분의 부부들은 서로 의지하거나 기대고 살아간다. 의좋게 살아가기도 하지만 더러는 화를 내며 다투기도 한다. 심할 때는 말을 하지 않거나 "그만 헤어지자."는 말도 하며 살아간다. 그런데 아내는 신랑을 선생님 대하듯 조심스러워 하고, 신랑은 아내를 선배 보듯 어려워하면서 서로 존중하고 사는 부부가 있다. 내가 만난 사람 중에 가장 부부애가 곡진(曲盡)한 분이다. 결혼하여 40년이 지났건만 심각하게 다툰 기억이 없다고 하셨다.

　인간관계에서 가장 강력한 응집력을 발휘하게 만드는 것은 존경심이다. 서로가 상대방에게 갖고 있는 존중이다. 우정(友情)이건 연정(戀情)이건, 우애(友愛)이건 효심(孝心)이건 사랑의 가장 강력한 접착력의 바탕은 존경심이다. 이혼을 하거나 결별을 하는 것, 배신이나 배척을 하는 건 상대방을 무시하기 때문이다. 조폭의 의리는 의리가 아니고 이권이라고 어느 유명한 검사가 말했다. 조폭들에게 이권을 주지 않으면 절대 복종하지 않고, 이권을 빼앗으면 바로 목에 흉기를 들이댄다는 것이다.

　미국의 작가이며 미래학자이고 저널리스트였던 앨빈 토플러는, 어느 강연에서 자신의 일생에서 가장 영향력 있는 스승이요, 자기 저술의 애독자이며 평론가는 자신의 아내였다고 했다. 그는 아내인 하이디 토플러를 대학시절에 만났다. 대학을 졸업한 후, 토플러가 노동자로 일하는 동안 하이디는 알루미늄 공장에서 일하며 노동조합의 간사로 일했다. 그는 아내인 하이디 토플러와 함께 저술과 강연 등 여러 활동을 함께 진행했고, 뉴욕대학교를 포함해 마이애미대학교 등 여러 대학에서 명예 박사학위를 받았다. 토플러는 세계적인 명사요 저술가로서 명성을 날렸는데 아내에 대한 존경심과 애정을 평생 간직하고 살았다.

35년 전에 같은 학교에서 함께 근무했기에 김 선생님을 가까이서 보았고, 오랫동안 교분을 나누어 가정사에 대해 잘 알고 있다.

7세 연상인 김 선생님과 같은 학교에서 3년 정도 근무했고, 서로 다른 학교로 전근한 뒤에도 매년 두세 차례 이상을 만났다. 부부 여행도 같이 했다. 그분의 아들에게 어느 여교사를 소개하여 결혼을 주선하기도 했다.

교장으로 승진 발령을 받은 부천의 중학교에서 학교운영위원 중 지역위원으로 김 선생님을 모셨다. 교장으로 정년퇴임을 하였고, 재직 시 학교 운영을 잘한 것은 물론 내 인생 전반에 고문 역할을 해준 분이었기 때문이다.

수원에서 부천의 중학교까지 대중교통을 이용하셨는데 거의 세 시간이 걸렸다. 왕복 6시간 이상을 소모하면서 우리 학교에 오시어 운영위원으로 활동해주셨다. 수원의 중학교 근무를 할 때도 3년이나 지역위원으로 모셨다. 3년째에는 운영위원장까지 맡아 해주셨다. 수원에서 세종시로 이사를 했는데에도 이듬해 2월까지 한 번도 빠지지 않고 참석하여 회의를 주재하셨다. 선배요 멘토로서, 학교 운영에 대해 조언을 해주셨다.

김 선생님은 3남 2녀의 둘째로서 형님이 계셨지만 어머니께서 좌골신경통으로 보행을 못하자 사모님과 의논하여 부모님을 모셨다. 경상남도 창녕에서 수원으로 모시어 극진히 살펴드렸다. 3년 뒤에 어머니께서 세상을 떠나자 홀로 남은 아버지를 계속 모셨다. 어머니께서 돌아가시고 11년이나 아버지를 모셨다. 물론 교직에 계시는 선생님보다도 사모님께서 주로 뒷바라지 하셨을 것이다.

평범한 시골 농가에서 태어난 김 선생님은 가정 형편상 농업고등학교로 진학했다. 대학진학은 꿈도 꿀 수 없는 형편임을 알고는 어떻게 해서라도 진학은 해야겠다는 생각으로 학비가 적게 드는 교육대학을 목표로 했다. 농고의 특성상 대학 진학은 거의 이루어지지 않는 현실임에도 밤을 새워가면서 공부한 결과 교육대학에 합격하여 졸업 후, 교사로 근무했다. 재직하며 야간 대학의 국어국문학과에 편입하였다. 졸업 후, 교육대학원 국어교육전공으로 졸업하고 중고등학교에서 국어를 가르치며 교육자로 살았다.

한자(漢字)에 흥미를 가졌던 김 선생님은 독학으로 중국어를 공부하였다. 특별히 지도해주는 학원도 선생님도 없어 라디오로 중국어 방송을 들으며 혼자서 공부했다. 그러다가 대만의 파견교사 공모에 합격하여 가족들이 대만에 갔고, 한국 국제학교에 근무했다. 그러다가 교감이 된 후에도 중국의 한국국제학교 교장 모집에 합격하여 천진의 한국국제학교에 3년간 교장으로 근무했다. 그러면서 중국어에

능통하게 되었고, 부인도 중국 생활에 불편이 없을 정도로 중국어를 익히게 되었다.

중학교에 재직 시에는 1995년부터 2년간 경기도교육청에서 중국의 랴오닝성(遼寧省) 교육국과 교류할 때 두 차례 통역으로 봉사했고, 올림픽 때도 중국어 통역 봉사를 하였다. 정년퇴직 후에는 방송통신대 중어중문학과에 편입했고, 부인도 방통대 중문과에 입학하여 4년 후 졸업했다. 두 분 모두 재학 시에 성적이 우수하여 몇 차례 장학금을 받았으며 졸업 때에는 성적우수상을 받았다.

공부에 관심과 학구열이 강했던 김 선생님은 다시 방통대 영문학과에 편입하여 졸업했다. 그래서 국어, 중국어, 영어를 전공하여 세 개의 학사학위를 지니게 되었다. 하루 8시간 공부를 거의 매일 실천했던 것이다. 김 선생님의 그런 학구열과 발전을 위해 노력하는 모습을 보며 자녀들은 아버지에 대해 어떻게 생각했을까?

'우리 아버지, 참 대단하시다. 정년퇴직하셨으니 연금 받아 편안하게 노후를 즐기면 될 텐데도, 저리 열심히 사시니 나도 본받아야지.' 하는 생각을 하지 않았을까.

방통대를 다니면서도, 수원 청솔노인복지관에서 3년 이상을 중국어 회화를 강의했다. 처음에는 복지관의 수강생으로 다녔는데 강사가 강의를 그만 두면서 김 선생님께 강의를 부탁하여 맡게 된 것이다. 노인 복지관이라 60세 이상의 노인들에게 강의를 했는데 80대 노인도 있었다. 김 선생님의 위트와 예절 바른 태도, 노련한 강의에 나이가 많은 노인들까지 김 선생님을 좋아하였다. 세종시로 이사하여 강의를 종강할 때 수강생인 노인들이 매우 아쉬워했다. 몇 분은 눈물까지 흘리면서 섭섭해 했다. 김 선생님은 그 후 세종시로 몇 분을 초대하여 구경을 시켜드렸다.

2016년에는 세종시 도담동주민센터에서 1년간 중국어회화 강의를 하였다. 그 나이에도 배움에 정진하고, 자신의 재능을 기부하고자 강의를 했다. 하루하루를 경건하게 살아가기 때문인지 부인도, 자녀들도 모범적으로 살아간다.

아들은 고교에서 우수한 성적으로 졸업, 포항공대에 진학했고, 졸업 후 병역을 마치고 바로 SK에 입사했다. 직장도 좋지만 인성도 좋아 아름답고 유능한 1등 신부감인 여교사를 만나 결혼했다. 그리고 몇 년 뒤 삼성SD 연구원, 경력사원으로 합격하여 가족들과 집 가까이에 있는 삼성으로 직장을 옮겨 근무하고 있다. 둘째 딸은 유아교육과를 졸업하고 유치원교사가 되었다. 셋째 딸은 환경교육학과를 졸업하고, 법학을 전공한 법학도를 만나 결혼했다. 그 후 그 사위는 사법시험에 합격했고 지금은 서울에서 변호사로 활동하고 있다.

김 선생님이 수원에서 세종시로 이사하여 김 선생님 댁을 찾아갔다. 거실과 안방, 김 선생님의 서재도 보았다. 탁자나 소파, 장식장의 물품들이 정 위치에 있었고 책장의 책 한 권도 삐틀어진 게 없었다. 특히 놀란 것은 부인의 방을 서재로 따로 만들어 놓았다. 부인도 방송통신대학생이었기 때문이다. 부인이 방통대 재학 중, 같은 과 학생들과 매년 중국탐방을 다녀오도록 배려했다. 부인이 면학을 하는 동안 취사와 세탁은 물론 장보기와 가계부까지 자신이 해결했다. 부인이 공부에 전념할 수 있도록 배려했던 것이다.

김 선생님이 그렇게 모범적으로 살기 때문에 부인을 보면 '참 남편복이 많은 분이다.'라고 여겨졌다. 부인도 김 선생님을 최고의 신랑으로 여겼다. 자식들도 가장 훌륭한 부모님으로 여긴다. 삶을 잘 가꾸려고 노력해야 존경받는다는 걸 김 선생님의 삶에서 깊게 깨닫게 된다.

선생님은 "꾸준히 노력하고 지혜롭게 살자."라는 좌우명을 실천하며 사신다. 삶도 그렇게 모범적이지만 마음 씀씀이가 얼마나 진중한지 아들이 학교에서 여러 차례 전교 1등을 했는데도 한 번도 자랑하는 걸 본 적이 없다.

특히 부부 금슬이 좋아 친지들이나 주변 사람들의 칭찬을 많이 받는다. 내가 알고 있는 사람 중에서 부부 금슬이 가장 좋은 분이다. 부부 사이에 필요한 덕목이 뭐냐고 여쭈니 이렇게 대답하였다.

"상호 이해와 존중이지요."

그 말이야 평범해서 누구나 할 수 있다. 누구나 쉽게 말할 수 있다. 그러나 실천은 정말 어렵다. 그런데 김 선생님의 실천에 대해 나는 전혀 의심하지 않는다. 부부가 어떻게 살아야 하는 가를 생각하면 김 선생님이 생각난다. 내가 알고 있는 부부 중에 가장 금슬이 좋아 보이기 때문이다.

마음속의 스승

… 군자풍의 온화함, 부드러우나 휘어지지 않을 외유내강의 인품,
동서고금을 꿰뚫는 해박한 지식, 화이부동(和而不同)의 의연한 삶
의 자세, 하나님의 의(義)를 구하는 구도자적인 모습.

위 글은 김봉군 교수님의 고희 기념문집인 『여럿이서 혼자서』에
서한샘(한샘학원 원장, 문학박사, 15대 국회의원) 원장이 김 교수님
에 대해 「길을 밝히는 사람」이라는 제목으로 쓴 글의 일부다. 이 문
집은 김 교수님의 고희를 맞아 사회 저명인사, 학교 동창과 선후배,
동료와 제자들이 그분의 덕망을 예찬하거나 학문적 성과를 치하하
는 글을 모아 엮은 책이다.

교육자로 살면서 가장 닮고 싶었던 분이 김봉군 교수님이다. 김 교
수님은 국문학과 교수로서 문학의 이론은 물론 인문학 전반에 해박
하다. 또한 제자 사랑의 실천, 학문 탐구와 정진으로 많은 사람들에
게 귀감이 되었던 분이다. 특히 사명감을 가진 교육자로서, 고매한
인품으로 제자들의 존경을 받는 스승이셨다. 또한 겸손과 포용, 유연
한 성품으로 초중고, 대학의 동창이나 교직의 동료들에게도 존경받

으셨다.

그분이 재직한 학교에서 배운 건 아니지만 여러 경로를 통해서 강의나 말씀을 들었고, 개인적 고민을 여쭈며 가르침을 받아 마음속의 스승으로 여기며 살아왔다.

교수님은 어떤 고민을 말씀드리거나 문제를 여쭈면 해박한 지식을 바탕으로 단순명쾌하게 시원한 답을 주셨다. 낮은 음성으로 부드럽게 말씀하셨고, 정확한 발음과 적절한 어휘, 핵심과 정곡을 찌르는 대답으로 가장 따르고 싶은 답을 주셨다. 아내와의 불화가 있을 때, 교수님께서 들려주신 예화가 지금도 선연하다.

어떤 이의 상담사례를 하나 소개해주셨다. 배우자를 자신이 선택했지만 잘못 결정한 일 같아서 헤어지고 싶다며 상담을 의뢰했다. 그러자 상담자는, "그러면 당신이 가장 좋아하는 대상을 골라봐라." 하면서 눈, 코, 입, 얼굴형, 성격, 체형 등 여러 유형을 주고서 골라보라고 했다. 그리고 내담자가 고른 조각들을 모아놓고 보니 내담자 자신의 배우자와 가장 비슷한 사람이 되더라는 것이다.

그 말씀에 크게 공감을 하여 다시 생각을 하게 되었고, 어느덧 30년 세월이 흘렀다. 아내와 10년쯤 살다보니 인연인 것 같았고 20년쯤 지나니 나의 선택이 다행이었다는 걸 깨달았다. 아내와 살아온 30년을 생각해 보면 그 시기에 위기를 잘 넘긴 게 얼마나 다행인지 모른다.

그 일을 생각하면 교수님의 말씀이 참으로 고맙다. 교수님의 그 예화는 어디에 나와 있는 이야기였는지, 교수님께서 창조한 스토리인지 모르지만 바른 길을 걷도록 만들어준 말씀이었다. 평생 잊을 수 없는 가르침이 되었다.

특히, 교수님의 아름다운 모습은 겸손을 실천하는 데에 있다. 나이 많은 부동산 중개업자나 환경미화원에게도 정중하게 인사를 하셨다. 어떻게 하는 것이 진정한 겸손인가를 행동으로 직접 보여주신 것이다. 겸손이란 이렇게 하는 것이라는 듯이 시범적으로 보여주신 것 같다. 그야말로 언행일치요, 지행합일의 모습이었다.

나는 1978년 교단에 첫발을 디딘 후, '어떤 모습으로 교단에 서야 존경받는 교사가 될까.' 하는 고민으로 역할모델을 찾아보고자 훌륭한 선생님을 주위 사람들에게 문의하여 전국으로 탐방을 나서기도 했다.

교수님을 만난 이후, 훌륭한 선생님을 찾는 탐방은 시들해졌다. 최근에 확실히 안 사실이지만 김 교수님도 훌륭한 선생님을 만나보고자 전국을 순방하셨다 한다. 존경을 받거나 교육적 열정으로 교육활동을 펼치는 선생님을 추천받아 107명을 선정, 그분들의 교육 지론이나 실천기를 엮어 『길을 밝히는 사람들』이라는 수기집을 발간하신 것이다.

나는 훌륭한 선생님을 발굴하려 한 게 아니고 롤 모델로 삼고 싶은 분을 만나고 싶었다. 그리하여 방학 때는 전국으로 탐방을 나서 20여 분을 찾아뵈었고 탐방기를 써 발표하기도 했다.

교수님은 『길을 밝히는 사람들』을 1982년에 발간하셨는데, 이때에 나에게도 원고를 요청해주시어 교수님과 인연을 맺게 되었다. 그리고 더욱 가까이서 뵙게 된 것은 초원장학회의 모임에서였다. 초원장학회에서는 많은 후원회원들이 십시일반으로 모아서 어려운 중고등학생들에게 장학금을 전달했다. 주로 교사들이 많이 참여하였는데 후원회원이 많을 때는 15,000명도 넘었다. 김대중 전 대통령도 평화민주당 총재일 때 후원회원으로 참여했다.

교수님은 그 시절, 초원장학회 모임이나 장학생 연수회에서 특강을 무료로 해주셨다. 또한 초원장학회에서 발행하는 기관지인 〈길〉지에 오랫동안 글을 써 주셨고, 초원장학회의 고문과 이사 역할을 해주셨다. 나아가 성심여대의 많은 교직원들이 초원장학회에 후원하도록 안내해주셨다. 그 외에도 친구나 여러 지인들에게도 소개하여 많은 분들이 참여해주었다. 교수님의 친구인 김광휘 방송 작가가 MBC 라디오 '홈런 출발'에 초원장학회를 소개한 이후, 회원이 많이 늘었다.

나는 초원장학회의 회원, 임원으로서 참여하며 교수님을 뵙게 되었다. 교수님은 제자나 교육자들에 대한 애정이 각별히 깊어 나이 어린 내게도 따뜻한 애정으로 대해주셨다. 한 번은 중학교의 수업을 보고자 내가 근무하는 안산시의 원곡중학교를 방문하시어 학생들의 학교생활과 수업을 보시고 지도 조언을 해주셨으며 집까지 방문해주셨다.

1980년대 초의 교육 현장에는 교육을 제대로 실천하기 어려운 문제점들이 많았다. 입시 교육에 편중되었고, 일부 관리자들의 독선적 학교 운영으로 번민이 참 많았다. 그런 고민과 갈등을 교수님께 여쭙게 되었고, 그때마다 명쾌한 답을 주시어 마음속의 스승으로 모시게 되었다.

그래서 스승의 날에는 감사의 편지도 보내 드렸다. 그렇게 인연을 나누다 1993년에 청소년을 위한 교육 수필집『꿈을 위한 서곡』을 발간했을 때, 출판기념회에 오시어 서평을 해주셨다. 그리고 교수님의 역저인『한국현대작가론』을 주신 적도 있다.

교수님의 말씀 중 지금도 분명하게 간직하고 있는 것은 '항심(恒心)'이다. 한번 마음먹은 것을 끝까지 지켜내야 진실한 거라는 말씀을 염두에 두고 실천하려 노력했다. 항심이 있어야 진실이라는 교수님의 말씀을 다른 사람에게도 전했다. 그러나 나 자신도 항심을 얼마나 잘 이행했는지는 모른다. 교직생활 40년을 돌아보면 부끄러운 일이 많다.

이런 저런 사정으로 교수님을 뵙지 못하고 훌쩍 20년이 지나버렸다. 교수님은 그 사이 대학에서 퇴직을 하셨고 고희도 7년이나 지났다. 교수님의 소식을 풍문으로 가끔 들었다. 건강이 좋지 못하다는 것, 국문학 관련 단체 일, 국어·문학·독서·작문 교과서 집필, 평론 활동 등에 대해 어렴풋이 들었다. '언젠가 꼭 찾아뵈어야지' 하면서도 한동안 안부도 여쭙지 못했다.

강산도 변한다는 10년을 두 번이나 넘기고 보니 교수님의 전화번호가 바뀌었다. 어느 분께 여쭈어 전화를 드리니 고맙게도 내 이름을 잘 기억해주셨다. 바로 찾아뵈었더니 20년 전의 나를 명확히 기억하고 계셨다. 내가 호기심과 탐구심이 강해, 교육자로서 교육활동을 잘할 걸로 믿었다는 기대의 말씀까지 해주셨다. 그간 찾아뵙지 못해 너무나 송구스러웠다.

한동안 건강이 매우 좋지 못해 20kg이나 체중이 줄었는데, 이제 거의 회복이 되어 정상적인 생활을 하실 수 있다니 천만 다행이다. 안타깝게도 교수님은 참 많은 날들을 병마와 싸워야 했다. 교수님이 보통 사람의 건강만 지니셨더라도 지금보다 훨씬 더 학문적 업적을 남기셨을 것이며, 영향력 있는 교육자로서 우리 사회에 기여하셨을 것이다. 신은 정말 모든 걸 다 주시지 않는가 보다.

몇 년 전부터 '세계전통시인협회'를 발족, 종주국인 한국본부의 회장을 맡게 되시어 세계 전통시 문학대회를 두 번이나 개최하셨다. 2019년에는 그 대회가 영국에서 개최된다니 그 정열과 능력이 놀랍다.

성심여고와 성심여대 재직 시 제자들에게 가장 존경을 받고 인기가 있었던 선생님. 그래서 박근혜 전 대통령도 고교시절에 가장 존경하는 선생님이었다는 말을 들었다. 그리하여 박 대통령에게 줄을 대려 교수님을 찾는 이도 있었단다. 그렇지만 교수님은 정치인이나 고위직 인사에게 그런 일을 할 분이 아니다. 오래 전에도 고위 관직으로, 또는 정계로 간곡한 부름을 받은 적이 있지만 단호히 사양하셨다 한다. 그럴 분이다.

제자들이 발간한 교수님의 고희 기념 문집 『여럿이서 혼자서』를 읽어 보니, 교수님의 덕행, 학문과 문학적 업적에 대한 존경의 표현과 찬사가 엄청나다. 퇴직을 앞둔 나는 몹시 부끄러웠다. 교육자로서 역할을 제대로 하지 못했고 잘못한 일들이 생각나 많이 반성해야 했다.

조지훈의 시 「달밤」에, 하늘에 달이야 하나인데, 순이도, 분이도 달님을 데리고 집으로 간다는 구절이 있다. 그렇다. 하늘에 달이야 하나이지만 그 달을 좋아하는 사람은 누구나 달을 데리고 간다. 존경받는 위인은 세상의 모든 사람들에게 무언의 스승이다. 김 교수님도 성심여고 졸업생들과, 성심여대·가톨릭대 졸업생들은 물론 많은 사람들이 존경하고 있다. 제자나 후학들이 김 교수님의 가르침과 사랑에 고마워하며 하늘의 달처럼 마음속으로 섬기며 살 것이다. 가장 존경하는 스승으로 그리워하면서 교수님 만난 것을 행운으로 여길 것이다.

절대자나 위인에 대해 가지는 우러름. 그 바탕은 존경심이다. 오늘날 하늘로 치솟아 위풍당당한 초고층빌딩도 콘크리트가 없으면 사상누각이 된다. 모래, 자갈, 철근을 결합시키는 매개체는 시멘트다. 인간관계를 가장 아름답게 만들고, 가장 튼튼하게 결합시키는 시멘트 같은 성분이 존경심이라고 생각한다. 존경심이 없는 인간관계는 오래 지속되지 못한다. 오늘날 가족 간의 다툼이나 이혼이 늘어난 것도 존경심이나 믿음이 부족하기 때문일 것이다. 존경심이나 믿음이 없는 인간관계는 오래 지속할 수 없다.

경남 남해의 시골 장포마을에서 태어나 진동초, 창선중, 서부 경남의 명문 진주고 등 지방 학교에서 가장 우수한 성적으로 졸업하여 서울대학교 사대 국어과로 진학한 교수님은 마을 사람들과 여러 선생님, 그리고 동문들에게 장래를 촉망받는 수재였다. 서울대 사대를 수석으로 졸업하신 교수님은 그런 기대에 부응하여 법관이 되고자 다시 서울대 법학과에 들어갔다.

그러나 "거기에는 법관이나 검사가 되려는 사람이 차고 넘쳤다. 내 앞에는 세상에서 가장 아름답고 소중한 과업인 교육, 특히 천금보다 귀한 모국어 교육의 길이 열려 있었다."고 교수님은 말씀하셨다. 교수님은 한때 청춘을 걸고 분투하셨던 사법 시험 공부를 접고 교단으로 돌아오셨다.

그리하여 서울대 사범대 부속고등학교의 교단에 섰다. 1968년 당시에 가톨릭계 세계적인 명문 270개 중의 하나였던 성심여고에는 소수정예의 우수한 학생들이 다녔다. 그 성심여고에서 교수님을 특별히 모셔갔다. 성심여고에서 많은 학생들에게 존경을 받자 성심여대에서 교수로 초빙하였다. 성심여고는 덕성 교육을 우선시하며 명실상부하게 전인교육을 하는 국내 소수 학교의 맨 앞자리에 있었다.

교육 이념과 사랑을 실천할 수 있는 귀한 학교였다. 성심여대 교육도 그 연장선상에 있었다. 교수님이 모든 세속적 영달을 포기하고 성심 교육에 생애를 건 이유였다. 미래 세계는 여성이 주도하는 역사가 되리라는 교육관도 큰 몫을 했다. 교육자로서의 사명을 다하고자 하는 포부 하나로 성심여고와 성심여대(후에 가톨릭대학교로 통합)에서 정년까지 39년을 봉직하셨던 것이다.

타고난 재능과 필력, 그리고 학문에의 정진으로 여러 권의 명저를 내셨고, 시인으로, 문학평론가로서 명망이 높았다. 그리고 퇴임한 이후에도 문학가와 교육자로서의 삶을 살고 있다.

교수님은 교육부가 주관하는 초중고등학교 교육과정 제정, 교과서 집필과 편찬, 심사위원(장)으로 25년 간 기여하셨고, 고등학교 검인정 교과서인 문학, 독서, 작문을 집필하여 후진 교육에 공헌하셨다. 또한 한국문학비평가협회, 한국크리스천문학가협회 회장을 역임하셨다.

디지털 문화가 범람하는 이 시대에 독서 교육의 필요성을 절감(切

感)하여 1999년 가톨릭대학교에 독서학과, 교육대학원에 독서교육 전공 과정을 한국 최초로 설치하였다. 이와 아울러 한국 독서학회를 창립하고 초대 회장을 맡아 독서 교육의 선편(先鞭)을 잡으셨다. 지금은 세계전통시인협회 한국본부 회장으로서 우리 민족시, 시조를 세계화하는 일에 앞장서고 계신다.

제자들에 대한 사랑과 교육에 대한 열정으로 초지일관했으며, 조국과 국민의 앞날을 걱정하며 사셨다. 타고난 체질이 허약해 병마와 생애를 같이 하면서도 신앙과 신념으로 극복하여 건강한 사람보다도 훨씬 많은 일들을 해내셨다.

부모님을 진정으로 존경했고 효심이 지극하셨다. "세상의 빛과 소금으로 살라, 지극한 정성으로 살라, 늘 한결같은 마음[항심(恒心)]으로 살라, 생명이 있는 것들에 대하여 측은지심을 품어라."는 부모님의 가르침을 잊지 않았다. 모친은 이웃 사랑을 본보이셨고, 선친은 한학을 통하여 동양사상과 문학에 심취할 수 있도록 일깨워 주었다. 그 정신을 학생들이나 당신을 따르는 제자들에게도 전수하려 하셨다. 나는 교수님이 평소에 강조하신 '항심' 하나만이라도 실천해 보고자 유념했지만 실천은 쉽지 않았다.

교수님은 형제들에게도 깊은 사랑을 베푸셨다. 군에 입대한 후, 적응에 어려워하는 아우를 위해 위로와 격려의 편지를 수십 통 써 보내셨다. 아우가 군대 생활을 마칠 때까지 정성어린 편지를 쓰고 기도를 하셨다. 그렇게 우애가 깊었다. 그 아우도 훌륭한 교육자의 삶을 살았다. 교수님의 정성과 조언이 작용했을 것이다. 교수님의 따님이 사대와 대학원을 나와 고등학교 교사의 길을 걷는 데에 깊은 영향을 주었을 것이다.

　교수님에 대하여 한마디로 정리하기 어려워 다른 분이 정리해 놓은 글을 옮겨 놓는다. 감충효 시조시인이 쓴「당대의 석학을 뵙고 배운다는 것은」에 나온 한 구절이다.

　정곡을 찌르는 논조는 시원하기가 가르맛길을 보는 듯했고, 중후
　하기로는 그 기맥이 태산을 휘돌아 내린 대평원의 고요함과 웅혼
　함을 닮았다.

시련도 하느님의 깊은 뜻

15년 전쯤 성형외과 의사가 자살하여 우리 사회에 충격을 준 일이 있다. 이 의사는 본처와 이혼하고 A라는 여자와 재혼했는데 자신의 인생행로에 대한 비관으로 목을 매고 말았다.

A는 25년 전에 나의 직장 동료의 아내였다. 그 동료는 나와 가까이 지내 부부가 함께 만나는 일도 있었다. A는 나의 아내와도 가까이 지냈다.

A는 생활력이 강하여 부업을 했다. 도서와 화장품 외판원을 하여 약간의 돈을 벌었다. 그리하여 대출을 받고 전세금을 안아 아파트를 몇 채 샀다. 그런데 1997년, IMF 외환 위기로 전세금이 상당히 떨어졌다. 세입자에게 전세금의 일부를 반환해주어야 하는데 입주자에게 전세금을 돌려주지 못하여 부도가 났다. 결국 A는 파산하여 빚을 걸머지게 되었다.

A는 남편에게 짐을 주지 않겠다며 서류상으로 이혼을 만들어 놓고 별거에 들어갔다. 그 후 피부미용실을 개업하여 운영하던 중 A는 성형외과 의사를 만나게 되었다. 그런 사실을 모르는 남편에게 아내인 A는 집을 팔자고 했다. 미용실을 운영하다 빚을 졌는데 빚을 갚아야

하니 아파트를 팔자고 사정했다. 남편은 아내의 사정에 아파트를 팔고 아내가 얻어준 전세 집으로 들어가 살았다.

아내는 아파트 판 돈을 그 의사의 병원 개업에 보태 주었다. A의 헌신적인 도움에 그 의사는 본처와 이혼하고 A와 재혼했다.

그런데 A의 남편에게 어느 날 직장으로 전화가 왔다. 당신이 살고 있는 집의 주인인데, 왜 월세를 6개월이나 보내지 않느냐고 했다. 동료는 전세인 줄 알았지만 실제로는 월세였던 것이다. 비로소 아내였던 A가 자신에게 거짓말을 하고 아파트를 팔아 모두 가져갔고 의사와 재혼했다는 사실도 알게 되었다.

동료는 하는 수 없이 월세 부담이 적은 곳을 찾아 시골에 사글세를 얻었다. 그리고 고등학생인 딸을 데리고 이사했다.

그런데 A와 재혼한 의사는 본처와 이혼하여 가정이 풍비박산이 났다. 병원 운영도 어려웠다. 자신이 A를 선택, 재혼한 것을 후회하며 괴로워했다.

어느 날 동료에게 그의 아들이 찾아왔다, 평소 술을 먹지 않는 아들이, 맨 정신으로는 말을 못하니 술을 달라고 했다. 몇 잔 거푸 마시더니, "아버지, 얼마 전 밤에 아파트의 문을 열고 들어갔더니, 베란다 빨랫줄에 허수아비 같은 게 걸려 흔들흔들하는 거예요. 그래서 가보았더니, 글쎄 … 아저씨(의사)가 목을 매고 숨을 거둔 거예요. 깜짝 놀라 얼른 경찰서에 신고를 했지요."라고 말하고 흐느껴 울었다.

그 의사는 자신의 신세를 비관하여 목을 매고 세상을 떠난 것이다. 그런 사실은 어느 신문에 성형외과 의사의 대표적인 실패 사례로 보도되었다.

 동료는 아내의 배신에 기가 막혔고, 자신이 아내에게 속은 게 너무나 억울했다. 동료는 번민을 거듭하며 방황하게 되었다. 휴일과 방학 때는 혼자서 도보 여행을 다니며 마음을 달랬다. 주변에서는 재혼을 권하기도 했고, 여자를 소개해주겠다는 사람도 있었다. 그러나 상처가 너무 커 다시 여자를 만난다는 게 내키지 않아, 교회만 열심히 다녔다.

 교감으로 시골 학교에 승진 발령이 났는데 집이 없어 학교 관사 옆에 컨테이너를 놓고 생활했다. 학생과 교직원이 모두 퇴근해 가버리면 외로움과 괴로움, 억울함을 감당할 수가 없었다. 밥 대신에 술로 세월을 보냈다. 퇴근 후 편의점에서 술을 자주 먹다 보니 알코올 중독자라는 소문도 들렸다. 그 후부터는 슈퍼마켓에서 술을 상자로 사다 컨테이너에서 마셨다. 심신은 갈수록 피폐해졌다.

 휴일에는 무작정 버스 타고 종점까지 갔다가 돌아오거나, 정신없는 사람처럼 방황을 했다. 방학 때는 동해안이나 남해안을 며칠씩 걸었다. 가다가 일하는 노인이 있으면 일을 거들고 밥을 얻어먹었다.

 어느 날인가는 길을 가다가, 혼자서 도보 여행하는 어느 잡지사의 젊은 여기자와 동행을 했다. 함께 술도 마셨다. 여기자가 옆에서 텐트를 치고 자, 혼자서 길을 떠난 적도 있다. 천성이 고결한 사람이라서 여자에게 접근할 줄도 몰랐다. 주변에서 좋은 여자니까 만나보라고 추천해도 관심을 두지 않았다. 그런 방황과 좌절감으로 13년을 보냈다.

 그렇게 비탄 속에 잠겨 지내던 어느 날, 놀랍게도 하느님의 음성이 들렸다.

"내가 너를 그렇게 만들었다. 너에게 시련을 준 것이다. 그런데 네가 뭔데 네 아내와 세상 사람들을 원망하느냐! 내가 너를 만들기 위해서 타락한 아내를 선물로 주었다. 내가 준 선물인데 왜 비관, 갈등, 방황하느냐?"

너무나 생생하게 하느님의 음성이 들렸다. 그 순간 그는 무릎을 꿇고, "하느님. 감사합니다. 제 아내를 용서해주세요. 제 고난을 감사히 받겠습니다." 하고 빌었다.

그 후 딸은 대학을 졸업, 취업하여 독립을 했다. 일요일엔 가까운 교회에 나가 예배를 보고 성가대로 활동했다. 그때 성가대원 중에 50대 중반의 미혼인 C라는 여성이 있었다. C는 신학대학을 졸업하고, 지병으로 고생하는 부모님을 보살피느라 혼기를 놓치고 말았다. C양은 20여 년을 보습학원에서 강사를 하고, 또 학원 운영을 하며 살다가 부모님이 모두 돌아가시자 유산으로 얼마간의 농토를 물려받아 농사를 지으며 혼자 살았다.

그는 교회의 성가대에서 함께 찬송가를 부르며 만난 C에게 구애를 했다. 그러나 아무것도 가지고 있지 못해 적극적인 프러포즈를 못했고, C 역시 집도 없는 그에게 호감을 갖지 않았다. 그러나 C는 과음으로 심신이 망가져가는 그를 보고, 그대로 두면 폐인이 되고 말 것 같아 가여운 생각을 하게 되었다. 어느 날 C는 하느님께 기도했다.

"남은 생애 저 사람 위해 용기를 내겠습니다. 그가 정상적인 하느님의 아들로 돌아올 수 있도록 도와주세요."

C는 주위 사람들의 반대를 무릅쓰고 그의 구혼을 받아들였다. 그

리하여 두 사람은 결혼식을 올렸다. 아무것도 없는 그는 새 신부인 C의 집으로 들어가 더부살이로 시작했다. 나이 50대 중반까지 혼자 산 아가씨와 10년 이상을 방황하며 빈털터리로 살던 남자가 함께 살려니 어려움도 많았다. 그러나 영혼이 맑은 그는 젊은 날의 건실한 남자로 돌아왔고, C는 부모를 부양하던 착한 심성으로 남편을 보살폈다.

그는 천사처럼 다가온 C에게, 월급을 모두 갖다 주며 지극한 정성을 기울였다. 사랑은 위대하다. 지금 두 사람은 보통 사람들보다 훨씬 큰 사랑과 행복을 나누며 살고 있다.

그가 고등학생 때, 어머니로부터 자신의 출생에 대한 놀라운 이야기를 들었다. 자신을 임신하여 만삭인 어머니가, 양수가 터져 생사를 넘나드는 위기를 맞았다. 연락을 받고 달려온 의사가 상황을 보고 산모의 생명을 구하는 것조차 가능성이 희박하니 태아는 포기하자고 했다.

그러나 아버지는 의사에게, "꼭 둘 다 살려주세요." 하고 간곡하게 사정을 했다. 그러자, 서둘러 수술을 해야 할 의사가 간호사에게 산모를 맡기고 밖으로 나가 들어오지 않았다. 한시가 급한데 의사는 오지 않고, 밖에서는 개가 시끄럽게 짖어대고 있었다. 초조해진 아버지가 밖에 나가 의사를 찾으니, 아니 이게 웬일인가? 의사는 장대비가 쏟아지는 초가지붕 처마 아래의 맨 땅에 앉아 두 손을 합장하고 기도를 하고 있었다.

한참 만에 일어난 의사는 정성을 다해 수술을 했다. 의사가 혼신의 힘을 다했기 때문인지 사경을 헤매던 태아도, 어머니도 살아났다. 의

사는 그 영아의 허리를 조그마한 손으로 들고, "이 아이는 뼈대가 굵어 키가 크고 건장한 사내로 자랄 겁니다. 그리고 죽음을 극복하고 살아났기 때문에 강한 아이로 자랄 것입니다."라고 말했다.

그 의사가 수술 전에 하느님께 뭐라고 기도했을까? 아마도 틀림없이, "하느님. 제가 두 생명을 구할 수 있도록 지혜와 용기를 주옵소서!"하고 간절히 기도했을 것이다. 그는 의사의 예언대로 건장한 체구로 성장했다. 체격도 좋지만 강인하고 심성이 올곧다. 그는 어머니로부터 출생의 이야기를 들은 고교 때부터 지금까지, 하느님에 대해 깊은 신앙심을 가지고 산다.

그는 월세로 살던 어려운 시절이나 지금이나 변함없이 시골 부모님께 월급의 십일조를 매달 보내고 있다. 9남매의 6번째 아들임에도 불구하고 다른 형제들보다 부모님께 가장 많은 생활비를 꾸준히 보내드리고 있다.

나는 그의 말을 듣고 그에게, "하느님도 결코 무심하지 않았구만…."했더니 그는 이렇게 말했다.

"행복할 때만 하느님께 감사하는 건 진정한 감사가 아니지요. 고난에도 하느님께 감사할 줄 알아야 진정으로 감사하는 사람입니다. 고난을 주는 것도 하느님의 깊은 뜻이 담긴 선물이기 때문입니다. 제가 그 고난의 시련에도 이렇게 극복할 수 있었던 것은 하느님의 뜻일 거라고 믿기 때문입니다. 앞으로 어떤 고난이 닥쳐와도 감사하는 마음으로 극복하려 합니다."

아. 그래서 그는 그렇게 체격과 인물이 좋아도 염문 없이 당당하게 살아올 수 있었구나 싶었다. 그가 한 또 하나의 말이 나에게 아주 큰

울림으로 남았다.

"하느님의 눈으로 세상을 보고, 하느님의 귀로 세상의 말씀을 듣고, 하느님의 마음으로 행동해야 하느님의 진정한 아들이 될 거라고 여깁니다."

내가 본 나이팅게일

　계단에서 실족하여 골반뼈 골절로 입원하고 있을 때, 요즘에 보기 드문 간호사를 보았다. 그녀는 환자들에게 말과 행동이 매우 친절하여 바로 눈에 띄는 40대 초반의 김○○ 간호사였다. 외모도 단정하여 품위가 돋보였지만 환자들을 정성스럽게 살펴주어 정말 고마웠다.

　그 당시 이 병원에서는 환자의 가족들이 하던 간병을 간호사가 직접 하는 시스템이어서 가족이나 간병인이 없어도 괜찮았다. 그래서 간호사들의 업무량이 많고 궂은 일이 많았다. 김 간호사는 수시로 병실을 드나들며 환자들을 자상하게 보살펴 주었다. 말과 행동이 부드러웠고, 표정이 온화하여 환자들의 마음을 편하게 해주었다.

　다른 환자들도 김 간호사에 대해 친절하다고 칭찬했다. 그녀는 용모에 신경을 많이 쓰는지 화장을 단아하게 하고 일을 해 더 아름답게 보였다.

　나의 골절은 부위가 골반 뼈라서 깁스를 하지 못하기 때문에 '절대 안정' 표지를 붙여놓고, 움직이지 못하도록 했다. 밥 먹는 것, 대소변도 침대에 누워서 해결하라 했다. 이 병원에서는 간호사가 간병인이

하던 일까지 살펴주는 시스템으로 운영되고 있었다. 그래서 양치 후의 버릴 물이나 용변도 간호사들이 치워주었다. 간호사들은 일어나서 돌아다니면 안 된다고 말렸지만 다른 환자와 보호자가 있는 병실에서 대변을 볼 수는 없었다.

나는 다른 사람의 도움을 받기도 했지만 기어이 휠체어를 밀고 화장실을 이용했다. 침대에서 대변을 누기도 힘들고 병실에 냄새가 나기 때문에 미안해서 그럴 수가 없었다. 소변은 커튼을 치고 이불 안에서 다른 사람 모르게 받아 낼 수 있어서 병실에서 처리했다. 그러면 간호사가 와서 소변 통을 가져다 씻어서 다시 갖다 놓았다. 그것도 나는 매우 미안했고 정말 고마웠다.

간호사들은 대부분이 불편한 기색 없이 치워주었다. 그러나 소변통을 바로 가져가지 않거나 발견하지 못하여 사물함 앞에 오랫동안 보기 흉하게 놓여 있는 일이 더러 있었다. 간호사들은 교대 근무로 자주 바뀌어 여러 간호사들이 병실에 드나들었다. 약 10여 명의 간호사 중에 김 간호사와 다른 한 분의 간호사가 병실의 이곳저곳을 살피며 환자들의 양칫물이나 소변통을 얼굴도 찡그리지 않고 바로바로 치워주었다.

특히 김 간호사는 복장도 단정했지만 화장을 잘 했기 때문인지 용모도 기품이 있어 차원이 달라 보였다. 김 간호사가 왜 그렇게 돋보이는지 병실에 들어와 일을 할 때, 유심히 살펴보았다. 다른 간호사들은 매우 바쁜 듯이 일을 서두르는데, 김 간호사는 말과 행동이 여유로웠고 부드러웠다. 어조가 낮은 목소리로 환자에게 다가가서 조용하게 말했다. "어디 불편한 데 없으세요?" 하고 물을 때에는 눈을 맞추고 진지한 표정으로 나직하고 친근하게 말했다. 환자에게 질문이나 말을 할 때에는 가까이 다가가서 허리를 굽히고 말을 건넸다. 그런 자세와 언행을, 처음에는 대수롭지 않게 보았으나 항상 그렇게 정성을 기울이는 모습을 보고, '아! 친절도 자신의 노력으로 만드는 거구나.' 하고 생각했다.

김 간호사가 환자를 대하는 모습을 보고, 문득 '나는 학생들에게 그렇게 친절을 베푼 적이 있었을까?' 하고 생각해 보았다. 부끄럽게도 그렇게 한 적이 별로 없는 것 같았다. 나의 '고객'인 학생들에게 나도 김 간호사처럼 정성을 기울여야겠다는 생각을 했다.

퇴원 후, 외래 진료를 받으러 갔다가 조그만 보답이라도 하고 싶어 음료수와 내가 집필한 책을 한 권 선물했다. 그리고 그 병원의 홈 페이지에 감사의 글을 올렸다.

프랑스 시인 알프레드 디 수자의 시에, "Work, like you dont need money.(일하라, 돈이 필요해서 하는 것이 아닌 것처럼.)"란 구절이 있다. 그렇다. 돈을 벌려고 하는 게 아니라 그 일이 좋아서 하는 것처럼 하라는 뜻이다. 그렇게 할 때 보는 사람이나 일하는 사람, 모두가 즐겁다.

내가 사명감을 가지고 교육에 종사해왔다면 학생들에게 그렇게 실천해야 좋겠다는 생각을 했다. 그렇게 하면 나도 조금은 아름다운 교육자의 모습이 되리라.

김 간호사는 내가 본 나이팅게일이었다.

은퇴 후에 더 빛나는 인생 2막

— 호야지리박물관 양재룡 관장

60세 이후, 인생 2막을 어떻게 보내야 하나, 어떻게 여생을 영위할 것인가? 이 문제는 퇴직을 앞둔 사람이나 퇴직자들의 고민이며 과제다.

소득의 증가와 의술의 발달은 평균 수명을 연장시켰고, 청춘도 확대하였다. 이제는 회갑 잔치를 한다는 게 촌스런 이야기가 되었다. 70세 어른조차 노인이라는 말이 듣고 싶지 않아 경로당에 가기를 꺼려하고, 지하철에서 젊은이가 양보하는 자리를 앉지 않으려는 시대가 되었다. 국민의 평균 수명이 80세까지 연장되어 지금은 100세 인생을 노래하고 있다.

60세부터 인생 2막이 시작된다면 평균 수명 80세까지 20년을 더 살아야 한다. 결코 적지 않은 시간이다. 그래서 그걸 제2의 인생, 근래 많이 쓰는 말, 인생 2막이라고 하는데 거부감 없이 회자된다. 이제, 우리나라도 고령화 사회가 되어 60세 이상의 노인이 전 국민의 20%에 육박하고 있다.

퇴직하고 노후를 어떻게 살 것인가가 당사자에게는 매우 중요한 관심사다. 30년 전에 만화책 『먼 나라 이웃 나라』의 「프랑스 편」에서 본 내용이 생각난다. 50대 중반이면 일자리에서 물러난 후, 연금으로 노후를 즐기려 한다는 글을 읽고 그 나라를 부러워 한 적이 있었다.

그런데 이제 한국인도 직장에서 물러나면 20년 이상, 죽을 때까지 뭔가 일을 하거나, 즐거운 일을 만들어서 살아야 하는 시대가 되었다. 한동안 개그 시리즈로, 하루 세 끼를 집에서 다 먹으면 삼식이 새끼, 두 번 먹으면 이식이 놈, 한 번 먹으면 일식 군, 한 끼도 안 먹으면 영식 님이라고 부른다는 말에 많이들 웃었다.

나도 퇴직 후 무엇을 하며 살아야 할지 3년 전부터 신경을 썼다. 그래서 퇴직한 후에 잘 사는 분을 찾아보고자 호야지리박물관으로 양재룡 관장님을 찾아갔다.

관장님은 교장으로 퇴직하고, 영월군 무릉리에 지리박물관을 세워 운영하고 있다. 박물관에 온 탐방객들에게 지리 해설도 하고, 수시로 독도와 지리에 관련된 강의를 다닌다.

자신의 사재를 바쳐 박물관을 만들고 운영하지만 지리에 대한 열정, 독도가 우리 국토임을 실증적 자료로 제시하는 일에 보람과 긍지를 가지고 즐거운 마음으로 인생 제2막, 박물관장의 삶을 살고 있다.

그분에 대한 동경으로 호야지리박물관을 처음 찾아간 건 지금으로부터 7~8년 전이다. 교장으로 명퇴한 후 박물관을 열었다는 소식을 그 당시에 들었다. 박물관을 어떻게 만들어 놓았는지, 어떻게 운영하는지, 즐겁게 사는지 보고 싶어 찾아갔다.

이 박물관을 개관(2007. 5. 4.)한 지 1~2년이 지난 여름방학 때였다. 관장님은 체중이 조금 불었고, 머리를 검게 염색했지만 초로의 연세가 느껴졌다. 10년 전 그 팽팽하던 젊음은 어디로 가 버렸다. 사모님과 떨어져 혼자 숙식을 해결하며 살기 때문이었을까? 예전의 깔끔한 모습과는 조금 달랐다.

두 번째로 찾아간 건, 한참 무더위가 기승을 부리던 2016년 8월이었다. 박물관 주차장에 차를 대는데 2관(지오토피아관) 앞마당 한쪽에서 사모님이 잡초를 뽑고 계셨다. 사모님은 이 박물관 개관 당시에는 학교에 근무하며 수원에서 가족들과 함께 사셨다. 그러다가 2년 전, 교장으로 정년퇴임한 후에야 이곳으로 오셨다.

관장님은 우리 일행을 반갑게 맞이한 후, 지리 해설을 자세히 해주셨다. 대동여지도에 독도가 없는 이유, 독도가 울릉도보다 육지에서 더 가깝게 그려진 연유, 우리나라 지도의 변천사와 독도가 왜 우리 국토인지, 지도를 근거로 설득력 있게 말씀해주셨다.

관장님은 수집한 지도와 지리 관련 자료를 보존, 전시하고자 박물관을 만들 곳을 찾다가 2005년에 이 건물을 매입, 2년 동안 정비하여 박물관을 개관했다.

"한국 땅 독도는 역사적 사실이고, 이는 지도가 말하고 있습니다."

관장님은 최근 언론 인터뷰에서 "독도 문제를 우리끼리 우리 땅이라고만 외쳐서는 효과가 없다."고 했다. 세계인이 "독도는 한국 영토가 맞다."고 인정할 수 있도록 객관적이고 실증적인 자료를 제시해야 한다는 것이다.

관장님은 "한국 고지도에는 독도가 울릉도 동남쪽에만 그려져 있는 것이 아니다."며, "독도가 울릉도 서남쪽이나 서쪽에 그려진 옛

지도는 얼마든지 있지만, 우리가 단지 그 지도를 읽지 못하고 있을 뿐"이라고 했다.

그리고 독도와 울릉도의 위치가 바뀐 이유가 우리나라 고지도 제작자들이 울릉도 동쪽, 육지로부터 540리나 떨어진 먼 바다에 있어서 조선시대 책으로 만들 때 목판 밖으로 나가는 독도를 목판 안으로 접어서 옮겨 표기했기 때문이라는 근거를 학계에 보고했다.

독도를 한 장의 지도 속에 본토와 같이 표기할 수가 없기 때문에 접은 것처럼 울릉도 서쪽에 그린 것이다. 세계의 지도 중 유일한 제작 방법이었다고 했다.

관장님은 교직에서 은퇴 후 결식자를 위한 급식 봉사를 생각했었다. 그러나 사모님이 어느 날, "당신의 지리에 대한 열정도 그렇고, 수집해 놓은 지도와 지리 관련 자료의 보존과 전시를 위해 박물관을 해보시지요." 하고 권유하여 바로 박물관 건립을 착수하게 되었다.

자신의 퇴직금(일부만 연금으로 하고)과 아내의 퇴직금을 담보로 대출을 받고, 이것저것 팔아서 이 건물을 샀다. 그리고 개조하여 박물관으로 만드느라 나중에는 집도 팔았다.

박물관을 수원(거주지)에서 먼 영월에 건립하게 된 이유는 경기도지리교육연구회장을 8년 동안 역임하면서 지리 선생님들과 이곳을 여러 번 답사하여 잘 알고 있었기 때문이었다. 영월은 특별한 카르스트 지형을 비롯하여 매우 복잡한 지질과, 지형 변화가 큰 곳이라 지리적으로 아주 특별한 곳이다. 바로 옆은 주천강, 요선암 등이 있어 명소이기도 하다. 요선암은 천연기념물인데, 이곳의 돌개구멍은 다양한 형태로 화강암반 하상 위에 발달되어 있다. 하천의 윤회와 유수에 의한 하식작용들을 밝힐 수 있는 학술적 가치가 있다. 영월은 지형 자체도 특이하지만 동강과 서강이 어우러져 경관도 좋고, 단종의 슬픈 역사와 우리나라 근대 광산촌의 쇠락 과정을 볼 수 있어 역사적, 지리적으로도 특별하다. 그래서 이곳에 지리박물관을 세우게 되었다.

이 박물관의 규모는 대지 580평에 건물 2동, 건평은 약 270평이다. 약 700여 점의 자료가 상설 전시되어 적어도 1시간은 보아야 한다. 개관 이전에 중요한 자료는 집에 보관했고, 크기가 큰 것은 판 사람이 잠시 가지고 있도록 사정했다.

박물관 운영도 애로점이 많았다. 2007년 명퇴 후 100일 만에 박물관을 개관했는데 겨울에는 드세고 차가운 바람 때문에 연료비가 많이 들었다. 여러 해를 혼자서 박물관 쪽방에서 숙식을 해결했다.

그러나 고생이라는 생각은 하지 않았다. 다만 아쉬움이 있다. 욕심나는 유물 자료를 보고도 돈이 없어서 사지 못한 것도 있다. 또 입장료를 받지만 운영 경비도 되지 않아 적자를 면치 못하고 있다.

그래도 보람은 있다. 자신이 전공한 지리 공부를 계속할 수 있고, 방문한 사람들에게 평생 하던 지리 선생을 계속할 수 있어 좋다. 지금까지 전국을 순회하며 특강을 170여 차례나 했다. 그래서 평생의 직업, 지리 선생으로 즐겁게 산다.

앞으로도 한국령 '독도'에 대한 소중함을 후세에게 계속 알려줄 것이다. 살아있는 동안 우리의 국토인 독도 지킴이로 살 생각이다. 우리나라의 지도를 과거에서 현재까지 여러 종류 소장, 전시하고 있다. 이런 실증적인 자료로 독도가 우리의 국토임을 전 세계인들과 후세들에게 정확하게 알려주기 위해 제대로 된 독도 서적을 만드는 일이 남은 과제요 소망이다.

수익 사업도 아닌 일을 시작한 것에 대해 사모님은 어떻게 생각하는지 궁금해 질문했더니 이렇게 대답했다.

"내가 지리에 대한 열정이 대단하다는 걸 알고, 아내가 먼저 박물관을 해보라고 권유했지요. 본인도 만족해합니다. 또 내 소망을 이루게 해주어 고맙지요. 더구나, 아내는 교육학 박사학위를 취득했는데 박물관 큐레이터(학예사 자격시험) 까지 합격하여 이 박물관에서 중요한 역할을 해주니 얼마나 고마운 일입니까."

수원에서 자동차로 두 시간은 달려야 하는 먼 곳. 강원도 산골 주천강가. 가족과 친지들, 그리고 교직 동료나 선후배들과 먼 거리에서 사는 외로움이 적지 않으련만 국가에 작은 기여라도 하고 싶은 열정으로 즐겁게 사시니 고마운 일이다.

많은 재산을 가지고도 더 갖고 싶어 끊임없이 욕망을 불태우는 사람이 있고, 국회의원이나 장관으로서 나라에 대한 애국심을 더 발휘해야 하는데 이권이나 정치적 입지에 눈이 먼 사람도 있다.

그런데 자신의 재산을 모두 박물관에 쏟아 붓고도 즐겁게 사는 관장님은 매우 특별하다. 자신 소유의 박물관이기 때문이라고 말하는 이도 있겠지만 사명감 없으면 할 수 없는 일이다. 자신의 이익과 영달을 위해서 가진 야망은 꿈이 아니다. 인류와 사회를 위하여 이바지 하려는 기여의식을 가지고 실천하려는 꿈이어야 진정한 꿈이다. 꿈이란 자아실현과 사회기여, 두 가지 요건을 갖추어야 한다.

고적한 강원도 산골마을, 법흥천이 주천강과 만나는 무릉리. 해발

1,000m가 넘는 사자산과 백덕산 사이를 빠져나와 설구산 쪽으로 흘러 주천강에 합류하는 시냇가. 그 밤하늘에서 빛나는 별처럼, 산비탈 주천강가에서 지리 해설의 기쁨으로 사는 박물관장님도 우리나라의 별이다. 오랜 세월 그런 별들이 밤하늘을 수놓아 아름답게 반짝이기를 기도한다.

하지 않아도 될 일을 하라
— 교직에서 자아실현을 추구하는 환경교육실천가

    교단에서 학생 교육에 생애를 걸고 자아실현의 의지를 보여주는 선생님이 보고 싶었다. 그런데 그런 교사는 흔하지 않다. 학습지도와 자기가 맡은 일에는 능력을 발휘하지만 생애의 업(業)으로 여겨 그 업에 매진하기란 쉬운 일이 아니기 때문이다. 그런데 남이 알아주건 말건 학생들의 정서 함양과 학교 환경 조성을 위해 특별하게 근무하는 교사가 있어서 신선한 충격을 받았다. 자신의 교육 이상을 꾸준히 실천해 나가는 안산 양지고의 임종길 선생님이 그렇다.

    '학교 관리자의 환경교육 연수'에서 선생님의 강의를 듣게 되어 알게 되었고, 몇 차례 통화 후 만나게 되었다. 선생님의 학교에도 방문하여 학교에 조성한 온실, 연못, 실내에 만든 대형 어항 등을 보고 생태에 대한 지식뿐만 아니라 실천가로서의 면모에 더 감동을 받았다.

    선생님은 자신이 근무하는 학교에 연못을 만들거나 꽃밭을 가꾸며 생태 환경 교육에 정열을 쏟는다. 학교 환경을 잘 조성하고 학생들의 정서함양에 도움을 주고 있다. 자신의 전공 교과인 미술의 지도와 학생 생활지도, 그 외에 학교 환경구성을 위해 일하며 다른 몇 학교에도 꽃밭이나 연못을 만드는데 자문을 해주고 도움을 주는 일을 하고 있다. 선생님의 그런 활동이 널리 알려져 여러 곳에 강의를 다니고 있다.

학교의 연못이나 꽃밭을 생태적 환경으로 만들었고, 환경보호와 생태교육을 위해 여러 가지 활동을 하고 있다. 생태관련 그림을 그리며 환경보호운동까지 하고 있다. 그래서 수원 숙지중학교가 개교할 때는 학교의 교화(校花)를 특이하게도 야생화인 애기똥풀로 정했다. 그 꽃은 자생력이 강하여 어떤 환경에서도 잘 자라며 강인한 생명력을 가지고 있다. 또 화기가 길어 오랫동안 볼 수 있다. 그는 그 학교에 야생화 꽃밭을 만들었다. 지금이야 야생화를 사기 쉽지만 1997년 숙지중의 개교 당시에는 야생화를 구하기가 어려워 들이나 산에서 캐다 심는 고생을 했다.

선생님은 『두꺼비 논 이야기』와 『열두 달 자연과 만나요』, 두 권의 책과 그림집 3권을 발간했고 환경 관련 그림을 그려 환경보호 홍보 책자를 만들었다. 그 중에 대표적인 그의 저술은 『두꺼비 논 이야기』이다. 10쇄까지 찍었다니 매우 많이 보급되었다. 이 책은 수원 칠보산 아래의 논에서 살아가는 두꺼비들을 제재로 했다. 두꺼비들을 보호하기 위하여 논에 농약을 치지 않고 벼농사를 짓도록 하여 거기서 생산되는 벼에 대해 적절히 보상을 해주었다.

그러한 환경보호의 공로를 인정받아 제14회 교보생명환경대상 환경교육부문에 수상을 한 것이다. 그의 공적을 이렇게 기술해 놓았다.

임종길 교사는 창의적이고 감성을 중시하는 환경교육을 일관되

게 실천해 오고 있는 교육자이자 환경교육활동가입니다. 부임하는 학교마다 환경동아리, 작은 연못 만들기, 꽃 화단 등을 만들어 학생들에게 환경에 대한 교육을 계속하고 있다. 이런 활동을 담은 소책자『작은 연못 이야기』를 제작·배포하여 전국적으로 학교에 작은 생태연못을 만드는 붐을 일으키기도 했다. 또한 임종길 교사는 환경단체의 행사나 운영에 필요한 그림, 세밀화, 포스터, 교재 등 각종 자료를 제공하며 환경교육이 확대되고 발전하는데 기여하고 있습니다.

2003년부터 지역으로 환경교육을 확산시킬 수 있는 칠보산도토리 교실을 만들어 지역 학생, 주민들에게 환경교육을 실시하며 모임을 지역주민과 함께 꾸려나가고 있습니다. 현재 칠보산도토리교실은 대안학교, 생협, 공동육아 등 여러 공동체와 함께 마을 만들기 사업을 진행하고 있다. 8년 넘게 두꺼비논축제를 진행하고 있으며 마을신문 만들기, 정월대보름맞이, 한가위 행사 등 주민들과 함께 하면서 생활 속에 녹아나는 환경 운동을 하고 있습니다.

20년 가까이 소신을 가지고 지속적으로 활동하는 임종길 교사는 창의적이고 겸손한 생태주의자, 지역사회의 소중한 환경교육자, 생명과 공동체의 지속가능성을 고민하는 환경활동가로서의 삶을 지속해 나가고 있습니다.

선생님은 미술을 전공하며 민중미술, 실천 미술에 관심이 깊었다. 고교 때 홍대 동양학과에 다니는 선배의 영향을 받아 사회의식에 눈을 떴다. 그리하여 고3때 미술을 전공하고자 충북대의 미술교육학과를 진학한 후 졸업하여 교단에 섰다. 선생님은 미술실에서 주로 생활하면서 그림을 그려 자신의 개인전을 7번이나 개최했다. 일반적인 교사들이 승진에 관심을 기울이지만 그는 미술 교과에 대한 전문성 함양을 위하여 그림 그리는 일에 매달렸다. 그리고 학교의 환경조성을 위해 조경을 독학으로 공부하고 노동자처럼 일했다.

그렇게 터득한 전문성으로 환경생태교육의 강사로 강의를 다녔다. 나도 관리자들이 연수를 받을 때 그 분의 강의를 들었는데 강의 내용도 좋았지만 학교와 사회에서 생태보전이나 환경보호 활동에 특별하게 실천한 점에 감동을 받았다.

그는 초등학교 1학년 때 부친이 돌아가시어 어려운 어린 시절을 보냈고, 어머니가 행상을 하며 생계를 해결했다. 어머니는 그 어려운 중에서도 자식들을 대학 교육까지 시켰다. 그래서 그는 군대 갔다 와서 충북대학교의 미술교육과로 진학을 했고, 졸업 후 미술 교사가 되었다.

과거에는 학생들이 미술학원에 가면 석고 데생부터 시켰다. 그림에 대한 재미를 느끼게 하기 보다는 대입 위주로 가르쳐 미술에 질리게 만들었다. 그는 '늙어서도 그림을 그리도록 하여 고독하지 않게 하고, 추한 것도 미술의 주제가 될 수 있도록 해야 한다.'는 지론을 가지고 있다. 또한 작가로서의 그림, 환경교육 도구로서의 그림을 주로 그리기 때문에 그림에 대한 분명한 주제의식으로 미술활동을 하고 있다. 관찰일기 같은 그림을 많이 그리고 있는데 그의 그림 세계이며 개성이다.

자신이 살고 있는 동네가 칠보산자락에 있다. 그곳의 흙이 대부분

마사토여서 물이 고이지 않고 습지가 되었다. 그래서 질퍽산이라 부르기도 했다. 옛날에 당나귀가 그곳의 수렁에 빠져 죽었다는 전설 같은 이야기도 있다. 칠보산은 둘레에 습지가 넓게 분포해 있어 끈끈이주걱 자생지이기도 하다. 그래서 이런 사실을 알렸다. 그 영향이 었는지 여기에 수원시 생태환경체험교육관이 만들어졌다.

선생님이 칠보산 아래 논을 지나가다가 놀랍게도 개구리 알이 아닌 이상한 알을 발견하게 되었다. 개구리 알과 비슷한 포자로 되어 있지만 개구리 알은 동그란데 이 알은 길쭉한 모양이어서 양서류 전문가에게 문의하여 두꺼비 알임을 알게 되었다. 그래서 그는 이 지역의 두꺼비와 개구리를 보호하기 위하여 논임자에게 농약을 쓰지 않도록 했다. 제초제 같은 농약은 물 속 생물이 다 죽어 버리기 때문이다. 그런 이야기를 모아 써 낸 책이 선생님의 대표 저서인 『두꺼비 논 이야기』이다.

선생님은 "하지 않아도 될 일을 하라"는 인상 깊은 말로 자신의 삶과 교육 실천의 의지를 표현하였다. 그게 자신의 신념이요 지론인 것 같았다. 아마 선생님 자신이 그렇게 살아왔으리라 짐작한다. 학교 환경 조성의 열혈 일꾼이었고 보기 드문 교사이며, 환경운동가였다. 아름다운 꿈이란 자신의 영달에 있는 게 아니라 자아실현과 사회기여에 있다고 나는 믿는다.

chapter 05

아름다운
산하

'깊은 산속 옹달샘' 탐방기

이메일 '아침 편지'의 고도원 원장님과

고도원! 책에서 명구를 따 이메일로 '아침편지'를 보내주어 널리 알려진 유명 인사. '꿈 너머 꿈'이란 제목으로 명 강연을 한 입지전적 인물. 현대인의 휴식과 명상 수련을 위한 공간을 마련한 꿈의 실천가. 김대중 대통령 때는 청와대에서 대통령의 연설문 작성 일을 한 국가적 인재. 그는 우여곡절의 시련과 영광을 극단적으로 체험하고 숲 속 명상센터를 운영하는 꿈이 많은 원장이다.

그의 특별한 삶에 동경과 호기심을 가지고 '깊은 산속 옹달샘'을 가보고 싶었다. 명상 수련원을 만들어 운영하는 고도원 씨를 보고 싶었고, 그가 이룬 꿈을 확인하며, 꿈을 이룰 수 있었던 비결이 무엇인가를 알고 싶었다. 그리하여 걷기 명상 프로그램에 참여를 신청, 1인 무료 초대를 받아 아내와 친구 내외랑 2010년 초여름에 충주시 노은면에 있는 '깊은 산속 옹달샘'을 찾아갔다.

아침에 수원에서 출발, 수련원에 8시 50분에 도착. 갓 도로를 내고 몇 동의 건물을 지어 개관을 준비하는 명상수련센터 '만남의 집'에서 명찰을 달고 일정을 시작했다. 10시에 70여 명이 모여 걷기 명상에 대한 안내를 듣고, 주변 건물들에 대한 설명을 들으며 돌아보았다. 명상의집, 동그라미집, 춘하추동집, 꿈사다리집, 네잎크로바집 등 건물의 모양은 각각 달랐지만 대부분 명상 수련을 위한 방이었다.

11시에 걷기 명상을 시작하는 첫문 앞, 부부 프로그램에 참여한 60여 명과 함께 모두 130여 명이 모였다. 고 원장이 소탈한 모습으로 밝은 미소를 지으며 참가자들과 가볍게 인사를 나누고 단상으로 올라가 인사를 했다.

참가자들은 대부분 부부나 가족들이었다. 걷기 명상 출발. 나는 원장의 바로 뒤에서 따라갔다. 천천히, 말없이, 숲길을 한 줄로 뒤를 따라 걸었다. 숲의 고요와 정적을 지키며 130여 명이 길게 늘어서 완만한 산길로 올라갔다. 숲의 맑은 공기를 마시고 새들의 노래를 들었다. 땅을 기증 받아 건립한 수련원. 그 기적을 이뤄낸 원장님의 바로 뒤에서 걷는 것만으로도 뿌듯했다.

130여 명이 이동하고 있었지만 아무도 말하지 않았다. 숨소리조차 들리지 않았다. 아무런 소음이 없었다. 그 정적을 지키며, 10여 분 걷고 3분 쉬기를 반복하며 산으로 올라갔다. 원장님이 잠시 멈추면, 몇 사람 뒤에서 따르던 옹달샘 가족 한 분이 징을 쳤다. 그러면 전체가 멈추었고 원장님이 걷기 시작하면 뒤따라 걸었다. 말을 안 해야 하기 때문에 징을 울릴 테지만, 징소리의 여운으로 분위기가 엄숙해졌다.

지정된 코스를 돌아 다시 입구로 돌아오는 동안 날파리들이 머리에 앉거나 윙 소리를 내며 얼굴 주위를 맴돌아 무척 신경 쓰였다. 손으로 쫓아보지만 그때 뿐, 머리에 앉으면 가려워 손바닥으로 잡기도 했다. 원장님은 날파리에 대해 아무런 반응을 하지 않았다. 날파리가 내게만 달려드는 것 같았다. 원장님 머리 주변을 유심히 관찰하니, 원장님에게도 이따금 한두 마리가 맴돌고 있었다. 그러나 원장님은 전혀 개의치 않고 걸었다.

나는 참기가 어려워서 걷기 명상을 마치고 난 뒤, "선생님은 날파리를 쫓지 않으셨는데 괜찮으십니까?" 하고 질문하니 "좀(피를) 빨아 먹는다고 별일 있겠습니까?" 하며 참아낸다는 의미로 대답하셨다.

"그런데 원장님은 날파리가 별로 달려들지 않는데 제게는 많은 날파리가 달려들었습니다. 화장품 냄새 때문일까요?"

"그렇지요. 저는 아무것도 바르지 않았습니다."

1시간쯤 걸었다 싶었는데 평평한 자리가 나오자 원장님은 그 자리를 소라껍질 안쪽으로 걸어가듯 맴돌아 중심부 쪽으로 세 바퀴쯤 돌아 일행들을 모았다. 통나무 벤치에 앉아 말씀을 꺼내셨다. 이곳이 이 산에서 가장 기운이 좋은 곳이어서, 이 자리에 명상의 집을 만들 거라 했다. 훗날 이용하실 수 있도록 하겠다는 포부도 말씀하셨다.

출발지였던 첫문 앞에 돌아와 1시간 반 정도의 걷기 명상을 마쳤다. 여러 가족들이 원장님과 기념촬영을 하여 나도 사진을 한 장 찍었다. 그때마다 원장님은 밝은 미소를 지어주었다. 표정이 부드러워 편안했다.

걷기 명상을 마무리하고 이어서 점심시간. '나눔의 집'에서 점심으로 비빔밥을 먹었다. 몇 종류의 야채를 넣은 간단한 점심. 이곳에서 무공해로 기른 야채라는데 정갈함이 느껴졌다. 밥을 먹는 중에 세 차례 종을 쳐 식사 중 잠시 멈추는 침묵의 시간도 가졌다.

식후 하얀 하늘집인 게르 형태의 집 안으로 일행 70여 명이 들어갔다. 여직원이 '깊은 산속 옹달샘'에 대한 안내를 한 후 동영상을 보여주었다. 약 한 시간의 홍보 내용을 보여주고, 차후 옹달샘의 프로그램에 참여할 때 쓸 수 있는 5만원 상당의 티켓을 참여자들 전원에게 나누어 주었다. 옹달샘과의 인연을 지속시키기 위한 수완이었을 것이다.

재력도 없이 어떻게 60만 평의 대지를 마련하고, 10여 채의 건물을 지을 수 있었을까? 산에 길을 내고 주거 공간과 수련 시설, 넓은 주차장을 갖춘 기적. 그 기적을 고도원 원장은 어떻게 이루어낼 수 있었을까?

대지야 기부자가 있었기 때문에 가능할 수 있다지만, 그 외에도 사무실, 식당, 도서실, 명상실 등을 지어야 하고 정원도 가꾸어야 한다. 길도 내고 상근자는 월급도 주어야 할 것이다. 그런 일들을 해내는 고 원장님은 정말 대단한 분이다.

　오늘날 그가 그렇게 꿈을 이룬 비결은, 다름 아닌 그의 꿈을 이해하고 지지해준 후원자와 기부자들의 덕택일 것이다. 건물을 짓도록 거금을 후원한 사람도 있고, 십시일반의 소액 기부자들도 있었다. 고도원의 '아침편지'를 받아보는 독자가 100만 명이 넘었기에 가능한 일이다. 그가 처음부터 명상센터를 지으려 했다면 이룰 수 없는 꿈이었을지도 모른다. 책을 읽으며 밑줄을 그어 둔 그 명 구절을 인터넷으로 전달해주는 봉사정신에 감동된 사람들이 그를 신뢰하고 지지했기 때문에 가능했다.

　일에는 순서가 있다. 고 원장이 '아침편지' 없이 명상 수련원을 지어 사회사업 하겠다고 나섰다면 지금의 상황이 될 수 있었을까? 헌신적으로 사회와 이웃을 위해 봉사하는 모습을 보고 사람들이 믿고 후원했을 것이다.

　또 하나, 고 원장의 사업적 수완도 빠트릴 수 없다. 후원회원이나 자원봉사자들에게도 보람을 느끼도록 배려했을 것이다. 지금도 수익을 올릴 수 있는 각종 프로그램을 운영하고 있다. 걷기 명상, 부부 프로그램 등을 운영하며 명상센터 운영 기금을 마련하고 있다. 걷기 명상을 2만 원의 유료로 운영하는데, 지출이란 것은 간단한 비빔밥 한 그릇. 별로 비용이 들어가지 않으므로 명상센터 운영에 도움이 될 것이다. 매회 10명을 1명씩 무료로 초대했을 때, 가족이 함께 오면 손해 볼 일도 없다. 한 사람만 초대하지만 초대 받아 혼자 오는 사람은 거의 없기 때문이다. 전원에게 참가비 1만 원을 받는 것보다 한 사람은 무료로 하고 다른 한 사람에게 2만 원을 받는 게 참가자를 모으기에 나은 방법이리라. 기발한 아이디어다. 2박 3일의 부부 프로그램 참가비가 35만 원인데, 그날 프로그램에 참여한 사람이 60명이 넘었으니 운영 기금 마련에도 도움이 되었을 것이다.

'깊은 산속 옹달샘'을 탐방하며 명상 체험을 해보았다. 앞으로 혼자만의 명상 시간을 자주 가져야겠다. 나는 과시적인 말을 할 때가 가끔 있다. 그건 기(氣)를 많이 소모시키는 것 같고 부끄러운 일이기도 하다. 좋은 생각일수록 아끼고, 깊이 간직하는 게 지혜롭겠다는 생각이 들었다.

빗길의 올레길 7코스 걷기

제주올레길 7코스의 시작점 외돌개

제주의 명소로 뜬 올레길. 올레길 중 가장 인기가 높은 6코스의 쇠소깍과 외돌개를 끼고 해안선을 따라 걷는 7코스. 이 올레길의 인기가 높아져 전국 곳곳에 둘레길이 만들어지게 되었다.

이 올레길을 오래 전부터 가보고 싶었는데 마침 친구와 동행할 기회가 생겨 2016년 3월에 주말을 이용해 제주도로 날아갔다. 아침 일찍 숙소에서 나와 먼저 경관 좋은 6코스의 쇠소깍휴게소에서 내려

효돈천가로 내려갔다.

바다에서 숨어들어온 연못 같은 강. 바위 벼랑을 끼고 내려앉은 하늘이 짙은 청색과 녹색과 어우러진 빛깔이 이색적이어서 놀랐다. 보트 두어 척이 연못 안으로 슬그머니 들어왔다. '아! 이런 곳도 있었구나.' 정말 그윽한 경치다. 더 보고 싶은 경치라서 사진을 여러 장 촬영하였다. 배에 탄 사람들은 물을 가까이 볼 뿐, 언덕에서 바라보는 사람이 그 아름다운 경치를 즐기게 된다.

6코스와 7코스를 오늘 다 걷고 싶었지만 무리라 여겨져 다시 차를 타고 외돌개 7코스로 이동했다. 부슬비가 내려 우비를 입고 외돌개 곁으로 다가갔다. 흐린 날씨라 칙칙한 바다가 우울해 보였다. 왼쪽 새섬 쪽을 보니 세연교가 아치형으로 섬을 이어 놓았다. 저 다리 덕택으로 새섬은 쓸쓸하지 않겠다. 돛배 모양의 연륙교. 건너려고 만든 다리이지만 조각품 같다. 누군가 멋을 아는 사람이 만들었나보다.

장군바위라고도 부른다는 외돌개. 어쩌다 홀로 떨어져 외로우련만 고고한 기상이 장군의 기개를 닮아서 그런 이름을 얻었겠다 싶다. 벼랑으로 깎인 바다 위에서 검은 화산 용암은 바다를 막고 선 듯 그 장엄함이 억겁의 파도에서도 이 섬을 지켜낸 듯하다.

늠름한 야자나무와 부챗살을 편 듯한 소철이 이국적 풍경이었다. 길옆에 핀 유채꽃이 빗속에서 더 화려하다. 그 아름다운 자연 속에 인공의 아름다움을 뽐내는 '60BEAN 카페'. 들어가 커피 한 잔 하고 싶다. 그러나 막상 들어가면 그 집의 경관은 사라져 버리고 만다. 그래서 밖에서 보아야 더 아름다움을 누릴 수 있다.

오르고 내리며 해안길을 걷는 즐거움, 동반자와 나누는 대화. 여러 가지 야채를 넣고 비벼야 맛이 나는 비빔밥처럼 삶은 이렇게 여러 가지가 어우러져야 제 맛이 난다.

리조트 때문에 길이 막혀 해안선 위쪽으로 올라 서귀포여고 정문을 지나 다시 내려가니 대륜동 해안길. 빨간 STORY 우체통 6개가 나란히 걸려있다. 이 한적한 길에서 함께 오지 못한 임에게 편지라도 쓰라는 건가. 누군가에게 편지로라도 그리움을 전하라는 것인가. 아니면 아름다운 이 길에 대한 감상이라도 한마디 적어 보내라는 뜻인가.

마침 옆에는 호젓한 정자가 있다. 의자도 있다. 우린 잠시 앉아서 떡을 하나씩 먹었다. 나무에서 떨어진 레몬 같은 하귤, 두툼한 껍질을 벗기고 입에 물었다. 먹음직스런 귤이었지만 기대했던 단맛이 아니었다. 익지 않은 귤처럼 밋밋한 맛. 갈증이나 겨우 면할 맛에 실망. 그래서 누군가도 먹다가 길가에 버렸던 모양이다.

30대 초반의 어느 여자가 혼자서 우산을 접으며 정자 안으로 들어왔다. 혼자 왔느냐니 그렇단다. 동행해주지 못해 미안하다는 뜻으로 말을 건네니 혼자 오고 싶었다고 했다. 아내가 귓속말을 했다.

"그 여자는 무섭지도 않은가 봐."

추적추적 비가 내리는데 바다 가운데 섬 하나가 커다란 중절모자처럼 떠 있다. 범섬이다. 건너갈 다리가 없어 외롭겠다 싶었다. 솟골에서 흘러내리는 개울을 지나 야자나무가 밀림처럼 우거진 소공원 아래 포장으로 지은 간이식당이 나왔다.

점심도 해결할 겸 들어가 해산물을 주문했다. 70대 중반의 할머니가 해삼, 멍게, 소라 등을 담아 한 접시 내 주며, "내가 물질한 거요."

하셨다. 조용한 표정과 갸름한 얼굴이 곱다. 뭔가 얘기를 꺼내면 애환 한 가닥은 나오리라 여겨져, "지금도 고우니 젊어서 꽤 많은 남정네들에게 인기가 있었겠네요." 하고 말을 건넸다. 아니나 다를까, "혼자서 물질하며 35년을 살았습니다." 하고 말을 꺼내더니 입을 다물었다. 나는 기자처럼 "그런데도 얼굴에는 전혀 고생한 티가 나지 않습니다."로 그 다음 말을 유도했다.

"뱃일 나간 남편이 세상을 떠나 나이 41에 혼자되었지요. 뭇 사내들의 프러포즈가 있었지만 어린 자식 셋을 길러야 한다는 생각 때문에 한눈 팔 겨를이 없었어요. 그렇게 자식을 길렀지만 아들 하나가 이혼하여 손주 둘을 내게 맡겨 놓아 지금도 아이들을 기르며 살고 있습니다."

자식 기르느라 젊음을 다 보내고 늙어서 손주까지 보는 처지라고 신세타령을 할만 했지만 할머니는 그런 원망은 하지 않았다. 자신의 고단했던 과거지사를 표정도 바꾸지 않고 의연하게 말씀하셨다. 요즘 이혼하거나 재혼하는 사람들이 많은데 할머니는 혼자서 그 고난을 이기고 살아왔다니 전형적인 한국 여인이요 전통적인 어머니상을 가지고 있구나 싶었다. 그 삶이 존경스러워 사진 한 장 같이 찍자니, 두 손가락을 펴 V자를 만들며 편안한 표정으로 촬영에 응해주셨다.

아내가 바다를 볼 수 없어 아쉽다고 해 천막의 자크 문을 열어주니 범섬이 뚜렷이 보였다. 범섬이 바다 위에 떠 중절모처럼 육중하게 보였다. 따끈하게 끓여준 해물 라면에는 소라와 해물이 넉넉하게 들어 있다. 맛도 좋지만 내용물이 충실하여 할머니의 인정이 가득 담긴 것 같았다. 이 할머니를 다시 보긴 어렵겠지만 "다음에 또 뵙겠습니다." 하고 작별 인사를 했다.

　범섬을 축으로 해안 길을 따라 돌며 공물해안, 법환포구, 청동으로 만든 '줌녀'상을 지나 카라반(캠핑카)촌, 서건도를 스쳐 악근천 정류장에서 버스를 탔다. 11시부터 걷기 시작했는데 오후 4시가 되었다. 아마 15Km는 걸었나 보다.

　외돌개 주차장으로 돌아와서 차를 타고 삼방산 탄산온천에 들어갔다. 온탕과 냉탕을 거듭 드나들며 땀을 씻고, 노천탕 출입문으로 나가니 계단 아래 노천탕이 있었다. 계단 위에 잠시 서서 노천탕을 내려다보고 있는데 계단을 내려가 탕 안으로 들어가려던 친구가 깜짝 놀라 계단으로 뛰어 올라왔다. 탕 안에는 남녀가 속옷을 입고 앉아 있었던 것이다. 둘이 알몸으로 남녀 앞에 서 있다가 뛰어나온 실수는 두고두고 재미있다. 우리를 지켜본 아낙들은 노천탕 입욕료 3,000원이 아깝지 않았을 것이다.

　빗길을 달려 숙소로 가다가 찾은 식당에서 전복 비빔밥과 해물탕 네 그릇을 시켰다. 저녁 8시가 넘어 늦은 시각인데 우리 네 사람을 위해 아리따운 남녀 종업원 3명이 서빙을 했다. 우리는 다른 손님이 없는 덕택에 귀빈처럼 대접을 받았고 여행의 길벗인 소주 한잔으로 대화가 무르익었다.

울릉도와 독도 여행

독도에서

아주 먼 옛날, 용암 분출로 솟아난 울릉도. 그래서 섬의 대부분이 기암절벽으로 이루어져 평지가 거의 없다. 동해를 쾌속정으로 3시간은 달려야 갈 수 있는 섬. 가기도 어렵지만 풍랑이 심하면 울릉도에서 예정일에 나오지 못할 수도 있어 쉽게 갈 수 없는 섬이다.

육지와는 풍광이 달라 이국적인 화산 섬. 3년 전에도 다녀왔지만 성인봉에 가보지 못했고 좀 더 자세히 보고 싶어 다시 친구와 동행하게 되었다. 2017년 5월, 5일 간의 황금연휴가 있어 3일 간의 여행이 가능했다.

새벽 3시, 서울 시청역에서 출발하여 8시 반쯤 강릉에서 쾌속선으로 217km를 세 시간쯤 달려서 저동항에 도착했다.

도착하기 직전, 수평선 위에 솟은 울릉도를 보니 바다에 커다란 바위가 솟아오른 듯해 외국이라도 온 것 같다. 그야말로 배와 함께 가슴도 함께 울렁거린다. 노랫말 '울렁울렁 울렁대는 가슴 안고 뱃머리도 신이 나서 트위스트, 아름다운 울릉도'라는 발상이 나올만한 것 같다.

코끼리 바위와 나리분지

가로지른 방파제 사이로 배가 들어와 저동항에 내리니 거대한 후박나무 두 그루가 우람하게 서 있다. 그 나무 아래 사람들이 삼삼오오 앉아 있다.

점심을 먹고 열댓 명이 탄 미니버스가 출발, 차와 사람들이 몰려 몹시 혼잡스러웠다. 밀려있는 차량과 인파를 헤치고 울릉고등학교 옆으로 고갯길을 오르자 운전기사는 관광 해설사로 변신했다.

높은 벼랑의 바위산 앞으로 망망대해가 펼쳐지고 늘어선 해안선의 바위가 기기묘묘하다. 거북바위 앞 광장에 잠시 내려 바닷가로 다가가니 맑은 물속에 다시마 미역 같은 해초들이 물결 따라 흔들거렸다. 트럭에 편 이동 가게에서 더덕즙 한 잔을 사 먹었다. 시원하고 고소했다. 서면의 사자바위 앞에서 투구봉을 보고 곰바위를 지나 외길로 달리다 터널이 나오자 맞은편에서 오는 차들이 지나갈 때까지 대기했다가 통과했다. 하나의 터널을 더 뚫어 왕복 차로를 만든다고 공사 중이어서 차들이 가다 서다를 반복했다.

코를 바다에 내려놓은 듯한 코끼리바위를 지나 산으로 오르고 올라 나리분지에 버스가 섰다. 화구가 메어진 이 자리가 이 섬의 유일한 평지란다. 너와지붕과 통나무, 흙으로 만든 투막집이 선사시대의 유물이나 되는 듯, 보존되었다. 바람이 숭숭 들어오는 이렇게 허술한 집에서 겨울은 어떻게 지냈을까.

도동항 숙소에 짐을 놓고 휴게광장인 전망대에 오르니 바다와 바닷바람이 시원하였다. 양쪽으로 해안선을 따라 바위 기슭길이 나있다. 풍화작용이 바위 내부에서 팽창되어 바위가 구멍 자국처럼 보이는 타포니 지형이라서 특이한 바위 모양이었다. 왼쪽 바닷가 해안선 길로 오르고 내리며 30분쯤 갔다가 돌아왔다.

바다가 잘 보이는 건물 1층에 활어를 파는 10여 개의 가게가 있어 고기를 골랐다. 시커멓고 못 생겨 보이는 볼낙, 처음 보는 듯한 뿔소라, 흔히 보는 해삼을 사서 2층 식당에 올라갔다. 줄을 가장 길게 선 곳에 가보니 유일하게 오징어를 팔고 있는 가게였다. 탐스런 오징어가 아니고 오징어 새끼인지 조그만 했다. 친구는 오징어를 먹자고 했지만 육지에도 흔한 오징어를 왜 여기까지 와서 먹어야 하느냐며 사지 않았다. 울릉도 오징어는 원래 작고, 다른 곳의 오징어보다 맛이 더 좋다는 걸 몰랐던 무지의 소치였다.

외로운 섬, 독도

독도를 향해 배가 출발한 것은 7시 20분. 심한 파도는 아니었지만 물결이 밭이랑처럼 골을 지어 몰려와 배가 심하게 출렁거렸다. 30분쯤 더 나아가니 물결이 더욱 너울거려 불안했지만 지난밤의 수면 부족으로 졸음이 밀려와 잠에 빠져 버렸다.

잠에서 깨어나니 구토할 것 같아 애써 참았다, 배의 유리창이 더러운 건지, 햇빛 투과를 막으려고 유리에 색을 넣은 건지 밖이 잘 보이지 않아 하늘조차 우중충했다. 그런데 배 뒤로 가서 밖을 보니 매우 청명한 햇살이다. 배의 유리창이 투명하지 않았던 탓이다.

독도에 배가 가까이 다가가자 검정 베레모와 검정 제복을 착용한 10여 명의 독도 경비대원들이 방파제 같은 접안 시설 위에 도열하여 부동자세로 거수경례를 하고 있었다. 관광객을 맞는 반가움을 경례로 표현한 것일까? 일본이 자기네 땅이라고 우겨 보아야 우리가 이렇게 지배하고 있으니 감히 넘보지 말라는 자신감의 표현이었을까?

울릉도에서 약 90km. 쾌속정으로 2시간이나 걸리는 망망대해 외로운 섬. 이곳에서 국토를 수호하기 위해 바위와 바다, 그리고 하늘만 보며 지내는 경비대원들, 나날이 얼마나 지루하고 쓸쓸하랴! 여행객으로 오는 사람들이 그리 반가울 리도 없으련만 사람 구경조차할 수 없는 외로움이 그렇게 반갑게 맞이하도록 만든 것이었으리라. 표정도 없이 부동자세로 거수경례를 하고 있는 경비대원들을 보니, '이들이 나라를 지켜주는구나.' 하는 고마운 생각이 들었다. '망망대해의 낙도에서 외로움을 견디며 나라를 지키고 있구나.' 생각하니 가슴이 뜨거워졌다.

바다 위에 솟아오른 커다란 바위 섬. 곡식은커녕 나무 한 그루도 자라지 못하는 이 바위섬을 일본은 자기네 땅이라고 집요하게 주장하며 분쟁을 유도하고 있다. 그러나 오랜 세월 우리 민족이 드나들

246

며 살았고, 안용복 등 많은 애국지사들이 목숨 걸고 지킨 국토다. 일본인들의 그런 야욕에 대한 반감, 국토에 대한 애착으로 나도, 다른 사람들도 독도에 와 보고 싶었을 것이다.

관람객이 독도에서 걸어 볼 수 있는 곳은 불과 100m 내외다. 갈매기들이 사람 구경을 나온 것일까, 나즈막한 바위 위에 떼로 앉아 끼룩대며 다투듯 소리친다. 아니 새우깡이라도 받아먹으려고 소리치며 눈길을 끄는 것일까? 너른 바다에 우뚝 솟은 이 섬은 갈매기와 여러 새들의 터전이며 서식지이다. 독도의 기암괴석들이 많아 이리저리 돌아보았다.

누군가가 "이제 배에 타세요." 하고 외치는 소리를 듣고 시계를 보니 20분도 안 지났다. 아쉽지만 발길을 돌렸다.

일출 전망대와 봉래폭포

독도에서 돌아와 점심을 먹고 먼저 가 본 곳이 내수전 일출 전망대였다. 차에서 내려 가파른 경사로를 20분쯤 오르니 정상이 나왔다. 동쪽으로 시원한 바다가 펼쳐지고 남쪽으로는 저동항이 보였다. 북동쪽으로는 커다란 말뚝이 수평선에 떨어진 듯 죽도가 앉아있다. 북서쪽으로는 해안선이 구불구불 길게 보이는데 바위 절벽이었다. 그래서 그쪽으로는 길을 내지 못했다. 그래서 울릉도 일주도로를 내려고 터널공사를 하고 있는데 내년 여름에는 그 길로 섬을 일주할 수 있을 거라 했다.

5월초인데도 꽤 더웠다. 전망대에서 내려오다 노점상에서 칡차를 한 잔 주문했다. 칡즙인 줄 알고 마셨는데, 인스턴트 차란다. 친구는 호박 막걸리를 마시더니 호박 맛이 난다고 했다. 울릉도 호박이 정말 들어가긴 했을까?

승합차는 다시 저동항 쪽으로 돌아가다 우회전하여 봉래폭포를 향했다. 절 입구에서 내려주었다. 한 10분쯤 오르자 풍혈이 나왔다. 동굴 입구 같아 들어가 팔을 넣어보니 차가운 냉기가 써늘했다. 그야말로 천연 에어컨이었다.

키가 큰 삼나무 사이 길로 20여 분 올라가니 봉래폭포가 나왔다. 전망대에 올라서니 폭포가 제대로 보였다. 세 번 휘어져 떨어지는 삼단 폭포다. 아무리 가물어도 용출수 물줄기가 줄지 않아 바위섬이지만 수량이 풍부하다. 그 물로 수력발전까지 하고 있단다.

도동의 독도전망대와 옛길, 그리고 귀로

이른 새벽, 바람이 창문을 거세게 흔들었다. 바람 소리가 '왱왱' 사납게 들렸다. 대단한 강풍이다. 오전에 성인봉으로 등산 간다고 하니 가이드는 강풍 때문에 위험하다고 만류했다. 그리고 풍파가 잦아들면 바로 배를 타고 강릉으로 가야 한다고 하여 등산을 포기하고 독도전망대에 오르는 케이블카를 타러 갔다. 배가 뜨지 않기 때문에 많은 사람들이 케이블카를 타러 몰려와, 한 시간이나 줄을 서서 기다려야 했다.

케이블카에서 내려 전망대로 가, 성인봉 방향의 산과 도동항을 둘러보았다. 바람은 잦아들었고, 햇빛이 따사로웠다. 전망대에서 내려와 도동항에서 저동항 쪽으로 걸어갔다. 풍파에 낙석이 떨어져 해안길이 막혀 옛길로 돌아가야 한다 했다.

바위벽 가장자리 길로 걸어가는데 간이식당에서 잔잔한 노래가 흘러나왔다. 내 취향에 맞는 노래라서 휴대폰으로 검색해 보니 '하루만'이란 노래였다. 아름다운 경관 때문이었을까, 다정한 친구가 옆에 있어서 그랬을까. 티슈에 물이 스미듯 노래가 머릿속으로 젖어들었다. 머리가 시원해졌다. 갈증 후에 물을 먹으면 물이 달콤한 것처럼 음악도 갈증이 날 때가 있는 것일까? 오늘 듣는 노래가 평소와 달리 잔잔하게 스며드는 걸 보니, 며칠 TV도 못 보고, 음악도 듣지 못해 그런가 싶었다.

휴식도 할 겸 도동1리 간이음식점 '철수네 집'에 들어가니 주인 내외가 친절히 맞아주었다. 진열장에 늘어놓은 담근 술이 있어, 물으니 마가목주라고 했다. 투명한 병 속에 붉은 물이 우러난 노란 열매와 술 빛깔이 보기 좋아 한 잔 마셔 보았다. 약간 뜹뜰하고 쌉쓰름했지만 개운하고 향이 은근했다.

하얀 마가목꽃이 산의 여기저기에 피어있다. 이번에 울릉도에서 가장 많이 본 꽃이다. 제철인가보다. 길옆으로는 당근꽃 같은 연한 초록줄기에 하얀 꽃이 성글게 피어 있다. 산뜻하여 이름을 검색해보니 산미나리꽃이었다. 울창한 나무 그늘 사이로 걷는 기분이 상쾌했다. 두 시간 쯤 걸으며 산을 비스듬히 올라가니 저동항과 방파제가 보였다. 바다와 만나는 해안선. 조용한 숲에서 보니 더 아름답다. 이 산책길이 이번 여행의 하이라이트였다.

울릉도 여행 중 가이드는 일정을 정확하게 말하지 않았다. "내일 일정은 내일 말할 수 있어요."라며 속 시원히 말을 못했다. 미숙해 보였고 답답했다. 그러나 알고 보니 나의 오해였다. 날씨가 수시로 바뀌어 일정을 미리 알려줄 수 없었나 보다. 파도가 멎어 강릉으로 돌아오는 배에 타고나서야. '이젠 집에 갈 수 있겠구나.' 하고 안도의 숨을 쉴 수 있었다.

통영! 남망산공원과 소매물도

등대섬에서 본 소매물도와 공룡바위

경남 통영시 한산도에서 전남 여수시 오동도에 이르는 아름다운 다도해의 물길을 한려수도(閑麗水道)라 한다. 한산도의 '한', 여수의 '려'를 따, 물길이라는 뜻을 붙여 만든 이름이다. 자연 경관이 수려하고 해상 관광자원이 풍부하며 임진왜란 때 일본 수군을 대파한 이순신 장군의 유적지가 많아 역사의 산 현장이기도 하다. 여기를 1968년에 한려해상국립공원으로 지정했다.

1955년 9월 1일, 통영읍이 충무시(忠武市)로 승격되었는데 40년 후인 1995년 1월 1일 충무시와 통영군이 통합되면서 지금처럼 통영시로 이름을 바꾸었다. 통영은 동양의 나폴리라고도 불릴 만큼 아름다운 해안도시다.

통영은 우리나라 육지의 최남단이기도 하지만 너른 바다가 있어 해양성기후다. 상당히 따뜻하여 아열대 식물들이 많다. 후박나무, 동백나무, 소철과 모양이 비슷한 야자나무도 있는데 후박나무는 매우 크게 자라고, 동백나무 잎은 윤기가 넘쳐 뻰질뻰질하게 빛이 났다.

고교 동창과 승용차로 수원에서 출발하여 남망산공원으로 갔다. 가을 햇볕이 따가울 정도로 쏟아지는 오후 3시경. 하얀 구름과 파란 하늘의 색상이 선명하여 눈부시게 아름다웠다. 남해의 굴곡진 해안선도 아기자기했다. 많은 배들이 해안선을 따라 정박되어 항구도시의 분위기가 물씬 풍겼다.

시민회관 앞으로 난 오르막을 오르니 우람한 소나무가 청청하게 우거졌다. 이파리가 싱싱하고 빛깔이 아주 파랗다. 맑은 공기, 따뜻한 햇빛 덕택이리라. 큰 소철 같은 야자나무가 줄지어 있어 이국적이다. 켄짜야자라는데 이름을 검색해 보았지만 찾지 못했다. 소나무 그늘 길을 돌아 언덕에 오르니 이순신 장군 동상이 우뚝 서있다. 기념 촬영을 하고 남해를 굽어보며 공원을 한 바퀴 돌았다.

통영에는 암초 같은 섬까지 포함하면 500여 개의 섬이 있다. 그 섬들은 뿌려놓은 산처럼 옹기종기 앉아있다. 그 많은 섬 때문에 호수 같은 바다요, 다도해라 부를 것이다. 충무공의 좌수영이며 최초의 통제영이 있었던 한산도, 섬 전체가 공원인 장사도, 병풍바위가 늘어선 소매물도, 용머리바위가 일품인 연화도, 등산로가 이름난 사량도, 그 외에 비진도, 욕지도, 연대도, 만지도 등, 수많은 섬들이 남쪽 바다 위에 각기 다른 이름으로 흩어져 있다.

우리나라에서 섬이 가장 많다는 전남 진도 해역. 서해안과 남해의 도서 지방에 있는 이 바다를 다도해라 한다. 이곳에는 약 2,300여 개의 크고 작은 섬들이 흩어져 있다. 행정구역상으로는 전라남도가 전체의 80% 이상인 1,891개(유인도 402개 포함)로 대부분을 차지하고 경상남도에서는 419개(유인도 135개)가 있다.

이 지역은 연중 온화한 해양성기후이며, 한반도 동서 해상 교통로에 있다. 이곳은 역사적 배경, 생태적, 문화적으로 독특한 지역성을 가지고 있다. 전남 여수에서 경남 통영시의 한산도에 이르는 지역은 천연의 자연경관이 어울려 명승지가 많아 관광지로 크게 각광을 받고 있다.

남망산에서 몇 조각품만 얼핏 보고 내려와 석양을 보기 위해 달아공원으로 달려갔다. 5시쯤 출발, 6시경 도착했는데 주차장은 물론이고 입구의 가장자리까지 차들이 늘어서 있었다. 이미 많은 사람들이 운집했다. 6시쯤에는 언덕 위 계단 데크에 200~300명이 앉거나 서서 일몰을 기다리고 있었다. 하늘에 듬성듬성 뜬 흰 구름이 맑은 하늘이라서 매우 아름다웠다. 사진을 촬영하거나 붉게 물든 바다를 내려다보며 해가 기울기를 기다렸다.

서쪽 하늘, 풀어진 머리카락 같은 흰 구름이 산발적으로 떠 있다. 호수 같은 바다 건너 해가 걸친 낮은 산 능선 위로는 약간의 구름이 석양에 물들어 벌겋게 번져 있다. 가슴이 뜨거워지는 것 같았다. 그 빛으로 사람들의 얼굴도 빨갛게 물이 들었다. 창공은 수정처럼 맑지만 서쪽 하늘에 옅은 구름이 물들어 색채가 화려하다. 검은 서산 위로 붉은 색이 번져 황혼으로 빛나지만 주황색, 노란색이 어울려서 여러 색들의 파노라마다. 노을은 아름답지만 금방 사라진다. 수평선에 걸쳐진 태양이 바다로 가라앉기까지의 시간은 대략 3분 정도다. 숨 가쁜 시간이다. 노을이나 단풍은 사라지기 직전의 마지막 모습이라 그리 아름다운 것 같다는 어느 시가 생각이 났다. 장엄한 일몰을 보고 저녁 식사를 하러 통영시내로 들어가려니 많은 자동차에 길이 꽉 막혀 30분이나 기다려야 했다.

달아공원(達牙公園, Dara Park)은 통영시 산양읍 연화리에 위치한 공원이다. 예로부터 이곳은 다도 남해와 낙조의 빼어난 조망처로 유명하여 관광객이 끊이지 않는다. 통영시는 이곳의 주변을 정비하여 주차장, 화장실, 매점 등 관광 편의시설을 갖추고 1997년 1월, 네모 기와지붕의 정자를 짓고 동백나무 1,000그루를 심어 자연과 인공이 조화되는 '경승 1번지'로 가꾸어 놓았다. 통영 시내에서 해변 도로를 따라 드라이브를 하면서 바다의 경치를 즐기기에 좋은 곳이다. 자연도 인공을 만나, 어우러져야 절경이 되는 것일까?

공원 입구에 주차장이 있지만 꽉 차, 길가에 차를 대고 올라가니 관해정(觀海亭)이 나왔다. 거기서 50여 미터 언덕을 오르니 정상 둘레의 바닥이 데크로 깔려 있다. 벤치도 있지만 서쪽은 극장처럼 여러 겹의 계단식 데크로 되어 있어 200여 명은 족히 앉아서 일몰을 볼 수 있다.

이름 없는 작은 바위섬에서부터 대·소장재도, 저도, 송도, 학림도, 곤리도, 연대도, 만지도, 오곡도, 추도 그리고 멀리 욕지열도까지 수십 개의 섬이 한 눈에 들어온다. 다도해 풍경을 한 폭의 그림처럼 감상할 수 있다.

'달아'라는 이름은 지형이 코끼리의 아래위 어금니와 닮았다고 해서 붙여진 이름이다. 전망 좋은 이곳의 특성상 달 보기에 좋은 곳이라는 의미도 가지고 있다. 통영 사람들은 '달애'라고 부르기도 한단다.

금세 해가 기울고 어둠이 깊어졌다. 이번 여행에 안내를 해준 통영시 문화해설사인 김영권 시인의 안내로 시내 해변에 있는 식당으로 갔다. 회와 매운탕으로 함께 식사를 하고 김 시인의 안내로 이틀 빌린 숙소에 갔다.

소매물도와 한산도

소매물도는 1986년 크라운제과 쿠크다스의 CF 촬영으로 인연을 맺은 후 등대섬이 쿠크다스섬으로 불리면서 국민적인 관심을 받게 됐고 이후 많은 관광객들이 찾고 있다.

하얀 옷을 입은 두 아가씨가 이 등대섬에 조각배를 타고 와, 하얀 등대 앞에서 탤런트 김성겸 씨에게 전해주는 모습의 광고. 이 쿠크다스 CF를 통해 알려진 섬. 그래서 이 등대섬 입구의 안내판에도 쿠크다스섬이라고 써 놓았다.

이 섬에는 모세의 기적처럼 하루에 서너 시간 길이 열려 연결되는 등대섬이 있다. 소매물도 언덕에서 이 섬을 보면 왼쪽으로 병풍처럼 솟은 3개의 입상 바위가 있는데 병풍바위라 한다. 동쪽으로는 암초가 늘어선 듯 5~6개의 바위들이 보이는데 그 바위도 운치가 있다.

지도상으로는 너른 바다에 매물도와 소매물도가 외롭게 떠 있는 것 같지만 소매물도에서 보면 서쪽으로 섬들이 늘어서 있어 수평선은커녕 육지가 이어진 것처럼 보여 외롭지가 않다. 망망대해가 아니다. 소매물도에 이르기 까지 양쪽에 섬들이 늘어서 있어 산들이 길을 비켜준 것 같다.

이른 아침, 숙소에서 나와 서호시장에서 졸복지리로 조반을 먹었다. 9시 조금 지나 소매물도행 배에 올랐다. 통영항을 빠져 나온 배는 좌우로 늘어선 섬들을 지나며 달렸다. 1시간 15분을 달리는 동안 선실에서 잠시 졸다가 갑판으로 나와 남해를 조망하다가 소매물도 선착장에서 내렸다.

앞선 이들을 따라 팬션이 늘어선 마을 쪽으로 가파른 길을 곧장 올라갔다. 경사가 심하여 중간 중간에서 잠시 쉬다 육지 쪽을 보니 여러 섬들이 시야를 가렸다. 가까스로 산 고개에 이르니 벤치가 있어 잠시 쉬었다. 등대섬 쪽으로 가는데 우측으로 오르는 길이 보였지만 힘이 들어 오르지 않고 지나쳤다. 아뿔싸, 나중에 알고 보니 그게 망태봉이었다. 그 봉우리에서 매물도와 등대섬을 조망하는 게 일품이라는데…. 빨리 다녀와야 통영으로 돌아가는 배를 탈 거라는 조바심 때문에 그냥 지나치고 만 것이다.

천천히 걸으며 야생화와 좋은 경관이 나올 때마다 사진 촬영을 하다 보니 친구와 멀어졌다. 내려가다 길의 왼쪽에 소로가 있어 가보니 등대섬이 잘 보였다. 잠시 쉬고 내려가는 길로 돌아와 등대섬으로 가는데, 그 사이 친구는 등대섬을 돌아보고 지나쳐 가버렸다.

'모세의 기적'이라는 열목개에 내려서니 노란 몽돌들이 등대섬으로 가는 길을 연결해주었다. 하루에 서너 시간만 열리는 길, 열목개다. 몽돌들은 대부분 호박만한 크기였는데 그보다 큰 것도 있고 주먹 보다 작은 돌들도 노랗게 깔려 있다.

등대섬에 오르는데 '등대섬(쿠크다스섬)'이란 표지판이 나왔다. 계단 옆으로 야생화들의 명찰이 꽂혀 있다. 털머위. 자주괴불주머니, 갯고들빼기 등 여러 종류의 이름들이 적혀 있다. 누군가 참 고마운 일을 해 놓았다. 갯고들빼기꽃은 고들빼기와 비슷한 꽃이었는데 줄기가 굵고 이파리도 두꺼웠다. 나중에 알았는데, 아주 맛있는 나물이라 했다.

하얗게 선 등대를 향해 오르는 동안 야생화와 식물들의 이름을 보며 메모를 하고 사진을 촬영했다. 지나가던 젊은이가 이 꽃이 무슨 꽃이냐고 물어, 쑥부쟁이라 알려주고, 인터넷에서 꽃 이름 찾는 방법을 알려 주었다.

내가 지체하는 동안 친구가 전화를 했다. 벌써 등대섬을 나와 소매물도 고개에 도착했다 한다. 하지만 서두르지 않고 등대섬에서 숨을 고르고 등대를 한 바퀴 돌며 '언제 다시 오랴' 싶어 남해바다를 충분히 돌아보았다. 등대섬에서 내려와 열목개를 지나 소매물도에 오르는데, 앞의 벽 벼랑 바위가 뱃살 육각근 같은 특별한 무늬였다.

가파른 경사의 데크 계단을 오르다가 쉼터가 있어 피크닉 테이블의 의자에 앉았다. 앞서 가던 70대 할머니와 손녀가 옆에 앉았다. 손녀가 할머니와 할아버지를 모시고 왔다. 나도 힘이 들어 진땀을 흘렸는데 그 할머니는 얼마나 힘이 들었으랴 싶어, "참 대단하십니다." 하고 찬사를 했더니, "손녀딸이 도와주어 가능했습니다."라고 응답하셨다. 30대 초반으로 보이는 손녀의 표정이 참 평온했다. 효성스런 손녀다.

산 고개에 이르니 친구가 벤치에 앉아 기다리고 있었다. 점심으로 충무김밥과 생선회 한 접시, 막걸리와 소주를 내놓았다. 동백나무 사이로 보이는 남해. 허기진 배에 친구와 술이 있고, 회와 김밥이 있어 기분 좋은 식사를 했다.

고개에서 내려오다, 산마루에 특별하게도 통나무를 켜 만든 벤치가 있었다. 승선할 시간이 남아, 여유롭게 앉아 통영 쪽의 바다를 보다가 소피를 보려고 동쪽으로 난 길을 따라 숲으로 들어갔다. 우람한 후박나무가 있고 숲길이 아늑해서 친구를 불렀다. 경치가 좋으니 와보라고 했다. 숲 안쪽에서 한 커플이 다가왔다. 이곳으로 가도 선착장이 나오느냐고 물었더니, 선착장에서 올라오는 거란다. 맞다. 산으로 곧장 오를 때 산기슭을 따라 좌측으로 난 길이 있었는데 그 길로 올라왔나 보다.

동백나무와 후박나무 등이 우거져 숲길이 아늑했다. 모르고 갔으면 매우 아쉬웠겠다 싶었다. 소매물도의 둘레길이었던가 보다. 가다가 유턴을 해야 선착장으로 가게 될 텐데 점점 선착장에서 멀어지고 있었다. 배가 출항할 시간은 30분 정도 남았는데 자꾸만 더 멀어졌다. 이대로 가면 승선 시간에 선착장에 닿을 수 있을지 걱정이 되었다. 그러나 '틀림없이 선착장은 나오겠지.'라는 생각으로 계속 걸어갔다. 그 길에 남매바위도 있다는데 서둘러 가느라 확인도 못하고 속력을 냈다. 아까의 통나무 벤치에서 선착장 까지는 3km는 족히 되었나 보다. 오르고 내리며 걷는 산길이라 시간도 더 걸리고 힘도 더 들었다. 가까스로 선착장에 도착한 것은 출항 5분 전이었다. 대부분의 승객들은 다 탔고 우리 뒤로 몇 사람이 타자 배가 출발했다.

통영항으로 돌아온 건 3시 20분경. 터미널에서 기다려 준 김 시인을 만나 4시에 출항하는 한산도행 여객선에 올랐다. 왜군이 우리나라를 유린하던 임진왜란. 바람 앞의 등불 같던 위태로운 시기에 23전 23승으로 왜군의 진로를 막고 조선을 지킨 충무공. 그리고 도망가려는 왜군을 끝까지 섬멸하다가 노량 앞 바다에서 장렬하게 숨을 거둔 민족의 성웅 이순신. 나는 충무공만 생각하면 감탄, 감동, 희열을 누린다. 13척의 배로 130척을 물리친 명량대전. 세계 유례가 없는 대기록의 전투. 충무공의 지혜와 용기는 정말 존경스럽기 그지없다. 그래서 이 섬에 4~5년 전에도 왔었고 이번에도 다시 온 것이다.

통영시의 특급 문화해설사인 김 시인의 해설을 들으며 20분쯤 가니 한산도 제승당항 선착장. 바다가 아취 모양으로 굽은 길을 돌아 제승당을 향해 걸었다. 산을 품어 안은 듯한 바다라서 호수 같은 분위기였다. 산에는 소나무들이 청청하게 서있다. 제승당을 향해 걷는데 꽃댕강나무꽃이 울타리처럼 길게 늘어서 피어있다. 수원에서도 이 꽃을 본 일이 있지만 이만큼 화려하진 않았다. 따뜻한 남쪽 지방이라서 꽃이 연분홍으로 활짝 피어난 것이리라. 팔손이나무의 키도 크고 이파리도 넓어 싱그럽다. 맑은 공기와 그늘 짙은 조용한 저녁, 무척 아늑한 길이었다. 마음이 경건해졌다.

우물터를 지나고 대첩문 앞에 다다르니 양쪽에 당시 수군 복장의 인형이 서 있다. 입간판에 '충무공의 정신'이라는 제목으로 '멸사봉공(滅私奉公), 창의와 개척정신, 유비무환' 글이 적혀 있었다.

거북선과 판옥선, 천자총통을 만들고, 철저한 군사훈련으로 조국을 지켜낸 유비무환의 세계적 명장, 이순신. 삼도수군통제사 충무공의 영정 앞에서 손을 모으고 머리를 조아렸다. 남쪽 바다가 보이는 수루에도 올라가보았다. 그리 높지 않고 양쪽으로 산이 가려 극히 일부만 보여 아쉬웠다. 나라를 구해야 할 절체절명의 위기 앞에서 충무공은 잠을 못 이루고 이 수루에서 얼마나 깊은 시름에 잠겼었을까. 수루에 걸려 있는 충무공의 시조를 보았다.

한산섬 달 밝은 밤에 수루에 홀로 앉아
긴 칼 옆에 차고 깊은 시름하는 차에
어디서 일성호가는 남의 애를 끊나니.

그의 우국충정을 잘 담아놓은 시조다. 그는 무인이기 이전에 문인이었다. 그 점이 명장이 될 수 있었던 비결이 아니었을까?

제승당 옆에 활터가 있고 표적판은 작은 못 너머에 있었다. 활쏘기에 참으로 적당한 곳이다. 『난중일기』를 보면 충무공이 활을 쏘았다는 기록이 많다. 그만큼 활쏘기에 열중하였고, 무예에도 관심이 깊었다. 김 해설사는 충무공이 수시로 활쏘기를 했던 것을 보면 명궁이었을 거라고 했다. 그러나 『난중일기』에는 활을 자신이 잘 쏘았다는 기록이 없다. 단 한번이라도 자신이 잘 쏜 날이 있었으련만 그런 기록을 보지 못했다. 자신에 대한 과시나 자랑보다는 우국충정의 마음과 어머니와 아들에 대한 애절한 걱정이 많이 보일 뿐이다.

제승당 위 산으로 올라가 한산도의 대첩비와 대첩비에서 남해바다를 보며 한산대첩을 상상해 보고 싶었다. 그러나 막 배의 출항 시간에 쫓겨 제승당항 선착장으로 서둘러 돌아왔다. 다시 또 아쉬움을 품고 통영항 배에 올랐다. 내 마음을 위로라도 하는 듯이 배는 곧장 통영으로 가지 않고 왼쪽으로 돌아 의항항에 잠시 머물렀다. 양팔을 벌린 것처럼 섬 안으로 깊숙이 들어오는 바다라서 많은 전선(戰船)들을 태풍에도 안전하게 정박시킬 수 있었으리라.

다음날 아침. 통영의 이순신공원에 갔다. 한산대첩이 벌어졌던 바다를 바라보는 충무공 동상이 웅장했다. 학익진으로 대승을 거둔 해전의 현장. 조선 해군은 이 전쟁으로 해상을 장악했고, 왜군은 이 전투에서 크게 패해 조선 해군과는 싸우지 않으려 했다.

문득 이 바다에서 벌어진 한산대첩을 마을 사람들이 지켜보았을 거라는 생각이 들었다. 왜군 73척, 조선군 55척이 맞붙은 싸움에서 조선군은 한 척도 파괴되지 않고 왜선 59척을 궤멸했으니 수군의 사기가 얼마나 충천했을 것인가. 그 싸움을 지켜본 국민들의 장군에 대한 신뢰는 어땠을 것인가. 처음으로 출전시킨 2대의 거북선이 학익진의 양끝에서 달아나려는 왜적선을 들이받아 좌초시켰을 때 얼마나 통쾌했을 것인가. 이 한산대첩은 왜군의 수륙 양진 전략을 막아내는 결정적 계기를 만든 것이었다.

우리 학교의 도서관에 있는 『난중일기』와 『불패의 리더 이순신, 그는 어떻게 이겼을까』이라는 책을 대출해 보았다. 『난중일기』는 대체로 간단히 기록해 놓아 비망록 수준이지만 그 전쟁의 와중에 일기를 썼다는 것만으로도 나는 감동을 받는다. 후세에게 전하고 싶은 목적으로 쓴 것 같지는 않다. 만약 그런 목적이었다면 훨씬 자세하게 썼을 것이다. 충무공은 하루하루를 진지하게, 소중하게 살고자, 지나간 일들을 기록하고, 자신의 삶을 성찰해 보려는 소박한 동기로 썼을 것이다. 그런데 그 일기가 임진왜란, 정유재란의 기록으로 남았고, 그 시대와 충무공을 이해하는데 매우 중요한 역사적 자료가 된 것이다. 아마도 충무공에게 타고난 인문학적 소양이 있었기에 가능한 일이었을 것이다.

『난중일기』에는 자신이 만난 사람들의 이름이 많이 등장한다. 활을 10순(100개) 쏘았다는 기록, 군사들에게 술을 주고, 누구와 술을 마셨다는 내용도 있다. 어머니와 아들에 대한 걱정도 곡진하다.

『불패의 리더 이순신』이란 책은 이순신이 각 해전에서 승리할 수 있었던 과정과 경위, 그 이유를 소상히 기술해 놓았다. 충무공은 한 번도 패한 일이 없지만 노량 앞바다에서 도망가려는 왜군을 무찌르고자 선두에서 싸우다 장렬하게 숨을 거두었다. 조선의 강토와 민족을 유린한 왜군을 그대로 보낼 수 없다는 의분이 죽음도 두렵지 않게 했을 것이다. 아니, 다시는 왜적이 조선을 쳐들어올 생각을 못하도록 응징을 하려 했을 것이다. 참으로 훌륭한 장군이다.

한라산 등정기

한라산의 겨울 백록담

'내 생애에 한라산 백록담에 오를 수 있을까?'

'아니, 내가 한라산을 무리 없이 다녀올 수 있을까?'

2년 전만 해도 자신이 없었다. 4시간 이상 산행을 하면 하산 길에서 무릎이 시려 계단을 내려올 때 왼쪽 발을 끌 정도로 고통스러웠다. 무릎에 그런 증상이 생긴 것은 아무런 준비 없이 백리(40km) 걷기에 도전했던 35년 전이었다.

그 후, 약 10Km이상 걸으면 그 증세가 나타나 높은 산은 도전할 자신이 없었다. 그러나 등산과 자전거 운동을 평소에 하였기에 용기를 내어 3년 전에 설악산 대청봉을, 2년 전에 지리산 천왕봉을 도전하여 정상에 올랐다. 그리고 2015년 1월, 한라산 백록담(1950m)에 도전했다.

아침 일찍 제주도 한화리조트에서 승합차를 타고 가 성판악에서 내렸다. 바람이 쌀쌀하여 장갑을 끼고 복장을 갖춘 후, 혼자서 등산길로 들어섰다. 길 옆 굴거리나무의 이파리들이 널어놓은 청무우 시래기처럼 팔을 늘어뜨리고 있었다. 이파리가 모두 떨어진 은회색 개서어나무는 알몸이라 몹시 추워 보였다. 10분을 오르다 아이젠을 등산화에 끼우고 경사로를 따라 혼자서 지루한 걸음을 계속했다. 찬바람에 콧물이 흐르고, 귀가 시렸다. 그러나 견딜만하여 파카의 털모자를 쓰지 않았고, 마스크도 착용하지 않았다.

산에 오르다보니 눈의 두께가 점점 두터워졌다. 1시간이 지나도록 쉬지 않고 걸었기에 적당한 곳이 나오면 쉬어야 했는데 마침 속밭대피소가 나왔다. 곳곳에 산길 안내판이 잘 만들어져 있어 현재의 위치를 짐작할 수 있었다. 3.2km를 더 걸어 1시간 10분 만에 진달래밭대피소에 도착했다. 안내판에 적힌 도착 예정 시간보다 무려 20분 정도 빨리 도착했다. 앞에서 천천히 오르는 등산객을 만나면 답답하여 추월, 여러 사람들을 앞질렀다. 자전거를 타며 길러진 근력 덕택이었나 보다.

대피소 안에는 많은 사람들로 가득 차 있었다. 대피소 밖에 자리를 잡은 등산객들은 상당히 추운 날씨인데도 음식을 먹고 있었다. 나는 대피소의 한쪽, 히터 옆 바닥에 장갑을 깔고 앉아 구운 계란을 두 개 먹고 일어섰다.

20분의 충분한 휴식으로 발걸음이 한결 가벼웠다. 키가 작은 소나무와 구상나무 사이의 눈길을 걸었다. 눈이 수북이 내렸는데 나무 둘레에만 둥그렇게 눈이 녹아 땅바닥이 보였다. 유심히 살피니 조그만 조릿대 둘레에도 두터운 눈이 녹아 있다. 왜 그럴까? 나무도 체온이 있는 걸까? 나무 둥치에 햇빛이 비쳐 조금 따뜻해졌기 때문인가 보다.

눈부시게 맑은 하늘, 그 청남빛 하늘에 하얀 구름, 멀리 보이는 파란 바다. 아름다웠다. 이 아름다운 장면을 다른 이에게도 알려 주고 싶어, 올라오는 이에게 뒤 경치가 매우 아름답다고 한번 돌아보시라 하니, "정상에 가면 다 보여요." 하고 무심히 지나쳐 갔다. 정말 그럴까? 이 장면을 지금 보지 못하면 이런 모습은 다시 볼 수 없을 것 같아 알려주었는데, 대수롭지 않게 대답하고 가버렸다. 공연히 알려주었나 싶어 야속했다. 실제로 그와 같은 청남빛 하늘에 흰 구름이 꽃처럼 피어난 장면은 다시 나오지 않았다.

나무가 없는 한라산 정상의 봉우리에 하얀 눈이 덮여 있다. 사람들이 밟아 눈은 빙판이 되었고, 50~60도 정도의 경사를 오르는데, 빙판에 난 길은 한 줄 뿐이었다. 아래를 내려다보니 아찔해서 앞 사람을 따라 천천히 올라가야 했다. 실수하여 저 급경사의 빙판에서 넘어지거나 미끄러지면 큰일 나겠다 싶었다.

정상 100여 미터를 남겨둔 지점부터는 데크 계단길. 나무 재질이 아이젠으로 긁혀 소 등가죽의 잔털처럼 일어섰다. 화구 정상에는

100여 명이 능선에 가로로 줄지어 조망하거나 사진을 찍고 있었다. 백록담과 제주도를 빨리 조망하고 싶은 호기심으로 발걸음을 재촉했다. 정상에 도착하니 성취감으로 마음이 들떴다.

드디어 정상. 왕관처럼 둥그런 분화구. 그 분화구에 흰 눈이 덮여 있다. 봉우리 능선 위의 남색 하늘에 구름 한 점이 없다. 그야말로 청명한 하늘이다. 그 단순한 빛깔이 어찌 그리 아름다운가! 아무것도 없는 하늘이 어쩌면 그리도 황홀한 감동을 안겨주는가!

그런데 이 기쁨을 함께 나눌 사람이 없다. 그렇다. '슬픔을 함께 나누면 절반이 되고, 기쁨을 나누면 배가 된다.'는 말이 맞다. 백록담 분화구 위에서 내 모습을 셀카로 몇 장 촬영했다. 그 기쁨을 전하고 싶어 사진을 가족에게 스마트폰으로 보냈다.

산봉우리는 화산 폭발로 날아가 버리고 분화구엔 물이 마른 못처럼 눈이 약간 덮여 있다. 그 못이 백두산 천지의 반만큼이라도 호수가 되었더라면 얼마나 장관이었을까. 용암으로 된 바위산이라서 물이 고이지 못하였으리라. 화산 폭발로 산봉우리는 날아가고 주변에 남은 용암이 왕관처럼, 또는 사슴의 뿔처럼 화구 가장자리로 바위가 솟아 있다. 연중 맑은 날이 70여 일뿐이라는데 오늘 이 백록담을 제대로 볼 수 있었던 건 행운이었나 보다.

정상에 서니 제주도의 해안을 약 70% 이상 조망할 수 있었다. 이 좋은 장면을 가까운 이와 함께 보았다면 더 큰 기쁨이 되었을 텐데 혼자라서 매우 안타까웠다. 백록담 바닥에 눈이 약간 덮여 있는데, 바닥 가운데에는 약간의 물이 얼어붙어 조그만 얼음판이 보였다. 분화구 속 옆으로 키 작은 나무들이 군데군데 서 있다. 분화구 넘어 바다 위에는 역시 하얀 구름이 신비롭게 떠 있다. 한라산이 얼마나 높기에 구름이 한참 아래에 떠 있을까? 내가 구름 위에 서 있다는 게 정말 신비로웠다.

백록담(白鹿潭). 신선이 흰 사슴을 타고 내려왔다가 하늘로 올라갔다는 전설에서 생긴 이름이라고 표지판에 씌어 있다. 정말 그럴까?

백록담 정상에 눈이 쌓여 있는데 용암의 굴곡에 따라 조금 높은 곳은 눈이 녹고, 조금 패인 듯 낮은 부분에는 눈이 덮여 있다. 그 얼룩진 모습이 사슴의 몸통에 난 얼룩무늬 같다. 분화구 옆으로 솟은 화구벽에 둥글게 솟은 모양은 사슴의 뿔 같기도 하다. 그런 지형을 보고 하얀 몸통과 머리에 뿔처럼 솟은 산이 사슴과 같고, 화구 안에 물이 고여 있어 못 담(潭) 자를 붙여 백록담이라 했을 것이다. 아무래도 그 해석이 맞을 것 같다.

한라산 남쪽 밑에 유리판처럼 하얗게 반짝이는 것들이 있어 슬라브집 지붕 같아서 옆에 앉은 사람에게 물으니, 감귤 농장의 비닐하우스란다. 서귀포에는 고층 아파트가 거의 없고 10층 내외의 아파트가 조금 있다 했다. 이파리가 모두 떨어진 나무들 아래 조그맣고 허름한 집들이 모자이크처럼 다닥다닥 붙어 있다. 그 타원형의 섬 해안선 밖으로는 푸른 바다가 펼쳐져 있다.

대부분의 사람들은 백록담에 갔다 왔다는 사실만 중요한지 사진 촬영을 위해 '한라산동능정상'이라 세로로 쓰인 표지목 앞에 많은 사람들이 줄지어 서 있다. 한라산 정상에 선 사실을 기념하고 싶었으리라. 아니 누군가에게 한라산 정상에 오른 걸 자랑하고 싶었을지도 모른다. 대부분의 사람들이 사진 한 장에 의미를 두고, 사진 촬영이 끝나면 일을 마친 것처럼 서둘러 하산했다.

백록담 주변을 돌아보며 여기저기 사진을 촬영했다. 까만 용암으로 된 바위 바닥에 작은 눈향나무가 땅바닥에 달라붙어 자랐다. 그 생명력이 놀랍다. 백두산 천지의 화구호 벽과 설악산 대청봉 봉우리엔 자갈이 쌓여있고 초목은 없다. 그런데 이 백록담 정상에는 눈향나무가 살아있다. 화구 안에는 노간주 같은 키 작은 나무들이 듬성듬성 자라있고 백록담 밖으로는 키 작은 구상나무가 자생하고 있다. 지리산과 설악산보다는 남쪽이고, 바다 가운데 있어 조금 온도가 높아 초목이 사는가 보다.

동쪽에서 북쪽으로 100여 미터 이동하니 관음사 방향으로 내려가는 데크 계단이 나왔다. 정상에서 오후 1시에 하산을 시작했다. 상당히 가파른 눈길. 관음사 방향에서 올라오는 사람과 마주치니 외길이라 비켜가기가 어려웠다. 죽은 구상나무 고사목이 많이 보였다. 어찌 그리 많이 죽었을까.

집터같이 평평하게 다져진 산마루로 내려오니 10여 명이 앉아서 음식을 먹거나 쉬고 있었다. 나중에 알았는데 용진각대피소 자리였다. 2007년 태풍 '나리'에 의해 대피소 건물이 날아갔다는 것이다.

산마루를 내려가려니 경사가 심한 눈길이라서 아이젠을 착용했는데도 불구하고 두 번이나 미끄러져 넘어졌다. 어느 중년 부인은 눈길에서 10여 미터 미끄러지더니 무서워서 내려오지 못하고 눈물을 찔끔거리고 있었다. 일행이 옆에서 부축해주는데도 잔뜩 겁을 먹고 움직이지 못했다.

10분쯤 더 내려왔을 때, 산능성이 정상에서 흘러내린 듯한 능선이 수평선처럼 내려오다가 절벽을 이룬 절묘한 형상이 이색적이었다. 여기를 개미등이라 하나 보다. 산 옆구리로 돌면서 내려오니 구름다리, 탐라계곡을 건너는 현수교다. 현수교를 건너 뒤돌아보니 산 위로 솟은 바위가 설악산 울산바위와 비슷했다. 미스코리아가 쓰는 왕관 모양이다. 역시 이름이 왕관릉이다. 참 아름다운 장면인데, 이곳에서도 지나가는 등산객에게 아름다운 장면이니 보고 가라고 알려 주어도 돌아보는 이가 없었다. 잠시 서서 돌아보고 갈 여유를 갖지 못하고 서둘러 지나갔다. 무엇이 그리 바쁠까. 빨리 가는 것만이 최선인가, 참 이상했다.

구름다리에서 약간의 경사진 산허리를 감아 오르자 약수터가 나왔다. 약수터 위에는 천정이 있어 작은 동굴 같기도 한데 그 안에서 몇 사람이 샘물을 떠 마셨다. 샘 위에는 눈이 수북이 쌓여 있는데 그 아래에 물이 솟아 일품이었으나 여러 명이 서 있어 기다리기가 싫어 그냥 지나쳤다.

잠시 더 내려오니 우뚝 솟은 삼각봉. 그 바로 아래에 삼각봉대피소가 있었다. 12시 이후부터는 등산객이 오르지 못하도록 통제하는 지점이다. 탐라계곡의 다리를 하나 건너 데크 계단길을 100여 미터 오르니 벤치가 있었다. 앉아서 아이젠을 풀었다. 벤치 옆의 키 큰 나무에 까마귀 두세 마리가 앉아 까악까악 소리를 질러댔다. 등산객들이 먹을 것을 주어 얻어먹는 버릇이 생겼나 보다.

앞서 가는 50대 후반의 남자가 어기적거리며 고통스럽게 걷고 있었다. 무릎이 시려서 그렇다는 것이다. 앞에 가던 60세 전후의 아주머니 한 분도 무릎이 시리다고 제대로 걷지 못했다. 나도 그런 증세가 있었는데 자전거를 1년 이상 탔더니 이제 증세가 나타나지 않는 다고 자전거를 타고 얻은 효과를 알려주었다.

관음사주차장에서 기다리다 마중 나온 승합차에 올라탔다. 성판악 휴게소에서 함께 등산을 시작한 20대 청년들은 없었고, 고2 남학생 들만 3명이 있었다. 청년 3명은 등산하다가 힘들어 못하겠다고 성판 악으로 돌아갔단다. 그래서 고교생들에게 등산할만하더냐고 물으니, "죽는 줄 알았어요." 하고 대답했다. 등산 경험이 별로 없고 산행의 재미를 모를 고교생이 한라산 등산을 완주했다는 건 대단한 일을 해 낸 것이라며 칭찬해주었다.

젊음의 세월을 보내고 장년이 되어서야 한라산 정상에 섰다. 3년 만에 남한 3대 최고봉에 오른 것이다. 다음에는 제주도의 올레길도 두루 걷고 싶다. 그때는 이야기를 일생동안 감동을 나누며 함께 살 아갈 동반자와 꼭 동행하고 싶었다.

산행을 마치고 돌아오는 사려니숲길. 양쪽에 키 큰 편백나무가 하 늘로 높이 치솟아 있다. 개선장군을 맞이하는 병사들이 줄지어 선 것 같았다. 오랫동안 잊지 못할 감동의 귀로였다.

자전거 라이딩

남한강변 양평 자전거 전용 도로에서

2011년 7월. 스위스 인터라켄에서 이탈리아의 밀라노로 넘어가던 알프스 고개. 내가 운전하는 폭스바겐의 골프도 지그재그로 달려야 하는 험악한 오르막을, 자전거로 넘는 라이더들을 보았다. 많은 라이더들이 자전거를 타고 산을 넘는 걸 보고, 꽤나 놀랐다. 해발 약 1,500m는 됨직한 산을 자전거로 넘는다는 걸 그 당시에 필자는 상상조차 할 수 없었다.

2015년 7월. 덴마크 코펜하겐에 갔을 때, 도심지에서 많은 라이더들을 보았다. 젊은 여자나 아이들도 많았다. 자전거로 출퇴근을 하는 사람들이 절반이나 된다는 것이다. 출퇴근하는 라이딩이기 때문에 가까운 거리를 달릴 텐데도 자전거용 옷, 헬멧 등 라이더 복장을 거의 다 갖추고 있다는 점이 특별하게 보였다.

사거리는 대부분 원형교차로로 되어 있어 신호등이 없었고, 신호등이 없기 때문에 신호를 기다릴 필요가 없었다. 원형교차로를 돌다가 진입 순서대로 길을 선택해 나갔다.

자동차길 가장자리에 자전거 전용도로가 있고, 그 옆에 인도가 붙어 있어 한 방향에 세 가닥으로 길이 만들어져 있었다. 도심에서는 자전거가 우선이어서 걷는 사람이 자전거 도로로 진입하면 벌금을 내야 한다니, 그야말로 자전거의 낙원이었다. 자전거 라이딩의 조건이 좋아 라이더들은 높은 안장에 앉아 힘껏 달렸다. 그래서 자전거 주행의 속도가 매우 빨랐고, 달리는 모습이 역동적이었다. 기차역 앞이나 도심 곳곳에서 누구나 공중 자전거를 이용할 수 있도록 비치되어 있었다.

덴마크에서 스웨덴으로 들어가 고속도로로 차를 몰고 가는데 자전거를 달고 가는 차량이 무척 많았다. 승용차는 물론 트럭이나 캠핑카에도 자전거를 부착해 가는데 거의가 2대를 싣거나 차 뒤에 달았다. 특별한 모습이어서 어느 휴게소에서 주차했을 때, 자동차들의 뒷범퍼 아래를 살펴보니 절반가량이 갈고리를 달고 있었다. 그 갈고리는 자전거를 달거나 보조 차량, 트레일러를 다는 데 사용되는 것이다.

덴마크 시골 마을을 살펴보고자 자동차를 몰고 갔는데, 밀밭 먼발치에서 자전거를 탄 한 소년이 손을 들고 달려오던 모습이 생생하게 떠오른다. 자신이 갈 위치를 미리 알려 자동차가 주의하도록 수신호를 보낸 것이다.

우리나라 어린 아이들은 세발자전거를 타다 좀 성장한 뒤 두 발 자전거를 탄다. 그런데 북유럽에서는 아주 어렸을 때부터 두 발 자전거를 탄다. 당연히 학교에서도 라이딩에 대해 지도한다. 우리나라의 중학교 체육 교과서에도 라이딩에 대한 효과와 방법, 안전에 관한 내용이 들어있다.

예전에 세 시간 이상 등산을 하면 무릎이 시려 하산할 때 스틱에 의지하여 간신히 내려왔다. 설악산 대청봉에서 내려올 때는 두 발을 끌다시피 했다. 그런데 자전거를 타기 시작한 1년 뒤에는 지리산 천왕봉을 아무 고통 없이 다녀왔고, 한라산 백록담도 거뜬히 다녀왔다. 노르웨이 트롤 퉁가에 갔다 올 때는 10시간이나 걸렸어도 아무 이상이 없었다. 자전거 운동으로 길러진 근력 덕택이었다.

수원시 호매실동의 능실중에 근무하던 3년 동안 매주 3회 정도를 자전거로 출퇴근했다. 혈당을 잘 관리해야 하기 때문에 평소에도 집에서 근력운동을 하던 터라 자전거를 타면 좋겠다 싶었다. 화서2동에서 서호를 지나 서호천변과 인도를 경유하여 약 6km, 30분 정도를 출퇴근하며 달렸다.

13년 전, 우리 아파트 단지에서 쓰지 않는 자전거를 버린다 하여 관리소장에게 부탁하여 하나 얻은 접이식 구형 자전거가 있어, 그걸 타고 다니며 라이딩에 입문하게 되었다. 그러나 그 자전거가 무겁고

속도가 느려 힘이 들었다. 그렇지만 운동 효과를 생각해 그다지 불편하게 여기지 않았다. 다만, 자전거가 잘 나가지 않아 힘들다고 말했더니, 무리하면 무릎에 이상이 생긴다고 체육 선생님이 알려주었다. 그래서 생각해보니 무릎 옆 인대가 동상에 걸린 것처럼 무감각했는데 그 원인이었던가 보다.

그러다 우연히 화서역 옆의 구두수선소에서 아주 싼 값으로 파는 자전거가 있어 구입했다. 쇼바에 스프링이 달려 있어 쿠션도 좋았다. 그러나 바퀴가 조금 작아 속도를 내기 어려웠고, 안장도 낮아 약간 불편했다. 그래서 작년 봄에는 유압식 브레이크가 장착된 MTB 새 자전거를 하나 구입했다. 힘도 덜 들었고 속도도 훨씬 나아졌다. 종전 자전거보다 훨씬 잘 나가 30분에 달리던 거리를 5분이나 단축했다.

접이식 구형 자전거를 타기 시작한 6개월 뒤쯤, 재미있게 타기 위해 핸들에서 양손 놓고 타는 걸 도전했다. 약 반년쯤 지났을 때 10m 정도는 손을 놓고 달릴 수도 있었다. 그러나 그 이상은 향상이 되지 않았다. 그러나 새 자전거를 구입한 약 3개월쯤 지나면서부터는 손 놓고 달리는 게 상당히 수월해졌고 6개월 후부터는 손 놓고 타는 게 가능해졌다. 그러나 지금도 그 구형 자전거로는 양손을 놓을 수 없다. 자전거의 성능이 좋지 않았기 때문이다.

그 후, 자전거를 타고 가면서 양손 놓고 핸드폰으로 통화하는 목표를 세웠다. 올 6월, 북한강에 라이딩을 갔을 때, 핸들을 잡지 않고 핸드폰을 꺼내 단축키를 눌러 통화하는 목표도 달성했다.

2015년 6월에는 동생이 길안내를 해주어, 안양에서 여의도 63빌딩

앞까지 다녀왔다. 왕복 약 40km 정도였다. 안양천에서 여의도까지 가는 동안 여러 곳에서 꽃동산을 볼 수 있었고, 신호등이나 교차로가 없어 달리는 즐거움이 컸다. 한강변 자전거도로 옆에는 화단이나 가로수 등의 조경이 잘되어 경치가 매우 아름다웠다. 서울 외곽에서 자전거를 타는 초보자들은 여의도를 다녀오는 게 대체로 첫 번째 꿈이다.

아내도 2015년 가을에 자전거를 하나 구입하여 나와 가끔 함께 달렸다. 수원 화서동에서 화성시 용주사까지, 안양천에서 여의도, 서해갑문에서 김포갑문까지의 왕복 약 32km의 아라뱃길도 다녀왔다. 2016년 여름에는 수원에서 지지대고개를 넘어 의왕, 군포, 안양을 경유하여 여의도와 잠실을 지나 분당의 탄천으로 약 80km를 함께 달렸다.

2015년에, 인천 서해갑문에서 부산 을숙도까지 국토종단을 했다는 사람의 이야기를 전해 들었다. 그래서 2016년 여름방학 때 서울서 부산까지 국토종단의 자전거 여행을 꿈꾸었다. 자전거를 타는 사람들에게 나의 계획을 알리고 동반자를 구했다. 여러 사람에게 제안했는데 함께 가겠다는 사람은 딱 하나 있었다. 교직에서 30여 년의 교분을 나눈 친구가 동행에 응해주었다. 그리하여 1주일 일정으로 계획을 세워 차근차근 추진했다.

나는 학교에 근무하기 때문에 1주일의 휴가는 방학 때나 가능하다. 그래서 폭서기인 8월 초에 도전할 수밖에 없었다. 2016년 여름이 몇십 년만의 더위라는데 그 한여름인 8월 5일, 서울 잠실에서 출발하여 8월 9일에 부산 을숙도에 도착했다. 길도 잘 몰랐고, 자세한 정보도 없이 인터넷에서 국토종단의 단편적인 기행문을 두어 편 읽어보았을 뿐이었다.

1주일 생활할 여벌 옷, 자전거 튜브와 펑크를 때울 도구, 세면기구와 약품 등을 배낭에 매기에는 어깨가 힘들 것 같아 자전거 짐바를 달았다. 뒷브레이크가 고장이 나서 출발한 날에야 가다가 수리했다. 수리공이 자전거 세차를 안 해 기름 덩이가 끼었다며 세차까지 해주었다. 자전거도 세차하며 타야 한다는 걸 처음 알았다.

자전거를 타는 데에 갖추어야 할 것이 참 많았다. 우선 앞뒤의 라이트, 자전거 바람 넣는 펌프, 상하의 라이딩 복장, 헬멧, 얼굴 가리개와 장갑, 타이어를 벗기고 끼울 연장, 펑크 땜할 도구 등, 필요한 물품이 매우 많았다. 라이트도 충전을 못할 경우를 고려하여 하나 더 챙겼다. 상당히 많은 것들을 챙겨 가지고 갔지만 사용한 것은 절반 정도였다.

4박 5일 만에 부산 낙동강 하구둑에 도착해, 서울에서 부산까지의 라이딩 목표를 이루었다. 출발 전에는 상당히 걱정이 많았으나 실제로 달려보니 그리 어려운 일이 아니었다. 누구나 할 수 있는 일이었다.

그런데, 2016년 9월. 우리 학교 선생님 네 분과 학교에서 여의도에 라이딩을 함께 갔을 때, 자전거 마니아였던 체육 선생님이 나의 자전거를 보고, 이 타이어로 부산을 다녀왔느냐고 물었다. 준산악용이어서 시내 포장도로를 달릴 때는 힘이 많이 들고 속도가 나지 않는다는 것이다. 아, 그래서 아스팔트 달릴 때 바퀴가 끈적거리는 듯한 소기라 났고 친구를 따라가기 힘들었던가 보다. 로드형으로 타이어를 바꾸니 그 소리가 나지 않았고 훨씬 잘 나갔다. 자전거를 타는 데에도 알아야 할 것들이 정말 많았다.

40~50년 전, 우리 고향 마을 30여 가호에 자전거는 몇 집만 있었다. 부잣집에나 있어서 읍내를 다녀올 일이 있을 때에는 빌려 타야 했다. 버스를 타기 어려웠던 시절에 자전거는 시골에서 매우 유용한 교통수단이었다. 오늘날처럼 운동을 위해서나 레저용으로 타게 되리라는 예상은 하지 못했다.

한동안 등산이 대세를 이루더니 요즘에는 너덧 명에 한 명꼴로 자전거를 탄다. 3년 전 어느 집에 방문을 했더니 집안에 3대의 자전거가 있었다. 한 대면 될 자전거가 왜 3대나 필요한지 의아했다. 지금 생각해보니 산길을 달릴 산악용, 스피드를 내야하는 로드형, 시장 다닐 때 필요한 자전거 등, 용도에 따라 자전거가 달랐다. 접이식 자전거를 하나 버렸는데도 지금 우리 집에는 낡은 자전거 1대, 아내와 나의 라이딩용 두 대, 3대가 있다.

현재 우리나라 자전거 인구를 약 1,200만으로 추정하고 있다. 약 4명 당 평균 1대의 자전거를 보유하고 있는 셈이다. 근래 잘 되는 장사가 없다는데 자전거 점포는 늘어나고 있다. 자전거의 가격도 천차만별이어서 10만원 대부터 1,000만원 대까지 있고, 자전거의 형태나 용도에 따라 모델도 가지각색이다. 자전거를 제대로 타려면 복장에서부터 자전거에 부착할 용구까지 기본만 갖추려 해도 상당히 투자해야 한다.

네덜란드, 덴마크 등 국민소득이 높은 북유럽에서는 이미 오래 전부터 자전거를 애용했고, 우리나라에서도 10여 년 전부터 레저용 자전거 바람이 불었다. 30여 년 전 가수 김세환 씨가 우리나라 최초로 MTB 자전거를 탔다고 한다. 지금은 MTB보다는 로드형을 주로 탄다는데 69세임에도 거의 매일 자전거를 탄단다. 하루에 서울서 설악산에 갔다가 다음날 돌아올 정도라 하니 체력도 부럽지만 그 열정이 놀랍다. 그의 영향으로 연예인 김창완, 김종민, 강타 등 많은 사람들이 자전거를 타게 되어 김세환 씨를 자전거의 전도사라 불렀다. 가수 션은 18시간 47분 만에 서울서 부산을 주파했다니 대단히 놀라운 기록이다.

"안 다치고 오래 타는 사람이 가장 잘 타는 사람이며, 가장 중요한 부품은 안장 위에 있다."는 게 김세환 씨의 라이딩에 대한 지론이다. 내가 자전거를 타는 걸 보고 직원 두 사람이 근간에 자전거를 구입하여 타고 다닌다. 직원 네 명이 함께 라이딩을 가자고 하여 수원 광교에서 지하철로 정자역까지 가서 자전거로 여의도까지 다녀온 적이 있다.

나의 라이딩을 몇 사람이 부러워하여 자전거를 타고 다녔다. 그런데 안타깝게도 가까운 친구가 자전거를 타다가 내리막에서 넘어져 중상을 입었다. 또 부산을 함께 간 친구 역시 사고로 팔목에 골절상을 입어 오랫동안 고생했다. 다치게 된 원인이 나에게 있는 것 같아 미안하다.

문명의 이기는 편리하지만 대형 사고의 위험을 가지고 있다. 안전에 첫번째 요건은 주의다. 나도 라이딩 중에 많이 다쳐, 다리에 많은 흉터가 남아있다. 2016년 봄에는 상가의 문에 부딪히고 넘어져 새끼 손가락 뼈가 두 군데나 금이 갔다. 상처가 나을 무렵 길에서 미끄러져 다시 그 손가락을 다쳤다. 지금은 나았지만 손가락이 약간 굽었다.

아내도 두 번이나 넘어져 타박상을 입었다. 유명한 자전거 선수들도 많이 다친다. 다치지 않고 라이딩을 하기는 쉽지 않다. 우리나라에서 자전거 사고로 1년에 100명 이상이 목숨을 잃는다니 신중한 주의가 필요하다.

그렇지만 라이딩으로 다리의 근력이 길러져 등산에 자신이 생겼고 근육도 커졌다. 성취감으로 재미를 느끼게 되니 퇴직하면 전국 일주도 해보고 싶다. 그런 소망을 갖게 되니 퇴직의 아쉬움이 덜하다. 꿈과 소망이 희망과 기대를 준다. 삶에 대해 애착이 간다. 자전거를 타고 조국 산하를 돌아보며 체험의 글을 쓰고 싶다. 라이딩으로 건강을 유지하고, 자연의 아름다움을 즐기며, 사는 재미를 누리고 싶다.

서울에서 부산까지의 라이딩
— 남한강, 낙동강 강줄기를 따라

부산 을숙도 도착 기념

출발의 동기와 준비

언젠가 우리나라 곳곳을 돌아보고 싶었다. 걸어서는 너무 시간이
많이 걸리기 때문에 자전거를 이용하고자 했다. 그래서 먼저 자전거
로 국토종단을 시도하게 되었다. 교통편과 동반자와의의 만남 등을
고려하다보니 시발점인 인천 서해갑문에서 출발하지 못하고 잠실철
교 아래(한강 북쪽)에서 시작, 부산 을숙도의 낙동강 하구둑까지를
목표로 정했다.

뜻을 같이 하는 동료나 친구들과 동행하려 동반자를 찾았으나 오직 한 사람, 평생지기 한 친구만 동행에 응해주었다. 용기를 얻어 6월부터 준비에 들어갔다. 먼저, 국토종주한 사람을 물색했는데 만나지 못하고 작년에 동료의 아들이 다녀왔는데 고생 많았다는 간단한 말만 들었다. 그리하여, 김훈의 『자전거 여행』 1, 2권을 모두 읽었다. 7월에는 인터넷에서 자전거 국토종주 길과 자전거 여행기를 찾아 읽었다.

그리고 장시간의 라이딩을 위해 무더운 여름이지만 출퇴근시 되도록 자전거를 이용하며 근력을 길렀다. 그 다음, 체력 감당의 정도를 알아보기 위하여 6월말, 용인시 구성역에서 출발, 여의도를 경유하여 안양천으로 돌아오는 약 80km에 도전했다. 또, 이틀 연속 자전거를 탈 수 있는가를 알아보기 위해 청평에서부터 춘천 의암호까지, 왕복 92km를 달린 후, 다음날 수원 화서역에서 화성시 용주사, 독산성, 동탄, 기흥, 경희대(수원), 원천호수를 경유하여 화서역으로 돌아오는 60여 km를 달려보았다. 무리가 없었다. 오히려 이틀째 저녁에는 다리에 힘이 더 솟는 것 같아 자신감이 생겼다.

이번 여행에 평생지기로 살아온 친구가 동행해, 더욱 우의를 다지게 될 것이고, 스토리가 있는 여행, 재미있는 라이딩에 대한 기대가 무더위와 장거리에 대한 두려움을 갖지 않도록 해주었다.

여정

8월 5일(출발 첫날). 서울에서 여주로 80km.

수원 화서역에서 자전거를 전철에 싣고 수원역에서 갈아타, 잠실역에서 하차한 후, 잠실철교 아래에서 동행할 친구를 만났다. 오전 11시에 출발. 팔당대교 직전 식당에서 열무국수로 점심. 덕소, 팔당, 양수리를 벗어나 이포보와 여주보를 지나 여주시 모텔에서 숙박.

8월 6일(이틀째). 남한강길로 100km.

강천보, 비내섬 지나 한천교 쌍다리 밑에서 빵과 복숭아로 점심. 탄금대 지나 수안보 도착. 저녁 후 모텔에서 숙박.

8월 7일(사흘째). 새재자전거길 90km.

이화령과 문경새재 넘어 문경 영강교 옆 식당에서 냉면으로 점심. 상풍교와 상주보를 지나 낙동면 물량리에서 민박.

8월 8일(나흘째). 낙동강자전거길 90km.

낙단보와 구미보를 지나 숭선대교 옆 식당에서 영양탕 먹고, 칠곡보, 강정고령보, 달성보에서 지방도로 이용, 경북 청덕면 양진리 모텔에서 저녁과 숙박.

8월 9일(닷새째). 낙동강자전거길 140km. 총 약 500km 주행.

적포교에서 박진교, 박진고개 넘어 함안보에서 햇반과 라면을 먹고 삼랑진교, 양산, 구포를 지나 낙동강하구둑(을숙도) 인증센터 도착. 해운대에서 동창 만나 삼겹살로 소주. 친구 집에서 숙박.

8월 10일(엿새째). 부산 동백공원 산책 후 수원으로 귀가

동백공원 누리마루, APEC 하우스, 해운대, 달맞이길 산책 후 시외버스로 수원에 도착.

아름다운 산하

한강변에는 곳곳에 공원, 체육시설, 화장실 등, 정비를 잘 해놓았

다. 한강의 수량이 많아 보기 좋았고, 강변로를 정비하여 자전거길과 공원 등을 조성해 놓아 경관이 아름다웠다.

강변이나 강둑, 고수부지에 만든 체육공원이나 생태공원 등, 많은 공원이 곳곳에 있었다. 아름다운 정원과 정자, 쉼터와 화장실, 그늘과 벤치 등을 곳곳에 만들어 놓아 선진국 수준이다. 선진국 북유럽도 화장실은 거의가 600~800원 정도의 유료임을 생각하면 각 지방자치에서 신경을 많이 썼구나 싶다.

팔당역을 지나면 부용터널과 팔당터널 등 약 8개 정도의 터널을 지나게 되는데 어둡긴 하지만 그 시원함은 이루 말할 수 없다. 어느 가족은 그 좁은 터널에서 자리를 깔고 피서하고 있었다. 가장 시원한 피서지가 터널이었고 가다 잠시 쉬기에 적절한 곳이 다리 밑이었다. 이화령 내리막길은 이번 주행 중 너무 시원하여 몸이 오싹해질 정도였다. 이른 아침이었고 숲 그늘이 있어서 그렇게 시원했던 것 같다.

양평군립미술관을 지나 남쪽 강변으로 조금 나가니 공원이 나오는데 조경이 잘 되었다. 둑에 만든 자전거 전용도로는 상행과 하행의 구분을 선명하게 도색하여 산뜻했다. 가로수가 잘 자라 그늘도 많고, 경관도 수려하여 사진이 가장 잘 나온 길이었다.

수안보 1시간 전에 나타난 수주팔봉은 바위가 일품이었고, 그 앞에 흐르는 개천 모래톱은 훌륭한 피서지였다.

문경새재를 넘어 낙동강변의 문경 중앙교를 지나니 고수부지에 만든 공원과 자전거길이 산뜻하였다. 조금 더 달리니 굵은 통나무 기둥의 아담한 정자도 있어 휴식하기 좋았다. 태봉숲 쉼터의 정자와 송림은 일품이었다. 태봉숲 정자에는 자전거 거치대조차 신경 써서 만들었는지 특이하게도 앞바퀴가 거치대 아래로 내려가 걸치도록 하여 편리했다.

충주 탄금대 가기 전, 탄금대교와 우륵대교가 잘 보이는 어느 정자 주변은 물과 산, 두 교량과 넓은 호반이 어우러져 경관이 빼어났다. 우륵대교 하얀 난간의 12줄은 가야금을 상징한다는데 공중에 떠 있어 하늘로 가는 길 같은 환상까지 갖게 했다.

상주 경천대는 생소한 지명이어서, 무식하게도 어느 대학 이름인가 했더니 낙동강을 굽어볼 수 있는 전망대로서 옥주봉(163.5m)을 중심으로 한 관광지였다. 낙동강 줄기 중 경치가 빼어난 곳이었다. 넓은 주차장, 인공폭포와 놀이동산, 야영장, 수영장, 조각공원, 전망대 등이 있었다. 기암절벽과 강물, 소나무 숲이 절경이었다. 이 공원 안으로 자전거길을 따라 들어가면 아늑한 정자가 나오고 소나무 숲 사이로 난 내리막길을 가게 되는데 그늘이라 시원하고 나무 사이로 낙동강 줄기가 잘 보였다,

삼랑진을 지나 낙동강 하구까지는 거의가 강변길이었다. 일부 구간은 나무 데크 길인데 대부분 강물 위로 나있다. 구포부터 낙동강 하구까지는 대부분 직선 길이었고 양쪽에 가로수가 있어 그늘이 시원하고 경관 또한 아름다웠다. 자전거길 옆으로 산책자들을 위한 인도가 함께 있어 세 가닥 길이라 넓게 운용할 수 있었다.

몇 년 전 겨울, 을숙도에 갔는데 그때는 활엽수들이 앙상하여 썰렁한 분위기였다. 그런데 이번에는 여름철이라 활엽수들이 우거져 신록이 푸르렀고, 해질 무렵이라 분위기가 아늑했다. 을숙도는 문화회

관과 소공연장, 공원과 광장, 각종 스포츠 시설 등을 갖추고 있어 부산의 관광명소가 되었고, 특히 낙동강 하구둑 자전거인증센터가 있어 자전거 라이더들에게는 국토종단의 시발점이거나 종착점으로서 그 의의가 크다. 10분만 걸어가면 지하철 하단역이 있어서 부산 시내 어디든 갈 수 있어 대중교통도 편리했다.

인증센터 주변에 라이더 서너 명이 보였지만 특이하게도 모두 혼자 온 사람들이었다. 곁에 있던 라이더는 40세 전후의 남자였는데 키가 크고 준수한 멋진 남자였다. 사진 촬영을 부탁했더니 흔쾌히 정성스레 여러 장을 촬영해주었다.

조금 일찍 을숙도에 도착했다면 한나절은 족히 돌아보아야 할 것 같은데 아쉽게도 친구들이 기다리고 있어 서둘러 해운대로 가야 했다.

4대강을 개발하면서 보를 여러 개 만들었기 때문인지 4대강에는 강물이 풍성했고, 강물이 많아서인지 보트, 수상스키, 수상오토바이 등의 레저 시설도 많았다. 이번 자전거 여행 중 만난 라이더와 국토종단 길 주변에 사는 사람들은 이명박 전 대통령의 업적이라며 치하했다. 그렇지만 많은 예산이 들어갔고, 물의 녹조현상과 수질의 저하, 생태계의 저해 등으로 환경 단체와 환경 학자들의 비판도 많았다. 그러나 풍성한 물과 숲으로 조국 산하의 경치가 아름다워진 것은 사실이다. 강물 따라, 공원과 자전거길이 잘 만들어져 있고, 주변에는 숲과 꽃들이 잘 가꾸어져 있다. 여름철이라 배롱나무꽃, 능소화, 달맞이꽃 등 아름다운 꽃들이 밤하늘의 별처럼 빛을 발했다.

여행 종료 후, 가장 클라이맥스가 된 한 장면은 어떤 것이냐고 어느 친구가 물었다. 그러나 어느 하나를 내세울 만큼 절정의 쾌감을 주는 장면은 생각나지 않았다. 여행은 클래식 음악처럼 잔잔한 감동일 뿐 영화나 가요처럼 격렬한 감동을 주는 건 아닌 것 같다. 그리고 쨍 울리는 폭발적 감동이나 솟구치는 감정, 그 뒤에는 허탈감이 오기 쉽다. 세계명작이나 고전을 읽고 얻는 감동이 은근하여 오랫동안 지속되는 것과 비슷하다. 자연을 감상하는 여행도 그런 게 아닐까? 어쨌든 이번 자전거 여행은 내게 아름다운 추억으로 남아 두고두고 기억날 것이다.

여행 중 만난 사람들

이번 나의 여행은 기록을 세우거나 목적지에 빨리 가야만 하는 경주가 아니었다. 발견의 재미와 아름다움을 즐기고자 했다. 라이더들은 서울서 부산까지 대부분 4박 5일에 주파한다. 6일 걸려서 가는 사람도 있고 이틀에 갔다는 사람도 있다. 우리는 전문가나 마니아가 아니라서 여유로운 여행을 꿈꾸었다. 힘들면 관광을 하면서 쉬고, 아름다운 곳에서는 좀 놀다 가려고 1주일을 여행 기간으로 잡았다.

출발할 때까지 자전거길 지도도 구하지 못했고, 휴대폰에 자전거길찾기 앱을 깔았으나 활용하지도 못했다. 국토 종단한 사람을 만나지 못해 자세한 정보도 얻지 못했다. 인터넷에서 겨우 국토종단 자전거길을 검색해 보았고, 국토종단 여행기를 두어 편 읽어 본 것이 정보의 전부였다.

이포보 인증센터 옆 정자에서 휴식을 취하는 몇 라이더를 만났다. 혼자 여의도에서 왔다는 20대 청년은 몇 마디 나누더니 홀연히 가버렸다. 혼자서 군산에서 출발했다는 30대 젊은이는 금강을 거쳐 여기까지 왔단다. 군산에서 사는 사람인가 해서 반가운 마음에 내가 군산 출신이라 했더니, 자신은 서울에서 사는데 버스로 군산에 갔다가 그곳에서 출발, 서울에서 마친다는 거였다.

여주에 도착하여, 강변유원지 입구에서 식당과 숙소를 찾다가 부산에서 온 두 라이더를 만났다. 그들은 여대생으로 보였는데 식당과 숙소를 찾는 중이었다. 부산까지 가는 동안 참고할 수 있는 정보를 얻고자 식사를 함께 하자고 부탁했다. 그런데 우리가 영양탕을 먹을 거라 하니 두 여자는 기가 질렸는지 다른 곳으로 가버렸다. 아쉬운 일이었다. 간신히 영양탕 식당을 찾아갔으나 고기가 떨어져 삼겹살로 대신했다.

다음날은 비내 쉼터에서 대학생으로 보이는 세 젊은이를 만났다. 그들도 부산까지 간다 했다. 자전거로 장거리 여행을 처음 하는지 매우 힘들어 보였다. 쉬는 시간이 길었고, 주행 속도도 느렸으며 길도 잘 몰랐다. 그 뒤로 스쳐 지나가듯 한두 번 본 것 같은데 우리와 속도가 달라 다시 만나지는 못했다.

충주 우륵대교 앞 정자에서 쉬다가 몇 사람을 만났다. 충주시에 살지만 그 주변에서 농사를 짓는다는 50대 후반의 남자는 매우 친절하게 여러 가지를 설명을 해주었다. 4대강을 개발한 것은 이명박 전 대통령의 치적이라 했다. 이곳을 지나가던 외국 라이더들도 세계에서 가장 아름다운 자전거길이라고 칭찬하더란다. 전 대통령의정책을 지지하지 않았지만 4대강은 잘한 것 같다는 어느 호남 사람 이야기도 했다.

우륵대교 난간의 디자인은 가야금을 상징한다는 설명, 이곳 강물은 부동호라 겨울에 얼지 않는다는 것, 이 길이 더 좋아지려면 곳곳에 음료나 식사를 할 수 있는 휴게 시설과 편의 시설이 필요하다는 등 여러 가지 설명을 해주었다. 이야기를 잘 들어 주었더니 기분이 좋았는지 자기 차에 가서 방울토마토를 두어 줌 비닐봉투에 담아왔다. 노지 재배라 맛이 좋다하여 먹어보니 고소하다. 대추모양이었는데 약간 누르스름해서 익은 것 같지 않은데도 시중에서 먹는 빨간 토마토보다는 훨씬 맛이 좋았다.

잠시 후에 온 50대의 라이더에게도 토마토를 권하며 이야기를 나누었다. 그는 몇 가지 정보를 주었다. 가다가 상주보 부근에 민박이 있는데, 방을 빌려주고 빨래까지 해주며 석식, 조식까지 할 수 있는데 1인당 3만 원이란다. 여주인이 친절하고 경비가 저렴해서 라이더들이 많이 가는 곳이라 했다. 자신은 청주까지 버스로 왔는데 서울까지 올라갈 거라며 가다가 음식을 먹을 곳이 있느냐고 물었다. 몇곳 있다고 알려주고 작별했다. 여행지에서 만나는 사람들은 처음이자 마지막인데도 친절하고 정답다.

수안보에 도착하니 물탕축제라는 지역 축제가 시작 직전이었다. 노래자랑에 나갈 한 사람만 접수를 받는다기에 망설이다가 재미를 만들 기회다 싶어 신청했다. 가수들이 나와 노래를 부르기 전 관객들의 참여 분위기를 높이고자 하는 출연인데, 나는 세 사람 중 두 번째 순서였다. '해후'를 열창하고 나니 관객의 반응이 좋았다.

사회자는 축제가 끝나기 직전, 세 사람을 불러 무대에 세우고 제일 잘 한 사람에게 박수를 보내달라며 순위를 정했다. 내가 가장 박수가 많이 나왔다고 나에게 먼저 세 가지 상품 중 하나를 고르는 기회를 주었다. 표고버섯 한 상자가 가장 좋다고 했지만 가져갈 수 없어 식권 3만 원짜리를 받아왔다. 다음날 아침 그 상품으로 양평에서 혼자 온 라이더와 셋이서 올갱이국과 두부김치로 포식을 했다.

이화령 고개에서 많은 라이더들을 볼 수 있었다. 고갯마루에는 휴게소가 있었고 여러 기념비들이 있었다. 남한강과 낙동강의 분수령이라 명소인가보다 하는 생각을 했다.

영강을 지나다 야트막한 야산의 소나무 숲에 소금강이란 간판이 보였는데 식당의 이름이었나 보다. 그 옆 산기슭에 자전거 전용의 데크 길이 있는데 잠시 쉴 수 있는 공간도 있었다.

어느 40대 라이더 남녀가 쉬고 있어, 어디서 왔느냐고 물었다. 서울에서 버스로 충주에 와, 이 길로 들어왔는데 부산까지 갈 거란다. 그 부부가 떠나고 30분 쯤 뒤에 가다보니 상주보 쉼터에서 그들이 다정스레 앉아 있었다. 보기에 아름다워 지나가며 손을 흔들어주었다. 새들도 짝을 지어 날아가는 게 보기 좋듯이 부부가 다정스레 라이딩을 하는 모습을 보니, 보는 사람도 흐뭇하다.

낙단보에서 구미보로 가던 중, 인천 서해갑문의 국토종단 시발점에서 온 두 여자 라이더를 만났다. 어디로 가야 부산으로 갈 수 있느냐고 나에게 길을 물었다. 김해에서 사는데 버스로 인천에 갔다가 서해갑문에서부터 자전거로 부산까지 가려 한다는 것이다.

한 분은 자전거 경력이 10년, 다른 분은 5년이라 했는데 자전거 동호회원으로 활동하기 때문인지 자전거와 복장이 잘 갖추어져 있었고 자전거를 타는 동작이 상당히 익숙해 있었다. 따로 떨어져 주행하다가 다시 구미보에서 만났다. 에어컨으로 시원한 편의점에서 아이스크림과 음료수를 먹으면서 잠시 이야기를 나누었다.

구미보에서 출발하여 강변을 달리다 점심때가 지났는데 식당이 나오지 않아 걱정을 했다. 다행이 1시쯤 구미시 예강리의 숭선대교 옆에 모텔과 식당이 있었다. 마침 영양탕 식당도 있었다. 출발하던 날부터 친구가 원하였는데 뜻을 이루게 된 것이다. 조금 늦게 도착한 여자들은 한식당으로 갔다. 친구와 나는 식당에서 충분한 휴식을 취하고 두시쯤 출발했다.

가던 중, 그 두 여자가 어느 정자에 앉아 여유롭게 쉬는 것을 보았다. 맞다. 저렇게 경관이 좋은 곳에서 쉬면서 여유를 즐기는 것도 내가 이번 여행에 바라던 점이었다. 그런데 친구는 그런 휴식보다 목적지로 가는 것을 우선으로 하는 것 같아 나도 여유 있는 주행을 하기 어려웠다.

달성보에 다다르니 비가 내렸다. 달성보에서 쉬고 있는 50세 전후의 라이더가 혼자 있어 길을 물었다. 그분은 동탄에 사는데 밀양에 갔다가 거기서 자전거로 올라왔다기에 길 형편을 물었다. 고개 세 개 넘는데 매우 힘들었다 한다.

잠시 후에 도착한 그 여자들도 다음 길을 찾는데, 편의점 여자가 인근 지도를 가져와서 설명해주었다. 경상도 말씨인데 워낙 빨라 알아듣기 어려웠다. 부산까지 국토종단길로 가려면 힘든 고개 셋을 넘어야 하기 때문에 힘도 들고 시간도 많이 걸린다는 것이다. 그래서 지방도로로 가면 수월하다며, 여기서 7~8km 현풍으로 가면 모텔 주인이 와서 트럭으로 픽업해주니 거기서 자고 지방도로로 가라고 안내해주었다. 또 내일 그 모텔 주인이 함안보까지 트럭으로 데려다주면 부산 가는 일정을 하루 앞당길 수 있다고 알려주었다.

두 여자와 우리는 지방도로를 타고 현풍으로 가서 몇 차례 전화를 걸어, 어렵게 모텔 주인을 만났다. 트럭을 타고 창녕보를 거쳐 합천군 청덕면 양진리 모텔로 갔다. 가는 동안 다른 라이더들도 모텔 주인에게 전화를 걸어 픽업을 요청했다.

저녁을 먹으면서, 친구와 두 여자는 내일은 트럭을 타고 함안보로 가, 거기서부터 자전거로 부산에 직행하여 라이딩을 종료하겠다고 했다. 나는 부산에서 동창들을 내일 모레 만나기로 한 달 전부터 약속했기 때문에 이곳 적포교에서부터 자전거길로 들어가 함안보를 경유하여 천천히 부산에 가겠다고 했다.

다음날 친구와 두 여자는 트럭에 자전거를 실었고, 나는 친구와 두 여자에게 아쉬운 작별 인사를 했다. 나는 혼자서 자전거를 타고 적포교 옆 국토종단 길로 들어가 달렸다.

20분 달리니 예정대로 가파른 고갯길이 나와 자전거를 끌고 올랐다. 그 뒤로도 박진고개와 영아지고개를 넘느라 더위에 상당히 힘들었다. 그 세 곳에서는 경사가 심해 자전거를 끌고 올라갔고, 두어 번씩 쉬면서 올랐다.

함안교에 도착하니 정오였다. 편의점에서 햇반과 사발면으로 점심을 간단히 때우고 쉬고 있는데, 옆 자리에 70세 전후의 노부부가 와서 쉬었다. 색상과 디자인이 같은 옷을 입어 보기 좋았다. 부산까지 소요 시간을 물으니 6시간 조금 더 걸린단다.

내가 먼저 출발해서 20분쯤 갔는데, 그 노부부가 나를 앞질러 갔다. 나보다 10년은 나이가 더 들었는데도 앞지르다니, 그 체력이 놀랍다. 두 분이 나란히 달리는 모습이 정겨워 보여 부러웠다. 나도 친구와 저렇게 달리면서 이야기를 나누고 싶었는데 우리는 대체로 따로 달렸다. 더구나 오늘은 각기 다른 길로 가게 되었다. 이번 여행은 나의 기대와 달리 친구와 나란히 달린 시간이 별로 없어 아쉬웠다.

낙동강을 따라 기분 좋게 달리다보니 구포에 다다랐다. 잠시 쉬면서 부산에서 기다리는 동창에게 1시간 뒤 을숙도에 도착한다고 전화로 알려 주었다. 달리다 보니 80세 전후의 노인이 나를 앞질러 가는데 경광등, 경적소리가 세련되었다. 아니 저 나이에도 저런 체력을 가질 수 있을까? 놀랍다. 가까이 다가가서, "저는 서울서 왔는데 을숙도까지 갑니다. 얼마나 시간이 걸립니까?"하고 여쭈었다. 자기를 따라오라고 했다. 상당히 주행속도가 빨라 약간 무리하면서 따라갔다. 그분은 자전거 경력이 많은지 사람들을 잘 피하면서 요령 있게 잘 달렸다.

을숙도 500여 미터 남은 위치의 횡단보도 앞에서 내리더니, 내게 길을 알려주셨다. 감사 인사를 하고 작별했다. 연락처를 물어 훗날 감사 인사를 하고 싶었지만 기다리고 있을 친구 때문에 곧장 을숙도로 달려갔다. 80대의 노인이 저리 건강한 건 자전거 운동 덕이었을 거라 짐작했다.

장산역(해운대)에 도착한 것은 약속 시각보다 거의 한 시간이 늦었는데 대학 동창 둘이 벤치에서 기다리고 있었다. 어려운 도전을 했다고 환영한다며 도착할 시간도 불확실한데 꿋꿋하게 기다려 주었다. 미안하고 고마웠다. 더구나, 여름 손님은 호랑이보다 무섭다는데 자기 집에서 자고 가라했다. 친구 부인에게 면목 없는 짓이지만 용기를 내서 들어갔다. 그래야만 친구도 부인도 나를 평생 기억할 테니까. 대신, 친구가 내려는 저녁 식사비와 술값을 친구가 모르게 얼른 내가 계산했다. 그래도 숙박비보다는 훨씬 저렴하다.

다음날 아침. 그 친구와 동백섬을 산책하며 누리마루 아펙 회의장을 지나 달맞이길에서 해운대를 조망했다. 아름다운 경치다. 그러나 보고 싶은 사람 만나는 것만은 못하다. 이 곳은 네 번째 와 본 곳이었다.

라이딩 중의 깨달음과 묘미

여행 중, 이포보와 여주보 등 여러 개의 보는 라이더들에게 사막의 오아시스처럼 반가운 휴식처였다. 간단한 식사와 음료수, 아이스크림을 먹을 수 있었고, 화장실도 청결하였다. 특히 실내에 가동한 에어컨은 정말 훌륭한 피서지였다. 또한 수많은 다리를 지나거나 건너야 했는데 다리 밑에는 대부분 쉴만한 벤치가 있었고, 벤치에 앉으면 시원한 강바람이 땀을 식혀주었다.

쉼터에서 만나는 사람들이 모두 처음 보는 얼굴들이지만 동료 의식을 가지기 때문인지 반가워했고 친절하게 정보를 알려주었다.

사람들은 폭서기라서 더위에 고생 많았겠다고 걱정해주었지만 자전거 평균 시속 20km로 달리면 맞바람이 있어서 그리 덥지 않았다. 가로수 그늘이나 산길의 숲 그늘이 자주 나왔고, 곳곳에 휴식터가 있었다.

물론 가로수도 없는 둑길에서 뜨거운 햇볕을 받으며 달릴 때는 어깨가 따가웠고, 시멘트나 포장된 바닥에서 열기가 올라올 때는 얼굴이 후끈후끈 달아올랐다. 그러나 그 더위를 이기고 나니 올 여름의 무더위가 그리 두렵지 않았다. 더위를 무릅쓰고 무더위를 이겨낸 승자였기 때문이리라.

오르막에서 숨을 몰아쉬며 힘겹게 오르더라도 내리막길은 저절로 굴러갔다. 인생도 고난의 길을 오르면 평탄한 내리막길이 있는 거라는 생각을 했다.

달리는 동안 조국의 숲과 강이 참 아름답다는 생각을 여러 번 하였다. 공원에서 숱하게 본 배롱나무꽃, 고수부지나 둑길 옆에 지천으로 핀 달맞이꽃, 언제부터 그렇게 퍼졌는지 유럽에서 온 벌노랑이꽃, 마을길 민가 옆에서 화려하게 핀 능소화, 산고개에서 우람하게 자란 청청한 소나무 등, 그림 같은 장면들이 수없이 나타났다. 하천 길을 달리며 흔히 볼 수 있는 백로와 왜가리, 강물 위를 달리는 보트와 수상스키 등도 10~20년 전에는 보지 못하던 장관이었다.

장거리를 자전거로 달리며 안장과 핸들, 쇼버를 몇 차례 조정하면서 나에게 알맞도록 서너 차례 조절했다. 출발 전에 가랑이가 헐었던 상처도 아물 수 있었고 어깨와 고개의 통증도 풀어낼 수 있었다.

또, 친구가 탄 로드형의 자전거와 내가 탄 MTB 자전거의 장단점을 알았다. 로드형은 속도를 내기 좋지만 내리막에서 브레이크를 신속하게 잡기가 어렵고 MTB의 유압식 브레이크는 작동이 훨씬 안정적이었다.

혹시 몰라 가져간 물품 중에 30% 가량은 불필요한 짐이었다. 펑크를 대비해 튜브와 연장을 챙겼고, 여벌옷도 몇 벌 넣었으나 대부분 사용하지 않았다.

또, 둘이 동행하면 든든함도 있지만 서로의 생각이 다르고 관심이 달라 불편한 점도 있었다. 실제로 장거리를 혼자서 라이딩하는 사람도 많았다. 단, 혼자 가는 국토종단 길은 여러 곳에서 주의해야 했다. 길을 잘못 들어가 되돌아오는 일도 서너 번 있었고, 친구와 헤어졌다가 만나기 위해서 한 시간 정도나 서로가 기다리기도 했다. 그래서 여행에서는 가이드가 있어야 시행착오를 줄일 수 있다. 선수보다 잘 할 코치는 없지만 코치 없는 선수는 없다. 인생에서는 스승을 잘 만나야 성공할 가능성이 높다.

다시 국토종단 라이딩을 한다면 이제 별 걱정이 없다. 그런 부담은 이번의 절반 이하가 될 것 같다. 아직도 못 가본 영산강과 금강, 안동댐 등의 자전거길이 나를 기다리고 있다. 언젠가 직장에서 은퇴하면 1년 쯤 전국 라이딩을 하고 싶다. 희망이 꿈이요, 간절한 꿈은 언젠가 이루어질 것이라 기대한다.

이번 여행에서 도전과 성취, 그런 체험이 삶에 활력과 인생의 즐거움을 주는 요소임을 깨닫게 되었다. 오랫동안 그런 기억을 회상하며 내 스스로 기쁨을 음미하게 되리라. 그리고, 새로운 도전을 꿈꾸게 될 것이다.

chapter 06

경이로운
세계

웅장한 천문산과 황룡동굴
— 장가계 여행기

천문산과 천문동굴

장가계를 다녀온 동료가 매우 아름답다 하여 언젠가 꼭 가보고 싶었다. 그런데 기회를 만들지 못했다. 교원은 방학 때에만 연가를 이용하라는 지침 때문이다. 중국 남부는 여름방학 때는 너무 덥고, 겨울방학 때는 너무 춥다 하여 용기를 내지 못했다. 그런데 현충일과 개교기념일이 토, 일요일과 나흘 연휴(16. 6. 4~7)라 기회는 이때다 싶어 여행사의 패키지를 이용하게 되었다.

천문산, 그 큰 규모와 기암괴봉의 바위들

해발 1,518m의 천문봉(天門峰), 평균 1,300m의 산정에 높이 131m, 폭 57m의 터널인 천문동굴이 있다. 그 우람한 바위에 구멍이 뚫려 있어 파리의 개선문을 연상하게 되고 바늘귀 모양이라 아래에서 보면 하늘로 들어가는 입구 같다. 그래서 이름이 천문산(天門山)이요 동굴은 천문동(天門洞)이다.

수억만 년을 바다로 있다가 6,000만 년 전에 지각운동으로 융기하여 솟아난 바위다. 그 거대한 바위가 위, 촉, 오의 세 나라가 각축을 벌이던 263년경, 암벽의 일부가 무너져 내려 신비롭게 구멍이 뚫린 천연동굴이요 짧은 터널이다. 어떻게 이런 모양이 되었는지 신비롭고, 그 규모가 커서 놀랍다. 가이드 말로는 러시아 비행기가 그 구멍을 통과한 적이 있어 더 유명해졌다고 한다.

장가계 시내에서 시가지 위로 케이블카를 타고 가며 천문산을 바라보니 굴곡진 능선이 불규칙한 톱니나 널뛰기하는 증권 시세의 그래프 같은 모양이다. 케이블카는 세계에서 가장 긴 7,455m로서 20분이나 타고 가야 한다. 높이가 1,000m가 넘는 곳에 이르러서는 귀가 먹먹해지고 현기증이 날 정도였다.

케이블카에서 내려 암벽 옆구리를 오른쪽으로 돌았다. 빨간 리본이 나무에 주렁주렁 매달려 있다. 등반 길 표시의 리본 같다. 그렇게 리본을 매달며 소원을 빌면 이루어진다는 믿음으로 중국인들이 매달았다는데 리본들이 너무나 강렬한 빨간색이어서 정말 귀신이 나올 듯했다. 귀신이 나올 듯해 귀곡잔도라는 이름이 붙었나 보다.

해발 1,000m 이상의 산, 그 바위에 철근을 박고 발판을 만들어 폭 1m 남짓의 길을 냈다. 건물 밖으로 낸 난간 같은 길을 걸어가며 우측 산 밑을 내려다보니 천 길 낭떠러지다. 아찔하다. 어떻게 이런 곳에 길을 만들 발상을 했을까.

모롱이를 돌아 산과 산을 이어놓은 구름다리를 건너, 지나온 길을 뒤돌아보니 정말 대단한 공사를 했다 싶었다. 이 암벽에 길을 만들기가 얼마나 힘들고 어려웠을까? 죄수들에게 복역기간을 단축해준다며 일을 시켰다는데 수많은 사람들이 죽었다 한다. 일정 기간 일을 마치고 살아서 돌아간 사람은 다행이겠지만 복역기간을 단축하기 위해 왔다가 떨어져 죽은 사람들은 얼마나 처참한 몰골로 눈을 감았을까. 무려 200명이 희생되었다 한다.

인구가 많은 중국이 아니었다면, 아니 인명을 중시하는 나라였다면 불가능했을 공사다. 그 후속작으로 2011년에 시멘트 바닥 대신 유리바닥으로 유리잔도를 만들었다. 해발 1,430m의 공중에 유리바닥의 길을 만들었다. 대단한 사람들이다.

산정에서 동굴 같은 길을 에스컬레이터로 대여섯 번이나 갈아타고 아래로 내려왔다. 아마도 산 위에서 500m 정도를 내려왔나 보다. 출구로 나오니 우측에 우람한 천문봉이 우뚝 서있다.

장가계시에서 케이블카를 타고 볼 때는 천문동굴로 비행기가 지나갔다는 말이 믿어지지 않았다. 그런데 바로 앞에서 보니 비행기가 통과하는 건 충분해 보였다. 해발 1,000m나 되는 높은 곳에 어마어마한 크기의 바위 구멍이 있다니 놀라운 일이다.

저녁을 먹고 천문산 입구에 가니 어둠이 짙게 깔려 빨간 조명이 화려한 꽃으로 피어났다. '천문호선대별장(天門狐仙大別場)'이란 붉은 네온이 선명하다. 공연장에 들어가니 '사냥꾼과 여우'라는 뮤지컬이 진행 중이었다.

무대의 폭이 100m는 됨직한 노천 무대. 거기에 5층 정도의 높은 무대와 세트. 각 층마다 색다른 장치가 되어 있다. 웅장한 음악과 신비스런 조명, 1~5층이나 되는 무대에 무용수들이 각기 등장하여 춤과 율동을 보여주었다. 왼쪽에서는 무려 100여 명의 합창단들이 계곡을 가득 채우는 화음으로 노래를 불렀다.

무대의 천정이랄까 산의 능선에 떠오른 듯한 커다란 달(조명) 속에 화려한 옷을 입고 천사처럼 분장한 여인이 등장하여 춤을 추는데 한 바퀴 돌 때마다 거듭거듭 의상이 달라지는 연출도 신비로웠다. 어느 한 순간엔 한복과 한글이 보여 반갑기도 했고, 한글 자막으로 내용을 보게 해주어 한국인이 환영받고 있다는 느낌도 가질 수 있었다.

2,800여 명을 수용할 수 있는 관람석, 합창단과 출연자 400여 명, 스태프까지 합쳐 무려 500여 명이나 된다. 이 공연을 위해 설치한 조명비가 160억, 모두 300억이나 들었다니 엄청난 규모의 뮤지컬이다.

꼬리가 아홉 개 달린 여우(구미호)가 천년 동안의 수행을 거쳐 아름다운 여인으로 변신, 사냥꾼인 청년과 사랑을 나눈다는 스토리다.

주인공인 청년은 그 선녀의 아름다움에 홀딱 반하였지만 여우의 변신이기에 이룰 수 없는 사랑이라 애절하다. 우리나라의 나무꾼과 선녀의 옛 이야기와 비슷한데 나무꾼과 여우의 사랑이 이루어진다는 해피엔딩의 스토리다.

캄캄한 밤을 배경으로 하여 커다란 달(조명효과)이 떠올라 동양의 신비스러움을 한껏 드높였다. 웅장한 합창단의 음악과 출연자들의 화려한 의상은 천상에서나 볼 것 같은 환상적인 아름다움이었다.

이 뮤지컬 또한 천문산의 자연 못지않게 웅장한 볼거리였다. 산에서 쏟아지는 신선한 공기, 산 위 하늘에서 반짝이는 별, 그것만으로도 충분히 아름다운 배경이었다. 거기에 아름다운 화음, 아름다운 여인들의 현란한 춤, 아름다운 노래는 감동을 거센 바람처럼 몰아왔다. 아름다움에 취한 황홀한 밤이었다.

천자산과 원가계, 모노레일과 십리화랑

거대한 산수화가 십리나 펼쳐진다는 십리화랑. 모노레일을 타고 5km를 달리는 동안 스쳐 지나가는 살아있는 명장면들. 한번 보고 말기에는 너무나 아까운 경치인데 모노레일은 멈추지 않기 때문에 카메라와 캠코더로 촬영하느라 정신이 없었다.

운행 높이가 335m나 되는 세계 제일의 관광용 백룡 엘리베이터를 타고 원가계로 올랐다. 아래의 165m는 산속 수직 터널이고, 그 위 170m는 수직 철강구조라서 철강구조로 오를 때면 수십 개의 봉우리들을 내려다 볼 수 있었다. 엘리베이터의 유리벽으로 보이는 우람한 바위와 산. 우뚝 솟은 바위틈으로 나무와 풀들이 자라, 살아있는 분재요 꽃바위의 숲이었다. 자연은 어쩌면 이렇게도 괴이할 수 있을까, '세상에는 이런 곳도 다 있구나!'를 깨닫게 하는 봉우리다. 일행 중 가장 나이 많은 분도 이런 건 처음 본다며 어떻게 저 바위 위에서 나무가 자라고 살 수 있는지 신비롭다고 거듭 말했다.

장가계 시내의 가로수에 접시꽃 크기의 하얀 꽃이 소담하여 피어 있었다. 꽃이 탐스럽고 처음 보는 것 같아 가이드에게 꽃이름을 물었더니 장가계에 2,000여 종의 식물들이 있는데 내가 그 이름을 어찌 알겠느냐고 묻지 말라했다. 사진을 찍어 한국에 와서 검색해보니 후박나무꽃이었다.

한나라를 세운 유방을 도운 장량이 한신처럼 토사구팽 당할까봐 관직을 버리고 이 깊은 산마을에 와서 살았다. 여기 살던 토가족, 묘족 등 소수 민족들에게 장량은 농사짓는 법, 베 짜는 법 등을 가르쳐 주었다. 그리하여 장량을 따르던 많은 사람들이 장 씨로 성을 갈아 장 씨가 많아져, 장씨촌, 즉 장가계로 불리게 되었다. 그런데 가이드는 그렇게 중요한 이야기조차 해주지 않았다. 왜 안 해주느냐고 했더니 그 말을 한 줄 알았다고 변명했다.

정신을 잃을 만큼 아름답다는 미혼대, 황제가 붓을 던져 바위가 되었다는 어필봉(御筆峰). 두 봉우리를 다리처럼 이어 놓은 천하제일교, 영화 '아바타'에 등장하는 장면의 바위들을 보았다. 그 영화를 볼 때 그 바위 봉우리들이 인공으로 만든 세트로 짐작했는데 그 봉우리가 실재 존재하는 것을 여기서 알게 되었다. 그런 장면을 직접 본 것이다.

케이블카를 타고 천자산에서 내려오는데 이곳저곳에 울뚝불뚝 일어선 바위 봉우리들이 기기묘묘하다. 전망대에서 바라보는 바위들의 향연. 절벽의 골짜기 같기도 하고, 기둥처럼 솟구친 바위들의 나

열은, 여기 와서 보기 전에는 도저히 상상하지 못했던 광경들이었다.

셔틀 버스를 타려는데 밀치고 먼저 올라타는 중국 사람들. 버스에 올라와서는 빈자리에 가방을 놓고 내게는 앉지 말라고 소리를 질렀다. 목소리 큰 중국 사람들. 목소리가 커서인가, 악다구니를 쓰기 때문인가 나는 기가 질렸다. 중국 여자들은 강하고 드세 보였다. 살림도 여자가 주도한다는데 그리 강하기 때문인가 보다.

대협곡을 걸으며

오염을 줄이기 위해 수소와 물로 운행한다는 셔틀버스. 산에 오른 그 버스에서 내려 대협곡 입구로 들어갔다. 내려가는 계단의 길이가 굽이굽이 400m 이상이다. 좁은 계곡 계단이라 약간 어두운데 계단의 경사도 심해 무척 조심해야 했다.

계단을 내려가니 사람들이 앞치마 같은 두꺼운 천을 엉덩이에 묶고 하얀 실장갑을 끼었다. 돌로 된 미끄럼틀을 타고 내려가다 굽어지는 곳이 몇 군데 있어서 속도를 조절하지 않으면 앞 사람과 부딪히게 되었다. 앞 사람이 정지하면 부딪히기 쉬워 위험했다. 약간 무서웠지만 스릴이 있었다. 이런 것도 관광 상품이 되는구나 싶었다.

미끄럼틀을 벗어나 계곡으로 내려가다 보니 암벽으로 쏟아지는 폭포가 있었다. 굽이굽이 개울을 따라 협곡 길을 걸었다. 물 흐름소리가 시원하다. 여기서 며칠 지내면 내 마음의 찌꺼기들도 모두 씻겨갈 수도 있겠다. 내려가면서 물이 불어, 내를 이루었는데 석회석이 녹아들어 약간 뿌옇다. 숲의 녹색과 하늘의 청색이 한데 어우러져 청녹빛의 특별한 색이다.

계곡물이 불어난 지점에 20여 명이 탈 수 있는 배가 있었다. 그 배를 타고 계곡을 빠져 나왔다. 산고수려(山高水麗)이며 군자는 요산요수(樂山樂水)다. 대협곡을 빠져나오니 선경(仙境)에서 속계(俗界)로 돌아온 것 같았다.

보봉호 유람선에서

보봉호는 높은 산 중간에 있는 호수다. 계곡에 댐을 쌓아 만든 인공 저수지이지만 경관은 아늑하여 분위기는 자연 호수 같다. 길이가 2.5km인데 깊이는 평균 70m라니 꽤 깊고 큰 호수다.

산 속에 호젓이 있기 때문인지, 주변에 기암괴봉의 산들이 감싸고 있어 커다란 산수화 같다. 여기에 관광용 배를 띄워 돌아보게 했다. 관광객이 박수를 치자 호숫가 집에서 한 여자가 나와 한 소리(노래)하고 들어갔다. 그 노래는 노처녀가 나를 데려가 달라는 뜻이라 했다. 청아한 소리가 인상적이다. 잠시 더 들어가니 이번엔 남자가 나와서 한 곡조 뽑고 들어갔다. 누군가 "앵콜"하고 소리질렀는데 대답이 없다.

물가 바위에 검은 새가 앉아있다. 거위라 했다. 거위가 검다는 게 믿어지지 않아 자세히 보니 거위가 맞는 것 같다. 목을 늘여 깃을 긁는데 머리에 흰색 무늬가 있다.

잔잔한 수면에 파도는커녕 일렁이는 물살조차 느낄 수 없었다. 깊은 못은 고요하다는 말이 맞는 것 같다. 산 그림자가 물 속 깊이 고요와 함께 드리워져 있다. 물은 화를 가라앉히는 기능이 있지만 물만 보이는 집에서 살면 우울증에 걸린다 한다. 그러나 모처럼 물 가운데의 배에 앉으니 안정과 여유가 느껴졌다.

황룡동굴의 엄청난 크기와 화려한 종유석

그야말로 어마어마한 동굴이었다. 수많은 석순, 석주가 기묘하게 늘어서 있는 황룡 동굴은 총 10만㎡, 길이 7.5km, 관람 공간 3km나 되어 아시아 최대의 종유석 동굴이다. 거기에 여러 빛깔로 조명을 비추어 신비롭고 장엄한 장면이 계속되어 경탄을 거듭하게 했다. 동굴 내부의 최대 높이가 140m다. 가장 큰 석순은 70m나 된다. 정말 놀랍다. 석순이 1cm 자라는데 10년 걸린다니 수십만 년을 자라야 한다. 어마어마한 세월이다.

동굴 안에 물이 차 있어 배를 타고 이동한다는 것도 놀랍다. 수심이 7m나 되는 곳도 있다니 깊이도 만만치 않다. 물을 인공적으로 채웠다니 신비감이 떨어지긴 하지만 전혀 상상하기 어려운 일이었다.

바닥과 천정이 이어진 육중한 종유석. 물방울이 떨어지는 자리에서 자라는 석순 등, 여러 가지 형태의 모양이다. 그 중 기묘한 종유석에는 화려한 조명으로 돋보이게 만들었다. 아름다운 자연만으로도 경탄할 수 있지만 인공이 가미되었을 때 더 극치를 맛보게 된다.

이 동굴을 발견하여 관광지로 개발한 업자가 이 지역 최고의 갑부란다. 이 동굴에 1억 위안의 보험을 들었다니 한국 돈으로 약 180억 원이다. 이 거대한 동굴을 발견한 게 1983년이었으니 33년 밖에 되지 않았다. 수십만 년 전에 형성된 동굴을 근래에 발견했다는 게 신기하다.

하긴 제주도의 만장굴을 발견한 지가 약 70년, 삼척의 환선굴을 발견한 것도 20년 전이라 한다. 세계 7대 불가사의의 하나라는 건축물, 캄보디아의 앙코르와트 사원을 발견한 것도 1860년이니 150년 남 짓 되었다. 이 세상 어딘가에는 아직도 찾지 못한 보물섬이 있을 것 같다.

베트남 하롱베이와 하노이

하롱베이의 기묘한 섬들

하노이에서 하롱베이로

오래 전부터 가보고 싶었으나 못 가본 월남 땅. 공산화를 저지하기
위해 우리나라 군인들이 1970년 전후(前後)에 참전했으나 1973년
에 한국군이 철수했다. 미군이 철수한 1975년에 결국 공산화되어 한

국과는 외교가 단절되었다가 1992년에 수교를 재개하였다. 그 후 많은 사람들이 관광이나 교역으로 베트남을 다녀오면서 지금은 가까워진 나라다. 그리하여 고교 동창과 함께 4일간(16. 1. 14~17)의 여행을 하게 되었다.

베트남 최고의 명승지요 세계 7대관광지라는 하롱베이. TV에서 보았던 수천 개의 암초 같은 섬들을 보며 신비롭게 여겼던 카르스트 지형이다. 섬들이 거대한 호수에 뿌려져 있는 듯한 기암괴석들. 어디가 바다의 끝이고 섬은 어디까지 이어져 있는지 신비로웠다.

하롱베이에는 이웃 나라에 온 것처럼 한국인이 많았다. 일부 중국인이 보이긴 했지만 하롱베이 티톱섬을 오르며 말소리를 들으니 외국인의 대부분이 우리나라 사람들이었다. 한때는 일본인이 가장 많았으나 요즘은 거의 없고, 몇 년 뒤에는 한국인도 많이 줄어들 거라고 했다.

하롱베이 바다에는

하롱베이[下龍]는 용이 하늘에서 내려온다는 의미의 지명이다. 바다에 암초처럼 솟은 조그만 바위섬들의 군집. 조물주는 어찌 넓은 옥토로 만들지 않고 아무짝에도 쓸모없을 것 같은 섬들을 이렇게도 많이 뿌려놓았을까. 그런데 이 암초 같은 섬들이 세계 7대 명승지 중의 하나라 한다.

그 섬들이 하나 둘이 아니다. 끝이 보이지 않는다. 무려 이런 섬과 암초를 합쳐 3,000여 개나 흩어져 있다. 조물주는 무슨 까닭으로 조그만 바위섬들을 그렇게나 많이 흩뿌려 놓았을까? 많으면 자원이라더니 정말 그런가. 집 한 채 짓지 못할 조그만 바위섬들, 그래도 그렇게 많으면 관광자원이 될 수가 있었다.

모터보트를 타고 수십 분을 달려도 계속 이어지는 바위섬의 숲. 동굴 같은 구멍 바위, 낙타 등이나 코끼리 같은 모양의 바위도 있다. 이 기묘한 섬들이 베트남의 중요한 관광 수입원이 되고 있다니 이건 조물주의 실수인가 배려인가?

물 위에 솟은 수많은 섬들로 인해 바다라는 느낌이 들지 않았다. 여러 개의 섬들이 호수에 둘러앉은 것 같다. 하롱베이에는 3무(無)가 있는데 무엇인지 아느냐고 가이드가 퀴즈를 냈다. 아무도 대답하지 못하자, 어떤 이가 힌트를 부탁했다. 가이드는 양팔을 펴고 날갯짓을 했다. 그러자 한 사람이 갈매기라고 답했다. 맞다고 가이드가 선물로 커피 한 갑을 주었다. 또 무엇이겠느냐 했지만 대답을 못하자 코로 숨을 거세게 들이마시는 동작을 해, 내가 '바다 냄새'라 하니 맞다고 내게도 한 갑을 주었다. 세 번째의 답을 찾지 못하자 가이드는 '파도'라고 알려 주었다. 갈매기가 없는 것은 매가 많아서 그렇고, 냄새가 없는 것은 물의 증발이 적어서이며, 많은 섬들이 바람과 물결을 겹겹이 막아 파도가 없다고 했다.

유람선을 타기 위해 여객선 터미널로 들어가니 한쪽 무대 위에서 음악이 연주되고 있는데 우리나라의 동요인 '고향의 봄'이었다. 한국인을 환영하기 위해 연주하는 것 같았다. 엔뜨국립공원 산기슭의 넓은 식당에서도 이름을 알 수 없는 악기로 연주했는데 우리나라의 가요 '사랑해' 등 인기가요들을 연주했다.

30명은 앉을 수 있을 크기의 유람선. 그 목선에 겨우 8명이 오르고, 한국 가이드와 베트남의 현지 가이드와 사진사가 동승했다. 배 안은 탁자가 예닐곱 개 있었고, 탁자에 의자가 딸려 있다.

배가 출항한 잠시 후, 바나나와 망고, 파인애플 등 열대 과일 한 접시가 나왔는데 당도(糖度)가 낮아 맛이 없었다. 이 지역은 중국에 가까운 위도라서 기온이 낮아 그렇단다. 섬이 가까워져 갑판에 오르니 베트남 사진사가 포즈를 취하라며 사진을 찍어댔다.

씨푸드, 모터보트, 뷔페식당 등의 선택 관광을 위해 160불씩을 더 냈다. 다금바리 생선회를 준다며 커다란 물고기 세 마리를 양동이에 담아와 보여 주었는데 나중에 접시에 올라온 생선은 보여준 고기의 반도 안 될 것 같았다. 더구나, 그 물고기가 진짜 다금바리가 아니라는 것이다.

잠시 후, 게, 새우, 조개, 바다가재 등 다양한 해산물과 생선회를 가져왔다. 가이드는 한국산 소주 한 병을 서비스라고 주었다. 배에 동승했던 여자가 양식 진주라며 목걸이, 귀고리, 팔찌 등 액세서리를 내놓고 팔았다. 값은 비싸지 않은데 크기가 일정치 않고 울퉁불퉁하여 조잡스러웠다. 싼값에 팔겠다고 구매를 요청했지만 여자 승객 2명이 귀고리 하나씩 샀다. 다른 사람들은 관심이 없었다.

유람선에서 내려 모터보트에 탔다. 보트 운전사는 바다를 신나게 달리면서 좌우로 흔들어댔다. 승객들이 전율감과 놀라움으로 탄성을 지르자 운전사는 보트를 더 기우뚱거리며 장난을 했다. 보트를 타고 15분가량을 더 나아가도 섬들은 계속 이어져 섬들의 끝을 볼 수가 없었다. 코끼리, 낙타 등으로 보이는 바위섬, 곰이 마주 서서 뽀뽀하는 듯한 바위도 있었다. 섬의 밑둥치를 보면 물결 닿는 곳은 조금 깎여나가 흙이나 풀이 없고 뼈만 남은 것처럼 앙상했다.

다시 유람선으로 갈아타고 원뿔처럼 뾰족이 솟아있는 티톱섬에 갔다. 티톱은 러시아의 우주 비행사 이름인데 그 이름으로 섬의 이름을 붙였다. 그 많은 섬 중 티톱섬은 이름도 특별하지만 모래를 실어다 깔아놓아 백사장이 있는 것도 유일하고 정상에는 전망대가 있어 사방의 섬들을 조망하기 좋았다.

하노이와 하롱베이에서 본 사람들

동남아 열대 지방의 사람들은 피부가 약간 검고 한국인보다 조금 작으며 가냘프다. 그런데 하노이에서 만난 베트남 사람들 중에는 한국인과 비슷한 용모를 가진 사람이 적지 않았다. 특히 마사지하던 아가씨는 23세라 했는데 한국인과 용모가 매우 비슷했다. 60이 넘은 나에게, "오빠, 결혼했어?" 하며 애교를 떨었다.

나는 마사지를 받으면서 영화에 나오는 왕이 시녀에게 안마를 받는 것 같다는 상상을 했다. 한국에서는 마사지를 받아본 일이 없다. 동남아와 중국 여행 중에 마사지를 받으며 다리가 시원해지는 기분 좋은 경험을 몇 차례 했을 뿐이다. 우리의 소득 수준이 높아져 이런 호사를 누릴 거다. 잘살고 볼 일이다. 나에게 마사지 해주는 아가씨는 다른 아가씨보다 얼굴도 곱고 맵시도 있지만 내 눈을 유심히 지켜보는 고혹스런 눈길에서 짙은 정감이 느껴졌다. 옆의 친구에게, "잠자다 이 아가씨 꿈 꿀 것 같아." 하고 농담을 했다. 만약 한국 노총각이 이 아가씨의 마사지를 받았다면 꽤나 가슴이 두근거렸겠다 싶었다.

관광객을 용모만으로는 중국인, 일본인, 한국인의 구별이 쉽지 않다. 그런데 베트남 택시 기사들은 바로 구분하는 기준이 있단다. 떼를 지어 나오고 시끄러우면 중국인, 깃발을 따라다니거나 줄을 서서 다니면 일본인, 인상 쓰고 '빨리빨리' 서두르는 사람은 한국인이라 했다. 정말 그런지는 잘 모르지만 그럴 것 같다. 우습다. 그리고 씁쓸하다.

하노이 시내에 스트릿 카를 타고 도는데 사람이나 자동차나 모두 질서가 없다. 신호등이나 중앙선도 없다. 그런데 특이하게도 사고는 보지 못했다. 가게 한쪽에 앉아 술을 먹거나 담배를 피우고, 차를 마시며 노작거리고 있는 남자들이 많았다. 장사나 일은 주로 여자가 하고 남자는 오토바이로 여자를 출퇴근 시키고 심부름하며 시간 나면 저리 빈둥댄다고 한다.

하롱베이와 하노이의 자연

베트남에는 영하의 날씨가 없어 일년 내내 꽃이 피고 꽃이 진다. 해변에 늘어선 야자나무가 멋지다. 남부에선 3모작, 북부에서는 2모작 벼농사를 짓는다. 바나나와 야자 등 열대과일을 언제나 먹을 수 있다.

국토는 남북이 길어 약 2,000km. 비행기로 두 시간, 기차로 38시간을 달려야 한다. 기차를 대기하고 갈아타는 시간을 포함했기 때문이다. 그러나 국토 가운데의 폭이 50km에 불과한 곳도 있다. 그렇게 남북이 길어 북부지방과 남부지방의 기온이나 풍광에 상당한 차이가 있다.

베트남에 머문 나흘 중, 사흘이나 흐리고 비가 가끔 내려 충분한 아름다움을 느끼지 못했다. 특히 하롱베이를 돌아보던 날과 엔뜨공원에서 케이블카를 타고 높은 산 위의 화이엔 사원에 간 날은 몹시 흐렸다.

겨울철에는 맑은 날이 드물다는데 돌아오는 날은 비교적 맑았다. 그 날은 바딘 광장, 호치민 주석궁과 기념관, 관저와 사저를 보게 되었다. 사저는 2층 집인데 1층은 기둥만 있어 벽이 없다. 관저에는 조그만 나무 침상과 식탁이 있고, 서재, 침실의 방 두 칸의 초라한 집이다. 한 나라의 원수요 주석인 그가 그렇게 검소하게 살았다는 것은 정말 놀라운 일이다.

호치민은 자신의 사후에 화장을 해 뿌리고, 무덤에는 비석이나 동상을 세우지 말라고 했다. 그런데 후세인들은 상당히 위용 있는 기념관과 박물관을 만들어 놓았다. 베트남 사람들은 호치민을 존경하여 매일 수많은 참배객과 관광객이 다녀간다. 입장하는 데에도 줄을 길게 서야 했고, 그의 관저와 사저를 보는 데, 긴 줄로 서 사람들의 등 뒤에 바짝 붙어 천천히 걸어가며 보아야 했다.

호치민 기념관 앞에 있는 바딘광장의 너른 잔디밭. 우리가 흔히 볼 수 있는 잔디가 아니고 보리싹 같은 풀이다. 그의 사저나 관저도 주석궁에서 가까이 있고, 그 사이에 조그만 호안끼엠 호수가 있다. 그 주변은 오래된 야자나무와 아름드리 정원수가 아름답다. 그리고 유명한 '한 기둥 사원'이 조그만 호수 위에 비둘기 집처럼 얹혀져 있다.

하노이 전통시장

호안끼엠 호수 옆 전통시장에 갔다. 스트릿 카로 좁은 시장 골목을 누볐다. 차와 오토바이, 사람들이 엉켜 다니는 곳. 금방이라도 부딪힐 것 같은 혼잡스런 길. 편안하게 시가지를 구경할 분위기가 아니었다. 그런데 이곳 사람들은 사람과 차들을 요리저리 잘 비켜갔다. 호숫가로 늘어선 많은 차량, 오토바이 등으로 어수선한데 많은 사람들이 혼잡스럽게 이동했다. 일요일이어서 그랬을까?

그런데 특이하게도 오토바이 탄 사람들이 핸들에 바짝 다가앉았다. 아마도 혼잡한 길에서 사고가 나지 않으려면 재빨리 움직여야 하기 때문인가 보다.

하노이에 가보기 전까지는 베트남의 수도가 사이공인 줄 알았다. 그런데 베트남의 지도에 사이공은 없었다. 수도는 북부에 있는 하노이였다. 베트남이 통일된 후 사이공시가 호치민의 이름을 따 호치민시로 바뀐 것이었다.

하노이에는 세계 17번째로 높은 72층의 경남빌딩이 있다. 하노이의 랜드마크 스카이 전망대인데 한국 기업의 빌딩이어서 자부심을 갖게 했다. 전망대에 오르니 안타깝게도 구름이 시야를 가리고 있어 하노이 시가지를 전혀 내려다 볼 수 없었다.

하노이에서 하롱베이를 오가는 동안 길가의 집들이 대부분 짱구머리 같았다. 앞 부분은 좁고 앞뒤의 길이가 긴 모양이었다. 사회주의 국가라서 많은 사람들에게 토지를 배분하려다 보니 도로의 앞면을 좁게 나눌 수밖에 없었나 보다.

친구는 하노이에 커다란 아파트가 자꾸 늘어나고 있다며 놀랍게

변한다고 했다. 사회주의 국가인데 어느 정도의 사유 재산을 인정하자 경제가 급속도로 발전하는가 보다.

아직까지도 메뚜기떼 같은 오토바이 행렬은 여전하지만 자동차가 많이 늘어났다는데 현대, 기아 등의 한국 차도 눈에 잘 띄었다.

한국 발전을 모델로 삼아 새롭게 일어서는 베트남. 머지않아 베트남도 1만 불 소득에 다다를 것이다. 우리나라에 시집 온 외국 여자 수가 2위인 나라이며 우리나라의 상품을 여섯 번째로 수입해주는 나라. 그런데 베트남이 잘 살게 되어 한국으로 시집 올 여자가 없어지면 우리나라 노총각들은 어느 나라 여자와 결혼해야 할까? 이건 기우인가?

우리나라의 추운 겨울에 베트남에서 따뜻하게 보낸 나흘, 아쉽지만 동경하던 하롱베이의 섬들을 볼 수 있어 다행이었다. 하지만 기대감과 신비감은 빛을 잃었다. 하나를 얻으면 하나는 잃는 법인가 보다.

프랑크푸르트에서 알프스와 베로나로

그린델 발트에서 본 알프스산

2011년 7월 17일부터 29일까지 독일, 스위스, 이탈리아의 일부를 돌아보았다. 오래 전부터 유럽 여행을 갈망했던 터라 기대가 큰 여행이었다. 13일의 여행 중, 8일은 직접 운전을 하였는데 약 3,000km를 달리느라 좀 힘이 들었다. 외국이라 사고 없이 운전해야 된다는 점이 상당히 부담스러웠다. 또, 경관을 보고 사유할 수 있는 여유가 있어야 하는데 운전에 신경 쓰느라 감상에 젖을 수 있는 시간이 적었던 것도 아쉬웠다.

관광 명소에 가서도 가이드가 없어, 건물이나 명소에 대해 잘 모르고, 수박 겉핥기식으로 보게 되어 의의나 가치의 발견도 어려웠다. 아는 만큼 보이고 보인 만큼 느낀다는 말이 맞다.

딸이 사는 독일 마부르크에서 렌터카를 타고 프랑크푸르트를 경유하여 약 600km를 달려 스위스 알프스 산자락 마을 그린델 발트에 도착했다. 펜션과 비슷한 건물의 3층을 이용했다. 세 개의 방과 거실, 주방까지 쾌적하게 쓰는 호사를 누렸다.

호텔에서 바라본 알프스산. 높은 절벽으로 눈이 녹아 흘러내리는지 여러 가닥의 물줄기가 가느다란 폭포를 이루었다. 여러 곳에서 물이 흘러내려 홍수가 나는 건 아닌가 걱정이 될 정도였다.

이탈리아의 베로나에선 아디제강을 건너 산의 중턱에 있는 야영장에서 텐트를 빌려 하룻밤을 잤다. 토요일이라선지 방을 구하지 못해 13일 중 유일하게 텐트에서 하루 자게 되었는데 하필이면 그날 비가 내렸다. 잠시 소나기가 내려 텐트 속으로 몇 방울의 빗물이 떨어졌다. 천둥과 벼락이 잦아 잠을 못 이루는데, 춥기까지 하여 아내는 감기에 걸렸다. 잠을 이루기가 어려워 수면제를 이용해야 했다. 모기에 물린 곳은 귀국한 후에도 덧나고 가려워서 고통스러웠다.

여행 중 시차 적응이 안 돼 잠을 이루기 위해 날마다 수면제를 먹었다. 다음날 운전하다 졸지 않으려면 잠을 자야 했기 때문이다. 그런데도 운전 중에 여러 번 졸았다.

다음날은 이 야영장에서 캠핑카를 쓰게 되어 조금 나은 잠을 이룰 수 있었다. 텐트에서 하루, 캠핑카에서 하루, 이틀 잠자리에 100유로 (약 15만 원)가 넘는 요금을 냈다. 샤워장과 화장실이 별도로 있었지만 상당히 불편했다.

인터라켄 캠프장에서는 방갈로 같은 방을 하나 썼다. 이층 침대가 4개 들어 있는 방에서 이틀을 잤다. 저녁에는 조그만 야외무대에서 서커스와 유사한 공연을 보았는데 상당히 세련된 동작과 구성으로 잔잔한 재미와 감동을 주었다. 공연은 무료였지만 공연 이후 모자를 들고 모금을 하는데 돈을 준비하지 못해 그냥 지나쳤다. 부끄러웠다.

강가의 캠프장을 이용하는 사람들은 대부분이 음식을 만들어 먹었는데 주로 숯으로 불을 피워 고기를 구워 먹었다. 많은 사람들이 그룹을 이루어 대화를 나누면서 맥주를 먹는데 의외로 조용했다. 베로나 캠핑장에서도 우리 텐트 바로 앞에서 두 사람이 술을 먹으며 담소했는데 우리 텐트에선 말소리를 전혀 들을 수 없을 정도로 조용하게 대화했다. 타인에게 불편을 주지 않으려고 배려했던 것 같다.

거의 운전하며 이동했다. 운전을 한다는 것이 매우 신경이 쓰여 다음에는 운전하는 여행을 피하고 싶었다. 외국이라 말도 잘 통하지 않는데 접촉 사고라도 나면 여행 일정에 차질이 생길 뿐만 아니라 사고 처리로 어려운 일이 생길 수 있기 때문이다.

'백조의 호수'라고 불리는 스위스의 루체른 호수에 갔다. 호수에는 수십 마리의 백조가 유영(遊泳)을 하는데, 자맥질하는 모습도 가까이에서 보았다. 이 호수를 가로 지른 카펠교라는 목조 다리가 인상적이었다. 이 다리의 천정에는 스위스의 역사와 수호성인의 생애에 관한 그림이 걸려 있었는데 그게 이곳에서는 유명한 관광자원이라 했다.

융프라우에 오르는 기차를 타고 바라본 초원과 야생화, 달력 사진에서 본 듯한 경관은 가히 환상적이었다. 푸른 초원과 어우러진 집이 아름다웠다. 흰 눈이 덮인 산봉우리와 깎아지른 듯한 바위 산, 그 터널로 오르는 신비감도 가슴 조이게 만들었다.

인터라켄에서 본 옥빛 호수. 거기에 때마침 떠오른 무지개는 가슴을 뛰게 만든 순간이었다. 그 외에 이탈리아의 본 베로나의 저녁노을, 베네치아에서 본 운하도 아름다운 장면이었다. 수상 버스를 타고 달릴 때의 상쾌함. 바다 양쪽의 건물들. 상가의 기념품상에 몰려다니는 많은 사람들, 복장이 다양해 여러 나라 사람들임을 알 수 있었다.

스위스의 융프라우와 루체른, 이탈리아의 밀라노와 베로나, 베네치아를 보고 오스트리아를 경유하여 12일 간의 여행을 마치고 딸이 사는 독일 마부르크로 돌아왔다. 마부르크는 작은 도시다. 시내 구경을 나가 시청사 광장, 마부르크성 위에 올라가 도시를 조망하고 산 정상에 있는 공원을 산책했다. 아름드리 나무와 조경을 잘한 공원, 아늑한 분위기라서 편안했다.

독일 날씨는 참 변덕스러웠다. '햇빛이 나서 좋구나.' 하면 금방 구름이 끼거나 빗방울이 날렸다. 그래서 민소매 옷을 입은 사람도 있고, 코트나 잠바를 입은 사람도 있었다. 버스와 열차, 전철 등을 이용해 보았는데, 차를 탈 때나 내릴 때, 승차권이나 표를 제시하지 않고 타고 내려 무임승차해도 될 것 같았다. 다만 사복 차림의 검사원이 가끔 확인하는데, 그때 적발되면 상당히 많은 벌금을 내야 한단다.

유럽인들이 확실히 선진국민이라는 생각을 했다. 대중교통에서의 줄서기나 차 내에서의 조용함, 운전할 때 차선을 잘 지키며 부드럽게 운행했다. 끼어들거나 얌체 운전하는 사람을 별로 보지 못했다. 그리고 차선 변경을 하려고 깜박이 등을 켜면 다른 차들이 양보를 잘해주어 운전하기가 수월했다

여행을 마치고 프랑크푸르트 공항에서 딸과 작별을 했다. 딸이 초등학교 때, 우리도 외국 여행 한번 가자고 졸랐는데, 10년 이상이 지난 지금에야 그 뜻을 이루었다. 스물 두 살의 나이에 독일 유학을 떠나 혼자서 7년여, 독일에서 생활한 딸. 딸의 앙상한 팔뚝을 보니 외국에서 제대로 먹지 못해 그런 것 같아 마음에 걸렸다. 배움이 뭐고, 성공이 뭔지 가족이나 친구와 멀리 떨어져 외로움과 불편함을 혼자 감내했을 딸을 생각하니 마음이 짠했다. 그 딸에게 억지 미소를 짓고 작별의 손을 흔들며 프랑크푸르트 공항을 빠져 나왔다. 혼자서 집으로 돌아가는 딸의 마음은 어땠을까? 이번 여행의 여정과 일정을 짜, 숙박업소를 예약하고 여행 준비를 하느라 딸이 무척 신경 썼던 것 같다.

사람들이 살아가는 큰 기쁨의 하나가 여행이다. 독일의 아우토반을 고속으로 달려보는 것, 아름다운 경관을 좀 더 자세히 보고 싶었는데 짧은 여행 일정으로는 과욕이었다. 아름답고 경이로운 장면과 우리 네 가족이 함께 한 기억, 삶의 소중한 추억이 되리라.

노르웨이와 덴마크, 거리의 악사

노르웨이의 트롤 통가(요정의 혀)

여정, 북유럽 15일의 여행

딸, 아내와 셋이서 함께 한 3국 여행 15일(2015. 7. 19 ~ 8. 3). 매일 감동을 만난 흐뭇함에 가슴이 설레어 여행 중 발견한 내용이나 생각을 적다보니 50페이지가 되었다. 여행은 평범한 사람들에게 가장 극적인 행복감을 누리게 하는 삶의 즐거운 요소다.

이번 여행을 시작하며 독일에서 렌트한 승용차는, 기분 좋게도 한국산 뉴 스포티지였다. 주행거리 9,000km의 신형 스포티지를 딸과 교대하며 13일간 4,200km를 달렸다. 독일 프랑크푸르트에서 가까운 프리드베르그에서 출발하여 브레멘과 함부르크, 덴마크의 코펜하겐, 스웨덴의 서해안 고속도로를 달려 노르웨이의 오슬로, 트롤 퉁가, 베르겐, 스타방게르, 프레이케스텔론, 뤼세피오르드, 횔렌, 덴마크의 Tindback, Den Gamly by, 독일 지슈타흐트, 뤼네부르크를 둘러보고 프리드베르그로 돌아오는 여정이었다.

독일, 노르웨이, 덴마크의 극히 일부를 보았지만 경이로움과 감동을 수시로 만나 매일 행복감에 젖었다. 고풍스런 독일의 도시와 덴마크의 넓은 들, 노르웨이의 숲과 바위의 우람함. 노르웨이 산야에서 만난 수많은 들꽃, 구름과 어우러진 창공과 노을, 강과 호수, 바다와 만나는 아름다운 곳에 그림 같은 하얀 집, 거리와 광장의 골목에 있는 카페나 레스토랑에서 한가로이 담소를 나누는 노부부들의 모습, 다양한 인종의 모습과 복장 등, 새롭고 이국적인 풍경에 날마다 눈이 호사를 누렸다. 그런 것들을 사진 1,000여 장과 두 시간 가량의 동영상으로 촬영했다. 메모와 여행 내용, 감상을 기록을 하느라 제대로 쉬지 못하고 잠도 설쳐야 했다.

자연과 기후의 특징

북유럽 3국의 기후는 비슷한 점이 많았다. 여름철이라 낮이 길어 밤 10시가 지나야 어두워졌다. 날이 밝는 시간이 독일은 5시경, 노르웨이는 4시쯤이었다. 노르웨이에서는 한밤중인 자정 무렵에도 아주 캄캄하진 않았다. 어둡긴 하지만 약간 뿌연 빛이 있어서 커튼을 닫아야만 숙면을 이룰 수 있었다. 베르겐의 풀루엔 산에 모노레일을 타고 올라가 전망대에서 장엄한 일몰을 보고 걸어서 내려오는데 땅거미가 깔리고 있었다. 그 시각이 밤 11시였다.

노르웨이 남부의 평균 온도는 섭씨 15도 내외로서 반팔 티셔츠로 견딜 수 있고, 점퍼를 입어도 그리 덥지 않아 활동하기에 좋은 날씨였다. 한여름에 피서를 잘 온 것 같다. 낮에는 햇볕이 따가웠지만 건조하여 그늘만 들어가면 덥지 않았다. 도시 중심 상가의 거리에는 많은 사람들이 있었고, 공원이나 정원 곳곳에 예쁜 꽃들을 심어놓았다. 많은 꽃들이 활짝 피어 있고 가로수가 우람하게 자라 있어 아름다운 장면이 많았다.

노르웨이의 바닷가에서는 짠 냄새나 후텁지근한 더위를 느끼지 못해 바닷물을 맛보았다. 약간 짠맛이 느껴질 정도였다. '바닷물이 증발되지 않아서'라고 그 이유를 설명한 사람이 있는데, 산에서 워낙 많은 물이 흘러내려 염도가 떨어졌기 때문일지도 모른다.

노르웨이 남부의 7월 말은 여름이라지만 봄 같은 날씨였다. 여름이 짧은 노르웨이는 꽃들이 한꺼번에 피는지 산이나 도심지에서 활짝 핀 꽃들을 어디서나 볼 수 있었다. 산기슭의 야생화들도 한꺼번에 만개하는지 꽃의 향연을 보는 것 같았다.

북유럽은 지구 북쪽이라서 해가 하늘의 정 중앙 쪽으로 머리 위에서 돌아 그림자가 짧았고, 초승달이나 반달의 기울기가 우리나라에서처럼 삐딱하게 기울지 않고 수직으로 떠올랐다.

우리와 다른 생활모습

독일에서도 자전거 타는 사람을 많이 볼 수 있지만 덴마크는 자전거의 천국이었다. 정거장 앞이나 도시의 교통 요지에 많은 자전거가 있었고, 시민들이 이용할 수도 있었다. 자전거 안장이 높아 위험스러워 보이는 데에도 사람들은 빠른 속도로 힘차게 달려 역동적이었다. 대부분의 사거리 가운데에 원형교차로로 만들어 신호등을 설치하지 않았다. 그래서 자동차와 자전거가 신호 대기를 위해 정지할 필요가 없었다. 또, 교통신호가 있더라도 대기 시간이 짧았고 신호가 빠르게 바뀌어 지체하는 시간이 적었다.

유럽인들은 눈을 마주치면 반갑게 웃으면서 "굿모닝, 해브 나이스 데이." 등으로 인사를 건넸다. 민박집의 거실에서 만난 덴마크 남자도 먼저 자신의 이름을 밝히고 악수를 청했다.

고속도로에 오토바이도 달렸고, 차량의 통행료가 없었다. 국경의 통과는 고속도로의 톨게이트를 빠져 나가는 것 같았다. 거의 모든 차들이 대낮에도 라이트를 켜고 달렸다. 길에서 많은 캠핑카를 보았다. 어느 휴게소에서 살펴보니 승용차의 절반 정도가 뒷 범퍼 아래 중앙에 고리를 부착해 놓았다. 그 고리에 캠핑카나 트레일러를 달았다. 그런 차량에도 자동차 넘버처럼 공인 번호를 부착했다.

도시에 아파트가 별로 없었고, 언덕 같은 산기슭에 하얀 집들이 층을 이루며 자리했다. 휴게소에는 공용 화장실이 거의 없었다. 공용 화장실이 있다면 요금을 내야 하고, 백화점에서도 화장실을 이용하려면 청소 관리하는 사람에게 돈을 내야 했다. 이용료는 대체로 70센트(약 800원) 정도였다. 단, 휴게소나 도심지의 유명 햄버거 가게에서는 무료로 화장실을 이용할 수 있었다.

북유럽 사람들은 거의 영어로 의사소통이 가능했다. 피오르드 관광선에서 70세 내외의 할머니들에게 간단한 영어로 말을 걸어보았다. 나에게 몇 가지를 물었으나 알아듣지 못해 딸이 통역을 했다. 호기심이 강하고 궁금한 게 많아 여러 가지를 질문했다. 딸이 창피하게 별걸 다 묻는다고 핀잔하여 통역을 부탁하기가 미안했다. 모스크바로 가는 비행기에서 옆에 앉은 아가씨에게 어느 나라 사람이냐고 물으니 독일인이라는데 코리아를 알고 있다며 김치에 대해 길게 설명했다. 그러나 나는 거의 알아듣지 못했다. 그들과 대화를 제대로 나눌 수 있을 정도의 영어 실력이 있었다면 얼마나 좋았을까.

룅달과 스토르섬, 스타방게르 모스방겐 캠핑장 등의 히테(펜션형 목조건물)에서 6일을 묵었다. 글램핑장에는 관광객들이 타고 온 승용차와 캠핑카, 텐트, 히테 등이 있고, 많은 사람들이 있었지만 매우 조용했다. 정말 놀라운 일이었다. 바로 옆에서 맥주나 커피를 마시며 이야기를 나누지만 말소리를 들을 수가 없을 정도였다.

우리가 머문 노르웨이 스트로섬의 히테 옆에서 그릴(숯에 고기를 구워먹는)을 사용하는 사람이 두어 명 있었는데 말소리가 거의 들리지 않았다. 잠시 후에 나가 보니 고기를 먹고 들어간 뒤였다. 다른 사람에게 불편을 주지 않으려는 배려인 것 같았다.

우리는 관광 목적의 여행이지만 그들은 휴식을 취하기 위한 휴가였기 때문일 수도 있겠다. 그들은 캠핑카를 많이 이용했고, 승용차나 캠핑카 뒤에 자전거를 두 대씩 싣고 갔다. 휴가지에서는 가족들과 담소를 나누거나 자녀와 배드민턴을 쳤다. 또, 햇볕을 쪼이거나 책을 보며 의자에 앉아 여유를 즐기기도 했다. 모자를 쓰고 마스크를 한 건 거의 우리나라 사람이었을 것이다. 공원에서 운동하는 사람들은 대부분이 달렸다. 우리와 같이 걷는 사람은 거의 못 본 것 같다.

거리의 악사들

유럽 유명 도시의 광장에서는 거리의 악사들을 흔히 볼 수 있다. 4년 전에 독일 프랑크푸르트의 뢰머 광장에서는 악기를 연주하는 사람들을 동시에 세 군데에서 볼 수 있었다.

이번 첫 여행지인 독일 북부 브레멘은 조그만 구도시인데도 광장의 두 곳에서 악기를 연주하는 악사들을 보았다. 한 커플은 골목에서 바이올린을 켰고, 광장의 골목길 입구에서는 50세 전후의 남녀가 듀엣으로 기타를 치며 2중창으로 불렀다. 그 수준이 예사롭지 않다. 이번 여행에서 거리의 악사에 대해 집중적으로 관찰하려 했는데 첫 발견이었다. 잠시 구경하는 건 괜찮지만 촬영을 하는 건 무례라 하여 동전을 하나 주고 동의를 구한 후 마음 놓고 촬영했다. 한쪽 바구니에는 CD가 여러 장 있어 케이스를 자세히 보니 두 사람이 만든 노래집이다. 값을 물어보니 10유로, 우리 돈으로 약 15,000원 정도였다. 그 이후에 다른 도시에서도 거리 악사들이 악기를 연주하며 자신의 CD를 판매하는 걸 보았다.

덴마크 코펜하겐의 항구 니하운 거리에는 수많은 사람들이 노상 카페에 앉아 차나 맥주를 마시며 느긋하게 앉아있었다. 길에는 많은 관광객들이 가득 차 있어 그 사이를 간신히 헤치고 지나가는데, 200여 미터의 길에 무려 4곳에서 악사가 연주를 했다. 악사들은 기타나 아코디언 등 여러 가지 악기를 들고 연주했는데 앰프까지 이용했다. 코펜하겐의 스트로이에 거리에도 악사들이 있었지만 마술쇼, 불쇼,

공놀이 묘기 등 여러 가지 볼거리들이 많았다.

오슬로 항구의 광장과 티볼리 공원 앞 광장에서도 앰프를 켜놓고 연주하는 팀이 있었다. 특히 베르겐 목조 상가 앞 광장에서는 트럼펫, 트럼본, 튜바 등의 금관악기로 연주했는데 소리가 크고 웅장했다. 또, 어시장 한 모퉁이에서 20대 청년이 앉아서 기타를 치며 노래를 불렀는데, 친구로 보이는 여자가 재미있다는 듯이 생글생글 웃으며 노래 부르는 걸 거들고 있었다.

스타방게르의 어느 광장에선 중년의 남자가 기타를 치며 노래 부르는데 옆에서 바이올린으로 화음을 맞추어 많은 사람들이 구경하고 있었다. 거기서 50미터쯤 떨어진 골목 한쪽에는 70대의 노파가 머리에 스카프를 두르고 초라하게 앉아 있었다. 그 앞에는 종이컵 하나가 놓여있었다. 바이올린 연주자 앞의 바이올린 케이스에는 다소 많은 지전과 동전이 떨어져 있는데 노파의 종이컵에는 몇 닢 동전만 담겨 있었다. 수입의 차이가 현격하다.

거리의 악사는 구걸을 하는 건가, 연주에 대한 수고의 대가를 기대하는 건가? 연주와 노래에 집중하며 구경하는 사람들과 함께 즐기면 된다는 듯한 자연스런 태도다. 노파가 앉아있는 초라한 모습과는 달리 표정이 구차하지 않다. 악기 연주에 몰입하는 모습이 보기 좋았다.

오스트리아와 슬로베니아, 크로아티아로

호에타우에른 국립공원에서 촬영한 아침 풍경

우람한 산과 청남빛 호수, 울창한 숲과 넓은 공원, 형형색색의 아름다운 집과 고풍스런 성(城)들을 볼 수 있는 곳, 2017년 7월 25일 ~ 8월 6일의 유럽 세 번째 여행.

독일 프랑크푸르트에서 25km 북쪽의 작은 도시 프리드 베르그에서 아내와 딸, 셋이 승용차로 출발하여 동남쪽 오스트리아의 호에타우에른, 슬로베니아의 블레드 호수, 빈트가르 계곡, 보이니 호수, 포스토이나 동굴, 크로아티아의 플리트 비체, 오스트리아의 할슈타트,

짤즈부르크의 미라벨 궁전, 독일의 바트나우하임, 하이델베르그, 다름 슈타트, 프랑스의 스트라스부르그를 스쳐 지나가듯 둘러보았다.

2주일의 여행에 승용차로 약 3,000km를 달렸다. 가는 곳마다 아름다운 산과 숲, 호수와 도시들을 보았고, 잘 가꾸어 놓은 중세의 건물이나 유럽풍의 가옥, 꽃과 나무가 아름다운 정원, 오랜 연륜을 가진 공원 등 여러 곳에서 아름다운 장면을 볼 수 있었다.

이런 곳에서 살면 참 좋겠다는 동경과 부러움을 가지고 즐거운 여행을 했다.

오스트리아 호에타우에른 국립공원의 아름다운 자연

호에타우에른은 오스트리아 최초의 국립공원으로서 중부 유럽에서 가장 큰 규모이며, 오스트리아에서 가장 높은 산악지대에 있다. 오스트리아의 최고봉인 해발 3,798m의 그로스글로크너산이 있는 곳이다. 이번 여행 출발 일주일 전인 7월 16일 아침에 TV '영상앨범 산'에서 호에타우에른을 보았는데 아름다운 산악지역임을 알게 되어 이 공원을 이번 여행의 첫 코스로 선택했다.

비가 멎은 저녁 무렵, 산을 넘어 호에타우에른 공원으로 넘어가는 고개 정상에 도착했다. 먼 산봉우리에는 눈과 구름이 덮여 있고 하얀 구름이 마을 아래로 내려 앉아있다. TV에서 본 장엄한 산악지대다. 첫날 묵은 집은 고개 아래의 산기슭에 있는 펜션이었다.

다음날, 날이 밝아 창밖을 보니 맞은편의 웅장한 산봉우리에는 하얀 눈이 덮여 있었다. 스위스 융프라우나 노르웨이 남부에서 본 고산준령과 비슷했다. 발코니로 나오니 집 아래의 풀밭에는 얼룩소들이 방울소리를 울리며 한가롭게 풀을 뜯고 있었다. 그림 같은 전원 풍경이었다.

아침밥을 지어 먹고 크리믈러 폭포에 가느라 미터질 마을을 지나는데 높은 산으로 오르는 케이블카가 보였다. 예정에는 없었지만 차를 돌려 케이블카 승강장으로 가, 숙소에서 준 할인 티켓으로 탈 수 있었다. 케이블카 안을 들여다보니 4인용 식탁이 있는데, 그 위에는 빵과 차, 과일이 놓여 있다. 어느 노부부로 보이는 가족이 귀족스런 아침 식사를 막 시작하려 했다. 식사비를 물어보니 아침에만 식사가 가능하다는데 1인당 15유로(약 2만 원), 또는 19유로(약 2만5천 원)였다. 기발한 발상이다.

약 5km를 케이블카로 30분쯤 오르는데 특이하게도 기역자로 꺾어 올랐다. 산의 정상에서 내리니 바람이 서늘했다. 정상에서 약 100m 아래에는 초지가 조성되어 있고 그 한쪽에는 축구장만한 호수가 있었다. 전망대에서 서쪽을 바라보니, 해발 2,000m 이상의 산들이 하늘에 맞닿은 듯, 산봉우리와 산맥이 산수화 병풍을 펼쳐놓은 것 같았다.

케이블카로 산을 내려와 크리믈러폭포에 갔다. 산비탈과 계곡으로 굽이치며 흘러내리는 계단식 폭포였다. 굽이굽이 쏟아지는 몇 굽이의 폭포. 길이를 합하면 380m나 된단다. 규모가 유럽 최대라는데 하얀 폭포로 쏟아지는 수량이 많아 물소리가 커서 공포감이 들 정도였다. 세차게 쏟아지는 폭포로 하얀 물보라가 바람을 타고 연기처럼 퍼져나갔다.

폭포 입구에서 곧장 슬로베니아로 가는 길이 있지만 차를 미터질 방향으로 되돌려 유명한 호흐알펜 슈트라세 고개 길로 접어들었다. 유럽에는 대부분 통행료가 없지만 여기에서는 35유로(약 4만 원)의 통행료를 내야 했다. 산기슭을 달리다가 경관 좋은 쉼터가 나와 점심을 해결하기 위해 차에서 내렸다. 쉼터 옆에는 작은 호수가 있었고, 고개를 완전히 젖혀야 볼 수 있는 맞은편 산 위에는 여름인데도 눈이 덮여 있었다. 그 만년설이 녹아 내려 하얀 물줄기로 폭포처럼 흘러내렸다.

산 옆구리에 Z자 모양으로 여러 번 U턴 하듯 오르는데 36번을 꺾어야 해발 2,571m를 넘을 수 있었다. 이 험준한 고개 길이 총 48km. 산 고개에 서니 오스트리아에서 가장 높은 봉우리인 3,798m의 그로스글로크너산이 맞은편에 우뚝 서 있는데 구름이 끼어 중턱까지만 보였다. 아쉽게도 비가 내려 에델바이스 스피체 전망대에 나가보지 못하고 차 속에 앉아 있다가 지나치고 말았다. 사전 지식이 없었기 때문이다.

슬로베니아의 블래드성과 보히니 호수

오스트리아에서 슬로베니아의 국경을 넘자 약 5km 정도의 긴 터널을 통과해야 했다. 예약한 펜션을 찾아갔다가 블래드호수로 나왔다. 해는 보이지 않았지만 하루 중 가장 기분 좋은 해질 무렵이었다. 호수 속에 산 그림자가 담겨 있다. 산 위에는 사진으로 보았던 블래드성이 수직 130m 암벽 위에 치솟아 있는데 그 위용이 대단했다.

호수 안에는 몇 마리의 오리가 떠다녔다. 노를 저으며 보트를 타는 이, 호수 주변 길을 산책하는 이, 벤치에서 담소를 나누는 이 등, 많은 관광객들이 모두 아늑하고 평화로운 저녁을 즐기고 있었다. 호수 가장자리에서 수영하던 젊은이 둘이 물을 털고 나왔다. 젊다는 건 좋은 거다. 늘씬한 키에 탄탄한 젊음, 건강미가 부러웠다.

밤이 되자 호수 주변의 건물에서 불꽃이 피어나고, 그 불빛이 호수에서 출렁이는 물결을 따라 반짝거렸다. 음식점 정원에서는 바이올린과 건반악기로 두 사람이 협연하는데 환상적으로 아름다웠다. 작은 피아노처럼 보였는데 소리가 매우 맑고 영롱하여 무슨 악기인지 궁금하여 나중에 음악 선생님에게 문의하니 쳄벨로라 했다. 음식점 정원의 테이블에서 여유롭게 음식을 먹으며 음악을 듣는 사람들이 부러웠다. 그런 모습조차도 풍경화의 한 소품이었으며 아름다운 장면이었다.

다음날 아침. 숙소에서 알려준 빈트가르 계곡을 갔다. 소박한 시골집들이 옹기종기 붙어있는 마을의 골목길을 빠져나가니 주차장이 나왔다. 유럽 관광지의 특징이긴 하지만 입구에 음식점이나 찻집, 기념품 가게 하나 없어 유원지나 명승지 같지 않았다.

계곡으로 들어가니 꽤나 많은 물이 거대한 바위 협곡으로 맑게 흘렀다. 그 길이가 약 3km나 이어졌다. 협곡을 걷는데 싸늘할 정도로 시원했다. 많은 관광객들이 왔는데 부산에서 왔다는 40대의 한국인 가족을 만나 반가운 인사를 나누었다. 그들은 어떻게 이런 골짜기를 알고 왔을까?

다시 입구로 나와 블래드성에 도착한 건 10시 반경. 해가 중천에 떠올라 햇빛이 따갑지만 블래드 호수의 물빛이 신비로울 정도로 아름다웠다. 짙은 청남색, 아니 청록색이랄까? 세 가지 색, 청명한 햇빛과 산의 녹색, 그리고 석회질색이 절묘하게 어우러진 빛깔이었다. 성에서 호수를 내려다보는 경치가 매우 아름다웠다. 호수 가운데에 있는 작은 섬에 예쁜 교회가 그림처럼 아름답다. 성의 왼쪽에는 아담한 음식점이 있는데 야외의 테이블에서 차도 팔았다.

블래드성 안에는 박물관을 만들어 옛날 유물들을 진열, 전시해 놓았다. 캠코더로 촬영하며 천천히 살펴보고 나왔다.

40분쯤 차를 타고 보히니호수에 갔다. 이곳 역시 유명한 호수이고 관광지인데 가게가 서너 개만 보였다. 주차장을 찾느라 표지판을 보고 평범해 보이는 다리를 건넜는데 나중에 알고 보니 유명한 돌다리였다.

자전거 대여점에서 자전거를 빌려 타고 혼자서 호수 둘레를 달렸다. 호수를 한 바퀴 돌아보고 싶었지만 길이 한쪽에만 있어 호수 끝까지 5km 쯤 달려가니 호수 끝자락이 나왔다.

호수 위에서는 보트 타는 사람, 호수가의 텐트에서 노는 사람들이 한가로워 보였다. 호수의 돌다리 밑으로 흐르는 물은 사바강의 시원(始原)이다. 그 강을 따라 사람들이 카약을 타고 하류로 노를 저어 갔다. 아름다운 산하에서 여유로운 피서를 즐기고 있었다.

신비로운 포스토이나 동굴

보히니호수에서 차를 몰고 슬로베니아의 포스토이나동굴로 향했다. 안내 표지판이 보이지 않아 어디로 가야 입구인지를 알 수 없었다. 영어가 제대로 통하지 않아 몇 사람에게 물어물어 티켓 판매소를 찾아갔다. 티켓을 구입하고 한국말로 해설을 들을 수 있는 오디오 가이드(소형 라디오 같음) 3개를 만 원 정도 주고 빌렸다.

동굴로 들어가 미니 열차에 올라탔다. 대여섯 량의 열차에 둘이 나란히 앉았다. 100여 명쯤 앉아 작은 열차를 타고 동굴 안쪽으로 무려 4km를 들어가 내렸다. 북한군이 비밀리에 뚫어놓은 땅굴을 지나온 것 같기도 했다. 안내자 뒤를 따라 서서히 걸어가니 1번 장소부터 16번 장소까지 나아가는 코스다. 통로가 그리 넓지 않아 어깨나 머리가 부딪힐 것 같았다.

안으로 들어가니 점점 넓어졌고 수많은 종유석들이 나왔다. 천정에 국수가닥이나 고드름 같은 석순, 거대한 기둥 같은 종유석이 수없이 많았다. 동굴의 길이가 24km나 되지만 5km 내외만 개방한다는데 종유석의 수효나 종류가 다양하여 세계 최대 이벤트 동굴이라 했다. 4km 안쪽 동굴 광장은 5~6층 정도의 높이로서 1,000여 명이 동시에 관람할 수 있을 만큼 넓었다.

일반적인 갈색의 종유석이 많지만 노란색, 붉은색, 백옥 같은 흰색 기둥도 있었다. 고드름 같은 종유석, 피사의 사탑이나 커튼 무늬 같은 종유석이 만물상을 이루어 놓았다. 중국 황룡동굴도 어마어마했지만 이보다는 적은 규모였다. 종유석은 100년에 1cm 정도만 자란다니 10cm를 자라려면 천년의 세월이 필요하다. 몇 미터씩 기둥으로 자랐으니 그 세월을 짐작하기가 쉽지 않았다.

비취빛의 계단식 호수, 플리트 비체

16개의 계단식 호수. 아름답고 신비로워 요정들이 사는 호수라는 크로아티아의 플리트 비체로 향했다. 고속도로 게이트 같은 크로아티아 국경을 통과한 후 긴 시간을 달리다 완만한 경사의 산길로 접어들었다. 굽이 굽이 돌아서 2번 게이트에 도착했다.

플리트 비체는 세계적인 관광지인데도 너무나 허술한 입구라서 제대로 찾아왔는지 의심스러울 정도였다. 들어가 산 속 나무 사이에 주차를 하고 입장권을 구하는 곳까지 1km쯤 걸었다.

H코스로 돌아보기 위해 다시 셔틀 버스 타는 곳까지 10분은 걸었다. 버스로 10분 정도 이동해서 호수로 들어가니 축구장만한 청록색 호수가 나왔다. 어른의 다리 두께 정도의 너도밤나무를 뗏목처럼 엮어 놓은 폭 2m의 발판을 걸어 호수 가장자리로 걸었다. 사람들이 먹이를 주고 잡지 않기 때문인지 송어들이 사람 쪽으로 몰려왔다.

짙은 청록색 호수의 물빛이 정말 아름다웠다. 윤기 나는 비취빛이었다. 호수 바닥에 노란 석회 성분이 가라앉아서 그렇게 고운 빛으로 보였을 거다.

지대가 높은 곳이라선지 해발 600~1,200m의 산들이 높아 보이지 않았다. 이런 평이하게 보이는 산에 어떻게 16층의 계단식 호수가 형성 되었을까? 석회동굴이 꺼져 물이 고이고, 나무들이 폭우에 쓰러져 밀려 내려가다 걸치고 모래나 흙이 덮인 후, 이끼가 자라고 거기에 석회석이 덮여 이런 호수가 만들어진단다.

그렇게 호수가 반복적으로 이어져 이런 계단식 호수가 되었다. 조그만 호수를 굽이굽이 돌아서 내려가면 다시 호수가 나왔다. 그렇게 호수를 돌고 돌아 내려가길 반복하다가 수원 원천호 정도의 큰 호수에서는 배를 탔다. 약 2km 정도의 거리를 배가 15분쯤 천천히 이동하여 호수 밖으로 나왔다.

다시 호수를 지나 Z자 모양의 오름길을 몇 번 꺾어져 오르니 지나온 호수들이 발 아래로 층층이 펼쳐져 있다. 아름다운 계곡 사이의 호수에 하늘과 숲이 담기고 호수 가장자리에는 여러 가닥의 물줄기가 폭포를 이루어 놓았다. 요정들이 사는 산이라는 말이 정말 어울린다. 요정들이 있다면 당연히 이런 곳에서 살겠다 싶었다.

산속 호수 할슈타트, 짤즈부르크의 거리와 미라벨 궁전

알프스가 펼쳐놓은 아름다운 대 화원의 숲속 나라. 뮤지컬 영화 '사운드 오브 뮤직'의 촬영지요, 이 영화의 배경이었던 오스트리아. 그 영화는 알프스의 아름다운 산과 호수, 푸른 초원을 배경으로 만들어 세계인들의 눈을 사로잡았다.

그 영화는 실화를 바탕으로 만들어졌다는데 스토리가 매우 감동적이었다. 그 영화의 대표곡, '에델바이스'와 '도레미송'은 세계인들이 지금도 많이 부르고 있는 노래다. 내가 유일하게 영어로 부를 수 있는 노래가 '에델바이스'다. 그래서 이번 여행에 가장 기대가 컸던 나라다.

크로아티아의 국경을 넘어 오스트리아로 다시 왔다. 고속도로를 달리다 산길로 접어들어 산을 넘는데 왼쪽으로 큰 호수가 길게 보였다. 터널을 몇 개 지나고 산을 내려가니 호수가 나왔다. 산과 호수, 산마을 비탈집이 유명한 할슈타트였다. 간신히 주차장을 찾아 주차한 후 호수가로 나왔다. 유람선이 떠나간 승선장 옆으로 백조 몇 마리가 사람들이 주는 먹이를 받아먹고 있었다.

이곳 산마을에 집이 만들어진 것은 이 산의 높은 곳에 소금광산이 있었기 때문이다. 옛날 소금 값이 금값이었던 시절, 소금을 채취하여 돈을 벌려고 모여든 사람들이 산벼랑에 집을 짓고 살면서 비롯되었다 한다. 지금에는 많은 관광객들이 오기 때문에 기념품 가게 등 쇼핑 상가도 많아지고 광장도 잘 조성 되어있다.

이 마을이 아름다운 것은 산과 호수가 잘 어우러졌기 때문이겠지만 사람들이 예쁘게 지어 놓은 집과 꽃과 나무들이 어우러져 더 환상적인 경치가 된 것 같다. 자연 자체만으로도 아름다울 수 있지만 인공과 만났을 때 환상적인 절경이 된다는 생각이 든다.

다음날 아침. 짤즈부르크로 가는 동안 아름다운 마을을 많이 보았다. 정말 아름다운 마을이 나와 잠시 차를 세우고 사진을 촬영했다. 구릉지대의 푸른 초원에는 야생화들이 피어있고 우람한 산들이 언덕을 에워싸고, 높고 낮은 언덕에는 예쁜 집들이 드문드문 앉아있다.

금방이라도 '에델바이스♪, 도레미♬' 하며 영화의 주인공이 나타날 것 만 같았다. 아니 내가 바로 그 주인공이 되어 서 있는 것 같았다. 푸른 초원 위에 그림 같은 집들이 드문드문 앉아 있는데 사람은 보이지 않았다. 아름다운 경치를 위해 존재하는 것 같았다.

짤즈부르크 시내의 주택가 주차장에 주차하고 나와 개울을 건너 쇼핑 매장과 기념품점이 밀집한 게트라이데 거리로 갔다. 좁은 골목이지만 깨끗했다. 걸어가며 쇼윈도의 상품을 보며 사진을 촬영했다.

상가를 돌아보고 삼거리의 조그만 광장에 있는 노상 카페에서 커피 한 잔을 마셨다. 잠시 쉬고 있는데 한국 단체 관광객들이 몰려왔다. 가이드의 설명을 듣고 있어 나도 다가가 귀동냥을 했다. 그리하여 바로 뒤 노란 건물이 모차르트 생가임을 알았다.

모차르트 생가에서 남쪽으로 모차르트 광장이 나왔다. 광장 가운데 분수대가 있고 모차르트 동상이 있었다. 따각거리는 말발굽 소리가 들려 돌아보니 마차가 한 대 지나갔다. 다시 개울을 건너 15분쯤 걸어서 미라벨 궁전에 도착했다.

영화에서 본 긴 직사각형의 궁전, 그 궁전 앞 정원에 꽃베고니아와 여러 종류의 꽃들이 화려하게 피어있다. 푸른 잔디밭에 S자 모양으로 꽃베고니아가 줄지어 피어 있었다. 영화 '사운드 오브 뮤직'에 나왔던 후문은 평이한 철제 대문이었다. 그런데 영화에서는 왜 그렇게 아름다웠을까? 아름다운 음악, 노래를 부르는 가족들의 감동적인 스토리가 있었기 때문일 것이다.

휴양 도시 바트나우 하임, 여유롭고 아름다운 마을

딸은 출근하고, 아내와 나는 프리드베르그역에서 열차를 타고 한 정거장 북쪽 바트나우하임으로 갔다. 역에서 내려 공원 방향으로 갔다.

이 도시의 안내 표지판을 보고 중앙로로 걸어가는데 양쪽의 3~4층 하얀색 집들이 참 보기 좋았다. 5분쯤 걸어가니 공원이 나왔다. 넓은 초원과 우람하게 늘어선 나무들, 공원 가운데에는 호수 같은 못이 있고 기러기와 오리들이 유영을 하거나 호숫가에 나와서 무리 지어 있었다.

70~80세쯤 되어 보이는 노인들이 산책을 했다. 혼자, 또는 부부가 조용히 걸었다. 둘이 걷더라도 별 말이 없었다. 노부부들은 대부분 손을 잡고 걸었다. 넓은 공원에 여유롭게 앉아있는 모습, 사색이나

명상하는 장면도 보기 좋았다. 호수 우측의 넓고 푸른 잔디밭에는 한 두 사람이 골프를 치고 있었다. 노인의 천국 같았다. 노후의 삶은 이렇게 경치 좋고 평화로운 마을에서 보내면 좋겠다.

하이델베르크와 다름슈타트

독일 최초의 대학인 하이델베르크대학이 1386년에 개교했다니 정말 아득한 세월이다. 하이델베르크성을 13세기에 짓기 시작했다니 먼 옛날에 저 거대한 성이 만들어진 것이다. 그 이후 전쟁과 벼락으로 성의 일부가 무너졌다. 복원을 했다지만 그래도 일부는 부서진 대로 놓아둬 유서 깊은 역사의 숨결이 느껴졌다.

성 안으로 들어가니 벽면에 낙서들이 많이 있었다. 알파벳, 한자, 일본글자도 있지만 한글의 낙서도 있었다. 낙서도 유적으로 삼은 건가? 날짜가 몇 년 지났는데도 지우지 않고 그대로 두었다.

3층으로 올라가니 거대한 포도주통이 있었다. 높이 7m, 폭 8.5m나 되어 18만 리터를 넣을 수 있다니 어마어마한 포도주통이다. 1751년에 제작했을 때 세계에서 가장 큰 포도주통이었다 한다.

약재상박물관에 들어가니 시대별로 약재상의 모형이 있었다. 약재를 써는 작두, 무게를 다는 천칭저울, 약재를 넣어둔 찬장 등이 우리나라의 한약방 모습과 흡사했다. 주로 약초를 썼지만 광물질, 어류, 심지어 두꺼비와 뱀 껍질도 약재로 썼다. 옛날에는 우리나 서양이나 비슷한 한약재를 쓴 것이다.

라인강의 지류인 네카어강을 건너는 카롤테어 다리에 올랐다. 250m나 되는 돌다리에 오르니 하이델베르크성의 위용이 잘 보였다.

다리의 입구 우측에 4~5층의 집이 보이는데 이곳에서 가장 오래된 1700년대의 건물이라 했다. 300년이나 된 건물이라고는 여겨지지 않았다. 어떻게 300년이 지나도 현대 건물처럼 보일까.

하이델베르크를 나와 프랑크푸르트를 향해 달리다가 다름슈타트 시로 들어갔다. 이 조그만 도시에도 여전히 트램(시가 전차)이 다녔다. 짤즈부르크에도 전차가 다녔고 미국 샌프란시스코나 유럽의 여러 도시에서도 배기가스 없는 전차가 달리는데 왜 우리는 서울의 전차를 흔적조차 없앴을까? 3량의 칸으로 전선을 따라 미끄러지듯 소음이 거의 없이 천천히 지나갔다.

다름슈타트시에 도착하여 주택가 주차장에 차를 두고 나오니 흐렸던 하늘이 너무 맑아 눈이 부시어 선글라스를 썼다. 유럽 여행 중 처음으로 색안경을 써야겠다는 생각이 들었다. 수시로 변하는 독일 날씨. 하이델베르크에서 잠시 비를 맞기도 하였는데 언제 그랬나는 듯이 밝은 햇살에 눈이 부셨다.

공원에는 커다란 회화나무가 하얗게 꽃을 피웠고, 아름드리 플라타너스가 여러 그루 늘어 서 있었다. 나무의 몸통이 5미터는 되는 듯, 세 사람이 손을 잡고 안아야 껴안을 수 있는 두께였다.

공원의 왼쪽 아담한 못에 오리들이 물 위에서 놀고 있었다. 누군가 먹이를 주니 오리들이 다가왔는데 먹이가 떨어진 1~2미터 전방에서 멈추었다.

자세히 보니 새끼 너덧 마리가 먹이를 받아먹는데 어미 오리들은 뒤에서 포진해 있을 뿐 먹이 가까이에는 다가오지 않았다. 처음에는 몸집이 좀 큰 오리가 다른 오리들을 쪼며 먹이 쪽으로 가지 못하도록 막았다. 어린 것들이 먹이를 먹도록 보호하는 행동이었다는 것이다. 어미 오리의 본능적 양보라니 오리의 생태가 놀랍다.

도시 가운데로 유람선이 다니는 스트라스부르그

강 사이로 그림 같은 집들이 늘어선 프랑스의 스트라스부르그는 독일 남서부 국경에서 가까워 두 나라의 전쟁 통에 국적이 바뀐 도시다. 그래서 나이든 시민 중에는 독일어와 프랑스어를 쓸 줄 아는 사람이 많다. 건물 역시 독일풍과 프랑스 양식이 혼재하고 있다.

이 도시 가운데로 라인강의 지류가 호수처럼 고여 있어 천정이 없는 유람선이 유유히 떠다녔다. '꽃보다 할배'라는 TV 방송에 이 도시가 등장하여 한국 관광객들이 많이 찾는 명소다.

아름다운 골목길, 강변으로 굽이굽이 걷는데, 이젤과 건물 벽에 산뜻한 수채화가 걸려 있었다. 하얀 A4용지에 그린 수채화인데 건물 한두 개를 심플하게 조그맣게 그렸다. 동양 여자가 수채화를 그리고 있어 잠시 살펴보며 "와! 색상이 참 예쁘다." 한마디 했더니, 그 화가가 "한국에서 오셨군요." 하고 인사했다.

너무나 반가워 인사를 하고, 어떻게 여기서 그림을 그리게 되었느냐고 물었더니, "유학 왔다가 학위를 마치고, 그림 그리는 게 좋아 여기까지 와서 그림을 그리게 되었습니다."고 했다. 그리고 조금 더 가면 길이 예쁘고 전망대도 나오는데 입장료도 없으니 꼭 보고 가라고 알려주었다.

돌아오면서 '다시 만나면 그림 한 장 사야지' 생각했는데 다른 길로 오느라 만나지 못했다. '바로 그 자리에서 한 장 사야 했는데….'

하고 후회했다. 그림 값도 10유로, 약 13,000원 정도인데 왜 그리 망설였을까. 한국에 돌아와서도 못내 아쉬웠고 그 화가에게 미안했다.

그렇게 망설이다가 쓰고 싶은 데 못 쓰고 눈을 감는가 보다. 돈은 쓰려고 버는 것인데….

청소년 교육과 수필 쓰기에 진력한 글과 삶

김태진 전 천진한국국제학교장 · 전 잠원중학교장

 한 편의 글을 쓰기 위해 그에 상응하는 대가를 지불하는 사람, 그가 바로 이 책의 저자다. 세상에 공짜는 없다. 인고의 노력을 기울여 퇴임 기념으로 이 수필집을 발간한다니 그 노고에 박수를 보낸다. 그는 생활 속에서 많은 행복과 의미를 발견하여 글을 써 왔는데 그중에 48편을 골라 이 책에 담아 놓았다.

 그는 40년을 교단에서 청소년을 지도한 교사였고, 교장이었으며 교육 실천가였다. 교직에서 학생을 지도하며 생애의 대부분을 보냈다. 그러면서도 청소년을 위한 수필집 2권, 학부모를 위한 수필집 1권을 발간한 교육 수필가다.

 창작이란 뼈를 깎는 고통의 작업이라고 한다. 그런 고통을 감내하며 한 편 한 편 작품을 써 이렇게 한 권의 수필집으로 엮었다. 그는 치열하게 살았고 생활 속에서 의미를 진지하게 탐구했다. 여행을 하면서 아름다움과 새로움을 발견하고 즐겁게 기록했다. 사람들과 깊은 인연을 맺으면서 고마움을 오래도록 잊지 않았다.

 그의 수필은 대체로 길다. 자상한 성격에다 깊이 있게 의미를 추구하는 진지성 때문이다. 그의 끈기 있는 필력과 운치 있는 생각이 나에게 읽는 재미를 주었다. 그의 글은 화려하거나 유창하진 않다. 소박하다는 게 적합할 것이다.

미사여구(美辭麗句)나 상상력, 창의력도 그다지 눈에 띄지 않는다. 꾸미기에 치중하지 않아 진솔하다. '글이 곧 그 사람'이라는 말은 그에게도 적용되는 말이다.

그와 함께 여행할 때 하고 싶었던 말이 있다.

"채 선생님! 여행할 때에는 이것저것 복잡하게 생각하거나 메모, 사진 찍는 복잡한 일 안하면 안 되나요? 머리 식히면서 즐기려고 나온 거잖아요."

그런데 알고 보니 그렇게 메모하고 사진을 촬영하며 글감을 준비하고 있었던 것이다. 그래서 다른 교육자와는 달리 학생 지도를 하면서도 수필집을 4권이나 발간할 수 있었을 것이다.

그는 37년 전, 같은 직장에서 만났다. 무슨 연유인지 지금까지 고래심줄 같은 인연을 이어가고 있다. 그래서 그의 특성이나 장단점을 잘 안다. 그가 살아가는 모습을 보면 참으로 지성스럽게 산다는 생각이 든다. 인생을 참 옹골차게 산다. 즐길 줄도 알고 베풀 줄도 알며 의미와 가치를 진지하게 추구한다.

대화할 때에는 속내를 숨기지 않고 솔직 담백하게 털어 놓는다. 그의 솔직함이 염려스러울 때도 있지만 친근감과 신뢰감을 갖도록 한다. 또 자신의 지론이나 의견을 맛깔나게 말하는 화술도 갖추고 있다.

이 책에는 그의 다양하면서도 깊이 있는 사유와 지식이 곳곳에 나타난다. 그는 교직을 천직으로 여기고 학생들을 정성껏 가르쳤다. 수업은 종합예술과 비슷해 힘든 일이 될 수도 있으련만 강의하는 것을 즐겁게 여기는 사람이다.

그리고 노래 부르기에 취미가 있고 오르간 연주도 공부한다. 또 합창단을 만들어 단원으로 적극 참여하는 음악인이다. 발달된 감성, 풍부한 감정을 내면에 간직한 낭만파이기도 하다. 자신의 다양한 취미와 관심 분야, 예술적 소질을 바탕으로 다른 사람들과 깊이 있는 대화를 추구한다.

그리고 오랫동안 봉사활동을 했다. 대학 다닐 때와 교사로 근무하던 총각 때에는 야학에서 불우 청소년을 지도했다. 또, 장학단체의 후원회원으로 매달 회비 보내는 걸 35년이나 계속했다. 또 청소년을 위한 야간청소년전화 상담실을 자택에 개설하여 20년이나 운영하며 직접 상담 봉사를 했다.

안양교도소에 가서 재소자들에게 10여 년간 정신교육 강의도 했다. 어느 재소자와는 20여 년이나 편지를 주고받으며 격려했고, 매월 영치금을 전달했다. 부적응 학생들을 집으로 데려와 탐방을 다니며 선도했다. 그런 활동이 알려져 경기도교육청의 명품 교육, 명품 교사로 소개 되었고, 2012년에는 제1회 대한민국 스승상을 받으며 재직 중에 훈장까지 받았다.

그렇게 살면서 자신이 체험하고 발견한 기쁨, 즐거움, 보람, 행복감 등 다양한 이야기를 모아 책으로 묶은 것이다. 조용필의 재능과 집념, 음악적 위상을 정리하였고, 충무공의 업적과 인품에 대해 평전처럼 기술해 놓기도 했다. 야생화나 수목에 대한 관심이 깊고, 아는 것도 많다. 그래서 이 책에는 야생화와 수목의 이름이 많이 등장한다.

독자들은 자연의 아름다움이나 야생화에 대한 새로운 사실을 발견할 수도 있을 것이다.

그는 연로하신 부모님을 모셨다. 선친은 오래 전에 타계하셨고 지금은 홀어머니를 모시고 산다. 거동이 불편한 어머니를 모시며 부부가 지극하게 효를 실천하고 있다.

그는 젊은 시절부터 존경스런 선생님들을 찾아가 뵙고 그분들의 덕망과 인품을 소개하며 교훈으로 삼았다. 국내외 여러 곳을 다니며 탐방, 도전, 관찰 등으로 새로움과 의미를 발견하여 기록한 여행기도 여러 편이 있다. 개인적인 여행기이지만 자연 경관과 사람들의 사는 모습을 보며 생생하게 적어 도움이 될 내용이 많다.

그는 평소에 "이 세상에는 행복이 널려있다."고 말했다. 행복이란 마음먹기에 달렸으며, 생각이나 발견을 잘하면 이 세상에는 고맙고 즐거운 일들이 무수히 많다는 것이다.

그의 검약 생활을 보면 구두쇠처럼 여겨질 때도 있었다.(그런데 장학금을 기부하고 이웃을 돕는 걸 보면 쓸 곳에 쓰기 위해 근검절약하는 생활태도 때문이었던 것 같다.) "생활은 검소하게, 마음은 여유 있게"를 실천하고자 하는 의지로 보인다. '타인을 배려하는 삶이 결국은 자신을 행복하게 하는 길'이라는 생각을 한다. 실천이 따르지 않는 봉사와 희생, 진정성이 없는 헌신은 별 의미가 없다.

나는 그의 글을 많이 읽은 편이다. 이 책에 있는 글들도 예전에 읽었거나 말로 들었던 내용이 많다. 평소에 글을 쓰면 메일로 가끔 송고해주었기 때문이다. 그는 글을 나에게 보내고 겸손하게 지도 조언을 부탁했다. 조언을 해주면 나의 의견을 존중해주기 때문에 나는 그만 그의 팬이 되거나 애독자가 되었다. 심지어는 그의 글이나 그의 삶에 예찬론자가 되어 버렸다.

그가 심혈을 기울여 쓴 이 책은 누구에게나 즐거움과 발견의 기쁨을 줄 것으로 믿는다. '어떻게 사는 것이 바람직한가?'에 대한 인생(人生)의 방향 설정에도 도움이 될 것이다. 방황하는 청소년에게는 나침반 역할을, 어렵게 사는 사람들에게는 희망의 등대가 되리라 믿는다. 청장년에게는 행복을 발견하는 단초를 제공해줄 것이며, 황혼기에 있는 분들은, '그래 이렇게 사는 삶이 아름다운 거야' 하는 공감과 긍정의 느낌을 갖게 만들 것이다.

삶의 바닥을 쳐 본 사람은 이 세상에 두려울 것이 없고, 감사하지 않은 것이 없다고 한다. 그는 대학을 다닐 때에 여러가지 아르바이트를 했고, 교사로 발령을 받은 뒤부터는 봉사활동을 했다. 그리고 자신의 발전을 위해 일반 대학원에서 문학을 전공했고, 평론으로 등단하여 문학도가 되기도 했다.

결혼생활을 시작하면서 동생 둘을 집으로 데려와 공부하도록 뒷바라지했다. 그래도 행복을 노래했고, 감사하는 마음으로 살았다. 무거웠던 삶의 무게만큼 보람과 극복의 성취감도 누렸을 것이다.

나는 그가 지도 조언을 부탁한다며 이 책의 원고를 보내왔기에 이틀 만에 완독했다. 천천히 음미하면서 살펴볼 요량으로 읽기 시작했는데 내용에 빠져들어 독서에 가속도가 붙어버린 것이다.

그가 이 책을 집필하는 동안 많은 우여곡절을 겪었으리라 짐작한다. 그는 살면서 많은 기쁨을 발견했고, 인생의 묘미를 깨달았으며, 좋은 사람들을 만났다. 좋은 사람들을 만나면 교훈으로 삼거나 활력

소로 삼았을 것이다. 그런 행복한 경험이나 생각을 글로 써 퇴직 기념으로 발간하게 된 것을 축하한다.

끝으로 저자의 노력과 집념에 경의를 표하며 좋은 글로 나를 깨우쳐 준 것에 감사드립니다. 이 책의 출간에 힘찬 박수를 보내며 퇴직 이후에도 좋은 글 더 많이 쓰기를 주문합니다. 아니, 더 고매한 글로 우리 문학사에 한 족적 남길 것을 기대합니다.

나는 사람을 발견한다

ⓒ2018채찬석

초판인쇄 _ 2018년 2월 24일

초판발행 _ 2018년 3월 1일

글쓴이 _ 채찬석

펴낸이 _ 홍순창

펴낸곳 _ 토담미디어

서울 종로구 돈화문로 94(와룡동) 동원빌딩 510호

전화 02-2271-3335

팩스 0505-365-7845

출판등록 제2-3835호(2003년 8월 23일)

홈페이지 www.todammedia.com

ISBN 979-11-6249-032-7